古典文獻研究輯刊

五　編

曾　永　義　主編

第 9 冊

中國古典戲曲文體論

鄭　柏　彥　著

國家圖書館出版品預行編目資料

中國古典戲曲文體論／鄭柏彥 著 — 初版 — 新北市：花木蘭
文化出版社，2012〔民 101〕
序 2+ 目 4+230 面；19×26 公分
（古典文學研究輯刊　五編；第 9 冊）
ISBN：978-986-254-930-8（精裝）
1. 曲評 2. 文體 3. 中國古典文學
820.8　　　　　　　　　　　　　　　　　101014715

ISBN-978-986-254-930-8

古典文學研究輯刊
五 編 第九冊　　　　　　　ISBN：978-986-254-930-8

中國古典戲曲文體論

作　　者　鄭柏彥
主　　編　曾永義
總 編 輯　杜潔祥
出　　版　花木蘭文化出版社
發 行 所　花木蘭文化出版社
發 行 人　高小娟
聯絡地址　新北市永和區中正路五九五號七樓
　　　　　電話：02-2923-1455 ／傳眞：02-2923-1452
網　　址　http://www.huamulan.tw 信箱 sut81518@gmail.com
印　　刷　普羅文化出版廣告事業
初　　版　2012 年 9 月
定　　價　五編 20 冊（精裝）新台幣 33,000 元

中國古典戲曲文體論

鄭柏彥　著

作者簡介

鄭柏彥，東華大學中國語文學系博士班畢業，主要研究領域為古典戲曲、中國文體學、文學史理論、民間文學等。曾任教於東華大學、高雄大學、文藻外語學院、屏東科技大學、輔英科技大學、美和科技大學等校，現為淡江大學中文系專任助理教授。著有《中國古典戲曲文體論》、《元雜劇敘事研究》，另有〈論「韓孟詩派」在文學史論述中的建構方法及其意義〉、〈界義「民間文學」的論述方法及其相關問題〉、〈中國古代文學史源流論述中的「文統」與「道統」〉、〈中國古代選本中「古」義的內涵、特性及其所衍生的批評效用〉等多篇論文與教材編纂數種。

提　　要

本論文以「古典曲論」為對象，通過既有之「中國古典文體論」所揭示的議題與內涵為詮釋視域，以中國古典之文體論述及其相關研究成果做為理解預設，將曲論置於古典詩學脈絡系統下進行理解，將隱含於各曲論中的「文體論」知識予以系統化。本文擇以「名實論」、「結構論」、「源流論」與「體式論」等四者為綱目，進行「中國古典戲曲文體論」之建構。「名實論」探討曲體、劇體、北劇、南雜劇、南戲、南傳奇的分類與名號，進而探討曲體、劇體及其次文類的兩層相對性關係，並追索分類之現象、意義與構詞模式；「結構論」探討戲曲文體構成之四因要素的內涵、應然關係與常變原則；「源流論」探討戲曲文學史「擇實描構式」與「應然創構式」的起源建構模式，以及其文學史觀與價值觀念；「體式論」則探討總體藝術形相及典範建構、形成與轉變。

序　言

　　本論文以「古典曲論」為對象，通過既有之「中國古典文體論」所揭示的議題與內涵為詮釋視域，將隱含於各曲論中的「文體論」知識予以系統化。因此，本論文的論述脈絡屬於「戲曲文學理論」的研究路徑。至於「劇場藝術理論」方面，由於其核心議題與「戲曲文學理論」不同，其內涵也非「中國古典文體論」的詮釋視域所能夠完全關照，因此為了統一論述脈絡、集中焦點，故先暫時擱置「劇場藝術理論」的部分。於日後系列研究中，方以此為基礎，更進一步融會「劇場藝術理論」的部分，以之拓展「中國古典文體論」的知識體系，研究當「文體」不單以文字為載體時，所應有的對應方法與理論架構。

　　由於文體論述散見於各曲論中，因此必須另行提出一套研究論述架構，來統攝相關之論點。由是，本文擇以「名實論」、「結構論」、「源流論」與「體式論」等四者為綱目，進行「中國古典戲曲文體論」之建構。「名實論」探討戲曲文體名號的能指與所指，「結構論」探討戲曲文體構成要素之內涵，「源流論」探討戲曲文學史建構方法、史觀及價值觀念，「體式論」則探討總體藝術形相及典範建構。

　　此四論具體論點的獲得，乃經由曲論廣泛閱讀，進而掌握其相關論述加以概念化，並置入系統化架構，所以文獻資料的選擇「立意抽樣」，提舉較具代表性之條目，做為證成論點之用。推論過程主要運用分析、歸納、分類、綜合與比較等「一般方法」，以之取得論述的有效性、一致性與系統性。又由於本論文以「文體論」的角度來研究戲曲，且經由曲論及相關資料的閱讀，發現戲曲的文體意識雖然已經成形，但無論是名號、結構、源流或體式都蘊含著古典詩學意識。因此本論文有兩個基本假定，做為資料採擇、文獻分析、

論點推展的基礎，其一爲「以中國古典之文體論述及其相關研究成果做爲理解預設」，將《文心雕龍》以降的中國古典文體批評傳統及既有的研究成果做爲閱讀理解的基礎，以之析離出曲論中與文體相關的論述，然後再通過分析、分類、歸納、綜合、比較，將散落於各曲論之文體論述加以系統化。其二爲「曲論須置於古典詩學脈絡系統下進行理解」，如此一來將可更清楚呈現出戲曲文體論在中國古典文學批評中之地位與承變關係，也能更彰明曲論之深層義涵。

目

次

第一章　緒　論

　　本論文的題目爲：「中國古典戲曲文體論」。乃以中國古代之「曲論」爲對象，通過「中國古典文體論」所揭示的議題與內涵爲詮釋視域，進行文獻資料的分析、歸納、綜合，將散落且隱含於各曲論中的「文體論」知識予以系統化之架構。

　　李惠綿先生曾將「古典戲曲理論」分爲「戲曲文學理論」和「劇場藝術理論」兩個研究方向，在這兩大方向下，各自有其關注之議題，「戲曲文學理論」包含語言藝術論、題材虛實論、情節結構論、人物塑造論等；「劇場藝術理論」包含搬演論、導演論、觀眾論等。〔註1〕其中雖未提及「文體論」，但若依李先生之分類標準將本論文進行研究屬性的區分，則偏向於「戲曲文學理論」之研究，因爲「中國古典文體論」所關注者，即爲以文字爲載體之文學作品中所展現、隱含之內涵。

　　當然，「劇場藝術理論」亦爲戲曲理論研究中至爲重要的一環，也已有許多前行研究者創造出斐然成果，質量皆相當豐富。〔註2〕如與本文相同皆以「曲論」爲研究對象者，有李惠綿先生的《元明清戲曲搬演論》，其已清楚分析「劇場藝術理論」中「搬演論」的六大主題，並有深入、完整的分析探討。〔註3〕

〔註1〕　詳見李惠綿，《元明清戲曲搬演論研究》（臺北：文史哲出版社，1998年），頁9～10。

〔註2〕　關於相關研究成果，可參考蔡欣欣先生《臺灣戲曲研究成果述論（1945～2001）》一書中「上編・肆・五」、「上編・陸・四」等。詳見蔡欣欣，《臺灣戲曲研究成果述論（1945～2001）》（臺北：國家出版社，2005年），頁226～230、270～272。

〔註3〕　李惠綿先生所指出的六大主題爲：「色藝論」、「度曲論」、「曲白論」、「身段論」、

不過，「劇場藝術理論」雖然是「古典戲曲理論」研究中之重要議題，但由於每個研究進路都有其限制性，「中國古典文體論」亦然，故必然會有無法涵蓋、討論的部分，「劇場藝術理論」便是「中國古典文體論」的詮釋視域尚且無法對治的範圍。因為「中國古典文體論」是以古典詩、詞、文等以文字為載體的「文體」為對象，但這些「文體」並不像古典戲曲一般，有著明顯的表演藝術特徵，所以由之衍生的「中國古典文體論」知識體系自然也少有相關之論點。由是，在本論文的論述脈絡中，將以「戲曲文學理論」之研究範圍為主，希望為相關研究贅添蛇足之效。於日後系列研究中，方以此為基礎，更進一步融會「劇場藝術理論」的部分，拓展「中國古典文體論」的知識體系，研究當「文體」不單以文字為載體時，所應有的對應方法與理論架構。不過，本論文為了統一論述脈絡、集中焦點，故仍先暫時擱置「劇場藝術理論」的部分。

如前所言，本論文思考進路偏向於「戲曲文學理論」，這個研究取向為學習經驗的延續，因為筆者於撰寫碩士論文「元雜劇敘事研究」時，研究路線便著重於此。該論文以元雜劇劇本為研究對象，探討其敘事特徵、情節結構、題材虛實等議題。當時以劇本為對象探討其敘事特徵，故當屬「戲曲文學」之範圍；迨至博士時，仍持續著力於「戲曲文學」一徑，唯將研究對象由劇本轉至「曲論」，「戲曲文學」的研究亦轉為「戲曲文學理論」的研究。由劇本而至「曲論」是現階段的進展，往後則將更進一步從「戲曲文學理論」開展至「劇場藝術理論」，期對「戲曲文體論」一題能有更全面之思考。

以上已說明論題之屬性，以下則將先說明此論題觸發之由，並進一步分析「中國古典戲曲文體論」一題之意義，如此一來便可以釐清本論文之目的、效用及限制。接著界定清楚研究之範圍、對象，並針對研究方法、基本假定與推展步驟進行深入說明，確保論證之有效性、一致性與系統性。最後則評述文體論與戲曲文體論的相關前行研究，一方面說明既有之研究成果，另一方面則可從中展現本論題之特殊處。以下即分述之。

「腳色論」、「形神論」等。李惠綿先生之論文不僅深入分析「搬演論」，亦對表演藝術相關的前行研究進行周密的討論，故此處便不再例舉相關研究。關於六大主題之說明詳同上注，頁 15～21，關於前行研究之分析詳見頁 11～15。

第一節　問題導出與題目釋義

壹、問題意識說明

　　關於這個論題的觸發，可從學術史發展脈絡開始談起，因為在閱讀學術史的過程中，可以發現在「中國古典文體學」、「中國古典戲曲學」兩個學科中，分別存在著某些空白未開發的地方。在「中國古典文體學」的學術史中，相關研究多聚焦於詩、詞、文等，「戲曲」雖被視為廣義的詩歌，但卻較少以此一詮釋視域進行研究。〔註4〕然而，「戲曲」是一個特殊的「文體」，因此古代曲家相應這個特別的「文體」所提出的「文體論」，自然可能有異於針對古典詩、詞、文所提出之「文體」論述。

　　至於「中國古典戲曲學」，近現代以來的研究成果相當豐碩，從蔡欣欣先生《臺灣戲曲研究成果述論（1945～2001）》一書中，即可看到臺灣學者的「戲曲」研究概況；另從劉禎〈百年之蛻：現代學術視野下的戲曲研究〉一文中，則可略窺大陸學者的「戲曲」研究概況。〔註5〕在這些研究成果中，我們可以看到各種不同的詮釋視域，如「歷史解釋」的詮釋視域，也就是站在「歷史敘事」的基礎上，進行歷史發展軌跡及其意義的闡明〔註6〕，如「戲曲」的源流發展史研究多半屬於此一視域。又如西方「敘事學」的詮釋視域，也就是敘事理論及原本運用於小說分析的描述方法，〔註7〕研究者引入相關理論、學

〔註4〕　如吳承學便云：「曲與詩詞之辨，批評家意見最為統一，儘管實際創作上有以詩詞為曲的，但並沒有因此而引起爭論。」所以吳承學的「中國古典文體學」研究集中於詩、詞、文等，而對曲的部分便相對較為疏略。不過曲論中仍蘊含著豐富的文體相關論述，無論是「本色」的概念義涵、湯沈的文律之爭，都展現了文體乃至於辨體之意識，此於後文便會進行分析，此處便不再贅述。關於吳說，詳見吳承學，《中國古代文體形態研究》（廣州：中山大學出版社，2002年），頁406。

〔註5〕　詳見蔡欣欣，《臺灣戲曲研究成果述論（1945～2001）》。劉禎，《民間戲劇與戲曲史學論》（臺北：國家出版社，2005年），頁57～113。本文將於「文獻資料回顧與評析」一節中對前行研究成果進行更詳盡的說明，此處暫不贅述。

〔註6〕　杜維運認為：「歷史敘事」指敘述以往發生過之事件，「歷史解釋」指闡明歷史發展的軌跡及其意義所在，對歷史事實之間的關係所作的疏通陳述。詳見杜維運，《史學方法論》（臺北：三民書局2003年，第15版），頁225～247。

〔註7〕　高辛勇認為西方現代敘事學即敘事理論與小說的分析描述方法，在其《形名學與敘事理論》一書中，將相關學說與理論派別歸納為七，包括：「俄國形式主義」、「結構語言學」、「變形語言學」、「結構主義」、「形名學」（即符號學）、「語言行為學」、「言談分析」等。詳見高辛勇，《形名學與敘事理論：結構主義的小說分析法》（臺北：聯經出版事業公司，1987年）。

說進行研究，如劇本情節分析、腳色符號性、敘事技法……等等。又如「表演藝術」的詮釋視域，無論從中國本身舞台藝術出發，或引入西方相關理論，其主要都在探討戲曲的劇場表演藝術特徵。又如「中國古典音樂學或音樂史」的詮釋視域，也就是探討戲曲的音樂特徵，及其在音樂史中地位。當然，近現代戲曲研究成果豐碩，其詮釋視域不只此四者，舉此四個主要詮釋視域爲例，旨在說明不同的詮釋視域各自有其效用，雖可開展出不同的研究領域，也都獲致珍貴的研究成果，不過相對而言亦有其限制。因爲每個詮釋視域各自有其可處理的議題，也有不能涵蓋的部分。本論文所採用的「中國古典文體論」亦只是各種詮釋視域的其中一個，而「劇場藝術理論」便是「中國古典文體論」的詮釋視域在現階段尚無法關照到的部分。

貳、研究層位說明

「中國古典文體論」爲後設反省之知識，針對不同研究對象會產生兩個研究層位：其一，直接面對「戲曲」劇本，即與王驥德、李漁等古代曲家站在同一層位上，通過劇本隱含之「文體」意義進行「中國古典文體論」的知識建構；其二，面對古代曲家批評「戲曲」的文獻資料，進行批評的再批評，也就是統整、建構「曲論」中所隱含的「文體」知識。如前所言，本論文乃以「曲論」爲研究對象，因此預設的論述層位屬於後者〔註8〕，爲針對古代「曲論」內涵的後設批評、研究，故非欲進行劇本的實際批評，也非針對實際演出的考索。〔註9〕

參、核心議題與「文體」相關術語概念說明

若無法關照「劇場藝術理論」，那麼「中國古典文體論」的核心議題究竟爲何？依顏崑陽先生之定義，中國古代以「文體」知識進行批評的目的在於：「觀察作品是否遵循文體規範終而完滿地實現某一文體，並依此而判斷其優劣」。〔註10〕本論文即在探討古代「曲論」對此批評目的所開展出的相關論述。

〔註 8〕 吳承學的《中國古代文體形態研究》一書從第一章至第十六章便主要從第一層進行研究，分別界述各種文體之特徵；第十七章至第十九章方從後設的角度論文體之源流、辨體、破體等諸議題。詳見其書。

〔註 9〕 如前所言，李惠綿先生所著《元明清戲曲搬演論研究》一書屬「劇場藝術理論」，即前述「表演藝術」之詮釋視域。然就其因研究對象所設定之研究層位而言，李先生與本論文相同皆是屬於第二種，乃針對曲論進行後設之研究。關於李先生對於研究對象的說明，詳見李惠綿，《元明清戲曲搬演論研究》，頁21。

〔註 10〕 顏崑陽，《李商隱詩箋釋方法論——中國古典詮釋學例說》（臺北：里仁書局，

故既有的「戲曲文學理論」研究雖都涉及到「中國古典文體論」的某些面向，亦爲本論文推導時重要的參考與依據，但它們並非以「中國古典文體論」做爲論述時主要的切入進路或詮釋視域，因而無論其論述的焦點或思考方向皆與「中國古典文體學」有異。〔註 11〕「中國古典文體學」的詮釋視域在既有「中國古典戲曲學」的研究中，較少受到關注與開發，如羅麗容先生便認爲：應將戲曲從中國文學史中遷出，因爲戲曲是綜合藝術，如戲曲理論、聲腔劇種、音樂、導演、表演、舞台美術、劇場、劇場藝術教育、演員等，凡此皆爲古典戲曲的重要研究重點。〔註 12〕羅先生的看法指出了某些學者對於「中國古典戲曲學」的取向，也昭示了許多可能的研究進路，然其基本思考已跳脫戲曲與古典文學進行關係性的研究進路。

不過我們認爲曲論的研究還是能夠從「中國古典文體論」的角度來審視之，在「戲曲文學理論」的研究中仍可與「中國古典文體論」進行連結。因爲在元、明、清的「曲論」中，此一詮釋視域的文獻繁多、涵義豐富，只是散落在零篇文本中。且曲家置身於古典詩、詞、文的語境中，受此歷史文化傳統影響深遠，在其論述中勢必有著難以切斷的臍帶關連。因此，本論文即以現代化的理論思維，從「中國古典文體論」的後設性觀點，對古代「曲論」進行深層意義的詮釋，將散落於各「曲論」中的隱含意義提出，並加以分析、歸納、綜合，以重構其觀念體系。即以「中國古典文體論」的角度來研究「曲論」，發掘出一些可供探討的層面，或審視一些曲學中的固有議題，而非進行特定理論的套用。

經由以上討論，可知「中國古典文體論」與「文體」爲本論文相當重要的核心概念。在本文的論述脈絡中，「中國古典文體論」一詞主要指涉爲：中國文學批評傳統中既有的「文體」知識體系。本文稱之爲「中國古典文體論」，以下或省稱爲「文體論」。「文體論」以《文心雕龍》爲中心，這個中心地位是因爲《文心雕龍》總結前代關於文體知識並加以系統化。〔註 13〕在

2005 年，修訂 1 版），頁 3。
〔註 11〕如體製、風格、源流等相關研究，皆與「文體論」有關，不過著重層面又有所差異。下文於「戲曲文體論研究資料評述」一節將進一步說明之，此處不再贅論。
〔註 12〕詳見羅麗容先生，〈中國戲曲史是否該歸屬於文學史？〉，收於《戲曲面面觀》（臺北：國家出版社，2008 年），頁 277～285。
〔註 13〕如徐復觀認爲：「中國把文學從作爲道德、政治之手段的附屬地位解放出來，而承認其有獨立價值的自覺，可以用曹丕的《典論·論文》作代表；而文體

《文心雕龍》總結先秦、兩漢之「文體」論述後,「文體論」仍不斷的在古典文學批評文本中出現。可以說「文體論」在中國古典詩、文批評傳統中,已形成一套特定的理論系統,並有其相應的內涵,故如顏崑陽先生便將「文體」與「情志」並列為中國文學的兩大批評型態。〔註14〕因此,「文體」知識體系本應含括「曲論」,只是現代「中國古典文體學」的研究者較少以此為對象。

至於「文體論」之內涵,可以從「文體」一詞開始說解。關於「文體」一詞,在顏崑陽先生〈論「文體」與「文類」的涵義及其關係〉一文中,已給予理論性的定義,其云:

> 其普遍性的基本概念是:「諸多性質與功能類似的文章群,其自身所共具之有機結合『基模性形構』與『意象性形構』並加以範型化的樣態特徵。」〔註15〕

此處「文體」一詞有了清楚的界義。若將「戲曲」置入此論述脈絡中,真正的問題於焉產生,即:在「曲論」中究竟認為「戲曲」這個「文體」具備哪些性質、功能?包含哪些文章群?依循哪些共具的有機結構、何種「基模性形構」與「意象性形構」?如何加以範型化?又呈現出何種樣態特徵?這些都需要進一步釐清的。當問哪些文章群時,便是要探討其「文體」之分類;問哪些性質、功能、有機結構等,即是要探討其「文體」之結構;問如何範型化、呈現之樣態特徵等,即是要探討其「文體」之體式。除了這些議題外,「文體論」中很重要的議題還有源流論,因為當探討文體分類與結構後,進一步便會思考類與類之間的關係,當以源與流的關係去建構類與類之間的關係時,便隱含著批評家對於該「文體」在文學發展歷史中的定位,也就是源流論。本論文即以既有「文體論」研究所提示的「文體」相關論題做為蒐集、整理、分析「曲論」的基礎,尋繹「戲曲」中所蘊含的「文體」觀念,通過

的觀念,恐怕也是在這一篇文章中才正式提出的。雖然在此一名詞觀念正式提出以前,很早便經過了因事實之存在而已有長期的醞釀。自此以後,由兩晉而宋齊梁,文學的批評鑑賞,盛極一時。深一層看,這些幾乎都是以文體論為中心的。劉彥和的《文心雕龍》,實際是此一時代許多批評鑑賞著作的一大綜合。……《文心雕龍》,廣義的說,全書都可以稱之為我國古典地文體論。」詳見徐復觀,《中國文學論集》(臺北:學生書局,1985 年,6 版),頁 3。

〔註14〕 顏崑陽先生將中國古典文學批評型態分為:「情志批評」與「文體批評」兩大類。詳見顏崑陽,《李商隱詩箋釋方法論——中國古典詮釋學例說》,頁 1~3。

〔註15〕 顏崑陽,〈論「文體」與「文類」的涵義及其關係〉,收於《清華中文學報》第 1 期(2007.09),頁 43。

分析與建構形成一套與既有「文體論」不同的「文體」理論。將既有「文體論」的探討對象限制於「戲曲」相關論述時，即是「中國古典戲曲文體論」或省稱為「戲曲文體論」。不但以之可與既有的「中國古典文體學」相互參照，並且豐富其內涵，也可為「中國古典戲曲學」中的「戲曲文學理論」研究提供一些不同的粗淺臆想。

肆、研究目的與限制說明

從上述問題意識的分析中，可知本論文的研究目的並不在探討「戲曲」已然之事實，而是著重於「曲論」論及「戲曲」所隱含的「文體」觀念，這兩種論述的目的有著明顯的取徑差異。以源流論述為例，曾永義先生之《戲曲源流新論》與俞為民的《曲體研究》〔註16〕兩者之研究目的即在揭示戲曲已然之源流發展歷程，也就是預存歷史中有個「戲曲」的發展過程，而研究者的目的便是在廓清、梳理出其既存之脈絡，其成果亦斐然，此即是前述的「歷史解釋」之詮釋視域。然而，本文的研究目的卻不在於此，而是通過分析「曲論」中的源流論述，來揭示其所隱含之「文體論」意義，故論及源流時，便著重於其方法與意識。也就是說，曲家所言是否符合歷史實然發展或歷史實然發展如何，較偏向於「歷史解釋」的詮釋視域，並非本論文聚焦之所在，也非「文體論」的核心議題。由此可知，本論文的目標與效用在於詮釋「曲論」中所隱含之「文體」觀念，重構一套系統性的論述，此為觀念史、概念史的研究面向。因此歷史之實然，與前文已反覆提及之「劇場藝術理論」，或者其他超出「文體論」可對治的議題，皆非本論文所想要或所能夠處理的，這即是本論文之限制。反言之，本論文能夠達成之目的及效用，也並非其他詮釋視域、研究面向所能夠完全關照的。

伍、題目釋義

以上已對本論文的問題意識、題意、目的與限制進行基本的說明，然除「文體」與「文體論」外，尚須對「戲曲」與「戲曲文體」兩個術語進行概念分析。

〔註16〕 曾書中對南戲、北劇之淵源、流播等議題有詳明的論述，俞書亦對「宮調考述」、「南曲曲體的沿革與流變」、「北曲曲體的沿革與流變」等諸議題有清楚的分析。詳見曾永義，《戲曲源流新論》（臺北：立緒出版社，2000年）。俞為民，《曲體研究》（北京：中華書局，2005年）。

一、戲曲

在曾永義先生〈也談戲曲的淵源、形成與發展〉一文中,對「戲曲」的概念與名號問題有清楚的分析,總其要旨為:區別「戲劇」與「戲曲」兩詞之概念,「戲劇」為「舉凡真人或偶人演故事者」皆屬之,「戲曲」則專指「演員合歌舞以代言演故事」,因此漢角觝戲、唐歌舞戲、唐參軍戲至南戲、北劇、明清雜劇、明清傳奇、京劇及其他地方戲和民族戲劇皆屬之。〔註17〕此外,對於「戲曲」一詞,在現代學術研究中,另有將之與「劇曲」視為同義詞,如李惠綿即云:「劇曲即戲曲」,並認為近人研究多如此定義。〔註18〕又張庚云:

> 從近代王國維開始,才把「戲曲」用來作為包括宋元南戲、元明雜劇、明清傳奇以至近代的京劇和所有地方戲在內的中國傳統戲劇文化的通稱。〔註19〕

李惠綿、張庚與曾永義先生之定義有狹、廣之別,李、張兩位先生之「戲曲」一詞範圍較狹窄,曾先生則較廣。本文所使用的「戲曲」一詞採用的是狹義,指涉的是宋元南戲以降的古典戲劇總稱,因為「曲論」中關於「戲曲」的「文體」論述,多是針對此類立論。由是,可以說在本文的論述脈絡中,「戲曲」與「古典戲曲」兩詞義相當。以「古典」為題,另一目的則在強調本文研究範圍為古代之「曲論」,將近現代的「中國古典戲曲學」做為研究的支援性論據,非做為研究對象。

由於本論文以「曲論」中關於「戲曲」的文體論述做為主要研究對象,所以有時不免會涉及「散曲」論述,因為在某些古代曲家的觀念或論述中,並不嚴格區分「戲曲」與「散曲」,甚至可以說是混同合觀。例如陳建華研究傳奇時期批評元雜劇的「曲論」,很重要的一項特徵便是「劇散同質」,也就是在曲家眼中「散曲」和「雜劇」的差異僅在於長短。〔註20〕在俞為民、孫蓉蓉主編之《歷代曲話彙編:新編中國古典戲曲論著集成》的「總凡例」中亦云:

〔註17〕 詳見曾永義,《戲曲源流新論》,頁32。
〔註18〕 詳見李惠綿,《王驥德曲論研究》(臺北:國立臺灣大學出版委員會,1991年),頁1、6。
〔註19〕 張庚,〈中國戲曲〉,收於中國大百科全書出版社編輯部編,《中國大百科全書》戲曲曲藝卷(北京:中國大百科全書出版社,1983年),頁1。
〔註20〕 詳見陳建華,《元雜劇批評史論》(濟南,齊魯書社,2009年),頁331~332。

散曲作為曲的一類，雖屬詩體文學，但其曲調與戲曲的曲調為同源異流，兩者有著密切的關係，故本編也選收了一些有關散曲的曲論。〔註21〕

此處揭示了「散曲」與「戲曲」的密切關係，因此雖然其編纂目的為「古典戲曲論著集成」，但亦搜羅部分「散曲」論著。也就是說，雖然近現代曲學研究中，已經明確區辨劇、散之異，但是因為古代曲家時見混淆，或因兩者某部分之相似與密切相關，實難以完全捨棄相關文獻資料。因此，本論文題目雖訂立為「中國古典戲曲文體論」，故本應以「戲曲」論述為主，但仍會在討論過程中涉及曲家論及「散曲」的部分文獻資料。

然除了定義「戲曲」之外，另外有一個相關術語之概念，在本文中也是相當重要的，就是「曲」。如李惠綿有云：

> 構成曲的必要條件是「合樂」，因此凡可入樂而歌者，如樂府、詩詞、大曲、民歌小曲皆是，可謂曲之廣義。曲之狹義乃指音樂基礎和形式構造源自宋詞的曲，……，而曲之體製有散曲和劇曲，……。〔註22〕

此處從合樂、可歌的角度定義「曲」，並提出「曲」之多義性，分為廣義與狹義兩個層次，廣義者，指各種合樂、配唱之藝術形式；狹義者，指宋、元以來有固定形式之「散曲」、「劇曲」（即戲曲）等。〔註23〕本論文以「曲」一詞指涉為後者，做為宋、元以後有固定形式之「散曲」、「戲曲」的總稱，本文第二章中亦會對此進一步深入分析。

二、戲曲文體論

本論文將「曲」一詞所指向之「文體」稱為「曲體」，「曲體」包含「散曲體」、「劇體」。「劇體」即「戲曲」一詞所指向之「文體」，本文或直接稱為

〔註21〕俞為民、孫蓉蓉主編，《歷代曲話彙編：新編中國古典戲曲論著集成》唐宋元編（合肥：黃山書社，2006年），「總凡例」頁1。

〔註22〕李惠綿，《王驥德曲論研究》，頁1。

〔註23〕又《中國曲學大辭典》中第一條詞目就是「曲」，其對「曲」所下的定義相當廣泛，其云：「曲是一種可演唱的韻文形式。泛指歷代各種帶樂曲的文學藝術樣式，包括戲曲、散曲、曲藝、小曲等。在歷史文獻中，一般又多用以專指宋元以來的南曲與北曲。曲最常見的是劇曲和散曲。」其說大致與李惠綿所言相當，唯以「泛指」、「專指」代「廣義」、「狹義」，且多「叶韻」這一項文字形式的限定。參見齊森華、陳多、葉長海主編，《中國曲學大辭典》（杭州：浙江教育出版社，1997年），頁1。

「戲曲文體」。由此可知，本論文所謂的「戲曲文體論」其主要對治者，即為針對「劇體」所提出的相關「文體」論述。循此，「曲體論」指以「曲」為對象產生之「文體論」，「戲曲文體論」則是「曲體論」中針對「戲曲」的部分。然正如前所云，「戲曲」的相關論述本就屬於「文體論」的範圍內，只是既有之研究少有涉及。〔註24〕

　　總言之，「中國古典戲曲文體論」指的是：分析隱含於「曲論」中以「中國古典戲曲」為對象的「文體」知識，並進行系統性的梳理，重構其「文體」觀念體系。若要進行學科的歸屬，則是結合「中國古典文體學」與「中國戲曲學」的跨領域研究。

第二節　研究範圍、對象、方法、步驟及關鍵性術語概念說明

　　本節主要在界定本論文的研究範圍與對象，還有所使用的研究方法、基本假定、步驟，以及界義本文重要術語的概念義涵。

壹、研究範圍與對象

　　通過上節「問題導出與題目釋義」的說明，可知本論文研究範圍為「曲論」，主要對象則為其中與戲曲相關的文體論述。以下再進一步說明之。

　　本論文以「曲論」為主要研究範圍，有關批評戲曲的相關文獻資料皆可稱之為「曲論」。〔註25〕「曲論」相關資料車載斗量、形式亦多，如專著、序跋、批注評點、尺牘、雜文、日記……等等不同書寫形式所記錄與曲相關的論述，皆可涵攝在「曲論」的範圍內，本論文則是汰取「曲論」中文體相關論述來進行研究。〔註26〕而正如前所言，以「古典」為題，主要在強調本文

〔註24〕為了行文朗暢，本論文之常用術語，如戲曲、劇體、文體、文體論、戲曲文體論等，若已於行文中分析、定義過，往後便不再以引號標記，如有他義，方另行說明之。其他術語如曲論、體式、結構、形式、體貌等亦會於下文進行分析，其於文中標記原則亦同。

〔註25〕如李惠綿對「曲論」一詞定義便為：「曲論包含曲的批評和理論」。李惠綿，《王驥德曲論研究》，頁1。

〔註26〕在《歷代曲話彙編：新編中國古典戲曲論著集成》唐宋元編的「總前言」中，便對各種曲論形式進行分析與歸納。詳見俞為民、孫蓉蓉主編，《歷代曲話彙編：新編中國古典戲曲論著集成·唐宋元編》，「總前言」頁1～6。（此「總前言」為《中國古代戲曲理論史通論》之「緒論」加以增改而成，詳見俞為民、

研究範圍主要為古代之「曲論」，故如吳梅、王季烈、王國維等人的近代曲學論著便排除於外。因為他們論著是在古代「曲論」的基礎上融入了現代學術研究思維，正好處於古代「曲論」與近代曲學研究的交會處，值得專題進行探討，因此在本論文中暫時將之捨棄。總言之，本論文以古代之「曲論」為研究對象，其中又以王驥德《曲律》、何良俊《曲論》、王世貞《曲藻》、徐復祚《曲論》、徐渭《南詞敘錄》、凌濛初《譚曲雜劄》、李漁《閒情偶寄》、李調元《雨村曲話》、劉熙載《藝概》⋯⋯等等這些較完整呈現出曲家文學觀念的「曲論」為主，而以其他散見於序跋、批注、評點、書信、筆記等等不同表達形式的「曲論」為輔。

　　界定「曲論」後，還須說明與戲曲相關的文體論述為何，也就是更清楚的界定出本論文的研究對象。因為曲與戲曲的外在表現形式兼有文字、歌樂與搬演等不同要素，故戲曲中的某些議題已超出既有文體論可處理的範圍。由是，這些要素在戲曲中之深層意義也非都能夠經由文體論來申明、開展，文體論對治的議題主要是通過文字承載、表現者，雖然歌樂與搬演等要素本應與文體論無關，不過搬演與歌樂最終亦會影響、作用於文字要素。當其作用於文字要素後，便為本論文的研究對象，如因應搬演而有分折、分齣之別，因應歌樂而有曲牌體、聯套等規律的體製等。所以需要從戲曲文體論這種特殊的文體論中再進行研究對象界定。以下分別從歌樂與搬演兩者與文字表現之關係來進行說明。

　　在樂府、宋詞等文體中亦具涵歌樂這項要素，因為樂府、宋詞本就具備合樂、配唱之特性。因此，「中國古典文體學」在面對這類音樂文學時，是將歌樂獨立看待，如其律呂、宮商、樂器、歌法等議題便與文體論無關，其是屬於古代音樂學或音樂史的議題。但是音樂文學的歌樂要素最終必然會作用、表現於文字之中，也就是包括文字長短齊雜之構句與格律等，本論文稱之為「體製」，當歌樂作用於文字時，便是文體論的研究對象，也就可以含括於本論文之中。

　　由此來看待戲曲中歌樂與文字兩種要素之關係時，便較容易理解。本論文將純論律呂、宮商、樂器、歌法、聲腔等議題排除於外，如南曲、北曲所合樂曲的具體內涵，便不在戲曲文體論的研究範圍內；但是如前所言之曲牌體與格律、叶韻等形式特徵便是可處理之議題。此外，如「北曲勁厲，南曲

孫蓉蓉《中國古代戲曲理論史通論》(臺北：華正書局，1998 年)，頁 1～17。)

柔靡」的批評，是將音樂風格與文字風格進行綜合論述，不單只提出北曲、南曲的音樂風格，也包含了對語言風格的總體把握，這種綜合體悟後的概念化陳述，亦是本論文與「文體論」可探討之範圍。同理，搬演要素亦然，場上具體演出之身法、作功等諸議題也不是戲曲文體論的範圍。但是離開劇場所留存的文字劇本，包含分折、分齣、舞台指示等，其「形構」及「樣態」之「體製」亦是可研究的範圍。

總言之，戲曲文體論雖以文字要素的相關論述爲主，但是文字有受到歌樂與搬演之作用，所以在戲曲文體論中，有關歌樂與搬演等要素勢必難以完全捨去不論。本論文將其作用於文字處也視爲戲曲文體論的研究對象，但具體之表演技巧則排除於外。

貳、研究方法與步驟

一、研究方法

本論文主要研究方法爲「一般方法」。在「一般方法」的使用上，以分析、歸納、分類、綜合、比較等五種方法爲主。在論文推導過程中，此五種方法並非僅貫串使用一次，而是以文本分析爲主，再視每章節與全文的論題需求來運用搭配，或搭配以歸納與分類，或搭配以分類與綜合，或分析後直接進行綜合等，而比較主要使用於戲曲與詩、詞等其他韻文體之對照。以上諸方法是在論文寫作的推論過程中進行運用，不過在閱讀曲論時，事實上已經過一次的分析與分類，這是論文書寫前對於文獻資料的總體把握。此一過程默會於胸，並無法述於筆墨，然須以之爲基礎方能有效掌握曲論之內涵，本論文亦是在此過程中，將曲論中之相關論述加以歸納。如本論文第四章中標舉「源流論所隱含的價值觀念」、第五章中提出「清麗」、「本色」、「典雅」、「委婉」做爲體式概念，皆是在廣泛閱讀曲論後加以歸納與概念化的總體把握，其他論點之提出亦多相類。

當經由廣泛閱讀曲論進而掌握其相關論述加以概念化，並置入系統化架構後，即會面臨文獻資料檢擇取捨的問題。本論文關於文獻資料的揀擇方法爲：「立意抽樣」。「立意抽樣」是因應研究對象、範圍而設定的方法，因爲本論文的論題在性質上屬觀念史、概念史的研究，爲文意內容的分析性詮釋，故無法採用量化分析法。爲了能夠有效運用曲論，需要通過大量的閱讀，對文獻資料的內涵與取向有一總體把握，然後以論文架構與理路爲依準，揀擇重要、有效的曲論資料做爲證據，以俾論點的證成，如本論文第五章「體式

論」中關於「體式」概念類型的提出，便是經由對於相關曲論資料總體把握後的綜合判斷，然後揀擇相關曲論資料做為佐證。

至於特定、單一的文學理論僅做為文中相關議題的支援性論點，並非結構性之理論架構，因為本文的目的就是試圖通過曲論之勾稽，構築出一個理論架構，所以並不以特定、單一的理論做為貫串全文的主要架構或方法論依據。

在大量閱讀的過程中，對於文獻資料的基本態度，即涉及論文之基本假定，本論文的基本假定有二：其一，「須以中國古典之文體論述及其相關研究成果做為理解預設」。因為正如前所言，從《文心雕龍》總結其前代之文體論述後，中國古代文人雖少見體系嚴密之文體論專著，但仍相延承襲為一套批評傳統。所以既有之文體研究雖然較少以戲曲為對象，但由於古代曲家仍身處於此一論述傳統之中，故戲曲文體論勢必與此論述傳統關係密切。由是，本論文的基本思考為：將《文心雕龍》以降的文體批評傳統及既有的研究成果做為閱讀理解的基礎，以之析離出曲論中與文體相關的論述，然後再通過分析、分類、歸納、綜合、比較，將散落於各曲論之文體論述，建構出系統化之架構。而此理論系統雖以既有的文體論為基礎，但經由曲論的具體內容與研究者自身的思維脈絡結合，將可揭示出與既有文體論研究不同的意義。

由以上基本假定可以再進一步推導出本論文基本假定之二：「曲論須置於古典詩學脈絡系統下進行理解」〔註 27〕。因為經由曲論及相關資料的閱讀，

〔註27〕 如張庚的「劇詩說」即是認為曲體、劇體與詩體密切相關，而難以分割。從其「劇詩」之名，即可明白其連結兩種文體之文學觀念。關於「劇詩說」可詳見張庚，《戲曲藝術論》（臺北：丹青出版社，1987 年），頁 43～92。從張庚提出「劇詩」觀念，並將詩歌分為「抒情詩」、「敘事詩」、「劇詩」後，許多研究者便持著這個論述基調討論詩與曲的關係，如劉文峰便從「詠物言志」論共同點，從「唱故事」、「詩歌的戲劇化」論不同點。詳見劉文峰，〈劇詩——詩歌戲劇化的產物〉，收於《戲曲史志研究》（臺北：國家出版社，2006 年），頁 179～198。（原文刊載於《藝術界》第 1 期（2003 年））。朱棟霖、王文英合著之《戲劇美學》一書，也順著「劇詩」的觀念，從認同詩本體開始，提出相應的美學追求。詳見朱棟霖、王文英，《戲劇美學》（南京：江蘇文藝出版社，1991 年），頁 8～53。蘇國榮更以「劇詩」為著作之名稱，其認為「戲曲是詩，但又不是一般的詩，而是具有戲劇性的詩，是詩與劇的結合，曲與戲的統一，故名『戲曲』，也叫『劇詩』。」蘇國榮，《中國劇詩美學風格》（臺北：丹青圖書有限公司，1987 年），頁 5。郭英德亦認為：「傳奇文學是一種劇詩，歸根結底，是詩的一種特殊類型。傳奇文學首先是詩，這一點最能體現中國戲曲文學的民族特性。」郭英德，《明清文人傳奇研究》（臺北：文

可以發現戲曲的文體意識雖然已經成形，但無論是名號、結構、源流或體式都蘊含著古典詩學意識。因此，將戲曲文體論置於古典詩學脈絡下進行理解，將可更清楚呈現出其在中國古典文學批評中之地位與承變關係，也能更彰明曲論之深層意義。〔註 28〕

由上可知，本論文雖於行文中使用各種一般方法，但就全文而言，仍是「假說演繹」式的推論方式，爲規創性質的系統建構方法。

二、研究步驟

本論文設定之研究步驟如下：

（一）探討名號、分類，建立出戲曲文體名實論。此爲本文研究的第一步，因爲曲體與劇體的分類複雜，所以我們必須要通過分析其分類來釐清曲家對於曲體及劇體的所指爲何。此步驟下又可分爲四個次步驟：其一，以現代曲學研究爲基礎，提出劇體分類之實，並以之分析名號混用之現象；其二，以現代學術分類研究爲基礎，進一步審視曲論中之分類現象。其三，探討名實對應關係混亂之原因；其四，分析名號構詞模式，歸納其構詞之規律性，以對名號運用規則有脈絡化的掌握，及深層意義之詮發。

（二）探討結構要素，建立出戲曲文體結構論。當釐清名實關係後，便進一步分析劇體的結構要素，以對劇體結構有整體性的認識。此步驟下又可分爲三個次步驟：其一，分析、歸納劇體中材料因、形式因、動力因、目的因等四個結構要素及其次要素之內涵。〔註 29〕其二，綜合各結構要素，探討它們之間的關係，或同一要素中不同次要素間的關係。其三，揭明劇體結構中心的常、變規律。

（三）探討戲曲文體源流論，分析其隱含之價值系統與文學史觀。此步驟下又可分爲三個次步驟：其一，通過曲論的廣泛閱讀，對其源流論述進行宏觀的把握，將眾多源流論述依建構模式分類；其二，分析其中所隱含之文學史觀，以深察曲論中隱而未發的劇體發展史觀；其三，分

津出版社，1991 年），頁 151。

〔註28〕 以上這兩種假定，與將戲曲置於俗文學脈絡中進行論述的基本假定不同。在俗文學的假定中，戲曲是俗文學發展脈絡的一環；若本文則假定曲家將戲曲視爲古典詩詞脈絡之一環，故曲學亦爲古典詩學脈絡之一環。

〔註29〕 以四因來解釋事物的結構，是亞里斯多德所提出的論點，其說具有廣延性，因此適合援之以解釋戲曲文體。

析、詮釋其中所隱含之價值系統，此也是追究支撐曲家源流觀的基本
立場，由此一方面可以對構成源流觀的預理解有深入理解，另一方面
可以從中觀察出曲家對劇體的態度。

（四）在結構論與源流論的基礎上，進一步處理曲論中的體式論述，也就是
探討體式的內涵，以及典範如何提出、如何轉移等議題。此一步驟中，
又可再分成三個次步驟。其一，將劇體體式概念術語進行理論層級之
分類，並辨明其差異；其二，歸納、分析曲論中建構之典範。其三，
揭明、詮釋前兩者所隱含的文體論意義。

參、關鍵性術語概念說明

本小節主要就重要的術語進行說明，其他術語則隨行文所到，方進行界
義、說明。本論文經常使用之術語主要可分為「戲曲相關術語」與「文體相
關術語」兩類。

關於「戲曲相關術語」一類，在題目釋義中已對「戲曲」、「曲」、「曲體」、
「劇體」、「戲曲文體」、「戲曲文體論」等術語之概念義涵進行界說。

在「文體相關術語」中，「曲體」、「劇體」、「戲曲文體」、「戲曲文體論」
等術語是戲曲與文體疊合組構之概念，已見前說。至於「文體」、「文體論」
亦已於題目釋義中說明。除此之外，尚可以將「文體相關概念術語」分為兩
類，一類是與體製相關之術語，如「體製」、「結構」、「形式」等；另一類則
是與體式相關之術語，如「體式」、「體貌」、「風格」等。這些術語在本論文
中相當重要，因此有必要於此先進行說明。以下分述之。

一、體製相關術語概念說明

「體製」一詞與「體裁」同義，在徐復觀〈文心雕龍的文體論〉一文中
定義為：「由語言文字之多少所排列而成的形相」。〔註 30〕顏崑陽先生於〈論
「文體」與「文類」的涵義及其關係〉一文中則定義為：「在文體論述上，『體
裁』或『體製』所指涉的應該是文章可分析的『形構性之體』。」〔註 31〕在徐
復觀的定義中，「體製」專指以語言文字所構成的外在形相。而顏先生所謂「形
構性之體」的「形構」指形式結構，包含有兩層意義：一是先於個別作品既
定的形構，為「基模性形構」；二是為「意象性形構」，指與題材內容不能分

〔註 30〕徐復觀，《中國文學論集》，頁 19。
〔註 31〕顏崑陽，〈論「文體」與「文類」的涵義及其關係〉，收於《清華中文學報》
第 1 期，頁 26。

離之形構。〔註32〕經由兩位先生的說法，可以理解「體製」為語言文字所構成的外在形相。就「體製」先於個別作品而言，可以說是一種「基模性形構」；若從「體製」與內容的相對關係來說，可以說是「意象性形構」。在本文中最重要的是取「基模性形構」之義，也就是「體製」指語言文字所構成既定的外在形式結構。

此一定義中，又引伸出「形式」與「結構」兩個概念，在本文中，「形式」一詞指涉的是與內容相對的外在表現方式，所以「形式」並不侷限於語言文字，「文字形式」只是戲曲文體的「形式」之一，戲曲文體另有「歌樂形式」與「搬演形式」，第三章「戲曲文體結構論」中便會對此進行深入分析，此暫不贅述。「結構」則指事物之間或一事物之中諸要素進行有機的組合排列，構成一個整體。就戲曲文體來說，若分析其「結構」可以從四因處論，也就是材料因、形式因、目的因與動力因，由這些不同要素之內涵構成戲曲文體。總言之，形式只是戲曲文體「結構」諸要素中的一項，而「體製」則是專指「形式」中以語言文字所構成之外在形相。

二、體式相關術語概念說明

「體式」與「體貌」兩概念密切相關，就顏崑陽先生的定義而言，「體貌」指「一篇作品或一家之作的整體『樣態』」〔註33〕、「一種非實質聲色的美感印象，是形式、內容等一切因素有機構造之後的總體表現。」〔註34〕顏先生從《文心雕龍》以及歷代文論中使用到「體貌」一詞的文獻資料中分析出這層義涵，故此概念是中國文學批評中既存之概念，本文即襲用之。而顏先生所使用「樣態」一詞，指「不經分析而由直觀綜合所認識事物徵相，那是一種整體表象性的『式樣姿態』。」〔註35〕本文將這種整體表象性的「式樣姿態」稱之為「風格」。在文體中「風格」主要通過語言文字來呈現，如徐復觀所言：「體貌之體，以辭的聲色為主。」〔註36〕不過通過「辭」（即詞，指語言文字）雖可以觀察出語言之「風格」，但「辭」並不只是外在修辭、形式，而是與內容有機構造後之總體表現。

〔註32〕 同上注，頁 16。
〔註33〕 同上注，頁 28。
〔註34〕 顏崑陽，《六朝文學觀念叢論》（臺北：正中書局，1993 年），頁 140。
〔註35〕 顏崑陽，〈論「文體」與「文類」的涵義及其關係〉，收於《清華中文學報》
　　　　 第 1 期，頁 13。
〔註36〕 徐復觀，《中國文學論集》，頁 32。

　　至於「體式」一詞，在古代文論中有多種義涵，本文則挪借顏崑陽先生所指出《文心雕龍》中蘊含的兩層意義：

> 一為超越個別作品相應於某一文類之「體式」；一為超越個別文類之「體式」，乃一普遍之美的範疇。〔註37〕

此處說明「體式」則有兩層義，一為涵蓋一文類者；二為超越到成為普遍之美的層次者。這都是將語言文字所形成之「風格」，再加上「範型性」的條件限制。如顏先生所言：「就『樣態義』而言，『體式』與『體貌』最大的差別，乃在於具有『範型性』與否。」〔註38〕不過從顏先生的「體式」概念中，仍可拓展出第三層意義：即超越個別作品相應於某一群詩人作品之「風格」，也就是在一群詩人之中具有「範型性」之「風格」者，本文亦歸之於「體式」的概念範圍內。〔註39〕

　　總言之，一篇作品有一篇作品之「風格」；一家作品有一家作品之「風格」此即是「體貌」。而一家之「風格」或一群詩人中之代表「風格」若已具「範型性」則歸之為「體式」，加上涵蓋一文類之「風格」與成為普遍美之「風格」，故「體式」有三層涵義。

第三節　文獻資料回顧與評析

　　以下將文獻回顧與評述分為「文體論研究資料評述」、「戲曲文體論研究資料評述」與「古代曲論資料簡述」三個部分進行說明。

壹、文體論研究資料評述

　　在既有的研究成果中，我們仍然可以區別出兩種不同的研究進路，一是以《文心雕龍》及其後中國古代文體論述所隱含的文體觀念為論述核心，然後再加以延伸闡發；二是自己建立一套系統，然後再通過《文心雕龍》或者其他典籍中的文體相關論述來證成之。〔註40〕

〔註37〕顏崑陽，《六朝文學觀念叢論》，頁140。

〔註38〕顏崑陽，〈論「文體」與「文類」的涵義及其關係〉，收於《清華中文學報》第1期，頁29。

〔註39〕筆者在分析「韓孟詩派」的「體」、「派」關係時，亦已對此有過區別。詳見鄭柏彥，〈論「韓孟詩派」在文學史論述中的建構方法及其意義〉，《東華人文學報》第14期（2009.01），頁68～69。

〔註40〕此外另有以「西方文體學」為基礎之「文體學」研究，亦為一個專門的研究

　　第一種進路的研究成果主要集中在台灣學界，如徐復觀〈文心雕龍的文體論〉、龔鵬程〈文心雕龍的文體論〉、顏崑陽先生〈論文心雕龍「辯證性的文體觀念架構」〉……等等都是試圖建立《文心雕龍》的「文體論」。其中徐復觀的〈文心雕龍的文體論〉一文具有理論建構的關鍵性地位，如顏崑陽先生認為：徐氏以前的學者多不區分「文體」與「文類」，直到徐氏才指出「文體」與「文類」的差異，糾正了將「文類」誤作「文體」的既有說法。除此之外徐復觀的重要論點尚有提出「文體」內涵的三次元意義，包括「體製」、「體要」、「體貌」三方面；及認為決定「文體」的最高因素為主體情性；以及提出文體論的效用是做為文體創造與批評鑑賞的法則，所以相對於徐氏之前諸多有關《文心雕龍》「文體」觀念的討論來說，這篇論文無疑地具有革命性的創見。〔註41〕不過龔鵬程在〈文心雕龍的文體論〉一文中卻對徐氏之說嚴加批評，龔氏主要反對徐氏將「文體」、「文類」區分，及主體情形決定「文體」的說法，認為「文體」是語言文字的形式結構，為完全客觀化的存在，兩人說法截然不同。因此顏崑陽先生撰〈論文心雕龍「辯證性的文體觀念架構」〉從這兩個截然不同的詮釋脈絡中導出問題，進而尋求解答，在該文中顏先生分析龔、徐二人論點產生差異的原因〔註42〕，並以「辯證性的觀念架構」來詮解《文心雕龍》的文體觀念，較詳密的闡釋了「文體是什麼」這個問題，其云：

> 則「文體是什麼」，在概念上可得出以下的答案：「主觀材料、客觀材料與體製、修辭，經體要的有機統合之後，乃整體表現為作品的體貌；然後觀察諸多作品體貌，歸納形成具有普遍規範性的體式」。
> 〔註43〕

領域，其研究目的亦與「中國古典文體學」不同，如《文體學概論》一書中便揭示出三個研究目的：一、為外語教學服務；二、語言學理論的應用與驗證；三、對審美效果的研究。詳見劉世生、朱瑞青編著：《文體學概論》（北京：北京大學出版社，2006年），頁46～47。另胡壯麟、劉世生針對此一研究領域，以專文進行學術史的概述，詳見胡壯麟、劉世生，〈文體學研究在中國的進展〉，收於《文體學研究在中國的進展》（上海：上海外語教育出版社，2004年，第一、二屆文體學研討會論文集），頁3～15。

〔註41〕 顏崑陽，《六朝文學觀念叢論》，頁94～95。

〔註42〕 徐復觀、龔鵬程二人的論點差異，主要在於徐氏過度偏重主體情性在文體中的地位，而龔鵬程反對此說，但卻又過度偏重文體客觀規範效力，忽略了主體情性應有的地位。顏崑陽，《六朝文學觀念叢論》，頁154～161。

〔註43〕 同上注，頁180。

在顏先生的理論中，「主觀材料」指的是情、風，材料中的主觀性質者；「客觀材料」指的是事、義，材料中的客觀性質者，這兩者可以合為材料因；「體製」包含格律、章句等，再加上「修辭」可以合為形式因；「體要」指文體中的表現目的與動力因素，就其客觀性而言，乃存在於形式因、材料因的對應「關係」中，是一無實質性之虛概念，就其主觀性而言，則存在於劉勰所謂的「文心」之中；至於「體貌」、「體式」則於前文已進行說明。簡言之文體從內在結構說具涵四因，統合於外後形成「體貌」、「體式」。

此外，顏崑陽先生又以《文心雕龍》「文體論」為基礎，進一步蒐羅古典詩文論中之說法，對文體進行更深更廣的觀察，並提出理論化的界義，如〈論「文體」與「文類」的涵義及其關係〉、〈論「文類體裁」的「藝術性向」與「社會性向」及其「雙向成體」的關係〉〔註44〕等文，皆是對「文體」、「文類」等議題進行觀念史、概念史的探討，此又已超出《文心雕龍》之外。

第二種進路的研究主要集中在大陸學界，如童慶炳、郭英德、陶東風等皆是，他們的說法各自有其理論體系，但在其理論之中仍然可以見到需要補充說明的地方，以下就分別針對他們的說法進行評述：

1. 童慶炳說：

童氏認為「文體」應分為三個層次，第一個層次是「體裁」，指作品的體裁、體制；第二個層次是「語體」（語言體式），如曹丕《典論・論文》中文章四科的「雅」、「理」、「實」、「麗」等即是；第三個層次為「風格」，即待「語體」完全成熟就必然轉化為對「文體」的最高和最後的範疇的要求，如《文心雕龍》所言之遠奧、典雅、壯麗、輕靡、繁縟、顯附、精約、新奇等八體。〔註45〕

童氏之說雖自成一家，但仍可以發現在他理論系統中仍存在著一些可斟酌之處，其中最主要的關鍵就在於童氏沒有清楚區分「文體」之「風格」與作者主體之間的關係，這應該就是童氏為什麼並沒有直接給予「語體」一個定義，而是從一些不同的角度來描述「語體」是什麼的原因。如他認為有些學者把「雅」、「理」、「實」、「麗」稱為「文體風格」是不合適，因為「理」、「實」不是「風格」用語，因此他主張「雅」、「理」、「實」、「麗」等都是指

〔註44〕是文收於《清華學報》第35：2期（2005.12），頁295～330。
〔註45〕詳見童慶炳，《文體與文體的創造》（昆明：雲南人民出版社，1994年），頁10～39。

「語體」，「雅」是指適合奏議體裁的雅正「語體」、「理」是指符合於書論的說理議論「語體」、「實」是指適應於銘誄體裁的簡潔、記實「語體」、「麗」則是指符合於詩賦的或美麗、或秀麗、或壯麗、或豔麗的「語體」。〔註46〕又說「語體」不是「風格」，因為它包含了作家的創作主體的部分，並向「風格」趨近，可以稱爲「準風格」。〔註47〕

童氏的這些說明會讓我們產生一些疑問：如《典論・論文》中的「理」、「實」爲什麼不能視爲「文體」之「風格」？童氏對此並沒有多做解釋，但就他自己所言「實是指適應於銘誄體裁的簡潔、記實語體」，其中「簡潔」應該就可以被視爲「文體」所呈現出的「風格」。這個問題主要是因爲童氏於論述中，並沒有清楚區別什麼是「文體」之「風格」？什麼是「語體」？再者，若說「語體」不同於「風格」是因爲它包含了創作主體，可是只要是由作家所創作的作品，其中就自然會與創作主體產生關係，故以是否包含創作主體來區分「語體」與「風格」是不夠明確的。

2. 郭英德說：

郭英德在〈中國古代文體形態學略論〉一文中將「文體」分爲「體制」、「語體」、「體式」、「體性」等四個基本結構，郭氏所言之「語體」定義與童慶炳不同，「體式」一詞雖爲古代文論中即見之，但郭氏此處定義之內涵則非從歷代文論中尋繹出來，與徐復觀或顏崑陽先生從《文心雕龍》及歷代文論中所推導出的界義不同。

郭氏體系中的「語體」是指涉不同的「文體」語境要求選擇和運用不同的「語詞」、「語法」、「語調」，所形成自身適用的「語言系統」、「語言修辭」和「語言風格」；而「體式」指涉的是「文體」的表現方式；「體性」指「文體」的審美對象與審美精神。〔註48〕郭氏的理論最大的問題在於忽略了作者主觀情性的部分，無論是「體制」、「語體」、「體式」、「體性」主要都是從「文體」的客觀面進行分析、界義，所以在他的理論中並無法看到「文體」構成的過程中作者主觀情性的作用。

再者，在郭說的架構中沒有「體貌」，然而一種「文體」的「風格」應是規範眾多作家之「體貌」後方能得之，所以若是忽略「體貌」，則無法完整說

〔註46〕 同上注，頁 24～25。
〔註47〕 同上注，頁 30。
〔註48〕 詳見郭英德，《中國古代文體學論稿》（北京：北京大學出版社，2005 年），頁 1～22。

明「文體」產生之過程，郭氏體系中沒有「體貌」的存在，正是因爲他忽略了作者在文體中所佔的重要地位。

3. 陶東風說：

陶東風認爲：「文體就是文學作品的話語體式，是文體的結構方式。如果說文體是一種特殊的符號結構，那麼，文體就是符號的編碼方式。『體式』一詞在此意在突出這種結構和編碼方式具有模型、範型的意味，因此文體是一個揭示作品形式特徵的概念。」〔註49〕又云：「『風格』（即文體）是一種話語方式，是怎麼說而不是說什麼的問題，因而偏重於作品的形式層面。」〔註50〕

簡單來說，陶氏是把「文體」視爲「風格」，偏重於作品的外在形式，而相對忽略「文體」的內在部分。且陶東風將「文體」簡化等同於「風格」，其實便是將「文體」一詞的概念內涵對譯爲“style”，然而中國傳統的「文體」一詞自有一套概念的內涵，與“style”一詞偏重在作品的「風格」上有所不同，如徐復觀便認爲「文體」一詞的概念內涵的外延大於「風格」，所以並不能以“style”來代替傳統的「文體」概念。〔註51〕

以上大陸學界的「文體論」研究，雖然都各自有其理論主張與成果，但是他們理論內部都存在著一些問題，這些問題可以在以《文心雕龍》以降的中國古典文體論中得到一些補充。如童慶炳雖然在「文體」的構成要素中觀察到作者主觀情性的重要性，但卻未能將它與文體其他構成要素進行妥貼的聯繫，這個問題在《文心雕龍》的體系中就得到較妥善的處理，如顏崑陽先生將「體要」視爲統合「文體」的關鍵，是存在於形式因、材料因的對應關係中，就其主觀性而言是存在於主體文心中，待「體要」統合後，方形成作家個人之「體貌」，由「體貌」再歸出「體式」，如此一來風格與作者主體之關係就有了明確的聯繫關係。其次，如前所云，在郭英德理論中忽略文體構成過程中作者主觀情性的作用，此一問題可以通過加入「體貌」概念來進行補足。又郭氏所言「體性」之指涉近同於《文心雕龍》中的「體式」，但顏崑陽先生在「體式」中又進一步區分出特殊文體之「個別體式」及超越文體之「普遍體式」，本文又從其中分出第三種派體的體式義，較郭說爲詳細，又郭說中的「語體」實可再細分出「文體」之「體式」與修辭兩者，此「文體」

〔註49〕陶東風，《文體演變及其文化意味》（昆明：雲南人民出版社，1994年），頁2。
〔註50〕同上注，頁3。
〔註51〕徐復觀，《中國文學論集》，頁16。

之「體式」即為顏先生所言特殊「文體」之「體式」，修辭則為顏說所言形式因中的一部份，這兩者在概念層級上有差異，以「語體」一詞統而混之，便無法呈現其差異。

通過以上的討論，可以看出這些「文體論」雖然都自成一家，但是他們的理論都各自有其偏重，因此在處理「中國古典文體學」的相關議題時，雖然能夠專於某一層面，但無法進行較全面的探究。因此，我們方以《文心雕龍》以降的中國古典文體論及相關研究成果為基本假定，以此蒐羅、分析曲論，期以之建構的戲曲文體論能較為完整。

貳、戲曲文體論研究資料評述

在中國古典文學批評理論中，文體是相當重要的一個文學觀念，無論是在詩論、詞論、文論及曲論中都佔有相當重要的地位，所以也多成為後世文學批評研究的討論重點。但唯獨中國古典戲曲理論較少從文體論的角度來進行研究，不過仍都涉及文體論之部分議題，如針對體製與分類、本色概念、源流發展、抒情特質等議題都與文體論相關。不過這些相關研究成果雖都涉及到文體論的某個面向，然而畢竟都不是以文體論做為研究的主軸。以體製分類而言，已有許多豐富的研究成果，如「南戲」、「傳奇」分類與體製特徵的歸納性研究等〔註52〕，不過這些研究者並非將之置入文體論的架構性論述中，但其成果皆相當重要，因此本論文乃資借做為戲曲分類的支援性論點。又如曾永義先生在以戲曲之特徵進行類標準的建構時，區分出「大小戲」、「體製劇種」、「聲腔劇種」類型〔註53〕，本論文則取其中「體製劇種」的概念，進一步做為文體論中名實關係的研究基礎。這些分類與體製研究，是文體論中相當重要的部分，不過其專精於某一面向，而非以文體論為主要的詮釋視域，本論文則以文體論架構為主，以相關研究為基礎，探討隱含於曲論中的文體意義。

〔註52〕關於戲曲分類與體製研究成果相當豐碩，如錢南揚、孫崇濤、曾永義先生對於「南戲」、「傳奇」之分類與體製研究，皆已相當具有代表性，也是本論文資借之成果。凡此皆行文所到方一一界說、引用，便不再加以說明。關於「南戲」與「傳奇」之分類、體製研究，可參見曾永義，〈論說「戲曲劇種」〉，收於《論說戲曲》（臺北：聯經出版事業公司，1997年），頁252～270。孫崇濤，〈關於南戲與傳奇的界說——致徐扶明先生〉，收於《戲曲研究》第29期（北京：文化藝術出版社，1989年），頁99～114。錢南揚，《戲文概論》（臺北：里仁書局，2000年），頁205～265。

〔註53〕詳見曾永義，〈論說「戲曲劇種」〉，收於《論說戲曲》，頁247～252。

　　以「本色」概念研究而言，其成果本已相當豐碩，如李惠綿之研究已相
當清楚且脈絡性的揭示曲論中的「本色」義涵，〔註54〕為本論文重要的資借
成果。由於「本色」概念之研究已相當豐富，若未有新史料，本難有未見於
前人之新論。因此，本論文之目的不在批駁前說來自立一說，而是借重既有
研究成果，加上對曲論的體會，將之涵攝入本文的論述系統之中，其新創意
義自當在「戲曲文體論」的系統架構及不同詮釋視域的意義脈絡中呈現。因
此本論文第五章中，從「體式」論「本色」，與「清麗」、「典雅」、「委婉」等
「體式」並列，並發掘其中所隱含之文體論意義。如此一來，即是從「文體
論」的角度來分析，且將「本色」納入系統化之論述，來獲致新的意義。

　　以源流發展而言，在現代曲學研究中，源流一直是研究的核心議題，無
論是中國戲曲史的書寫，或「南戲」、「北劇」的發展歷程，甚至於清代花部
都已有相當深厚的研究成果〔註55〕。不過如前所云，本論文與其研究目的不
同，主要在探討曲論中隱含之源流論的方法與意識等議題，這些部分便是前
行研究中較無關注之處。

　　以抒情特質而言，前行研究者在討論戲曲的抒情性時，多將之視為戲曲
之本質〔註56〕，本論文則是將「情」置入文體結構之中，探討其地位與義涵。

〔註54〕 李惠綿，《戲曲批評概念史考論》（臺北：里仁書局，2002 年），頁 79～133。
　　　　另葉長海在探討沈璟曲學思想時，亦論及沈璟的「本色」概念，就其分析之
　　　　要旨而言，沈氏之「本色」主要為體現「場上之曲」之戲曲特徵，須具備「俗」、
　　　　「拙」……等特徵。詳見葉長海，《曲律與曲學》（臺北：學海出版社，1993
　　　　年），頁 213～218。另蔡孟珍亦對「本色論」有深入研究，不但分析「當行」
　　　　與「本色」兩概念之義涵，並探討其差異，詳見蔡孟珍，〈曲論中的「當行本
　　　　色」說〉，收於《曲學探賾》（臺北：臺灣學生書局，2003 年），頁 195～260。
　　　　（原載於《中國學術年刊》第 14 期（1993.03））另如司俊琴、趙建新與譚帆、
　　　　陸煒等也有對「本色」進行分析，又俞為民、孫蓉蓉則以曲家為綱目，分別
　　　　探討「本色」的曲論，不過其論見多不脫前述幾位學者的說法。詳見趙建新
　　　　等，《曲學初步》（北京：中國社會科學出版社，2007 年），頁 277～283；譚
　　　　帆、陸煒，《中國古典戲曲理論史》（上海：華東師範大學出版社，2005 年，
　　　　修訂版），頁 108～121。俞、孫之說散見於俞為民、孫蓉蓉合著之《中國古代
　　　　戲曲理論史通論》一書中。
〔註55〕 戲曲史的書寫與專文探討戲曲起源與流變一直是戲曲研究的重點，在曾永義
　　　　先生《戲曲源流新論》一書中，對於「中國戲曲史研究著作之得失」、「戲曲
　　　　源流」、「北劇源流」、「南戲源流」等諸多議題的學術史已有很好的梳理，也
　　　　提出很重要的意見，為本文在進行相關研究時資借的重點。
〔註56〕 如傅謹即是認為戲曲本質為「抒情性」，參見《戲劇美學》（臺北：文津出
　　　　版社，1995 年）。又呂效平更直言戲曲「本質上仍然是抒情詩」，並將之專

　　以上諸議題雖都關注到戲曲文體論的某些面向，但非全面、系統化，也非有意識的通過文體論的詮釋視域來進行研究。故如蔡欣欣所編著的《臺灣戲曲研究成果述論（1945～2001）》一書中，「戲曲理論」章並沒有「文體論」一項，雖然蔡書另有專章評述「文體特質與劇場藝術」的相關前行研究，但是此章所蒐羅的研究成果只是討論戲曲這個「文體」中所呈現出的特質，而不是從文體論的後設角度來研究戲曲。〔註57〕從蔡氏的蒐羅、分析可以看出台灣學界並未有以文體論為切入進路的戲曲研究。至於大陸學界，我們從劉禎〈百年之蛻：現代學術視野下的戲曲研究〉一文對前行研究所做的評述中，也很少看到以文體論做為切入進路的相關研究成果。〔註58〕由此可知，從文體論的角度來研究戲曲的前行研究成果的確不多見。

　　以文體為主軸的戲曲研究者，主要為大陸學者郭英德，郭氏在其博士論文《明清文人傳奇研究》中的第五章〈明清文人傳奇的文體特性〉〔註59〕便開始以文體做為研究戲曲的切入進路，該文的討論側重在詩與曲關係的問題上，是相當值得參考的論著，於本論文之啓發甚多。然文體論涵蓋層面極廣，若只言詩與曲的關係，並無法完整呈現其內涵。再者郭英德的這篇博士論文約完成於一九八八年，是時在郭氏的研究中並未對「文體」一詞有明確界義、論述，所以嚴格來看其並非是以文體論的角度去探討明清文人傳奇，他所處理的只是詩與傳奇兩種文體之間的關係。到了二〇〇四年郭氏再出版《明清傳奇戲曲文體研究》〔註60〕，此書可以視為〈明清文人傳奇的文體特性〉一文的延伸、拓展，是時郭氏已經建立起自身的「文體論」架構，並以此來詮解明清傳奇戲曲。

　　郭氏《明清傳奇戲曲文體研究》一書中探討議題為「劇本體製」、「語言風格」、「抒情特性」、「敘事方式」等四者，已有相當傑出的研究成果，不過我們仍然可從幾個方面再來思考戲曲文體論：其一，可以結構論來含攝「劇本體製」、「抒情特性」，且明確賦予其理論架構中之位置。其二，郭書中語言風格主要論雅、俗兩種關係，我們則進一步將之置入「體貌」、「體式」的理

　　　　列為一節加以分析。詳見呂效平，《戲曲本質論》（南京：南京大學出版社，2003 年），頁 69。
〔註57〕 蔡欣欣，《臺灣戲曲研究成果述論（1945～2001）》，頁 217。
〔註58〕 劉禎，《民間戲劇與戲曲史學論》，頁 57～113。
〔註59〕 郭英德，《明清文人傳奇研究》，頁 148～182。
〔註60〕 郭英德，《明清傳奇戲曲文體研究》（北京：商務印書館，2004 年）。

論位置中，並從典範、尊體的角度立說。其三，源流論在郭書中散入各章，但體源批評、流變論述確爲文體論中的重要議題，我們以專章論之。其四，劇體分類現象相當複雜，其名、實對應關係混亂，值得深入分析、梳理，故本論文以專章述之。其五，郭書是爲了詮解明清傳奇的文體義涵，但本文則是要建構文體論，在取向上即有顯著差異。然郭氏著作中時見重要觀點，是相當重要的前行研究成果。

參、古代曲論資料簡述

本論文以曲論爲研究對象，如前所言，在曲論中的文體相關論述是零散的、片段的，因此必須要梳理大量文獻資料，然後進行揀擇。而大部分的相關曲論資料已經有叢書、彙編加以蒐集出版，因此，在文獻資料的蒐集工作上，主要通過《善本戲曲叢刊》、《中國古典戲曲論著集成》、《新曲苑》、《中國古典戲曲序跋彙編》、《歷代曲話彙編：新編中國古典戲曲論著集成》等有顯著整理成果的戲曲叢書、彙編來進行揀擇。這些相關叢書、彙編都是戲曲學術研究中相當倚重的第一手資料來源，因爲它們已蒐羅大部分重要的曲論文本，所以無論是在代表性或數量上都已足可支撐本論文論題之推展。

不過這些叢書、彙編雖各有蒐集之取向，然在內容上仍有部分重疊，例如：《中國古典戲曲論著集成》與《新曲苑》都有《唱論》、《製曲枝語》、《南曲入聲客問》……等等；又《中國古典戲曲序跋彙編》兼收《善本戲曲叢刊》與《中國古典戲曲論著集成》內各集之序跋；又《歷代曲話彙編：新編中國古典戲曲論著集成》在《中國古典戲曲論著集成》的基礎上進一步收其未收之曲論資料，並加以校正。不過由於現代曲學研究主要仍以《中國古典戲曲論著集成》爲主，且其經由審愼精校，因此本論文之引注多以此爲主，若有異文、版本之疑義，則通過單行本與《歷代曲話彙編：新編中國古典戲曲論著集成》補正之。〔註61〕

從以上的叢書、彙編及單行曲論來進行蒐集，資料已經相當繁多，可是仍應不免掛一漏萬，依舊有許多未收入這些叢書、彙編，或未單行成書而散

〔註61〕　《中國古典戲曲論著集成》中有一些曲論作品是由曲家之專著中摘引而單獨成書的，如何良俊之《曲論》爲《四友齋叢說》卷三十七之「詞曲」，徐復祚《曲論》則爲《三家村老委談》中論曲之段落，《中國古典戲曲論著集成》均摘錄成爲單獨之篇章。由於《中國古典戲曲論著集成》經過校刊且爲學界廣用之本，故本文注錄版本出處時皆以此爲主。其他曲論亦同理。

見於各代筆記、散文、韻文中的相關曲論資料，這些資料相當繁瑣難以盡錄，故有待日後逐步的蒐羅、補入。然就本論文中諸議題論證之用則已足夠。因為本論文之方法並非量化研究，而是屬於質性研究，質性研究若能掌握大部分之文獻資料，然後通過「立意抽樣」來舉證，其證據效力已然足夠，但由於本論文研究範圍廣雜，因此部分論點的提出仍為不完全歸納，故若因未見之文獻資料中有未見之新意，則當待日後增補修改之。

第二章　戲曲文體名實論

　　第一章已從曲體中區別出劇體概念，然劇體不僅是一個能指在指涉一個所指，其義涵實是相當複雜的。若要眞正釐清劇體的內涵，則須進一步釐清其所隱涵的「文體分類概念群」與「結構要素概念群」兩組概念。「文體分類概念群」指進行文體分類時，由多個次文類概念構成，而非單一概念，故稱之爲概念群；結構要素亦同，文體並非僅有單一結構要素，而是由許多結構要素組成的，因此稱之爲「結構要素概念群」。需要釐清「文體分類概念群」，是因劇體爲總類與殊體的集合概念，這和詩體、詞體的概念類型相近，如詩體又可分律詩、絕句、五言、七言等，詞體又可分小令、長調等，劇體亦有其相應的次文類分類。需要釐清劇體的「結構要素概念群」，則是因爲劇體亦爲一個結構體，即劇體是由多個結構要素有機組構形成的，如同亞里斯多德以四因說來解釋事物的組成，劇體一樣也有其結構要素。這兩個概念群雖然是不同的層面，但又彼此相關，因爲分類需要以結構差異爲依據，通過所分之類可以辨明其結構。這兩個概念群是研究劇體的基礎，也是戲曲文體論的基礎。本章便探討劇體的分類，下一章探討劇體之結構。

　　劇體之分類是一個複雜的論題。在深入進行分析前，有幾個部分需要先釐清。首先，須釐清分類的文體對象，在本文脈絡中即是劇體，雖然劇體相對於散曲體已是分類後的概念，但在劇體之中仍可以區辨出不同的次文類。其次，須釐清分類之標準，標準是分類的重要問題，通過不同的分類標準可以得出不同的類目，如人類可以從膚色、國籍、性徵……等等不同的標準進行分類，所得之類也會不同。在文體論中，多以文字形式爲分類標準，例如五言詩、七言詩或律詩、絕句，都以文字形式做爲分類標準。通過文字形式

可以區別出詩體、詞體與曲體、劇體的不同，同樣的在劇體分類中，亦以文字形式做爲分類標準。當分類標準確立後，進一步即以該標準審視曲論中關於劇體分類的相關論述。劇體之次文類分類以文字形式做爲主要之類標準，但如前所言戲曲是一個特殊文體，兼有歌樂形式與搬演形式，有些分類標準即設於此，如聲腔之別，這部分便不在本論文的研究範圍內。由於劇體之分類與類標準在現代學術研究中已取得相當之成果，本章即以之爲基礎。最後，需要釐清分類之意義，分類是曲家理解劇體結構後所聚同別異的具體呈現，不同文字形式只是不同劇體分類的基本差異，由文字形式所呈現的語言風格或承載之內容、功能等也可能會隨之改變，因此釐清劇體分類是瞭解曲家對於劇體認識的第一步。

以上已對於分類之對象、標準、意義進行說明，但從中仍可再進一步提出問題：劇體分類結果爲何？劇體之下有次文類的分別，且劇體較詩體、詞體的分類更爲複雜，所以必須通過釐清分類現象來分疏曲家對於劇體的所指。除此之外，劇體中次文類名號術語的使用在曲論之中仍未有共識，名號的混亂也隱含曲家對於劇體特徵的不同認定。由此可以導引出本章的主要論題之二：當曲家指涉劇體時，所使用的能指名號術語爲何？事實上，分類問題也就是名實對應關係的問題。

本章欲先釐清劇體的名實關係，因爲進行研究時，首要釐清曲論中所指之劇體爲何。因爲劇體雖然屬於曲體之下，但也如詩體、詞體一樣是總體性的概念，在劇體中依照體製的不同，可再區別出不同的次文類。其能指與所指之間，呈現混亂的對應關係。所以希望通過曲論的閱讀、整理，能夠進行現象的梳理以及其隱含意義的詮發。

關於劇體名實混亂的對應關係，已有許多前行研究者觀察到，並進行深入的分析，例如曾永義先生在〈也談戲曲的淵源、形成與發展〉一文中，對於「戲曲」、「戲劇」等名號術語進行分析，在〈也談「北劇」的名稱、淵源、形成和流播〉與〈也談「南劇」的名稱、淵源、形成和流播〉兩文中，分別以「北曲雜劇」和「南曲戲文」爲中心探討其系列相關之名號術語。〔註1〕又如葉長海在其《曲律與曲學》一書中以專章「戲曲考辯」對「戲曲」、「戲劇」及其相關術語進行考索與辨析。〔註2〕在李惠綿《王驥德曲論研究》的〈導論

〔註 1〕 詳見曾永義，《戲曲源流新論》（臺北：立緒出版社，2000 年），頁 32～33、119～128、190～195。
〔註 2〕 詳見葉長海，《曲律與曲學》（臺北：學海出版社，1993 年），頁 183～184。

——曲論源流與批評體系〉中，以「曲論」二字爲中心，進一步討論「曲」、「散曲」、「劇曲」、「戲曲」、「戲劇」等概念之不同。〔註3〕這些相關研究已經定義了「戲曲」、「戲劇」、「劇曲」、「散曲」、「北劇」、「南戲」及相關諸多名號，都是本章欲資藉的重要研究成果。然而本文雖以相關前行研究爲基礎，但研究範圍與思考進路卻有所不同。就研究範圍而言，本文通過大量曲論的蒐集、整理，並不特定鎖定於某些文本，或以特定的名號術語爲線索進行歸納，因此更可以展現出曲論中繁雜的名號使用情況。就思考進路而言，本章有別於前行研究者主要有三個方面：其一，本章以劇體爲對象，因此所有的名實關係需要顯現其於文體論中之意義；其二，前行研究較少統論劇體名與實的對應關係，本章則專以名、實之內涵、關係爲主要討論議題；其三，本章是要釐清曲論中紛雜的名實對應關係，說明某名可以意指哪些實，某實曾有哪些名號稱呼，這些一詞多義或多詞一義的現象與隱含之原因、規律方是研究的焦點。

探討名實關係可以有兩個切入進路：其一，從能指入，將眾多名號進行歸納、分類，然後進入文本語脈分析其所指涉之實；其二，從所指入，先概念化的提舉出所指之實，然後通過分析文本語脈中之名號加以對應。本文選擇第二種進路，因爲與戲曲相關之名號術語相當繁雜，若可以實爲綱，再將名收攝，可收到化繁爲簡的功效。而此綱目便是以體製爲類標準將戲曲分類，也就是確立出劇體中「文體分類概念群」的概念內涵。由是本章設定論述步驟如下：其一，以前行研究成果爲基礎，提出劇體中的重要次文類，以之探討名號混用之現象，且由於劇體爲曲體下之次文類，彼此間關係密切，且名號有雜用之現象，因此也一併加以探析；其二，以現代曲學中的分類研究成果爲基礎，進一步分析曲論中其他的分類現象，並探究其意義；其三，從名號混亂多雜的現象中，進一步分析其背後的原因；最後析論劇體名號構詞模式，分析其構詞之規律性，以對文體名號有脈絡化的掌握。

第一節 劇體的分類及其名號

根據曾永義先生的分析，中國古典戲曲的分類可以有三種不同的類標準，包括「藝術形式的性質」、「體製規律」與「演唱之腔調」。通過「藝術形

〔註3〕詳見李惠綿，《王驥德曲論研究》（臺北：國立臺灣大學出版委員會，1992年），頁1～5。

式的性質」可將戲曲區分為「小戲系統」、「大戲系統」、「偶戲系統」等「大小戲曲劇種」；通過「體製規律」是進行「體製戲曲劇種」的區分，主要為「詩讚系」與「詞曲系」，「詞曲系」又有「南戲」、「北劇」、「傳奇」、「南雜劇」、「短劇」之分，至於清代亂彈、京劇及其他地方戲曲大部分便屬於「詩讚系」，但因「詩讚系」的戲曲以腔調為主體，故一般視為「腔調劇種」；通過「演唱之腔調」則是進行「腔調劇種」的區分，如中州調、冀州調等。〔註4〕在此，清楚提出了三種的戲曲分類標準，在本文的系統中，乃以文字形式為主，故在分類標準的設定上，近同於「體製規律」，所以挪引曾先生「體製戲曲劇種」中「詞曲系」的分類結果為依據，進行探討，也就是將一個「體製劇種」視為劇體下的一個次文類。

以下本應以「南戲」、「傳奇」、「北劇」、「南雜劇」、「短劇」等五個「詞曲系」的「體製劇種」為主，不過「短劇」是盧前《明清戲曲史》所提出之概念，在曲論中並沒有太多的異名，因此以下便不再進一步說明。此外，由於劇體屬於曲體的次文類，其亦多有共用之名號，故以下便以「南戲」、「傳奇」、「北劇」、「南雜劇」，再加上劇體、曲體這兩個概念層次進行分析。由於這些概念類型之間有有著類屬、源流等關係，因此以下依曲體、劇體、「北劇」、「南雜劇」、「南戲」、「傳奇」等順序說明之。

壹、曲體

經由曲論之歸納，可得曲體名號有：「曲」、「詞」、「詞餘」、「詞曲」、「歌曲」、「曲子」、「樂府」、「新聲」等。以下分言之。

一、「曲」

指稱與詩體、詞體並舉的曲體的名號，在曲論中最常見者便是「曲」與「詞」。用「曲」指稱曲體者，如王驥德《曲律》中：

曲與詩原是兩腸，故近時才士輩出，而一搦管作曲，便非當家。〔註5〕

又如李調元〈雨村曲話序〉中云：

詞，詩之餘，曲，詞之餘。〔註6〕

〔註4〕 詳見曾永義，〈論說「戲曲劇種」〉，收於《論說戲曲》（臺北：聯經出版事業公司，1997年），頁247～252。

〔註5〕 《中國古典戲曲論著集成》第4冊，頁162。

〔註6〕 《中國古典戲曲論著集成》第8冊，頁5。

在這兩則引文中，皆是以「曲」來與詩、詞對舉。故本文即是將「曲」所代表的總體概念與詩、詞等文體概念視爲同一個概念層級。另如李漁《閒情偶寄》中云：

> 曲與詩餘，同是一種文字。古今刻本中，詩餘能佳而曲不能盡佳者，
> 詩餘可選而曲不可選也。〔註7〕

又如前所引《藝概》中云：

> 曲止小令、雜劇、套數三種。〔註8〕

在《閒情偶寄》中將「曲」與詞對舉，此時「曲」是曲體之總稱。〔註9〕而《藝概》中更明確指出「曲」含括小令、雜劇、套數，無論其分類是否周延，然就《藝概》此處之「曲」指涉的當是包括劇體與散曲體之曲體。然「曲」字本有多義性，故《藝概・詞曲概》開頭便明言：

> 曲之名古矣。近世所謂曲者，乃金、元之北曲，及後復溢爲南曲者
> 也。未有曲時，詞即是曲；既有曲時，曲可悟詞。〔註10〕

劉熙載將「曲」分爲元前與元後，元以前「曲」之名並不特指爲曲體，故可指詞；元以後「曲」之名特指爲「北劇」，又可用以指「南戲」。可見「曲」之名有相當多種指涉義涵。這種情況不單出現於「曲」中，其他殊體名號亦有相同情況，然本文論述過程乃以類概念爲軸，此即以所指爲軸，故先析論多詞一義的現象，再加以統整，最後通過表列方式呈現一詞多義的現象。

二、「詞」與「詞餘」

用「詞」指涉曲體是曲論中相當特別的一個現象，「詞」不只用以指稱曲體，也會指稱某一次文類，或與其他詞語結合成新的名號術語。在曲論中，「詞」與「曲」的概念層級相近，有時甚至是同義。如《閒情偶寄》中就有說道：「前人呼制曲爲塡詞」，此處「詞」與「曲」的意義相當，皆指爲曲體。又如《曲律》中云：

> 蓋勝國時，上下成風，皆以詞爲尚，於是業有專門。〔註11〕

〔註7〕　《中國古典戲曲論著集成》第7冊，頁21。
〔註8〕　《中國古典戲曲論著集成》第9冊，頁119。
〔註9〕　如郭英德也認爲：「古人所稱的『曲』，一般包括散曲與戲曲，二者往往是渾涵不分的。」郭英德，《明清傳奇戲曲文體研究》（北京：商務印書館，2004年），頁186。
〔註10〕　同上注，頁115。
〔註11〕　《中國古典戲曲論著集成》第4冊，頁147。

此段文字是王驥德在論元代曲家成就勝於明代時所提出的論點，他認為元代之所以勝過明代是因為元代上下皆以「詞」為尚，此時「詞」即是與「曲」同義。此外如曲論中常可見「詞場」、「詞壇」、「詞家」、「詞人」〔註 12〕，即多是以「詞」代「曲」，做為曲體之名號術語。

　　會以「詞」代「曲」，有兩說：其一，是將「曲」視為宋詞的一部份，因此可以「詞」代「曲」，如張琦《衡曲塵譚》中云：

　　　　詞餘之興也，多以情癖，大抵皆深閨永巷、春傷秋怨之語，啟鬢眉
　　　　學士所宜有！〔註13〕

此處即是將曲體稱為「詞餘」，由此可知「詞餘」是曲體的異名，也可以看出以「詞」代「曲」時「詞」的義涵來源。曾永義先生釋「元詞」時亦云：

　　　　「元詞」則借宋詞之「詞」，以說明為元人之音樂文學。〔註14〕

曾先生即認為「元詞」之「詞」是借用「宋詞」之「詞」。其二，則是將「詞」視為與音樂相對的文字之詞。如《藝概》云：

　　　　詞、曲本不相離，惟詞以文言，曲以聲言耳。詞、辭通。〔註15〕

此處「詞」、「曲」之間並非宋詞、元曲之關係，而是從聲、文相配合處立說，因此「詞」與「辭」方能通用。即「詞」、「曲」本是一體之兩面，故會以「詞」代「曲」。以上兩說各有依據，一是從源流處說，一是從形式特徵處說，皆有其據，此處並不在辨明何者為真，主要在說明以「詞」代「曲」之現象。

三、「詞曲」、「歌曲」與「曲子」

　　除「詞」、「曲」的單詞形式外，其複合為「詞曲」時，亦有用以指稱曲體。如沈寵綏《度曲須知》中云：

　　　　但從來詞曲，止祖《洪武》、《中州》兩韻，而他書不與焉。〔註16〕

〔註12〕 如祁彪佳的《遠山堂曲品》中有「詞場大觀」、「詞場所難」之評；呂天成《曲品》中有「詞壇之庖丁」之評，梁廷枏《曲話》有「元人詞壇」之語；何良俊《曲論》有「正詞家所謂本色語」之評，《顧曲雜言》有「然以詞家三尺律之」之語；祁彪佳《遠山堂劇品》即有「亦斷非近日詞人之筆」，《顧誤錄》有「方不失詞人意旨」。以上之「詞」皆指「曲」。詳見《中國古典戲曲論著集成》第 6 冊，頁 18、29、212，《中國古典戲曲論著集成》第 8 冊，頁 269，《中國古典戲曲論著集成》第 4 冊，頁 214，《中國古典戲曲論著集成》第 9 冊，頁 55。
〔註13〕 《中國古典戲曲論著集成》第 4 冊，頁 267。
〔註14〕 曾永義，《戲曲源流新論》，頁 194。
〔註15〕 《中國古典戲曲論著集成》第 9 冊，頁 123。
〔註16〕 《中國古典戲曲論著集成》第 5 冊，頁 236。

此處「詞曲」即曲體概念。其旨在說明曲體的用韻規則，主要依循《洪武正韻》與《中州韻》兩本韻書。又如焦循《劇說》引《池北偶談》云：

> 袁崇冕，字西野，工金、元詞曲，所著〈春遊〉、〈秋懷〉諸曲，足
> 參康、王之座。同時有高應玘者，亦工詞曲，其《北門鎖鑰》雜劇，
> 論者以爲詞人之雄。〔註17〕

這段引文中出現兩次「詞曲」，其一爲稱讚袁崇冕「工金、元詞曲」，後所舉例之〈春遊〉、〈秋懷〉爲散曲；其二爲稱讚高應玘「工詞曲」，後舉《北門鎖鑰》雜劇爲例。在袁崇冕處雖有金、元做爲限定，然其只是以時間做爲限定，並無妨「詞曲」之義，因此若並兩處觀之，則「詞曲」是包含劇體與散曲體，故其所指應爲曲體。

除「詞曲」外，何良俊則用「歌曲」一詞指涉曲體，其《曲論》中云：

> 夫詩變而爲詞，詞變而爲歌曲，則歌曲乃詩之流別。〔註18〕

這段引文中，將「歌曲」與詩、詞對舉，故「歌曲」一詞之地位，是與詩、詞相當，故可視爲指涉曲體之例證。此外如焦循《劇說》引《谿山餘話》則稱之爲「曲子」，其云：

> 歌詞代各不同，而聲亦易亡。元人變爲曲子，今世踵襲，大抵分爲
> 二調：曰南曲，曰北曲。〔註19〕

此處雖將「南曲」、「北曲」從歌樂形式上進行區分，然「曲子」是總南、北曲而言，也未區分散曲體、劇體，故將之視爲曲體的另一名號。此外在《度曲須知》中云：

> 粵徵往代，各有專至之事以傳世，文章矜秦漢，詩詞美宋唐，曲劇
> 侈胡元。〔註20〕

此處「曲劇」可以分視爲「曲」與「劇」，若如此則「曲」爲散曲、「劇」爲戲曲；亦可將「曲劇」合爲一詞觀之，如此則含括散曲與戲曲，因此就概念層級來說即是曲體。然就其文脈而言，則難以區辨沈寵綏究竟是持何種觀點。

四、「樂府」

使用「樂府」一詞指稱曲體，可以從選集之命名來看。明、清兩代之選集多有以「樂府」爲題，而內容兼收劇、散者，如明代郭勛所輯之《雍熙樂

〔註17〕 《中國古典戲曲論著集成》第 8 冊，頁 155。
〔註18〕 《中國古典戲曲論著集成》第 4 冊，頁 6。
〔註19〕 《中國古典戲曲論著集成》第 8 冊，頁 88。
〔註20〕 《中國古典戲曲論著集成》第 5 冊，頁 197。

府》即兼收南戲、北劇、諸宮調與散曲等體之作品，故其「樂府」一詞，包含極廣，故可視爲曲體之概念層級。又如明代周之標所輯《樂府珊珊集》亦是兼收散曲與劇曲，其「樂府」一詞亦屬於曲體概念。

五、「新聲」

「新聲」一詞，在曲論中主要是指歌樂形式的轉變，如王世貞《曲藻》中云：

> 曲者，詞之變。自金、元入主中國，所用胡樂，嘈雜淒緊，緩急之
> 間，詞不能按，乃更爲新聲以媚之。〔註21〕

所謂「新聲」是指音樂的新變，這是從歌樂形式建構由詞至曲的文體發展過程來進行立論，此於本論文第四章中會進一步說明，故暫不贅述。重要的是，「新聲」一詞在這段文字中指音樂爲新，而非做爲曲體之名號。不過如羅宗信〈中原音韻序〉中所言：

> 國初混一，北方諸俊新聲一作，古未有之，實治世之音也；後之不
> 得其傳，不遵其律，襯觜字多於本文，開合韻與之同押，平仄不一，
> 句法亦粗。〔註22〕

此處羅宗信使用「新聲」一詞，主要即指元代之代表文體，雖然「新聲」之「聲」、「治世之音」之「音」似指歌樂形式。然從其下文可知，此處「聲」與「音」以指歌樂形式作用於文字形式後之格律譜式。且由於此處並沒有區分散曲體與劇體，所以將「新聲」一詞歸爲曲體概念。又明代臧賢所輯之《盛世新聲》亦以「新聲」爲題，所收包含小令、套數及南、北曲之戲曲作品，故其「新聲」一詞可視爲曲體之義。不過「新聲」一詞是否已可視爲曲體之另一專名，仍可有探討空間，然因曲論中有此相關論述，故仍備列一說。

貳、劇體

本文以劇體一詞來指涉與散曲體對舉的文體概念。曲論在指涉劇體這一個概念層級時，會使用「曲」、「戲」、「劇」、「劇戲」、「戲劇」、「戲曲」、「傳奇」等名號。以下分言之。

一、「戲曲」

如前所云，現代曲學研究多以「戲曲」一詞來指涉劇體這一個類概念層

〔註21〕《中國古典戲曲論著集成》第4冊，頁25。
〔註22〕《中國古典戲曲論著集成》第1冊，頁177。

級，在曲論中亦可得見，如凌濛初《譚曲雜箚》中云：

> 戲曲搭架，亦是要事，不妥則全傳可憎矣。〔註23〕

此處「戲曲」一詞雖未明確界義，且就凌濛初所處之年代，其概念自是無法包含清代以後方出現之次文類。然其下從「搭架」處論，則可知其「戲曲」指具故事性之體，即是劇體，而可與散曲體相對。因此即便凌濛初未能得見清代之戲曲，其概念義之涵容度或許不足，然就概念層級而言，仍是與現代研究者所用相當。另外秋泉居士於〈修正增補梨園原序〉中亦有「余於戲曲，故不了了」、「戲曲小道，精奧乃爾，可輕視乎？」〔註24〕等語，此處「戲曲」一詞乃統稱各種次體，故可視為劇體之名號。

二、「曲」、「戲」、「劇」

在曲論中除「戲曲」一詞外，尚有以「曲」、「戲」、「劇」等單詞稱之。以「曲」名之者，如楊恩壽《詞餘叢話》中云：

> 元曲音韻，講求最細。膾炙人口者莫若《琵琶》，猶不免借用太雜之譏。〔註25〕

此處楊恩壽將《琵琶》歸為「元曲」，此時「元」用以限定「曲」，表明「曲」之時代，而此「曲」含括所有元代之劇體，故為兩者之上層文體概念，即屬劇體概念層級，而「元」是限定其時代斷限，非用以特指某體。至於「戲」、「劇」二詞在曲論中的指涉相當繁多〔註26〕，「戲」指為劇體概念者，如《閒情偶寄》中云：

> 編戲有如縫衣，其初則以完全者剪碎，其後又以剪碎者湊成。〔註27〕

又：

> 然戲之好者必長，又不宜草草完事，勢必闡揚志趣，摹擬神情，非達旦不能告闋。〔註28〕

在這兩則引文中，「戲」指涉的是劇體概念，並沒有特定於某一具有固定特殊體製之次文類，而是一種總稱的使用方式。此外有「古戲」一詞，是以「古」

〔註23〕《中國古典戲曲論著集成》第 4 冊，頁 258。
〔註24〕《中國古典戲曲論著集成》第 9 冊，頁 7、8。
〔註25〕同上註，頁 237。
〔註26〕「戲」、「劇」二字與其他詞語組構後之名號也相當多樣，本文則是以劇體概念層級為軸，遇到相關名號時，方進行分析。
〔註27〕《中國古典戲曲論著集成》第 7 冊，頁 16。
〔註28〕同上註，頁 77。

這個時間加詞限定「戲」，指「戲」之古者，如王驥德《曲律》中云：「古戲必以《西廂》、《琵琶》稱首，遞爲桓、文。」〔註29〕又如《譚曲雜箚》云：「古戲之白，皆直截道意而已。」〔註30〕《曲律》中之「古戲」包括北劇與南戲，故就概念層級而言是指劇體。至於《譚曲雜箚》雖未明言，但究其上下文脈觀之，其義應與《曲律》相當，可包含北劇與南戲的上層概念，在本文的系統之中即是劇體。雖然「古戲」是以「戲」爲主要構詞元素，「戲」指劇體，「古」以限定之。「古戲」一詞未習用爲專用術語名號，就其構詞性質而言應屬「詞組」。但因曲家使用，故備存一說，由此亦可更瞭解曲家在分類劇體時的名號運用模式。

三、「劇戲」、「戲劇」、「傳奇」

「劇戲」、「戲劇」、「傳奇」與「戲曲」一樣，都是以複詞來指涉劇體，稱「劇戲」者，主要見於王驥德《曲律》，其云：

> 作劇戲，亦須令老嫗解得，方入眾耳，此即本色之說也。

又：

> 劇戲之道，出之貴實，而用之貴虛。〔註31〕

這兩則引文中，皆使用到「劇戲」一詞，在《曲律》中另有一條目爲「論劇戲」其云：

> 劇之與戲，南北故自異體。北劇僅一人唱，南戲則各唱。〔註32〕

此處「劇戲」分言「劇」與「戲」，指南戲與北雜劇。此處以「一人唱」與「各唱」爲形式特徵進行分類，這不只是歌樂與搬演形式處的差異，連帶曲文、賓白都會受到「一人唱」與「各唱」之不同，出現不同的文字形式特徵，如傳奇中因各唱而腳色各有「引曲」，北雜劇則無，此便爲歌樂與搬演形式作用於文字形式之一例。然於上述三則引文中，「劇戲」似又合成一複詞，來專指曲體。因爲「作劇戲」、「劇戲之道」皆是不分別說，而是做爲「戲」與「劇」之統稱，因此其兩單詞之間爲聯合關係，組合成詞後另成一義。

至於稱「戲劇」者，如焦循《劇說》中有「今戲劇演《時遷偷雞》」〔註33〕之語，「戲劇」一詞爲劇體之概念，由於劇體包含許多次文類，所以特以「今」

〔註29〕 《中國古典戲曲論著集成》第 4 冊，頁 149。

〔註30〕 同上注，頁 259。

〔註31〕 同上注，頁 154。

〔註32〕 同上注，頁 137。

〔註33〕 《中國古典戲曲論著集成》第 8 冊，頁 168。

來限定之。另如《小棲霞說稗》中有「戲劇扮演古事，唐時已有」之語〔註34〕，此處將「戲劇」推至唐代，其「戲劇」一詞並不專指爲某一次文類，而爲劇體之概念層級。

稱「傳奇」者，如《衡曲塵譚》中云：

> 人第知傳奇中有嘻、笑、怒、罵，而不知散曲中亦有離、合、悲、
> 歡。〔註35〕

此段引文中將「傳奇」與「散曲」對舉，「散曲」即爲散曲體，「傳奇」指的便是劇體。

參、「北劇」

「北劇」有其固定之體製，關於其體製之特徵在現代曲學研究中已有共識〔註36〕，因此本論文並不再贅論，而是藉既有之戲曲學界共識來界定此一文體概念。「北劇」以元代雜劇作品爲主要歸納範圍，不過到明代仍有以「北劇」之體製進行創作，故仍以「北劇」一詞名之。〔註37〕

關於北劇之名號，曾永義先生〈也談「北劇」的名稱、淵源、形成和流播〉已例舉「院么」、「么末」、「傳奇」、「雜劇」、「樂府」、「北院本」、「北曲」、「元詞」、「北劇」等十名。以下則進一步從曲論所記，歸納其他異名。其名相當多，有以「雜劇」進行構詞者，如「北雜劇」、「元雜劇」、「今雜劇」等；有以「樂府」進行構詞者，如「大元樂府」、「北樂府」；又如「北劇」之「劇」、「北曲」之「曲」、「元詞」之「詞」有單獨用以指涉北劇，也有與其他詞語複合用以指涉北劇。除之此外，曲論中尚有以「戲」、「調」等詞進行複合。由此即可看出北劇這一個概念的名號相當複雜，以下分述之。

〔註34〕　《中國古典戲曲論著集成》第 9 冊，頁 187、190。

〔註35〕　《中國古典戲曲論著集成》第 4 冊，頁 268。

〔註36〕　北劇的體製依曾永義先生的定義爲：「建立在四段、題目正名、四套不同宮調各一韻到底的北曲、一人獨唱全劇、賓白、科範、腳色等必要因素，楔子、插曲、散場等次要因素之上。」詳見曾永義，〈元雜劇體製規律的淵源與形成〉，收於《參軍戲與元雜劇》（臺北：聯經出版事業公司，1992 年），頁 155～221。（原載《台大中文學報》第 3 期）

〔註37〕　至於曾先生所考訂「北雜劇」諸聲腔，如小冀州調、絃索調等，我們認爲它們之間的差異主要不在文字形式上，所以不在本文的論述範圍內，因此不再進一步探究。

一、以「雜劇」構詞之名號

以「雜劇」構詞者有「北雜劇」、「元雜劇」、「今雜劇」等，稱「北雜劇」者如徐渭《南詞敘錄》中云：

> 北雜劇有《點鬼簿》，院本有《樂府雜錄》，曲選有《太平樂府》，記載詳矣。〔註38〕

又沈德符《顧曲雜言》中言：

> 北雜劇已爲金元大手擅勝塲，今人不復能措手。〔註39〕

在這兩則引文中，指出「北雜劇」一詞主要以元代爲時代斷限、以四折爲基本形式的文體。〔註40〕

至如《今樂考證》中的「元雜劇」條，這與前引《重訂曲海總目》與《曲目新編》中所言之「元人雜劇」一詞相當，指涉的是元代之北劇。又如曲論中亦見以「今雜劇」稱之，不過「今」僅是曲家強調自身所處時代與「古」之別，如前所引《南村輟耕錄》中云：「況今雜劇中曲調之冗乎？」或如《樂郊私語》中云：

> 今雜劇中《豫讓吞炭》、《霍光鬼諫》、《敬德不伏老》，皆康惠自製。
> 〔註41〕

這兩則引文都是以「今雜劇」來指涉當代之北劇，以其「今」而言即是元代，我們認爲「今雜劇」與「元人雜劇」相同，都以時間爲限定加詞，不過並非是已被習用的合義複詞，而是與「元人雜劇」相同，屬於「詞組」。然亦可備存一說。

二、以「樂府」構詞之名號

以「樂府」構詞者，如「大元樂府」、「北樂府」。如周德清《中原音韻》中云：

> 世之共稱唐詩、宋詞、大元樂府，誠哉。〔註42〕

〔註38〕《中國古典戲曲論著集成》第 3 冊，頁 239。
〔註39〕《中國古典戲曲論著集成》第 4 冊，頁 214。
〔註40〕關於元雜劇之文體內涵，筆者已於《元雜劇敘事研究》中進行說明，此不再贅述。詳見《元雜劇敘事研究》，頁 23～48。
〔註41〕（元）姚同壽，《樂郊私語》（臺北：藝文印書館，1965 年，百部叢書集成——寶顏堂秘笈第 1 函），頁 24b。（另此段文字於李調元《劇話》與焦循《劇說》皆有引之，《中國古典戲曲論著集成》第 8 冊，頁 46、88。）
〔註42〕《中國古典戲曲論著集成》第 1 冊，頁 177。

又：

> 自是北樂府出，一洗東南習俗之陋。〔註43〕

「大元樂府」以時代做爲限定加詞，與「唐詩」、「宋詞」並舉，代表一個時代特出之文體，因此就其所指爲北劇。「北樂府」則是從地域加以限定，其概念與「大元樂府」相當。「大元樂府」、「北樂府」與「元雜劇」、「北雜劇」的構詞方式相同，所指涉的都是北劇這一個概念層級，只是以不同之限定加詞來強調其代表朝代或地域。

三、以「劇」構詞之名號

以「劇」構詞者，如「北劇」、「元劇」、「古劇」等。用「北劇」指稱北劇是很常見的用法，此名號之歸納提出，以見於前引曾永義先生之說，以下僅引諸例釋之。如王驥德《曲律》有：「元初諸賢作北劇，佳手疊見」之語〔註44〕；呂天成《曲品》有：「勿亞於北劇之《西廂》」之語〔註45〕；祁彪佳《遠山堂劇品》有「遂使鄭德輝《離魂》北劇，不能專美於前矣」之語等。〔註46〕王驥德將「北劇」指向元代作家，故可知指爲北劇一體；呂天成、祁彪佳則更明確指向北劇作品，故可知其「北劇」一詞指北劇一體。

稱「元劇」者，如王驥德《曲律》有：「近吳興臧博士晉叔校刻元劇」之語〔註47〕；呂天成《曲品》有：「此乃元劇《公孫合汗衫》事」之語〔註48〕；焦循《劇說》中引《南音三籟》有：「《玉環記》『隔紗牕日高花弄影』，改元劇喬夢符筆也」之語等。〔註49〕王驥德將臧茂循所刻校之《元曲選》稱之爲「元劇」，其文體概念指涉的便是北劇，只是如前所言因元代之北劇作品特別突出，故以「元劇」指稱此一概念；而後兩則則是以「元劇」指涉個別之元人劇作，其所隱含之文體概念層級亦是北劇。

至於「古劇」，則是與「古戲」、「今雜劇」相類，主要在強調「劇」之時間屬性，如王驥德《曲律》中云：

> 然古劇亦絕無作第幾齣者，只作第幾折可也。〔註50〕

〔註43〕同上注，頁173。
〔註44〕《中國古典戲曲論著集成》第4冊，頁151。
〔註45〕《中國古典戲曲論著集成》第6冊，頁210。
〔註46〕同上注，頁162。
〔註47〕《中國古典戲曲論著集成》第4冊，頁170。
〔註48〕《中國古典戲曲論著集成》第6冊，頁229。
〔註49〕《中國古典戲曲論著集成》第8冊，頁157。
〔註50〕《中國古典戲曲論著集成》第4冊，頁121。

在此「古劇」一詞指涉的是王驥德以前之北劇作品。然「古劇」並非如「元劇」、「北劇」等已成為指稱北劇的專有術語，「古劇」仍是「古」與「劇」組合的「詞組」，而非合義複詞。不過因為在曲論中有以之稱名，故仍列備一格。

四、以「曲」構詞之名號

以「曲」構詞者，如「元曲」、「曲子」。「元曲」是常見用以指稱北劇的術語，如臧懋循《元曲選》即是以「元曲」為名，其雖指元代之劇作，但事實上是以元代之劇作來代表北劇之體。另如焦循《劇說》中云：

> 元曲皆四折，或加楔子。惟《趙氏孤兒》五折，又有楔子。〔註51〕

又：

> 元曲止正旦、正末唱，餘不唱。〔註52〕

在這兩則引文中，「元曲」一詞皆指北劇，一則描述作品、文字形式；另一則描述歌樂與搬演形式，但正如前論「劇戲」一詞時，已說明歌樂與搬演形式會作用於文字形式，構成區別文體之形式特徵。在此兩則引文中「元曲」一詞的概念層級，無疑是指涉北劇。至於《南詞敘錄》中云：

> 元人學唐詩，亦淺近婉媚，去詞不甚遠，故曲子絕妙。〔註53〕

「曲子」在此指元人所學唐詩之作，其曲子或指涉劇作，然就其文體概念層級而言應是指北劇之體。

五、以「詞」構詞之名號

以「詞」構詞者，如「北詞」、「古詞」。「北詞」是北劇重要的名號之一，如徐復祚《曲論》中云：

> 北詞，晉叔所刻元人百劇及我朝谷子敬……。〔註54〕

徐氏將「北詞」一詞用以指涉元代與明朝用北劇體製創作之劇本，故其概念層級相當明確的是指北劇。另如徐渭《南詞敘錄》中云：

> 入元又尚北，如馬、貫、王、白、虞、宋諸公，皆北詞手。〔註55〕

又王驥德《曲律》中云：

> 元八十年，北詞名家亦不下二百人。〔註56〕

〔註51〕 《中國古典戲曲論著集成》第 8 冊，頁 93。
〔註52〕 同上注，頁 96。
〔註53〕 《中國古典戲曲論著集成》第 3 冊，頁 244。
〔註54〕 《中國古典戲曲論著集成》第 4 冊，頁 241。
〔註55〕 《中國古典戲曲論著集成》第 3 冊，頁 243。
〔註56〕 《中國古典戲曲論著集成》第 4 冊，頁 149。

又：

> 元人北詞，二三青樓人尚能染指。〔註57〕

在這三則引文中，從其文脈上下即可知「北詞」一詞是指元代之北劇作品，就其概念層級而言即是北劇。

至於稱「古詞」者，在曲論中並不多見，如王驥德《曲律》中云：「古詞惟王實甫《西廂記》，終帙不出入一字。」〔註58〕此處「古詞」之構詞模式與「古劇」、「今雜劇」相類，並非是習用之術語。但是因曲論中有以之指稱北劇，故備一格。

六、以「戲」、「調」構詞之名號

以「戲」構詞之名號有「北戲」、「舊戲」等。稱「北戲」者，如何良俊《曲論》中云：「金元人呼北戲為雜劇」。〔註59〕此處「北戲」與「雜劇」同義，皆用以指涉「北雜劇」。至於「舊戲」者，如《笠閣批評舊戲目》即以「舊戲」為名，另《譚曲雜箚》中有云：

> 舊戲無扭捏巧造之弊，稍有牽強，略附神鬼作用而已，故都大雅可
> 觀。〔註60〕

《笠閣批評舊戲目》所批評之「舊戲」與凌濛初所謂「舊戲」，就文體概念層級而言是指「北雜劇」。其構詞原則與「古戲」、「古劇」等相類，是以「舊」來限定「戲」，仍未習用為有固定專指之合義複詞，故為「詞組」。

以「調」構詞之名號，如「北調」。「北調」一詞有指歌樂形式之屬性，然亦有以之指涉北劇一體，如《遠山堂劇品》中云：

> 北劇每就諢語、俗語取天然融合之致，故北調以運筆為第一義。
> 〔註61〕

祁彪佳在此使用「北劇」、「北調」兩個名號。「北劇」一詞自然指北劇無疑，至於「北調」，從「運筆為第一義」處看指的是文字形式，兼以前句觀之，則「北劇」、「北調」應為換用之詞，其義不變，皆是指北劇。唯此類用法並不多見。

〔註57〕同上注，頁179。
〔註58〕同上注，頁111。
〔註59〕《中國古典戲曲論著集成》第4冊，頁6。
〔註60〕同上注，頁258。
〔註61〕《中國古典戲曲論著集成》第6冊，頁151。

　　總上所述,「北劇」一詞根據曾永義先生所言有「院么」、「么末」、「傳奇」、「雜劇」、「樂府」、「北院本」、「北曲」、「元詞」、「北劇」十種名稱,不過從曲論中另外可以蒐羅出「劇」、「曲」、「詞」、「北雜劇」、「元雜劇」、「今雜劇」、「大元樂府」、「北樂府」、「元劇」、「古劇」、「元曲」、「曲子」、「北詞」、「古詞」、「北戲」、「舊戲」、「北調」等諸名號,皆有指涉北劇之義,唯其中有些是指涉元代之北劇,但因元代之北劇作品質量皆爲北劇一體之冠,故往往用以代稱之。

肆、「南雜劇」

　　根據曾永義先生的分析:「南雜劇」以「北劇」爲母體,經由「南戲」或「傳奇」的「文士化」、「崑腔化」後的產物。〔註62〕並提出狹、廣兩義:狹義指「每本四折,全用南曲,王驥德所謂『自我作祖』的劇體,其形式和元人北雜劇正是南北相反」;廣義之「南雜劇」指「凡用南曲填詞、或以南曲爲主偶雜北套、合套,折數在十一折之內任取長短的劇體」。〔註63〕曾先生對於「南雜劇」一詞的概念定義終取廣義。由於廣義的「南雜劇」已呈現與北劇不同的形式特徵,且廣義之「南雜劇」也必能含括狹義者,所以本文從廣義。

　　關於其名號,在王驥德《曲律》中雖有提及南雜劇的概念,也就是前述曾永義先生之狹義概念者,但是並沒有以某一術語稱之。〔註64〕不過胡文煥有「以下係南之雜劇」之語〔註65〕,所謂「南之雜劇」即指南雜劇,但這仍是以北劇概念加上「南之」限定來構詞,「南之」與「雜劇」複合後構成一個新的意義,即專指南雜劇。另外南雜劇的概念在呂天成《曲品》中有「不作傳奇而作南劇者」條,其中收徐渭與汪道崑兩人〔註66〕,其「南劇」一詞即

〔註62〕 曾永義,〈論說「戲曲劇種」〉,收於《論說戲曲》,頁270～271。

〔註63〕 曾永義,《明雜劇概論》(臺北:學海出版社,1979年),頁82。又徐子方亦有探討「南雜劇」體製轉變及語言特徵之研究,參見徐子方,《明雜劇研究》(臺北:文津出版社,1998年),頁57～72。

〔註64〕 王驥德《曲律》:「余昔譜男后劇,曲用北調,而白不純用北體,爲南人設也。已爲《離魂》,並用南調。鬱藍生謂:自爾作祖,當一變劇體。既遂有相繼以南詞作劇者。」此處王驥德雖未以某一名號術語指稱「南雜劇」,但其「以南詞作劇」即是指「南雜劇」。《中國古典戲曲論著集成》第4冊,頁179。

〔註65〕 (明)胡文煥,《新刻群音類選》第4冊,收於《善本戲曲叢刊》(臺北:臺灣學生書局,1987年,據明萬曆間文會堂輯刻「格致叢書」之一種影印),卷26,頁1397。

〔註66〕 《中國古典戲曲論著集成》第6冊,頁220。

應指南雜劇。

　　總言之，南雜劇雖然展現出與北劇不同的形式特徵，但曲家並沒有很多異名之稱呼，而是以限定北劇來達到指涉南雜劇之目的，其名約有「南之雜劇」、「南劇」等。

伍、「南戲」

　　「南戲」與「傳奇」的分野眾說紛紜，如曾永義先生歸納了戲曲史家的五種說法，林鶴宜則歸納了四種說法，包含：兩者不分、以崑山腔為界、以明初五大傳奇為界、以崑山腔與弋陽腔興盛為標誌、以作者身分為準等。〔註67〕而曾先生在諸說之外另提出「南戲」的「三化說」，「南戲」經由「北曲化」、「文士化」、「崑曲化」三化之後，文學地位、藝術水準提高便為「傳奇」。〔註68〕由於「南戲」與「傳奇」是從「體製劇種」的角度所進行的分類，因此不可不辨其在體製上之特徵。曾永義先生便引用錢南揚之說來確立「南戲」之體製特徵，並引用孫崇濤、張清徽先生之研究成果，說明「南戲」與「傳奇」在文字形式與搬演形式處之區別。〔註69〕如此一來便確立了「南戲」做為一個「體製劇種」的獨立性，因此本論文便將之視為劇體下的一個次文類。

　　關於其名號，在曾永義先生〈也談「南戲」的名稱、淵源、形成和流播〉

〔註67〕林鶴宜所歸納四者，與曾永義先生相同，曾先生則多一項為引用徐朔方以作者身份為判斷依據之說。詳見曾永義，〈論說「戲曲劇種」〉，收於《論說戲曲》，頁252～254；林鶴宜，〈從內涵的質變論戲文傳奇的界說問題〉，收於《規律與變異：明清戲曲學辨疑》（臺北：里仁書局，2003年），頁23～28。

〔註68〕曾永義，〈論說「戲曲劇種」〉，收於《論說戲曲》，頁258。

〔註69〕錢南揚從題目、段落、開場、場次、宮調、曲牌、套數、賓白……等，歸納出南戲之體製。詳見錢南揚，《戲文概論》（臺北：里仁書局，2000年），頁205～265。另孫崇濤從腳色扮演、分出、修辭、格律寬嚴、聯套長短寬嚴、場次變化、開場繁簡、腳色唱曲份量之攤派、賓白特徵、落詩之講究等諸方面進行「南戲」與「傳奇」的對照。詳見孫崇濤，〈關於南戲與傳奇的界說──致徐扶明先生〉，收於《戲曲研究》第29期（北京：文化藝術出版社，1989年），頁99～114。張清徽從題目正名、家門、唱作合一、唱白、出場情形、下場詩、長短自由、腳色、換韻、南北合套等方面進行「南戲」與「傳奇」的對照。詳見張清徽先生，《明清傳奇導論》（臺北：華正書局，1986年），頁5～8。又曾永義先生亦以專文探討「南戲」之體製、格律等議題。詳見曾永義，〈宋元南曲戲文之體製、格律與唱法〉，收於《戲曲之雅俗、折子、流派》（臺北：國家出版社，2009年），頁245～293。（原載於《戲曲學報》第3期（2008.06））

一文中，針對「南戲」進行名號的分析，在「南戲」中共分析了「鶻伶聲嗽」、「溫州雜劇」、「永嘉雜劇」、「戲文」、「南戲文」、「南曲戲文」、「南戲」、「戲曲」、「永嘉戲曲」、「傳奇」、「南詞」、「南曲」等十二個名號，並且配合「南戲」演進歷程，析論這些名號的義涵。〔註70〕此一研究已相當完整的呈現「南戲」之異名，此外仍有一些其他異名，如《曲律》中所言「劇之與戲，南北故自異體。」〔註71〕其中「戲」即指「南戲」。

陸、「傳奇」

「傳奇」在本論文的語脈中，主要依循狹義的定義，專指崑化以後的「新傳奇」。〔註72〕但若以「體製劇種」的角度來看，則應如曾永義先生所指出：「以南曲為主而雜入北隻曲、合腔，或合套、北套、北套獨立成齣便成為『體製規律』。」〔註73〕此處之定義為曾先生南曲戲文三化說的最後階段。

〔註70〕 不過此一名稱演變過程，反映「南戲」中仍存在著更下一層次文類的區分，如「溫州雜劇」的體製便可能與《琵琶》有所不同，不過一方面因為文獻資料的缺乏，二方面因其體製特徵未能固定化，而未能形成一個文體，三方面若進行區分則概念類型太過冗雜，所以便不再進一步進行更細緻的次文類區分。又如許子漢先生在《明傳奇排場三要素發展歷程之研究》中將明代「傳奇」區分為五期：第一期為明代初年及以前，第二期為成化、弘治、正德至嘉靖中葉，第三期為嘉靖中葉至萬曆中葉，第四期為萬曆中葉至啟、禎之際，第五期為啟、禎之際至明清之際。其中第一期至第二期主要指涉為「南戲」，第三期以後則是「傳奇」，但許先生依照其劇本實際特徵將「南戲」與「傳奇」共分為五期，五期各有其特徵，雖可依據該特徵進行次類的分別，但如此一來分類將太過紛雜，類標準也可能不統一，也尚未在學界形成分類共識，所以便僅止於「南戲」與「傳奇」這一個概念層級。詳見曾永義，《戲曲源流新論》，頁120～151；許子漢，《明傳奇排場三要素發展歷程之研究》，頁234～239。

〔註71〕 《中國古典戲曲論著集成》第4冊，頁137。

〔註72〕 曾永義先生於〈論說「戲曲劇種」〉一文有明確定義：「如果就學術而言，實應以呂氏所謂之「新傳奇」，亦即用崑山水磨調來演唱的「傳奇」才算是真正的傳奇，因為這樣的傳奇在體製格律上才真正由南戲蛻變完成為一新劇種。而「舊傳奇」誠如上文所云，不過是南戲過渡到傳奇的產物，體製格律未臻完整，且作品數量極有限，本身未成氣候。」曾先生將「傳奇」專指為崑化後「真正的傳奇」，也就是「新傳奇」。他認為呂天成《曲品》中所謂的「新傳奇」才是「真正的傳奇」，而此一「真正的傳奇」是用崑山腔演唱的。本論文從之。曾永義，《論說戲曲》（臺北：聯經出版社，1997年），頁234～235。

〔註73〕 同上注，頁255。

　　「傳奇」之名號甚多，如曲論中有以「新傳奇」、「傳奇」、「南詞」、「今曲」、「時曲」、「南戲」、「南劇」等名號稱之。稱「新傳奇」、「傳奇」者，如呂天成《曲品》中有「新傳奇品」條中即稱沈寧庵的作品爲「傳奇」。以「南詞」稱之者，如呂天成《曲品》於「新傳奇」品條中評朱玉田《玉鐲》時云：「閩人能南詞，亦空谷之音也。」〔註74〕此處「南詞」即指傳奇。「今曲」、「時曲」是依曲家所處時代而會有不同所指，乃以「今」、「時」等限定性加詞與「曲」進行組構，以指涉某一特定之文體，但又未習成一專門術語，故其應爲「詞組」。〔註75〕在李漁《閒情偶寄》中，「今曲」即應是指傳奇〔註76〕；在《度曲須知》中則稱崑腔爲「時曲」。〔註77〕稱「南戲」者，如呂天成《曲品》於「新傳奇」品條中評汪廷訥《獅吼》時云：「懼內從無南戲。」此處「南戲」即指傳奇，然其考證注云：「南戲」之稱爲清河郡本所錄，他本皆錄爲「南劇」。〔註78〕由此版本上之差異也可看出「南戲」、「南劇」是有混用之現象。在李調元《劇話》錄「陳造懼內」劇時云：

　　　　今南劇搬演「跪池」一事，未免已甚；北劇至有《變羊》劇，尤誕

　　　　——然亦有本，但不屬陳季常。〔註79〕

其所言「陳造懼內」一劇便是《獅吼》，故其「南劇」即應指傳奇，佐以呂天成《曲品》版本差異，可見傳奇是有稱「南劇」與「南戲」。

　　總括之，指涉傳奇之名號有：「傳奇」、「新傳奇」、「南詞」、「今曲」、「時曲」、「南戲」、「南劇」等。

第二節　曲體、劇體及其次文類之關係及其他分類現象

　　本小節從曲體、劇體及其次文類分類現象中進一步其類與類之間的關

〔註74〕《中國古典戲曲論著集成》第 6 冊，頁 246。
〔註75〕「詞組」指「今」、「時」與「曲」之間爲組合關係，但兩者並未密切連結爲「組合式合義複詞」，而是以「今」、「時」限定「曲」，若單獨審視「曲」其義或指劇體，而因有「今」、「時」之限定，故方有「傳奇」之義。關於「詞組」、「組合式合義複詞」之區別，詳見許世瑛，《中國文法講話》（臺北：臺灣開明書店，1998 年，24 版），頁 39～40。
〔註76〕《中國古典戲曲論著集成》第 7 冊，頁 22。
〔註77〕《中國古典戲曲論著集成》第 5 冊，頁 198。
〔註78〕《中國古典戲曲論著集成》第 6 冊，頁 261。
〔註79〕《中國古典戲曲論著集成》第 8 冊，頁 60。

係，然後探討曲論中之分類論述，並分析其意義。

壹、曲體、劇體及其次文類的兩層相對性關係

　　無論是曲體、劇體或北劇、南戲、南雜劇、傳奇等不同文體概念，都是曲家通過歸納具體的戲曲作品後，抽繹其某些共同特徵所得的抽象性概念。本論文從文體論的角度來看，該特徵主要爲文字形式，即體製。因爲體製是外顯可見且具有固定性的形相。不過劇體雖以體製爲共同特徵，但並非是恆常不變。體製會發展變異，就如同詩之五言化爲七言一樣，所以在某些共同體製特徵下所形成之劇體概念，又會依照細部不同的體製，而又構成不同的次文類概念，反言之劇體是由眾多次文類概念，抽繹出其共同特徵所形成之概念。由是，在劇體之中便有了總體、殊體兩個概念層次。

　　總體和殊體是相對性概念，即將總體分類爲殊體，殊體統合爲總體。在劇體及其次文類的對應關係中，總體概念即指劇體，而殊體就是依體製區別出的北劇、南戲等不同的次文類。不過在劇體之外還有另外一個上層的文體概念——曲體，如前所云，在曲論中經常以「曲」一詞來指涉之，並與詩、詞對舉。這個曲體概念包含散曲體與劇體，就其與劇體、散曲體之對應關係而言，曲體是總體，而劇體、散曲體則爲殊體。由此可以區別出總體與殊體的兩層相對性，曲體相對於劇體、散曲體等而言是總體，劇體、散曲體則是殊體。但是若進一步到劇體、散曲體本身所統屬的次文類概念群中，則劇體、散曲體等概念又是總體，其下之次文類爲殊體。

　　以上已探討曲體及劇體中的四個主要次文類的名號運用情況，如前所言，其存在著兩層的相對性。第一層相對中之總體，即是與詩、詞相當之曲體概念。所以在第一層相對性中，殊體是指在總體下劇體、散曲體等次文類，然次文類並不是只有單一概念層級，在殊體之中的層級亦有高低差異，即次文類下又會有其次文類，就其整體而言，皆是總體下之殊體，此即第二層相對性。殊體之分類主要以體製做爲辨識區別之依據，其概念層級與詩體下之五言詩、七言詩或詞體下之小令、長調相等。

　　又曲論中雖然有著「劇散同質」的觀念，但是在現代曲學研究中，卻已明確區分二者之差異。劇體、散曲體之區分是曲學研究中常見的分類，如任訥的〈散曲之研究〉雖是以散曲爲分析對象，在其文中已區別戲曲、散曲兩個殊體。不過這種分類在劉熙載《藝概》則中有不同，其云：

　　　曲止小令、雜劇、套數三種。小令、套數不用代字訣，雜劇全是代

字訣。〔註80〕

劉熙載所謂之「曲」，即曲體，爲第一層相對性。劉氏將「曲」下分爲三種殊體，並分別以「小令」、「雜劇」與「套數」三詞名之，「雜劇」指劇體。劉氏這種區分方式會導致分類層級混淆，因爲雖分爲三類，但又將「小令」、「套數」與「雜劇」以是否爲代言體進行兩類的區分，因此「小令」、「套數」可再收攝於一類，與「雜劇」概念對應，此類即應是散曲體。且不論分類層級混淆的問題，就其以代言體做爲分類標準也尚有討論空間。〔註81〕如任訥便是以科白之有無做爲散曲與戲曲兩體的區判標準〔註82〕，盧元駿亦是持相近之看法，其云：

> 凡具有科、白、曲三者以演述一故事之首尾，可在舞台上表演者爲
> 戲曲，只有曲而沒有科白，不能在舞臺上表演只供清唱者爲散曲。
> 〔註83〕

任、盧兩位學者的定義基本上可以視爲學術界對於戲曲、散曲區別之普遍共識。不過雖然任訥、盧元駿兩位學者都提到科白，但兩人所言仍有些許不同，盧氏之「科」、「白」指動作與賓白，任氏之「科白」指散文，其云：「科白者，散文也，曲乃韻文也。」〔註84〕所以任訥從是否具備散文形式之賓白來區別劇體與散曲體，盧氏則多了一個動作表演的概念。從動作之舞台表演論非本論文的研究範圍；從散文形式論，則爲戲曲文體論的範圍。然無論何種界義方式，都明確區別出散曲與戲曲二體。因此本文也襲用這樣的殊體類型思考，做爲第一層相對性中的分類。

　　由此，若具體的說，曲體是包含劇體與散曲體兩者；若概念性的說，曲體是依劇體與散曲體之共同特徵抽象化後所形成之文體概念。就任、盧兩位學者的定義，該共同特徵就是曲文，而曲文雖在不同時代有不同的體製，但都會呈現出共同的「結構規式」〔註85〕可供我們掌握其特徵。在劇體、散曲

〔註80〕　《中國古典戲曲論著集成》第 9 冊，頁 119。
〔註81〕　代言體雖然是兩類之間很顯著的差異，但事實上雜劇並非全爲代言體。就以元雜劇而言，其是兼具代言體與敘事體兩種敘述模式。詳見筆者著，《元雜劇敘事研究》，國立東華大學中國語文學系碩士論文（2004.06），頁 59～65。
〔註82〕　參見《元曲研究》乙編（台北：里仁書局，1984 年），頁 10～11。
〔註83〕　盧元駿，《曲學》（臺北：黎明文化事業，1980 年）。
〔註84〕　參見《元曲研究》乙編，頁 10～11。
〔註85〕　「結構規式」爲顏崑陽先生所提出之概念，指：「一事物之結構，在動態歷程中反覆出現，卻都規則地呈顯相似的形式。」

體兩種殊體中，散曲體的分類較爲明確，劇體中則因牽涉發展演變歷程，因此顯得繁複。

貳、曲論中之分類現象及其意義

以上探討劇體、曲體之名號運用情況，就其概念之實而言，在現代學術的一般共識中已然相當清楚，但是在曲論中之文體概念類型，則可能有所不同。因爲分類標準本就是隨著批評者自身所設定，現代研究者以劇本所呈現的體製特徵爲分類標準，因此區別出北劇、南戲、傳奇、南雜劇、短劇等「體製劇種」；也如前引曾永義先生所言，若將標準轉爲「藝術形式的性質」、「演唱之腔調」等，則分類結果亦會有所不同，不同類標準有其所欲達成的不同目的。

同理，古代曲家依照其不同的分類標準，就會產生不同的類概念，如前引陳建華之研究，他認爲明代曲家在探討元劇時，出現「劇散同質」的現象，這樣一種文體分類觀念，勢必會作用於其名實的對應關係上。所以陳建華例舉《曲律》評《西廂》時，即認爲《西廂》爲「長套曲」，以證成明代時人認爲「元雜劇和散曲之間沒有本質區別，而只有表面上的長短之別而已」的觀念。〔註 86〕這說明了許多古代曲家存在著「劇散同質」的觀念，認爲散曲一體是戲曲的構成元素，而非不同之次文類。由是，曲體概念仍以劇體做爲主要核心概念內涵，但又與劇體指涉者不同。只是此一概念並未被廣爲認可。但是這種分類現象卻隱含著古代曲家的思維觀念，因此也相當重要。因此以下我們可以以曲論中所呈現者分析之，然後再進一步探討名實對應關係混亂之原因，最後分析其構詞模式。

「劇散同質」背後，隱含的是以外在體製之短長做爲文體分類標準，在曲論中還可以觀察出幾種不同的分類現象，如「長篇一體」、「舊、新傳奇一體」、「南北二體」、「各代一體」、「次類型」，以下分疏之。

一、長篇一體

從「劇散同質」可以觀察出某些曲家在分類時僅以劇本之長度做爲分類標準，事實上在曲論中也有將體製較長的劇作歸於一體的現象，本文便稱之爲「長篇一體」。如清代黃文暘《重訂曲海總目》有「元人傳奇」條，其中便兼收《西廂》，又在「明人傳奇」條中將《琵琶》和其他作品混收一

〔註86〕詳見陳建華，《元雜劇批評史論》（濟南：齊魯書社，2009 年），頁 331。

起。〔註87〕清代支豐宜《曲目新編》亦有「元人傳奇」條，收《西廂》等。〔註88〕便是認為《西廂》折數較長之體製，接近傳奇因此將之歸類。又姚燮《今樂考證》論及《太和記》時云：

> 此劇二十四齣，故事六種，每事四折。《也是園書目》入「院本類」，
> 《曲考》入「雜劇類」，從《曲考》為的。〔註89〕

楊愼之《太和記》依張恭全之定義為南雜劇中之「套劇」〔註90〕，不過《也是園書目》將楊愼雜劇收入「院本」，而《曲考》則辨明其體製，故入「雜劇類」。這便是因其為長篇劇作故有不同之分類。

二、「舊、新傳奇一體」

南戲、傳奇在現代曲學研究中已將之別為兩類，但是某些近代曲學研究者仍是將南戲、傳奇歸為一類，這也就是曾永義先生歸納南戲、傳奇分野五說中的第一說：「戲文、傳奇異名同實」。〔註91〕雖然在呂天成的《曲品》中通過「新傳奇」的提出，來辨別其與既有劇作之差異，高奕之《新傳奇品》更以「新傳奇」一詞做為書名。這些都是明確以「舊傳奇」、「新傳奇」之名號，來區辨傳奇一體與既有劇作之不同。但南戲至元明的某些劇作，被部分曲家歸為傳奇一類。〔註92〕如沈寵綏《度曲須知》中云：

> 然世換聲移，作者漸寡，歌者寥寥，風聲所變，北化為南，名人才
> 子，踵《琵琶》、《拜月》之武，競以傳奇鳴。〔註93〕

此處將《琵琶》與《拜月》之後之作品通稱為「傳奇」，明末的沈寵綏已然經歷傳奇成體之時，但他仍未將之區別出來。又如清代黃文暘《重訂曲海總目》中「明人傳奇」條中兼收「新傳奇」與「舊傳奇」之作品〔註94〕；又繼呂天成《曲品》之後的《遠山堂曲品》亦沒有區分「新傳奇」與「舊傳奇」之作

〔註87〕 《中國古典戲曲論著集成》第 7 冊，頁 333。
〔註88〕 《中國古典戲曲論著集成》第 9 冊，頁 135。
〔註89〕 《中國古典戲曲論著集成》第 10 冊，頁 152。
〔註90〕 張恭全認為套劇是：「合數劇而冠以一個名稱」，張恭全，〈明代的南雜劇〉，收於《影印中國期刊五十種》（臺北：東方文化書局，1979 年），頁 80。（原載《嶺南學報》第 6 卷第 1 期（1937.3））
〔註91〕 詳見曾永義，〈論說「戲曲劇種」〉，收於《論說戲曲》，頁 252～253。
〔註92〕 若將「新傳奇」界義為「傳奇」，曾永義先生認為「舊傳奇」便是「新南戲」。詳同上注，頁 266。
〔註93〕 《中國古典戲曲論著集成》第 5 冊，頁 197。
〔註94〕 《中國古典戲曲論著集成》第 7 冊，頁 333。

品，在其〈序〉中以「南詞」稱之〔註95〕。徐渭的《南詞敘錄》書名中之「南詞」亦是同義。

由此可見，某些古代曲家並沒有將傳奇視爲一個新文體，而仍與南戲混觀，或稱「傳奇」、或稱「南詞」。所以通過這些論述可知，在曲家眼中有一個類概念，其概念層級位於傳奇之上，也就是含括元及明初的南戲作品，這個類概念在曲論也稱之「傳奇」。

三、「南北二體」

在古代曲論中，經常可見以南、北兩個地域性加詞構詞的文體名號，北曲、南曲、南劇、北劇、南戲、北戲……等，這些名稱都展現出南、北相對的分類觀念。這也是曲家的基本分類觀念，所以也經常可見以「南北」的加詞，如《曲藻》所言：

> 大抵宋詞無累篇，而南北曲少完璧，則以繁簡之故也。〔註96〕

又《曲律》：

> 至金、元之南北曲，而極之長套，斂之小令，能令聽者色飛，觸者腸靡，洋洋纏纏，聲蔑以加矣！〔註97〕

又《樂府傳聲》：

> 崑腔，南北曲之所由來者，從古樂而變新聲也。〔註98〕

又《詞謔》：

> 徐州人周全，善唱南北詞。〔註99〕

又焦循《劇說》引《金陵瑣事》云：

> 徐霖塡南北詞，大有才情。〔註100〕

以上諸例皆是以「南北」構詞，其分類概念不一定皆專指南戲、北劇，而是概分曲體爲北一類、南一類；而總南、北兩種次文類，便可歸納出曲體一類。如《曲藻》所言「南北曲」，乃用以與宋詞並舉，可見得「南北曲」在此具有代表劇體，甚至於以劇體代表曲體之意。因爲散曲體亦有南、北之分，若以南、北分體在其分類概念中含括散曲體，這是立基於曲體的分類思考；若是

〔註95〕 《中國古典戲曲論著集成》第 4 冊，頁 34。
〔註96〕 同上注，頁 156。
〔註97〕 《中國古典戲曲論著集成》第 7 冊，頁 183。
〔註98〕 《中國古典戲曲論著集成》第 3 冊，頁 353。
〔註99〕 《中國古典戲曲論著集成》第 8 冊，頁 120。
〔註100〕 《中國古典戲曲論著集成》第 6 冊，頁 7。

在劇體中分南北，則是將劇體之次文類依地域加詞區別爲兩類。

四、「各代一體」

在曲論中除以地域加詞進行分類概念術語之構詞外，還有以朝代爲加詞進行構詞者。如「元曲」、「元雜劇」、……等等。以「元曲」爲例，其或指元代之北劇如前引焦循《劇說》中云：「元曲皆四折，或加楔子」、「元曲止正旦、正末唱，餘不唱」，這都是指元代之北劇。然而，如《譚曲雜箚》云：「元曲源流古樂府之體。」〔註101〕又如《曲藻》中云：

> 所謂「宋詞、元曲」，殆不虛也。〔註102〕

又《閒情偶寄》云：

> 歷朝文字之盛，其名各有所歸，「漢史」、「唐詩」、「宋文」、「元曲」，
> 此世人口頭語也。〔註103〕

又《雨村曲話》引胡應麟《莊嶽委譚》云：

> 宋詞、元曲，咸以昉于唐末，然實陳、隋始之。〔註104〕

在這些曲論的文脈中，其實並無法確定其「曲」一詞究竟是指劇體或泛指曲體，但是從其與代表一代之文學的角度來看，加上明代曲家存在著的「劇散同質」觀點，便不難推斷其是通過「元」之加詞，將有元一代的「曲」統視爲一體。而「元曲」也成爲一種分類概念，可以與宋詞、唐詩等分類概念齊等之類概念。

至於「元雜劇」一詞，如李調元《劇話》云：「元雜劇，凡出場所應有持、設、零雜，統謂砌末。」〔註105〕另有：「而元雜劇之末，乃今戲中之生，卽宋所謂戲頭也。」〔註106〕此皆是探討北劇共有之形式，非元代所獨見，故其體製特徵展現的即是北劇之形式。然因爲元代的「雜劇」作品質量最精，且在體製上呈現固定特徵，所以成爲一種文體的名稱，現代許多研究者亦是以此爲名。〔註107〕

〔註101〕《中國古典戲曲論著集成》第4冊，頁255。
〔註102〕同上注，頁25。
〔註103〕《中國古典戲曲論著集成》第7冊，頁8。
〔註104〕《中國古典戲曲論著集成》第8冊，頁7。
〔註105〕同上注，頁41。
〔註106〕同上注，頁40。
〔註107〕現今學者對於「元雜劇」的體製研究，大致呈現了「北劇」之特徵，只是就材料對象範圍不同，而有「元雜劇」、「北劇」之別，但就其文體特徵基本上

五、次類型

在劇體之次文類下，又有以風格或題材進行分類，我們將這種分類後的類型性概念，稱之為「次類型」，其概念層級與詩體下之田園詩、邊塞詩或詞體下之豪放詞、婉約詞相等。如有從題材進行文體分類者，如朱權《太和正音譜》中的「君臣雜劇」、「閨怨雜劇」等。〔註108〕其中「君臣」、「閨怨」等即是題材內容的不同類型。從腳色進行分類者，如《青樓集》中列出之「花旦雜劇」、「貼旦雜劇」等〔註109〕，即是將雜劇進一步以腳色類型進行分類。從作者分類，如《太和正音譜》中所記之「綠巾詞」，其云：

> 子昂趙先生曰：娼夫之詞謂之「綠巾詞」。其詞雖有切者，亦不可以
> 樂府稱也。故入於娼夫之列。〔註110〕

趙子昂從作者職業身份對文體進行「次類型」的分類，由於娼夫身份較其他作者卑賤，所以即便其詞有「切者」，也不可以稱為「樂府」，而只能統歸於「綠巾詞」。〔註111〕類型變化依批評者取徑不同而千差萬別，難有一準繩可以歸之。〔註112〕雖然類型變化極多，但仍是繫於某一次文類之下

以上各異的分類現象，可以從三方面來看，其一是「次類型」的分類，「次類型」之類標準本就千差萬別，隨批評者之一心，所以其紛雜是可以

都是相同的。如前引曾永義先生〈元雜劇體製規律的淵源與形成〉即是；又如董上德〈論元雜劇的文體特點〉亦是，董文主要在探討元雜劇劇本所呈現的體製規律，是文收於《元雜劇研究》（武漢：湖北教育出版社，2003 年），頁 525～534。（原載於《戲劇藝術》第 3 期（1998））

〔註108〕《中國古典戲曲論著集成》第 3 冊，頁 24。

〔註109〕夏庭芝評張奔兒時云：「善花旦雜劇」，於評米里哈時云：「專工貼旦雜劇」。同上注，頁 32、34。

〔註110〕《中國古典戲曲論著集成》第 3 冊，頁 44。

〔註111〕又「宋金雜劇」不在本章的分類系統中，但亦見「次類型」之分類。《南村輟耕錄》中提及「上皇院本」、「霸王院本」等院本名目中，「上皇」、「霸王」是題材內容的類型，胡忌認為「上皇院本」是「與皇上有關之院本」，「霸王院本」應是演述武將之事，是由故事內容而分者。《錄鬼簿》中所言之「戲謔樂府」也應屬此類型。詳見（元）陶宗儀，《南村輟耕錄》，頁 346～353；詳見胡忌，《宋金雜劇考》，頁 204～208、211。

〔註112〕如趙山林的元雜劇分類研究即認為結合夏庭芝與朱權之說，可以將元雜劇分為十五科，與朱權之十二科不同。詳見趙山林，〈論元雜劇的分類研究〉，收於《詩詞曲論稿》（北京：中華書局，2006 年），頁 165。（原載於《河北學刊》第 5 期（1990 年））。又羅錦堂考證明初除《太和正音譜》十二科外，另有八種分類，羅氏統合各類，進一步提出新八類之說。詳見羅錦堂，〈元人雜劇之分類〉，收於《錦堂論曲》（臺北：聯經出版事業公司，1977 年），頁 73～75。

理解的，同樣的也產生在其他古典文學作品的分類中。其二是特殊體製作品之分類，這可以由《西廂》與《太和記》之歸類來看，因為《西廂》與《太和記》是體製特殊之作品，所以造成分類上之歧出，這顯示劇體分類之侷限性，當曲家以體製進行分類時，不免會遇到超出常規體製的作品，而當這些作品又不足以自成一類時，便必須含括入既有之類概念中，這時之類標準便依曲家著重之形式特徵。其三，是新體作品之歸類，傳奇相對於南戲而言便為新出之體，當曲家面對此類作品時，依其分類標準不同便會不同之歸類結果，若曲家認為其足以自成一類，於是有「新傳奇」、「舊傳奇」之別，當曲家認為其形式特徵仍不足以自成一類時，便將之歸入原有分類項目中，於是「傳奇」一類便有了不同的內涵。這三方面其實都展現出「類標準的任意性」，劇本之存在乃事實，但是歸類已是概念層的活動，是批評者將既有之作品特徵提出、抽象化，再進行分類，此時類標準之取捨便存乎一心，所以沒有應絕對如何之分類項目。然而，在現代曲學研究中，已通過詳細的劇本分析、歸納，提出較嚴謹、周延的類標準，並將劇體進行分類，所以我們仍是遵從現今研究成果，至於曲論之其他分類則是進行現象之觀察、意義之詮發。

第三節　名號混淆現象之原因及其構詞模式

以上之分析、歸納，掛一漏萬，勢必難以盡括曲論中之相關記載〔註113〕，但是已可初步窺見名與實對應關係的混亂。以下便進一步探討其名實關係混亂之原因，並進一步分析其名號的構詞模式。

壹、一詞多義與多詞一義現象的原因

以下將上文所及名號與劇體相關之文體概念類型製為表格（如附錄），直行為文體概念類型，橫列為名號術語，從橫列可以看出多個名號術語共同指涉同一概念，從直行則可看出一個名號術語指涉多個不同概念類型。也就是

〔註113〕關於名號一方面受限於所見，故無法盡括；另一方面也因為本論文採曾永義先生「體製劇種」中「詞曲系」之分類，因此排除了小戲及地方戲，如「宋金雜劇」一類，在《南村輟耕錄》中云：「金有院本、雜劇、諸宮調。」在此以「院本」、「雜劇」指稱「宋金雜劇」，僅冠以時代專指。可見「雜劇」亦有用以指稱「宋金雜劇」。（元）陶宗儀，《南村輟耕錄》（北京：文化藝術出版社，1998年），頁346。

說劇體名實對應的混淆現象，主要即是一詞多義與多詞一義。若具體而言，則是如「樂府」、「戲曲」、「南詞」、「傳奇」、「劇」、「戲」、「詞」、「曲」等名號，指涉一個以上的文類概念；而多數的概念類型皆有兩個以上的名號可以指涉之。

　　當我們進一步探究此現象時，可以分析出兩個主要原因：其一，文體發展歷程的混同合觀；其二，文體質性的多元解讀。文體發展歷程的混同合觀指劇體雖已演變發展，但曲家以其具有脈絡性的特徵，將不同劇體使用相同名號稱之。如「雜劇」為「宋金雜劇」之別稱，但北劇亦沿用此一名號，或結合其他構詞元素複合成新詞，如「北雜劇」、「南雜劇」，而「院本」一詞亦複合其他構詞元素以指涉北劇，如「北院本」、「元院本」等。從名號的混用，可以推論在曲家的眼中，這些不同之體有時是不分的或具脈絡性的，所以名號會相互沿用。這是從個別殊體的角度看，若將其範圍更擴大，從整個戲曲文體發展脈絡的角度來看，則如「詞」、「曲」的混用也是文體發展歷程的混同合觀。「詞」本指宋代的代表性文體，但在曲論中持著「曲為詞餘」的觀點，將曲體、北劇等以「詞」稱之。〔註114〕這不只發生在曲體或劇體之中，如詞體以「詩」、「樂府」等名號稱之，也是相同思維方式的作用。

　　文體質性的多元解讀指曲家習慣以該文體之質性為之命名，然因曲家對某一文體之質性持不同的觀點，故名號也因之有異。如「曲」、「樂府」、「詞」、「戲」、「劇」、「傳奇」等。「曲」、「樂府」是從音樂性命名，「戲」、「劇」是從戲劇性命名，「傳奇」則從故事性命名，「詞」則從文學性命名，這些命名反映出戲曲文體的多元質性，也呈現出曲家面對此一綜合體時，所採取的基本觀點。這些質性於下文會進一步探討，此處暫不贅論。此處主要在說明戲曲文體名號繁雜現象的原因。然名號混雜的現象，除了分析其原因外，我們尚試圖為這些紛雜的名號梳理出規律，以下便從名號的構詞模式進行分析。

〔註114〕曾永義先生認為：「元詞」借宋詞之「詞」，是以說明為元人之音樂文學。不過本文認為這是取「詞餘」之故，以此強調「曲」在歷史發展歷程中之地位。曾永義，〈也談「北劇」的名稱、淵源、形成和流播〉，《戲曲源流新論》，頁194。

附錄：曲體、劇體及其次文類名實對照表

	曲	詞	詞餘	詞曲	歌曲	曲子	新聲	戲	劇	劇戲	戲劇	戲曲	傳奇	院么	么末	雜劇	樂府	北院本	北曲	元詞	北劇	北雜劇	元雜劇	今雜劇	大元樂府	北樂府
曲體	●	●	●	●	●	●	●										●									
劇體	●							●	●	●	●	●	●													
北劇	●	●												●	●	●	●	●	●	●	●	●	●	●	●	●
南雜劇																										
傳奇													●													
南戲								●				●	●													

	元劇	古劇	元曲	曲子	北詞	古詞	北戲	舊戲	北調	南之雜劇	南劇	新傳奇	南詞	今曲	時曲	南戲	南劇	鶻伶聲嗽	溫州雜劇	永嘉雜劇	戲文	南戲文	南戲戲文	永嘉戲曲	南曲
曲體																									
劇體																									
北劇	●	●	●	●	●	●	●	●	●																
南雜劇										●	●														
傳奇												●	●	●	●	●	●								
南戲													●					●	●	●	●	●	●	●	●

貳、名號的構詞模式

　　經由上述列表可以觀察出劇體及其次文類與相關文體之名號有單詞與複詞，單詞如「戲」、「劇」、「曲」……等，複詞如「北曲」、「南曲」……等，然而單詞雖多做為複詞之端詞，但如「雜劇」、「傳奇」等詞本身已為複詞，又可做為其他詞語之端詞，如「北雜劇」、「南傳奇」等，所以單純從語言形式進行區分，無法完整體現名號的構詞模式。因此，以下對於名號構詞模式之分析，除從字面上進行語言形式的分析，如就構詞文法上別出加詞與端詞，但是更重要的是引入構詞元素之概念以進行類型化的分類。

　　構詞元素指構成名號的詞語單位，一個劇體相關概念類型的名號，基本上可以拆解成一個或兩個構詞元素。一個構詞元素者如：「曲」、「劇」、「雜劇」、「傳奇」等，這種情況較易理解，「曲」、「劇」為單詞，故構詞元素為一，而「雜劇」、「傳奇」雖為複詞，但其已成為習用之術語，並不會特別分割視之，

故就構詞元素而言亦為一；兩個構詞元素者如：「北曲」、「南劇」、「元雜劇」、「北院本」等，「北曲」可以區分為「北」與「曲」、「元雜劇」為「元」與「雜劇」，「南劇」、「北院本」亦可類推之。將一個名號視為一個構詞元素或拆解成兩個構詞元素後，不僅可以從組構形式進行分類，更可以從術語概念性質進行分析。我們將構詞元素中具有表示文體概念者稱之為「主體性構詞元素」，如「曲」、「劇」、「雜劇」、「傳奇」等，而將「北」、「南」、「元」、「明」、「古」等限定「主體性構詞元素」之義涵範圍者，稱之為「限定性構詞元素」。因為在劇體及其次文類與相關諸體的名號構詞模式中，其多用以限定「主體性構詞元素」，將之特指於某一個殊體。

　　名號中「主體性構詞元素」可以再進行分類，就其概念屬性可以區別出「曲劇類」與「詩詞類」兩個類型。因此就個別具體的術語而言為「主體性構詞元素」；就其整體而言則為「主體性構詞元素群組」。「群組」表示這些術語之間的關係是一個類型性關係，是就其概念的類似性而被歸納為一個群組。「限定性構詞元素」與「限定性構詞元素群組」之差別亦可同義理解。曲論中劇體及其次文類與相關諸體的名號相當多雜，所以需要經由分類來釐清其概念涵義及使用情況。如前所言，本文將名號的構詞元素分成「主體性構詞元素群組」與「限定性構詞元素群組」等兩個群組。以下分述之。

一、主體性構詞元素群組

　　「主體性構詞元素群組」又可以分為「曲劇類」與「詩詞類」兩個次類。「曲劇類」指以音樂、戲劇等相關概念為中心的名號統系。「詩詞類」指以詩、詞等文體及突顯文學性之相關概念為中心的名號統系。這兩系雖具有較高的涵蓋性、區別性，但若就細部具體名號而言，仍會出現兩系交疊的現象，從此現象可以看出戲曲與其他文體之間的轉移過程。

（一）曲劇類

　　在「曲劇類」中，就其術語概念義涵之側重面又可分為兩類：「曲唱類」、「戲劇類」。「戲劇類」指劇體名號中之構詞元素概念義涵著重於戲或劇，也就是著重於「真人或偶人演故事」之概念〔註115〕，如「雜劇」、「古戲」，而另外如「傳奇」，雖未使用「戲」、「劇」二詞，然就其概念義涵與演出或故事性相關，故納入此類。「曲唱類」指名號中之構詞元素概念義涵著重於曲或唱，

〔註115〕曾永義，《戲曲源流新論》，頁32。

曲指音樂、腔調等，而唱指演唱。以上「曲劇類」中的兩類構詞元素一方面可以獨立成詞，用以指涉劇體或次文類與相關諸體中之某體，另一方面亦可與其他詞語複合成新詞，為該新詞之主體。

　　1. 曲唱類

　　「曲唱類」中的名號術語有：「曲」、「聲」、「調」等。當以此為文體名號時，也多在強調其體之音樂特徵。

　　2. 戲劇類

　　「戲劇類」中的名號術語有：「戲」、「劇」、「雜劇」、「傳奇」、「院本」、「戲文」等。「戲」、「劇」是單詞形式，「雜劇」、「傳奇」、「院本」、「戲文」則是複詞形式。儘管在語言形式上有單詞、複詞的差異，但是就其在文體名號術語中之地位則是相等，都是「主體性構詞元素」，用以指涉某文體。以此為名，則隱含劇體之為戲劇之特徵。

　　（二）詩詞類

　　「詩詞類」構詞元素群組包含「詞」、「樂府」等術語。這些術語間有延續與主次關係，「樂府」為詩之一體，「詞」為詩之變。又其中「樂府」本為音樂機構，似與「曲唱類」相近，然「樂府」以做為詩體中之次文類，其概念義涵主要為配樂之韻文。因之詞亦有稱「樂府」，曲亦有稱「樂府」，然就其文體概念之主要義涵所在仍是從詩詞處著眼，因此歸於「詩詞類」。但其與「曲劇類」交疊的現象，正是可以進一步深入討論的議題。又以「詞」做為劇體之名號，除從詞餘之觀念而來，亦有從文學性著眼，如曾永義先生云：

> 而「南詞」與「南曲」，則借主體之「詞」、「曲」，為此種戲劇乃用
> 南方之語言與音樂演唱，強調其語言即稱「南詞」，「強調其音樂即
> 稱南曲」。〔註116〕

曾先生認為「詞」、「曲」做為劇體名號之別，是語言與音樂的差別。語言即應是指文學性，音樂是音樂性。如前所云，這是由於曲家對於劇體本質定位的差異所導致的。

　　二、限定性構詞元素群組

　　在劇體名號中，「限定性構詞元素」主要為地域與時間，地域指該「限定

〔註116〕曾永義，《戲曲源流新論》，頁 127。

性構詞元素」爲地域概念，如南、北、永嘉、溫州。從地域概念對文體進行限定，在曲論中經常可見。一地有一地之風俗文化、方音用語，反映在戲曲中就構成該文體之特徵。因此以地域做爲區辨文體之概念，是具有分類上之準確性。而因地域特徵而形成之文體特徵，也經常做爲比較之基準。時間類指該「限定性構詞元素」爲時間概念，有相對性時間概念如古、今、新、舊等，也有朝代專指如宋、金、元、明等。古與今、新與舊的相對概念呈現出曲家已有文體演變之觀念。將朝代與文體進行連結，是古典文學論述中常見的方式，即便朝代斷限與文體變遷未必一致，但大體而言，仍可歸納出文體特殊性。曲論中對於文體之殊體也從朝代進行名號指稱，表示曲家觀察出各代文體有別，故而分類名之。

然「限定性構詞元素群組」除了可以從名號中拆解出來外，在前文所言之「次類型」中亦見繁雜的運用，「次類型」是在殊體下以風格或題材進行分類後的類型性概念，如「戲謔樂府」、「閨怨雜劇」等。「次類型」與殊體相同，皆以「主體性構詞元素群組」中之構詞元素爲主，但加上不同「限定性構詞元素」而有不同指涉義涵，有題材、腳色、作者等等，依曲家選取標準不一而千差萬別。

三、名號構詞原則及其意義

通過上述的分析，已可對曲論中劇體及其次文類與相關諸體的名號構詞元素有一系統的認識。在分析構詞元素後，便可進一步分析其複合之過程與結果。名號構詞元素複合時，主要有兩種情況：其一，「主體性構詞元素」相互複合，如「戲劇」、「劇戲」等；其二，「主體性構詞元素」與「限定性構詞元素」複合，如「北劇」、「南戲」等。而其原則有三：其一，名號組構時，「限定性構詞元素」多位於「主體性構詞元素」之前，二者之關係多爲組合關係，而少數如「劇戲」、「戲劇」者爲聯合關係。其二，同一「主體性構詞元素」會複合不同「限定性構詞元素」，如「舊戲」、「南戲」、「北戲」等，這些名號通過「限定性構詞元素」限定文體的概念範圍，進而別類爲另一文體概念，呈現出一種別異分類的文體類型化思維，也顯見分類的任意性；另外，同一「限定性構詞元素」亦會複合不同「主體性構詞元素」，如「北戲」、「北劇」、「北雜劇」之類，顯示曲家對於名號與指實之間尚無明確的連結意識，批評術語的混亂，表示該文體觀念正在建構發展之中。其三，地域與時間是「限定性構詞元素群組」中最爲重要的兩類，其與「主體性構詞元素群組」複合

的名號術語最多，於曲論出現也較為頻繁。如前所言，一地有一地之方音用語，做為構成該文體之特徵，因此以地域做為區辨文體之概念，是具有分類上之準確性，因此許多曲家採用之，甚至以南、北為類目成為一種普遍的分類現象；至於將朝代與文體進行連結，不但是曲論中常見，亦常見於古典文學批評，因為每一朝代大致有其文體的特殊性，因此可以之別類。

　　以上我們先分析劇體概念並加以繫連為概念層級，然後以之為綱目探討名號混淆之現象與原因，最後分析眾多名號構詞之模式。通過本節的研究，已可對戲曲文體之名、實關係與名號組構模式有全面的認識。以下便以此為基礎，分析其構成要素。

第四節　小　結

　　本章主要取得成果有三：其一，呈現曲體與劇體及其次文類的名與實對應的混亂關係；其二，探討曲論中其他分類現象做為對照；其三，名號混亂多雜的現象中，分析出其原因；其四釐清劇體名號構詞模式，對文體名號進行脈絡化的掌握。

一、曲體與劇體及其次文類的名號運用現象

　　本論文引藉曾先生「體製戲曲劇種」中「詞曲系」的分類結果為依據，進行探討，也就是將一個「體製劇種」視為劇體下的一個次文類。將劇體次文類分為南戲、傳奇、北劇、南雜劇、短劇五項，並集中探討前四者。又因曲體與劇體密切相關，故一併分析探討之。

　　總言之曲論在指涉曲體這一個概念層級時的名號有：「曲」、「詞」、「詞餘」、「詞曲」、「歌曲」、「曲子」、「樂府」、「新聲」等；指涉劇體這一個概念層級時的名號有：「曲」、「戲」、「劇」、「劇戲」、「戲劇」、「戲曲」、「傳奇」等。指涉南戲這一個概念層級時的名號有：「鶻伶聲嗽」、「溫州雜劇」、「永嘉雜劇」、「戲文」、「南戲文」、「南曲戲文」、「南戲」、「戲曲」、「永嘉戲曲」、「傳奇」、「南詞」、「南曲」、「戲」等；指涉傳奇之名號有：「傳奇」、「新傳奇」、「南詞」、「今曲」、「時曲」、「南戲」、「南劇」等；指涉北劇之名號有：「院么」、「么末」、「傳奇」、「雜劇」、「樂府」、「北院本」、「北曲」、「元詞」、「北劇」、「劇」、「曲」、「詞」、「北雜劇」、「元雜劇」、「今雜劇」、「大元樂府」、「北樂府」、「元劇」、「古劇」、「元曲」、「曲子」、「北詞」、「古詞」、「北戲」、「舊戲」、「北調」

等；至於南雜劇雖然展現出與北劇不同的形式特徵，但曲家並沒有很多異名之稱呼，而是以限定北劇來達到指涉南雜劇之目的，其名約有「南之雜劇」、「南劇」等。

二、分類中之類與類之關係

曲體、劇體或北劇、南戲、南雜劇、傳奇等不同文體概念，都是曲家通過歸納具體的戲曲作品後，抽繹其某些共同特徵所得的抽象性概念。其存在著兩層的相對性。第一層相對中之總體，即是與詩、詞相當之曲體概念。所以在第一層相對性中，殊體是指在總體下劇體、散曲體等次文類，然次文類並不是只有單一概念層級，在殊體之中的層級亦有高低差異，即次文類下又會有其次文類，就其整體而言，皆是總體下之殊體，此即第二層相對性。

三、曲論中的其他分類現象及其意義

古代曲家依照其不同的分類標準，就會產生不同的分類概念類型。在曲論中還可以觀察出幾種不同的分類現象，如「長篇一體」、「舊、新傳奇一體」、「南北二體」、「各代一體」、「次類型」。以上各異的分類現象，可以從三方面來看，其一是「次類型」的分類，「次類型」之類標準本就千差萬別，隨批評者之一心，所以其紛雜是可以理解的，同樣的也產生在其他古典文學作品的分類中。其二因為出現體製特殊之作品，所以造成分類上之歧出。其三，面對新出文體時，依曲家分類標準不同便會不同之歸類結果，若曲家認為其足以自成一類，於是有「新傳奇」、「舊傳奇」之別，當曲家認為其形式特徵仍不足以自成一類時，便將之歸入原有分類項目中，於是「傳奇」一體便有了不同的內涵。這三方面都展現出「類標準的任意性」，由於歸類屬概念層的活動，乃批評者將既有之作品特徵提出、抽象化，再進行分類，此時類標準之取捨便存乎一心。

四、一詞多義與多詞一義現象的原因

戲曲文體中名與實對應的混淆現象，主要即是一詞多義與多詞一義。當我們進一步探究此現象時，可以分析出兩個主要原因：其一，文體發展歷程的混同合觀；其二，文體質性的多元解讀。文體發展歷程的混同合觀指劇體雖已演變發展，但曲家以其具有脈絡性的特徵，將不同文體使用相同名號稱之。文體質性的多元解讀指曲家習慣以文體之質性為之命名，然因其對文體質性持不同的觀點，故名號也因之有異。

五、名號的構詞模式

　　本章以構詞元素之概念以進行名號類型化的分類，構詞元素指構成名號之詞語元素，一個名號基本上可以拆解成一個或兩個構詞元素。將一個名號視爲一個構詞元素或拆解成兩個構詞元素後，不僅可以從組構形式進行分類，更可以從術語概念性質進行分析。我們將構詞元素中具有表示文體概念者稱之爲「主體性構詞元素」，而將限定「主體性構詞元素」之義涵範圍者，稱之爲「限定性構詞元素」。「主體性構詞元素」可以再進行分類，就其概念屬性可以區別出「曲劇類」與「詩詞類」兩個類型。因此就個別具體的術語而言爲「主體性構詞元素」；就其整體而言則爲「主體性構詞元素群組」。「限定性構詞元素」與「限定性構詞元素群組」之差別亦可同義理解。

　　名號構詞元素複合時，主要有兩種情況：其一，「主體性構詞元素」相互複合，如「戲劇」、「劇戲」等；其二，「主體性構詞元素」與「限定性構詞元素」複合，如「北劇」、「南戲」等。而其原則有三：其一，名號組構時，「限定性構詞元素」多位於「主體性構詞元素」之前，二者之關係多爲組合關係，而少數爲聯合關係。其二，同一「主體性構詞元素」會複合不同「限定性構詞元素」，這些名號通過「限定性構詞元素」限定文體的概念範圍，進而別類爲另一文體概念，呈現出一種別異分類的文體類型化思維；另外，同一「限定性構詞元素」亦會複合不同「主體性構詞元素」，顯示曲家對於名號與指實之間尚無明確的連結意識，這種批評術語的混亂，一方面代表該作品群做爲一個文體類型的意識尚未成熟，另一方面也表示該文體觀念正在建構發展之中。其三，地域與時間是「限定性構詞元素群組」中最爲重要的兩類，以地域做爲區辨文體之概念，具有分類上之準確性，因此許多曲家採用之；至於將朝代與文體進行連結，不但是曲論中常見，亦常見於古典文學批評，因爲每一朝代大致有其文體的特殊性，因此可以之別類。

第三章　戲曲文體結構論

　　上一章已梳理劇體、曲體及其次文體分類中，反映出所指之實及能指之名號的關係，而正如前所云，劇體的概念除「文體分類概念群」外，尚有「結構要素概念群」。本章戲曲文體結構論的研究目的便在於將曲論中的結構相關論述進行梳理，然各體各有具體的體製特徵，對此已有豐富前行研究成果。因此本章是將殊異而具體之特徵，提升至結構概念層進行掌握，而不再一一分析各體之具體體製特徵。所謂結構包含構成要素，以及要素之間的關係、規律。在曲論中，這些相關論述是散落的、無系統性的，本章即欲將之加以梳理建構其系統性。

　　在顏崑陽先生〈論文心雕龍辯證性文體觀念〉一文中對於「文體是什麼？」有如下解釋：

> 主觀材料、客觀材料與體製、修辭，經體要的有機統合之後，乃整體表現爲作品的體貌；然後觀察諸多作品的體貌，歸納形成具有普遍規範性的體式。〔註1〕

其文後有進一步說明「主觀材料」爲「情」、「風」，客觀材料爲「事」、「義」，合爲「材料因」；「體製」、「修辭」爲「形式因」；「體要」包含「動力因」與「目的因」；至於「體貌」則是「整體的美感印象」，超越「體貌」之上者爲「體式」。〔註2〕顏先生導入亞里斯多德四因說來詮釋文體之結構要素，其中將「質料因」稱爲「材料因」，將「動力因」與「目的因」收攝在「體要」中，將「體製」、「修辭」並觀爲「形式因」。〔註3〕最後以「體貌」、「體式」來指

〔註1〕 顏崑陽，《六朝文學觀念叢論》（臺北：正中書局，1993年），頁180。
〔註2〕 同上注，頁179～180。
〔註3〕 亞里斯多德在《形上學》一書中提出「四因說」，不過其論述較爲分散，故可

涉整體風格的概念,這是在四因說之外的概念。所以若單純從文體構成要素來看,並不能含括體貌、體式等整體風格之概念,因為四因說是針對事物之存在,而整體風格是事物存在之後的整體形相,正如同顏先生所舉之例云:「我們不能說這整棟建築的美感印象是構成『美感印象』的因素一樣」,因此「體貌」、「體式」雖是文體論的討論範圍,卻不是結構論的討論對象,故留待下文申述之,以下結構論的核心著重於結構四因。顏先生以四因說為進路並加上體貌、體式兩概念,已是文體最外延的定義,因此曲論中對於文體的論述是無法超出這些概念之外。故可循材料因、形式因、動力因、目的因等四者以分析劇體的構成要素,此四者下各有其統屬之次要素。

通過以上四個要素可將曲論中關於劇體構成要素之論述加以歸類並進行分析。但結構要素的分析只是第一步,除分析單一要素外,仍須進一步分析要素與要素之間的關係,因為組成結構最重要的就是彼此之間的關係。通過個別要素與要素間的關係分析,已可對劇體結構有整體性的認識。

此外,當我們將名實論中的分類概念類型與結構並觀時,便會產生一個問題:劇體因何種結構上的特徵被分類,又通過何種結構上的特徵將多種次類殊體聚同為一類?這個問題看似簡單,如可以回答說:「因外在形式相近所以聚同,因為外在形式相遠所以別異。」但是若以之審視曲論,就會發現這是一個值得深入探討的問題,例如有曲家認為詩、詞、曲是一類,另有曲家認為詩、詞、曲是不同類;又有曲家認為北劇與諸宮調同類,另有曲家認為南戲與諸宮調同類。這些現象可以引發一個理論上的思考:聚同別異是依照劇體結構中的哪些部分為依據?這個問題需要通過曲論的耙梳、分析方能得知,但可以確知的是:劇體中必然有些結構是恆常的,可以讓眾多次體依此結構特徵聚為一類;亦有結構是會變異的,曲家便因其異而別為一類。所以聚同或別異是取決於曲家著眼處,也就是曲家如何去界定那個恆常不變的結

參閱鄔昆如、尤煌傑等人之總結,其云:「對亞里斯多德來說,原因是決定事物之所以存在、變化與認知的起點,包含四種:質料因、形式因、動力因、目的因。」其同時指出:「質料因是指事物所由構成的物質材料」、「形式因是針對質料而言的,也可以說是事物的本質或根本規定」、「動力因是指賴以運動變化的原因」、「目的因則是指運動變化所趨向的目的」。以上參鄔昆如編,尤煌傑等著,《哲學入門》(臺北:五南圖書出版股份有限公司,2003 年),頁156。或參見亞里斯多德(Aristotle)原著,聖多瑪斯(St. Thomas Aquinas)註,孫振清譯,《亞里斯多德形上學註》上冊(臺北:明文書局,1991 年),頁 43～98。

構要素。因爲由曲家後設的角度來看，所以詩、詞、曲可以是一類，也可以是三類；諸宮調、北劇可以是一類，也可以是兩類。且由於曲家身處同一個歷史文化脈絡，因此不同曲家所界定之恆常、變異之結構要素應有規律可循。也就是雖然曲家依自身之文學觀、曲學觀進行劇體的後設界定，但這些不同的界定中，仍可梳理出某種規律性，聚同別異的背後隱含著對於劇體結構之預理解。

　　根據以上對於劇體結構基本思考，本章設定論述步驟如下：其一，以戲曲文體名實論中之劇體、曲體及其次文體分類概念類型爲基礎，探討劇體中材料因、形式因、動力因、目的因等四個結構要素及其次要素之內涵。其二，分析各結構要素之間的關係，或同一要素中不同次要素間的關係。其三，以第一章與本章之研究爲基礎，探討劇體結構中心的常、變規律。

第一節　結構要素之內涵

　　曾永義先生在探討中國戲曲本質時，從戲曲構成要素著手，他主要從「戲曲的美學基礎：歌舞樂與劇場」、「戲曲表演藝術的基本原理：虛擬、象徵與程式」等觀點進行分析。〔註4〕這樣的切入進路與本文不同，因爲曾先生從實際作品進行歸納，本文則以曲論之論述爲主；且本文聚焦在文體論的範圍內，曾先生則是從舞台劇場、表演藝術等角度著眼。所以無論是在研究對象層次與取徑都有很大的不同。研究對象層次與取徑之差別在於：通過實際作品分析出之結構要素爲實然性之結構要素，也就是曾具體存在於歷史時空中之劇體結構要素內涵；通過分析曲論中所言之劇體結構要素，該要素之具體義涵是曲家依個人文學觀點所給予的，所以是一種應然性的界義方式，也許其剛好符合該體作品的事實情況，但也有可能不符合。然當不符合該文體作品事實之情況，而曲家提出該界義時，就有一種指向未來的應然期許，若未來劇體之發展順應該曲家之界義，則爲應然開實然的文學發展過程之體現。此一過程不只劇體獨有，在詩、詞的發展歷程中，也可以見到此一現象。本文即是以曲論爲主，曲論中所言之論點可能是實然性的，也可能是應然性的，也可能是應然所開出之實然，其差別需經由文本語境進行細密的分析。

〔註4〕詳見曾永義，〈戲曲的本質〉，收於《戲曲本質與腔調新探》（臺北：國家出版社，2007年），頁23～25。

　　如前所言，本論文挪借亞里斯多德的四因說，來歸納、分類曲論中探討劇體結構要素之論述。這四個要素是界說事物最大之外延範圍，以之爲綱目可有較高的涵蓋性。本節便從此四要素來審視曲論中關於劇體結構之論述。

壹、材料因

　　此處將四因說中質料因轉稱爲材料因。質料、材料二詞意義相近，唯質料一詞帶有性質義，而材料則指可取用之素材、資料。而本文之材料因一詞，主要即指構成劇體之素材、資料。若從劇作來看，即指作品中所具涵之意義、內容，此意義、內容在未經組構前，只是材料性的存在，但就算只是材料的存在，如何選取材料、材料應有何內涵，依照曲家不同理論脈絡而有不同之論述。

　　在顏崑陽先生的系統中，材料因包含「情」、「風」、「事」、「義」四者，「情」指「情感」、「事」指「經驗事實」、「義」指「理」。〔註5〕「情」、「事」、「理」容易理解，「風」則較爲抽象，顏先生在統合徐復觀、李正治的說法後，兼以《文心雕龍・風骨篇》的敘述，對「風」下了定義：「風含於情中，但不是情的本身，故應是爲情的發越。」〔註6〕既「風」屬「情」，且「情」、「風」相即，實難以區辨，因此本文統觀以「情」，並不次分「情」、「風」。由是，可從既有文體論中將材料因約化爲「情」、「事」、「義」三個概念。以下便分述「情」、「事」、「義」。

一、「情」

　　首先，我們先區別「抒情性」、「抒情」、「情」三概念，「抒情性」是質性，「抒情」是功能，「情」則是材料。由材料配合其他結構要素構成功能，由此功能呈現出一種質性。「抒情性」在傳統曲學中經常界定爲曲之本質，如在傅謹、顏天佑等前行研究者的論述中，都將「抒情性」視爲戲曲之本質〔註7〕，他們之所以要將「抒情性」定位爲中國戲曲之本質，或許是爲了與西方敘事性強的戲曲做一區別。但若嚴格的說，「抒情性」是戲曲的質性之一而非本質或特質。所謂本質或特質是一事物之所異於其他事物者的內在質性，然就陳世驤所建立的中國抒情傳統可知，抒情爲中國古典文學的一種共同特徵，並

〔註5〕　顏崑陽，《六朝文學觀念叢論》，頁109。

〔註6〕　同上注。

〔註7〕　詳見傅謹，《戲劇美學》（臺北：文津出版社，1995年），頁63；顏天佑，《元雜劇八論》（臺北：文史哲出版社，1996年），頁212。

非戲曲所獨有。因此「抒情性」同樣也存在於詩體、詞體等其他文體中，故無法做爲劇體區別其他事物的本質。正如曾永義先生所言：

> 戲曲藝術之本質與戲曲構成要素有極爲密切的關係，可以說戲曲藝術之本質是由戲曲構成要素所產生出來的。〔註8〕

也就是本質是對於事物構成元素綜合性的理解後所產生，所以本質會呈現該事物異於其他事物之特徵。要論戲曲之本質須通過各構成要素的融會、綜合，所呈現出之特殊質性方能稱之爲本質。由此，當重新審視「抒情性」在劇體中之地位時，我們只能說劇體有「抒情性」的這項質性，有「抒情」之功能，然質性與功能需要來自於劇體具涵「情」這項材料。〔註9〕以下我們便探討曲論中關於「情」的界說。

（一）「情」的主體與兩重材料性

首先，「情」須有一個發出或蘊含之主體，在顏崑陽先生的系統中，「情」爲主觀材料，而這個主體便是作者。無論是緣事而生「情」或即景而生「情」，都是作者主觀之心所發出、蘊涵的。在劇體中，「情」之主體則有兩層，因爲從理論上可以區分爲作者之「情」與劇中人物之「情」。作者之「情」與顏先生所定義者相同，可以視爲主觀材料。至於劇中人物之「情」，則是由劇中人物因其所緣之事、所即之景而生，雖該事、該景、該情都是作者主觀文心所有，但是劇中人物所發出、蘊涵之「情」，仍需符合劇中人物之身分、當下處境、歷史文化情境、社會文化情境等。由此，「情」之材料意義亦從理論上區別爲兩層，其一爲作者所主要傳達之「情」，其二爲個別劇中人物所要傳達之「情」。作者主要傳達之「情」或許會通過某一或某幾劇中人物來表現，但個別劇中人物的豐富情感，並不會完全等同作者所主要傳達之「情」。

論及作者之「情」者，如《遠山堂曲品》評馮廷年《南樓夢》時云：

> 但詞多寫景，遂未入情，至有一二學步臨川者，轉覺才情不露。
> 〔註10〕

此處是從作者之「情」處論，認爲馮廷年有寫景，但未能入「情」，即作者之

〔註8〕　曾永義，《戲曲本質與腔調新探》，頁23。
〔註9〕　本論文將「情」置入材料因中進行分析，然如郭英德則先探討詩、詞、曲在「情」處的共同性，再進一步分析其承變，然後通過戲曲中之獨白、對話兩種不同表現手法來分析之。詳見郭英德，《明清傳奇戲曲文體研究》（北京：商務印書館，2004年），頁168～226。
〔註10〕　《中國古典戲曲論著集成》第6冊，頁71。

「情」未能通過文字彰顯。〔註11〕「情」與「景」之關係於下一節中會進一步論述，此暫不贅述。又如焦循《劇說》中云：

> 吾邑鄭超宗《鴛鴦棒》題詞云：「香令先生遺書，以《夢花酣》、《鴛鴦棒》二劇屬予序。一爲至情者，一爲不及情者。嗟乎，人情百端俱假，閨房之愛獨眞；至此愛復移，無復有性情者矣！覽薛季衡、錢媚珠事，使人恨男子不如婦人、達官不如乞兒、文人不如武弁，其重有感也夫？」〔註12〕

此處焦循記載鄭宗超之語，述及《夢花酣》、《鴛鴦棒》兩劇之特徵，一爲「至情」、一爲「不及情」，然無論「至情」或「不及情」都是作者要傳達的「情」。在《夢花酣》中，謝蒨桃見書生蕭斗南之畫，便傾慕此人才華，因而思慕成癡、致病、死亡，故爲「至情」；而《鴛鴦棒》中，薛季衡則是上堂負心之人，爲「不及情」者。在此，劇作家分別以兩劇演示世間兩種「情」之類型，此即是作者之「情」。

然而，由此處可以發現一個現象，即作者之「情」與劇中人物之「情」有時會混同。例如「不及情」是作者要表達之「情」，同時也是劇中人薛季衡之「情」，這種情形通常出現在劇中主要人物上，因爲作者之「情」需要通過劇中人物來傳達，而承載此一任務的便是主角，所以兩者之「情」在此便會混同。

不過，一部劇作的人物不只一個，其他人物所表現之「情」，便未必會等同作者之「情」，正如《竇娥冤》中除竇娥外，尚有張驢兒父子等其他人物，這些人物亦各自有其「情」，這些「情」便與作者主要所要傳達之「情」不同。這兩種「情」有上、下層次之別，因爲其他人物之「情」主要仍是爲了襯托、凸顯劇中主要人物之「情」，且由之展現作者之「情」。

作者所要傳達之「情」，是屬於概念性的存在，如《夢花酣》中之「癡情」、《鴛鴦棒》中之「無情」；但這樣的「情」需要通過具體、個別的人物來表現，所以需要轉化爲劇中人物之「情」，通過特定的人、時、地、事來呈現。這時

〔註11〕 夏寫時認爲湯顯祖特別強調「情」的提升，而到達「神情合至的境界」、「神的境界」。這是就「情」義本身的開展，到達一種玄解的把握，這是一種歸於個人才性的論述，這個部分即是「作者之情」。關於夏說，詳見夏寫時，〈論湯顯祖的創作歷程和理論追求〉，收於《戲曲研究》第 23 輯（北京：文化藝術出版社，1987 年），頁 75～77。

〔註12〕 《中國古典戲曲論著集成》第 8 冊，頁 157。

「情」，便不能只是概念性的說，爲了能夠充分表現其「情」，曲家便提出了應然性的觀點。〔註13〕

（二）「情」的應然特徵

曲家會通過自身文學觀點對「情」應具備之內涵，如徐渭《南詞敘錄》中評《琵琶記》時云：

> 惟食糠、嘗藥、築墳、寫真諸作，從人心流出，嚴滄浪言「水中之月，空中之影」，最不可到。〔註14〕

「從人心流出」一語強調了「情」的一個重要特性，就是來自於人。在《衡曲麈譚》中有〈情癡寱言〉一篇專論「情」，便云：

> 人，情種也；人而無情，不至於人矣，何望其至人乎？〔註15〕

張琦亦是將人與「情」進行連結，做爲人的根本質性。又如何良俊《曲論》：

> 大抵情辭易工，蓋人生於情，所謂愚夫愚婦可以與知者。觀十五國《風》，大半皆發於情可以知矣。是以作者既易工，聞者亦易動聽。
>
> 即《西廂記》與今所唱時曲，大率皆情詞也。〔註16〕

何良俊將「情」視爲人的共通之處，因爲人生於「情」，所以不但作者創作較爲容易有好的作品，也更容易通達於一般民眾。這種理論建構，賦予「情」價值，也限定了「情」的內涵。如《遠山堂曲品》評《尋親》時云：「詞之能動人者，惟在真切。」〔註17〕祁彪佳便認爲「情」不能扭捏、不能虛假，不能超出常理，須以「真切」爲高。「真切」是文詞動人的唯一標準，而「真切」便是來自於「情」之真摯，也是「情」應具之內涵。

總言之，「情」做爲劇體結構之材料因，有兩個層次，一是從作者處論，二是從劇中人物論。然無論何者之「情」，皆是從人心流出，因此這兩者之「情」皆要「真切」。

〔註13〕 根據吳毓華之研究，「情」的概念義涵到晚明時出現差異，如王思任將「情」視爲人之本性的純正表現；湯顯祖以情與性相對立；孟稱舜以性情一體，天理寓於其中，卓人月、祁彪佳至於清代曲家，亦各有不同之見解。不過本論文著重於「情」在戲曲文體結構中之地位，因此便不對此一議題進行更深入的分析探討。詳見吳毓華，《戲曲美學論》（臺北：國家出版社，2005年），頁211～237。

〔註14〕 《中國古典戲曲論著集成》第3冊，頁243。

〔註15〕 《中國古典戲曲論著集成》第4冊，頁273。

〔註16〕 同上註，頁7。

〔註17〕 《中國古典戲曲論著集成》第6冊，頁24。

二、「事」

（一）「事」的兩層義涵

在顏崑陽先生的定義中，「事」是一種「經驗事實」。不過如果轉至劇體進行思考，則可以將「事」析分爲兩個層次：其一，做爲劇作家觸發、資藉的經驗事實，以下皆稱爲「現實之事」；其二，具體呈現於劇體作品中之具體事件，無論是劇中人物之悲歡離合、賞花弄月皆屬之，以下統稱爲「劇中之事」。第一層的「事」，無論是劇體或散曲體都會具備：第二層的「事」，則是劇體及演故事之散曲體所共同具備。〔註18〕然第一層次的「事」，在理論上會經由作家主觀文心創作而體現在第二層的「事」中，但就概念上，兩個層次確有差異。然「劇中之事」與「現實之事」都是構成劇體的材料，故可視爲材料因。

從曲論中，亦可以分析出曲家對於「現實之事」與「劇中之事」的區別，如論《琵琶記》是否藉蔡伯喈事以刺某人時就有不同說法，《曲藻》云

> 高則成《琵琶記》，其意欲以譏當時一士大夫，而托名蔡伯喈，不知其說。〔註19〕

《閒情偶寄》中亦記云

> 人謂《琵琶》一書，爲譏王四而設。因其不孝於親，故加以入贅豪門，致親餓死之事。何以知之？因「琵琶」二字，有四「王」字冒於其上，則其寓意可知也。〔註20〕

王世貞認爲《琵琶記》一劇有影射某人，李漁所記者亦更明確指出其人爲王四，此說早已被駁謬，李漁也反對這樣一種譏刺之說。此處我們旨不在論證此說之眞僞，而是通過這樣記載，可以看出曲家已區辨出「劇中之事」與「現實之事」的不同，並有意識的加以連結。

（二）「事」的應然特徵

在曲論中，對於用事「虛」、「實」的討論，更是立基於「現實之事」與「劇中之事」的對應關係，「虛」是「劇中之事」，「實」則是「現實之事」。從李惠綿〈虛實論〉的整理、分析中，可以發現明清曲論經常從「劇中之事」是否對

〔註18〕 依任訥的分析，散曲中有演故事者，有「同調重頭演故事之小令」、「異調間列演故事之小令」等。詳見《元曲研究》乙編（台北：里仁書局，1984年），頁19～25。

〔註19〕 《中國古典戲曲論著集成》第4冊，頁33。

〔註20〕 《中國古典戲曲論著集成》第7冊，頁12。

應「現實之事」來論「虛」、「實」。「劇中之事」本於「現實之事」者為「實」；「劇中之事」未能有「現實之事」加以對應者為「虛」；「劇中之事」本於「現實之事」而加以點染者為「以實用虛」等等。〔註21〕這些「虛」、「實」關係都是必須要建立在「現實之事」與「劇中之事」的區別上，方有可能成立。

又如從曲論中的「詳覈」概念亦可見之，「詳覈」指記事須「詳」且「覈」（覈或作核），「詳」為詳細，「覈」為覈實。在《遠山堂曲品》中經常用「詳覈」的概念來評論劇本，如評《金牌》時云：「《精忠》簡潔有古色，而詳覈終推此本。」又如評《湘湖》時云：「此記事詳而覈，末段則不無駢枝可刪。」〔註22〕「詳」是劇中之事是否詳細道來，而「覈」則是劇中之事對照現實之事時才會產生的評價標準。

以上從「虛」、「實」、「詳覈」等角度來略述曲家對「事」的觀點，其中「虛」、「實」關係主要是在探討「事」之虛構或有所本，以及如何處理虛構、有所本的故事材料；至於「詳覈」之「詳」是評價劇中之事是否詳細道來，「覈」是劇中之事對照現實之事時是否確實無誤。「虛」、「實」與「詳覈」主要都是圍繞在材料之「事」的真實性、虛構性的問題上，雖然其組構、安置都會經過主觀文心之作用，但是這兩者未被視為藝術形相之範式，只是指出處理材料的原則。

值得注意的是，曲家除從處理材料原則論「事」外，還會進一步從「情節設事」處論。此時，「事」除具材料因之意義外，更已通過劇作家主觀文心的組構，賦予「事」新的藝術形相。因為「事」若是虛構者，即為主觀文心所構建之「事」，本就是藝術創造的一部份，至如客觀之事也已通過主觀文心的經營、構造，不純然是客觀之存在，因此亦是總體藝術形相的一部份。故以「情節設事」稱之，指構設之故事與情節。對於事除了「虛」、「實」與「詳覈」的討論外，尚有「奇」。「奇」就是從「情節設事」處說，強調的是如何組構「事」，賦予其更「新奇」、「突兀」的樣態。「奇事」有兩義：「故事情節為新」、「情節結構的新奇、突兀」〔註23〕。「故事情節為新」中的「故事」即

〔註21〕關於曲論中論「虛實」者，李惠綿有極深入的分析，本文此處僅取部分成果做為探討曲家有現實之事與劇中之事分離的現象與觀念。詳見李惠綿，《戲曲批評概念史考論》（臺北：里仁書局，2002年），頁148～150。

〔註22〕《中國古典戲曲論著集成》第6冊，頁74、103。

〔註23〕關於「奇」的義涵與在劇本中之表現，可參見筆者之《元雜劇敘事研究》，國立東華大學中國語文學系碩士論文（2004.06），頁218。

是材料因中的事概念，無論現實之事如何，當進入劇中之事時，該事便要新奇。至於「情節結構的新奇、突兀」已是主觀文心對於事的作用，為動力因與目的因作用的結果，下文會進一步說明。

三、「義」

「義」指理，也就是思想意念。「義」概念往往與「志」相舉，然「義」與「志」相近而有別，需要加以分辨。本文將「義」用以指涉劇體結構中做為材料因之一者，「志」則是指某種「價值意向」〔註24〕，「價值意向」一詞指：作家有意識的價值取向，通過作品或其他表述方式傳達於外，明白呈現其意向。所以「義」是「志」的材料層，當「義」通過某一表述形式傳達時，便為可稱之為「志」，故「志」已隱含目的性。

「義」是作品中隱含的主要思想意念，在曲論中最常論及的就是「宗教性義理」與「倫常性義理」。「宗教性義理」指佛教、道教之禪悟、度脫、因緣果報等觀念；「倫常性義理」則為儒家風教，或忠、孝等普世之倫常觀念等。「宗教性義理」如《遠山堂劇品》評周誠齋《苦海回頭》時云：

> 周藩之闡禪理，不減於悟仙宗，故詞之超超乃爾。〔註25〕

又評《花裏悟真如》云：

> 向詞曲中談禪，遂令子夜、紅兒為散花天女。〔註26〕

「倫常性義理」如《百川書志》評《五倫全備記》云：

> 天下大倫大理，盡寓於是：言帶詼諧，不失其正。蓋邱文莊公假此以勸善者。〔註27〕

又如《遠山堂劇品》評周誠齋《繼母大賢》云：

> 賢者繼母，傳之有關風化。〔註28〕

從這四則引文之字面，即可看出曲家觀察劇作中所具涵之「義」，如「禪理」、「禪」、「大倫大理」、「風化」等。又如呂天成《曲品》評《奇節》云：「正史中忠孝事，宜傳。」〔註29〕忠為於儒家義理中可見，孝則儒、佛兼具，然忠、

〔註24〕 如顏崑陽先生即是將「志」理解為「價值意向」。詳見顏崑陽，〈從〈詩大序〉論儒系詩學的「體用」觀——建構「中國詩用學」三論〉，收於政治大學中文系主編：《第四屆漢代文學與思想會議論文集》（2004），頁12～13。
〔註25〕 《中國古典戲曲論著集成》第6冊，頁139。
〔註26〕 同上注，頁141。
〔註27〕 《中國古典戲曲論著集成》第8冊，頁25。
〔註28〕 《中國古典戲曲論著集成》第6冊，頁139。
〔註29〕 同上注，頁230。

孝爲一普世價值，非特定學派所獨見。另評《香毬》時云：「狀敗家子處，堪徵俗。」〔註30〕又評《釵釧》云：「觀此本，爲密事告友之戒。」〔註31〕「敗家」、「密事告友」則是作家個人所聞見，認爲其「義」可取，故入劇。在劇作家擇取「義」的過程中，雖有其目的與動機，不過就該思想意念本身而言，則是材料的存在。

貳、形式因

形式因是讓劇體在外觀有著明顯個體特徵的要素，劇體的形式因主要有三：文字形式、歌樂形式與搬演形式。在本論文的緒論中已初步定義此三者，並以此三者做爲劃限研究範圍之標準。簡言之，文字形式即爲以語言文字組構之外在形式，在劇體中具體表現爲格律，就曾永義先生所定義「體製規律」者有八，包括「字數、句數、句長、句式、語長、聲調、韻協、對偶」等，我們此處所言之格律即是以此八者爲主。歌樂形式爲劇體中配樂的外在形式，在劇體論中僅能就其概念性或作用於文字形式處說，其具體之歌唱技巧、彈法、調高、聲腔等則非戲曲文體論的範圍，在劇體至多僅能就其宮調、聯套、格律、構句等，可脫離具體之「樂」，而成爲文字可探討之部分；搬演形式指劇體中場上演出的外在形式，在劇體中也僅能就其概念性論，其具體之扮相、身法等亦非本論文的研究範圍，在本論文中至多能就其配唱之形式、腳色之安排、曲白之形式等，可脫離具體之搬演，成爲文字可探討之部分。以下分述其內涵與意義。

一、文字形式

文字形式是劇體明顯在外在形式特徵，我們可以區分爲修辭、體製兩個方面來討論。修辭一詞就黃慶萱之說是指「修飾一切言詞和文辭」，〔註32〕一個有意識進行文學創作者，不可能毫無修辭，尤其是詩、詞、曲等有固定格律者，其文字必然是挑選過以符合格律，其中便是經過修辭，因爲選字叶韻的過程中便是有意識的經營文字，這即是一種修辭方式，若更進一步則是經營、修飾文辭，若全文、全劇的語言修辭呈現某一種特殊美感興味，便會構成一篇之風格。因此，可以說修辭是風格、體貌、體式的表現基礎，而風格、體貌、體式則是語言修辭的整體表現於外者。

〔註30〕同上注，頁 248。
〔註31〕同上注，頁 245。
〔註32〕黃慶萱，《修辭學》（臺北：三民書局，1997 年，增訂八版），頁 2。

　　修辭做為文字形式是概念的存在，不同作者有不同的具體呈現，但批評家的任務就是指出哪一種修辭較好、哪一種修辭較差、我們應該如何修辭等問題，這其中就隱含著批評家的主觀意見。在戲曲文體結構論中，我們僅要瞭解修辭在結構中之位置，至於曲家如何論修辭，則是另外一個問題，也就是本論文「戲曲文體體式論」所會涉及的，此處暫不贅論。

　　體製指固定的文字排列規則，我們能夠區別出詩體、詞體、曲體，以及劇體下各種殊體，也是因為它們各有著不同的文字排列規則。在劇體中，我們必需要先釐清賓白、曲文在文字形式上的差異，因為一為無韻、一為有韻，兩者在創作方法與審美判斷處就有很大不同。其中，曲文因為有固定之語言排列規律，因此具涵明確的體製形式，所以在區辨賓白與曲文後，便針對有韻之曲文之字韻、格律等形式內涵進行說明、分析。

（一）賓白與曲文之差異

　　賓白是劇體與詩體、詞體一個很大的區別，賓白是劇體、散曲體在分類時的依據之一，在搬演形式中也是一個很重要的表述內容。但是往往不受重視，正如曾永義先生所言：

> 對於曲辭和賓白，前人大抵只講究曲辭而忽略賓白，甚至於有人說元雜劇的作者只製作曲文，賓白則由伶人當場奏技時敷衍。這種說法固然不可憑信，但由此可見前人對於賓白不甚注意，元刊雜劇三十種，便省去了賓白，只印曲文。其實賓白最能表現人物的個性，而且憑藉它來推展劇情是一點都忽略不得的。現在皮黃有句「千斤話白四兩唱」的行話，用意在強調賓白的重要，這種態度是正確的。

〔註33〕

賓白無論是在現代曲學研究或是古代曲論中，相對於曲文而言都不是重要議題，然賓白在搬演時卻是重要的表述形式，曾先生引用「千斤話白四兩唱」之語，即應是指搬演時，如何妥當說出賓白以及賓白之重要性。但是在文字形式中，賓白卻是如曾永義先生所言常常被忽略。賓白雖然有上場詩、下場詩等襲用之表現方式，但其文字形式並沒有固定化，所以曲家論及時，多從賓白應然的美感追求來立論，如閒情偶寄有「賓白第四」下共以八款來要求賓白之表現，包括「聲務鏗鏘」、「語求肖似」、「詞別繁減」、「字分南北」、「文貴精潔」、「意取尖新」、「少用方言」、「時防漏孔」，這八款的目的在於如何完

〔註33〕曾永義，《中國古典戲劇的認識與欣賞》（臺北：正中書局，1991年），頁292。

美的運用賓白，但並沒有固定化的形式，「字分南北」也僅是就賓白需區別南、北用字差異處說。《詞謔》評《王粲登樓》時云：

> 然白處太繁——詞外承上起下，一切應答言語，謂之白。〔註34〕

李開先定義了賓白，認爲賓白是曲文以外一切承上起下、應答的言語，並沒有太多的具體體製限制，僅從「繁」處來評價《王粲登樓》，認爲此劇之賓白太過繁冗，成爲一種瑕疵。由於賓白沒有固定形式，因此沒有太高的技術門檻，無論劇作家、樂工、伶人皆能塡寫，所以如梁廷枬《曲話》引《曲選》語云：

> 元取士有塡詞科，主司所定題目外，止曲名及韻。其賓白出於演劇伶人一時所爲，故鄙俚蹈襲之語爲多。〔註35〕

又《曲律》云：

> 元人諸劇，爲曲皆佳，而白則猥鄙俚褻，不似文人口吻。蓋由當時皆教坊樂工先撰成間架說白，卻命供奉詞臣作曲，謂之「塡詞」。凡樂工所撰，士流恥爲更改，故事款多悖理，辭句多不通。不似今作南曲者盡出一手，要不得爲諸君子疵也。〔註36〕

這兩則引文，主要是針對元劇曲文、賓白兩者藝術性差異大提出解釋。因爲元劇之賓白多有「鄙俚蹈襲」或「辭句多不通」的問題，因此臧懋循、王驥德都試圖爲此進行說解，臧懋循認爲這是因爲賓白爲演劇伶人所作，且先有曲文後有賓白；王驥德則認爲賓白爲樂工所撰，且先作賓白後作曲文，然後進一步將此視爲時代創作流程之差異，所以並不能以此缺失來質疑元劇。然無論其說是否確當，〔註37〕他們都認爲曲文、賓白出於兩手。這是由於曲文、賓白在文字形式上之差異，曲文因有固定形式，所以難度高，爲文人著力之所在；賓白雖爲劇體的文字形式之一，但自由度高，人人可爲，因此也容易

〔註34〕《中國古典戲曲論著集成》第3冊，頁297。關於賓白之繁簡，趙山林有進一步的分析，他認爲明人強調「重簡」、清代又有「寫得繁」的主張。詳見趙山林，《中國戲劇學通論》（合肥：安徽教育出版社，1995年），頁482～483。

〔註35〕《中國古典戲曲論著集成》第8冊，頁279。

〔註36〕《中國古典戲曲論著集成》第4冊，頁148。

〔註37〕如科舉之事已見反駁。梁廷枬《曲話》中即云：「元人百種，佳處恆在第一、二折，奇情壯采，如人意所欲出。至第四折，則了無意味矣。世遂謂：『人以曲試士。百種雜劇，多出於場屋。第四折爲強弩之末，故有工拙之分。』然考之《元史選舉志》，固無明文。或亦傳聞之誤也。」《中國古典戲曲論著集成》第8冊，頁278。

被忽視甚至輕視。所以賓白僅能從有無來區別詩體、詞體與劇體之不同，或以之區別散曲體、劇體，但無法從賓白之形式進一步去分析何種劇體之次文體使用何種賓白，因爲賓白之形式特徵並沒有因某一特定之文體而有形成某一規格化之形式。

（二）曲文之叶韻、字音與譜式

曲文與詩體、詞體相同，都有著固定的語言文字規律，也就是格律。格律包含平仄譜式、字音用韻等。《看山閣集閒筆》中云：

> 較曲而有平、上、去、入，有開、發、收、閉，有陰、陽、清、濁，有呼、吸、吐、茹，審五音之精微，協六律於調暢，務在窮工辯別，刻意探求，稍有錯誤，致不叶調，如玉茗之《牡丹亭》，調雖靈化，而調甚不工，令歌者低眉蹙目，有礙於喉舌間也。蓋曲之難，實有與詞倍焉。〔註38〕

黃圖珌於此主要從格律來討論詞、曲之不同，他認爲詞只有平、仄兩聲，然曲有四聲，又分開合、陰陽、清濁等等，這是爲了要合樂而唱，所以特別重視語音變化。這是與詞體相對而言。不同的殊體即有不同的譜式，因此通過文字形式可以區別出北劇與南戲……等等殊體。

然而，正因爲曲文需要叶韻，因此辨正字音就相當重要。由是，曲論中也相當強調因南、北語音差異所呈現在文字形式上之差異。如《顧誤錄》中云：

> 其餘天下之大，百里異音，即南與南，北與北，亦有大相懸絕之處，何可勝言哉。〔註39〕

在南、北戲曲的關係中，語音一直是被探討的焦點。然「百里異音」不是元、明才有的現象，但因爲劇體較其他文體在歌樂形式上更爲密切，需要更準確的語音發音來達到音樂的諧和，因此在曲論中此一問題經常被提及。《顧誤錄》此段文字便是點出南、北語音殊異懸絕之現象。周德清便是因應「百里異音」的現象提出以中原音爲主，四方音爲輔的正音準則，其云：

> 且惟我聖朝興自北方，五十餘年，言語之間，必以中原之音爲正，鼓舞歌頌，治世之音，始自太保劉公、牧庵姚公、疎齋盧公輩，自成一家，今之所編，得非其意乎？彼之沈約不忍弱者，私意也，且

〔註38〕《中國古典戲曲論著集成》第7冊，頁139。
〔註39〕《中國古典戲曲論著集成》第9冊，頁66。

> 一方之語，雖渠之南朝亦不可行，況四海乎？予生當混一之盛時，
> 恥爲亡國搬戲之呼吸，以中原爲則，而又取四海同音而編之，實天
> 下之公論也。〔註40〕

周德清認爲沈約所訂之韻，因其對故鄉之偏好，故多用其鄉音，故僅爲一方之音，因此有必要重新釐音。其所釐正之音即爲《中原音韻》。《中原音韻》一出天下翕然宗之，如《閒情偶寄》中即言：

> 既有《中原音韻》一書，則猶畛域畫定，寸步不容越矣。〔註41〕

《顧誤錄》亦言：

> 愚竊謂中原實五方之所宗，使之悉歸《中原音韻》，當無僻陋之誚矣。
> 〔註42〕

李漁認爲《中原音韻》所訂之韻不容逾越，具有典範與基準性。而《顧誤錄》更直接認爲「中原音」爲方音所宗，若以《中原音韻》爲主，便可以避免「僻陋」一隅的問題。在《譚曲雜箚》中更云：

> 周德清《中原音韻》，舌本甚調，聯叶甚協，自是明白可依，知者可
> 以闇合無訛，非若休文詩韻龐雜乖離也，故元人北劇一準而用之。
> 今人作詩，必不能跳越休文韻，以唐人遵之之故。乃曲之於德清韻，
> 不能如元人遵之，何哉？〔註43〕

凌濛初認爲《中原音韻》是「明白可依」，因爲其具有「舌本甚調，聯叶甚協」的特點，因此作詩需遵「休文韻」，作曲則須依《中原音韻》。即便是明代依當時語音現象重編韻書時亦是參考《中原音韻》，如《度曲須知》中云：

> 高皇帝親覽是書（筆者案：指依沈約《四聲類譜》更名之《禮部韻
> 略》），深嫌字音乖舛，及東、冬、青、清等韻，分合種種失宜，命
> 詞臣通聲韻者，重新刊定，諸臣承詔，共輯《洪武正韻》，一以中原
> 雅音爲准焉。夫雅音者，說者謂《中原音韻》是也。〔註44〕

明代編纂《洪武正韻》時，是以「中原音」爲依準，而「中原音」之範本即是《中原音韻》。因爲南、北語音變化，至明代時，《中原音韻》已無法符合當時語音變化，因此有《洪武正韻》之修纂，以補正《中原音韻》。由是，便

〔註40〕《中國古典戲曲論著集成》第 1 冊，頁 219。
〔註41〕《中國古典戲曲論著集成》第 7 冊，頁 37。
〔註42〕《中國古典戲曲論著集成》第 9 冊，頁 56。
〔註43〕《中國古典戲曲論著集成》第 4 冊，頁 258。
〔註44〕《中國古典戲曲論著集成》第 5 冊，頁 250。

有北遵《中原音韻》，南遵《洪武正韻》的說法，南戲、北劇便在音韻的文字形式上開始分流。如《度曲須知》即云：

> 北叶《中原》，南尊《洪武》。北曲字面皆遵《中原韻》，若南曲字面又遵《洪武韻》，故入聲亦從之。〔註45〕

又《顧誤錄》云：

> 於今爲初學淺言之：南曲務遵《洪武正韻》，北曲須遵《中原音韻》，字面庶無遺憾。〔註46〕

又《藝概》云：

> 北曲用《中原音韻》，南曲用《洪武正韻》，明人有其說矣。〔註47〕

以上諸例，都在說明南戲、北劇在用韻上各有其依準。通過韻書的編纂，固定的外在形式方有可能，因爲韻書代表字音的固定化，當字音固定化後，格律譜的編纂方有依據。

劇體之格律譜與宮調有著密切關係，因爲劇體不像詩體、詞體之平仄譜，著重於口頭發音之抑揚合宜，劇體需要合樂、配唱，因此若不是依樂制詞者，便需有合於宮調之曲牌譜，可以依之按譜填詞，方不致拗殺唱家之口。在《中原音韻》一書中，即有依照不同曲牌選出範式作品，做爲填詞之平仄依據。然當出現平仄曲譜後，曲牌便成爲格律的存在，曲牌的聯綴也與具體音樂脫離，宮調、曲牌從按樂製詞的歌樂形式轉而成爲依譜填詞文字形式。如《曲律》中云：

> 宋之詩餘，亦自有宮調，姜堯章輩皆能自譜而自製之。其法相傳，至元益密，其時作者踵起，家擅專門，今亡不可考矣。所沿而可守，以不墜古樂之一線者，僅今日《九宮十三調》之一譜耳。〔註48〕

王驥德說到宋代姜夔仍可依樂製詞，到元代劇作家仍可爲之，但到明代劇作家漸漸失去此種能力，雖有蔣孝作《九宮十三調》，後沈璟改訂爲《九宮曲譜》，但也如姜夔一樣，只是劇作家依譜填詞的曲譜準則。如梁廷枏《曲話》中即云：

> 蓋自明中葉以後，作者按譜填字，各逞新詞，此道遂變爲文章之事，不復知爲律呂之舊矣。〔註49〕

〔註45〕 同上注，頁 208。
〔註46〕 《中國古典戲曲論著集成》第 9 冊，頁 65。
〔註47〕 同上注，頁 120。
〔註48〕 《中國古典戲曲論著集成》第 4 冊，頁 104。
〔註49〕 《中國古典戲曲論著集成》第 8 冊，頁 278。

梁氏此處便明白指出「按譜塡字」、「不復知爲律呂之舊」的現象,這是從明代中葉以後出現的轉變。又《閒情偶寄》中言:

> 自《中原音韻》一出,則陰陽平仄畫有膛區,如舟行水中,車推岸上,稍知率由者,雖欲故犯而不能矣。《嘯餘》、《九宮》二譜一出,則葫蘆有樣,粉本昭然。〔註50〕

李漁認爲曲譜的功能主要讓人明辨陰陽平仄,而此是文字規律的問題,並非音樂唱奏的問題。從這個角度上來看,曲牌的音樂性已經相當薄弱,且其聯綴規律也非劇作家依音樂審定後之結果,而是依譜製作。甚至某些劇作家不但不論格律譜,甚至也「不尋宮數調」,如《曲律》中云:

> 南、北之律一轍。北之歌也,必和以絃索,曲不入律,則與絃索相戾,故作北曲者,每凜凜遵其型範,至今不廢;南曲無問宮調,只按之一拍足矣,故作者多孟浪其調,至泯淆錯亂,不可救藥。不知南曲未嘗不可被管絃,實與北曲一律,而奈何議之?〔註51〕

王驥德認爲北劇、南戲都要遵循格律。北劇因爲合「絃索」,也就是合有旋律、節奏之樂,若不合律則會與所合之音樂衝突,所以北劇必需要遵守格律;南戲則因爲按拍即可,對於音樂性的要求只餘節奏而無旋律,所以許多劇作家便「不尋宮數調」。但王驥德認爲南戲事實上也可以「被管絃」,所以在製詞時語言文字也需要和旋律配合,所以需要有格律。

二、歌樂形式

歌與樂是劇體形式中相當重要的部分,曲論中也有許多的討論,在《樂府傳聲》中便將「樂」區分「人聲」與「樂聲」等兩層內涵,其云:

> 古人作樂,皆以人聲爲本,書曰:「詩言志,歌詠言,聲依詠,律和聲」,人聲不可辨,雖律呂何以和之?故人聲存而樂之本自不沒於天下。傳聲者,所以傳人聲也,其事若微而可緩,然古之帝王聖哲,所以象功昭德,陶情養性之本,實不外是。此學問之大端,而盛世之所必講者也。〔註52〕

徐大椿提出「人聲」爲「樂」之本,故有「人聲不可辨,雖律呂何以和之?」的說法,認爲「人聲」重於「樂聲」。而若將此段文字置於歌樂形式的討論中,

---

〔註50〕 《中國古典戲曲論著集成》第 7 冊,頁 10。
〔註51〕 《中國古典戲曲論著集成》第 4 冊,頁 104。
〔註52〕 《中國古典戲曲論著集成》第 7 冊,頁 153。

更重要的是徐氏區辨出「人聲」與律呂之「樂聲」。「人聲」指唱,即優工樂唱,「樂聲」則指音樂律呂,這也就是歌樂形式中之歌與樂兩種面向。以下便分言之。

如前所言,歌樂之形式指劇體配唱、合樂之形式。合樂的歌樂形式在劇體中主要展現為音律,包含宮調、曲牌兩個部分,宮調指音樂的基本調性,曲牌則屬該音樂基本調性下固定旋律的曲子。宮調雖然是音樂的表現形式,在此我們並不是要探討宮調中音樂調高如何、曲牌如何演奏等技術性、具體性的問題,而是要先釐清宮調與劇體之關係,確立做為劇體中體製要素的地位。雖然宮調是音樂,應屬劇體之歌樂形式,如許子漢先生所言:

> 宮調是曲牌基於音樂關係上的分類,同一類的曲牌,可以聯繫組成
> 一個大的音樂單位,也就是套數。〔註53〕

又:

> 北曲宮調與聯套的演進,在諸宮調時期,還在嘗試階段,所以多短
> 套,甚至用隻曲應付一個段落。經過不斷的試驗,短套經過淘汰、
> 合併,吸收新曲,直到長套的實驗完成,元雜劇用四大套演出一劇
> 的體製才能完成。〔註54〕

結合這兩段論述,可知宮調是聯套的基礎,通過曲牌的聯綴形成大的「音樂單位」,再由此「音樂單位」從短套演進成為長套,構成北劇的四折體製。然宮調不只是音樂,為了詞、樂能夠相合,因此也形成一套固定格律,使樂與詞之間能夠妥當配合。可以說製譜填詞原是為了合樂,尤其是合固定音樂旋律、節奏之樂的需求,但由於劇作家不諳樂理,使得宮調只偏重於依譜填詞,且由於南戲按拍的歌樂形式,使得某些劇作家拋棄了格律譜。所以宮調、曲牌具有兩種形式,一為合樂、一為文字,端看曲家、劇作家如何去運用、定位它。

於此,我們仍必需分辨音律與格律之異。歌樂形式之音律與文字形式之格律雖然密切相關,但如已有宮調、曲牌顯示音樂已經固定化,曲家、劇作家是要將格律符合音律,最直接簡單的方式就是依既有格律譜填之,如此一來便可以從合乎格律進而合乎音律,也是歌樂形式作用於文字形式的展現。修飾語言文字以合格律,符合格律進而符合音律,然後進行演唱。演唱時,

---

〔註53〕 許子漢,《元雜劇的聲情與劇情》(臺北:里仁出版社,2003年),頁32。
〔註54〕 同上註,31~32。

不僅是字數多寡，平仄四聲、韻腳是否合轍都是能夠順利演唱的條件。〔註55〕由此，當曲家論格律時，背後是隱含著音律、配唱之概念。即便明代時劇作家多已依譜填詞，但曲家在論及格律時，其說仍是格律、音律合一之觀念。

至於配唱，如前所言，配唱是依劇本譜式、配合音樂進行演唱，與文字形式、歌樂形式中之合樂密切相關。因此唱者須依譜、依樂來唱，如《閒情偶寄》中云：

> 調平仄，別陰陽，學歌之首務也。〔註56〕

李漁認爲瞭解字音之平仄、陰陽等語音問題，是學歌者首務。同樣的，教歌者亦是，其云：

> 故教曲必先審音。即使不能盡解，亦須講明此義，使知字有頭尾以及餘音，則不敢輕易開口，每字必詢，久之自能慣熟。〔註57〕

教曲需先「審音」，瞭解字音、字義，一字都不能輕忽。而字音即是從文字形式而來，以正韻、訂譜做爲歌者之依據。語音不同便使得唱有所異，如《曲律》中云：

> 古四方之音不同，而爲聲亦異，於是有秦聲，有趙曲，有燕歌，有吳歈，有越唱，有楚調，有蜀音，有蔡謳。在南曲，則但當以吳音爲正。〔註58〕

王驥德認爲方音不同，所以唱之「聲」也會產生差異，所以秦、趙、燕……等等不同地域，各有其代表之歌曲。他認爲傳奇須以「吳音爲正」，此正韻、正音之問題於第四章第三節中會深入探討，此暫不贅述。此處主要在探討由語音影響配唱之問題，同樣的在焦循《劇說》中有云：

> 古之四方皆有音，今歌曲但統爲南、北二音。如《伊州》……，本是西音，今並爲北曲。由是觀之，則《擊壤》……之類，《詩》之篇什，漢之樂府，下逮關、鄭、白、馬之撰，雖詞有《雅》、《鄭》，並北音也。若南音，則《孺子》、《接輿》、《越人》、《紫玉》、吳歈、楚艷以及今之戲文，皆是。然三百篇無南音，《周南》、《召南》皆北方

〔註55〕 李漁《閒情偶寄》「演習部」、《梨園原》中都對格律與演唱之關係進行了闡發，曾永義先生已對此有過說解，詳見曾永義，《中國古典戲劇的認識與欣賞》，頁 245～248。
〔註56〕 《中國古典戲曲論著集成》第 7 冊，頁 99。
〔註57〕 同上注，頁 100。
〔註58〕 《中國古典戲曲論著集成》第 4 冊，頁 114。

也。〔註59〕

焦循所謂「古之四方皆有音」之「音」，已不單純是語音，而是由語音差異形成不同之歌唱形式，也就是王驥德所謂之「聲」。焦循認為古四方有音，後統為南、北二音，並將「西音」、「吳歈」、「楚豔」……等，併入南、北二音中。焦循是清朝曲家，當其時已有《中原音韻》、《洪武正韻》、《南詞正韻》等韻書，南、北語音以各自系統化完成，他以語音為基礎，將各種配唱形式歸納為南、北兩類。這是就劇體歌樂形式所進行之系統歸納。不過雖然歌唱有其規範，但仍有許多自身的創造、變化空間，如《閒情偶寄》中云：

> 唱曲宜有曲情，曲情者，曲中之情節也。解明情節，知其意之所在，
> 則唱出口時，儼然此種神情，問者是問，答者是答，悲者黯然魂消
> 而不致反有喜色，歡者怡然自得而不見稍有痒容，且其聲音齒頰之
> 間，各種俱有分別，此所謂曲情是也。〔註60〕

李漁此說並不專屬於某一特定殊體，而是就劇體配樂而唱的形式進行普遍性的說解。雖然平仄、用韻受到規範，但唱者仍有「曲情」，依照劇作情節，可以通過歌唱表達出情緒、神情。

三、搬演形式

一齣劇要能順利演出不是僅需要文字、歌樂，其相關要素還有念、做、打等表演功法，有腳色行當的演員配置，另外有服飾、道具、化妝、劇場等，讓表演更完美的劇場藝術相關要件。〔註61〕因為搬演是一種外在形式特徵，可以使劇體外顯而讓觀者察知，與歌樂形式、文字形式同屬一個概念層級。搬演形式與歌樂形式有部分重疊，但從概念上仍可依兩者之特徵區分之。〔註62〕搬演

〔註59〕 《中國古典戲曲論著集成》第8冊，頁90。
〔註60〕 《中國古典戲曲論著集成》第7冊，頁98。
〔註61〕 以上每一項都是專門的研究領域，亦已有豐富的成果。曾永義先生在論戲曲本質時，便兼從這些方面進行分析，曾先生將歌、舞、樂及劇場視為戲曲的美學基礎，歌與樂本論文歸為歌樂形式，舞與劇場便是搬演形式的一部份；另外曾先生從虛擬、象徵論戲曲表演藝術基本原理的呈現時，便包含腳色、服飾、道具、音樂、賓白、科介。音樂本論文歸之於歌樂形式，賓白則屬文字形式，其他的部分便是構成搬演型式的元素。詳見曾永義，〈戲曲的本質〉，收於《戲曲本質與腔調新探》，頁31～65。
〔註62〕 曾永義先生於《中國古典戲劇的認識與欣賞》中亦對「中國古典戲劇的舞台藝術」進行分析，包含「劇團與演出場合」、「劇團與腳色」、「穿關與裝扮」、「樂曲與科白」等。如前所言，本論文將「樂」歸於歌樂形式，「樂曲」中之曲文與「科白」中之「白」則是文字形式，「科」則是搬演形式，然由曾先生

形式主要是從演出、場上的角度來看劇體的表述形式，歌樂形式則是從配唱、合樂的角度來看劇體的表述形式。當然場上演出必然會有配樂、演唱，但歌樂形式論著重的是文字與音樂、唱法之關係，從搬演形式論則是著重在場演出的諸要素。

《閒情偶寄》中有「演習部」，其下條目便有從搬演的角度來立論，如「選劇」、「變調」、「授曲」、「教白」、「脫套」等都是具體的在探討如何讓一部戲在場上能夠有更完美的演出。然本文之重點並不是在探討具體的搬演形式為何，而是將以上諸多要件元素，通過理論架構的編次，歸類至搬演形式中。

具體的搬演形式雖不是本論文的研究範圍，但劇體不可能缺少此一形式，因為文字形式、歌樂形式必然會與之配合，其也必然會作用於文字形式與歌樂形式。如搬演形式有不同腳色，在文字形式塑造人物形相時，便需考量到腳色性質，而有所不同，其曲、白也需依此有著不同的表現特徵。如《閒情偶寄》中便云：

> 生旦有生旦之科諢，外末有外末之科諢，淨丑之科諢則其分內事也。
>
> 〔註63〕

又：

> 極粗極俗之語，未嘗不入填詞，但宜從腳色起見。如在花面口中，則惟恐不粗不俗，一涉生旦之曲，便宜斟酌其詞。無論生為衣冠仕宦，旦為小姐夫人，出言吐詞當有雋雅春容之度。即使生為僕從，旦作梅香，亦須擇言而發，不與淨丑同聲。以生旦有生旦之體，淨丑有淨丑之腔故也。〔註64〕

第一則引文中，李漁雖言科諢，但卻是通過科諢指出了腳色與搬演之間的關係，也就是各腳色自有其搬演的特徵，使腳色差異明確化。而在第二則引文中，李漁更提出腳色與修辭之關係，認為生、旦、花面各有其應然之修辭，故稱「生旦有生旦之體，淨丑有淨丑之腔」，也就是文字形式需配合搬演形式。王安祈論明代傳奇劇場時，便提及劇場與體製之關係，如認為「折子戲」便

綜合而論，可見三者之關係密切，因此被綜合論之，但若依其形式特徵，仍可加以區別。關於「中國古典戲劇的舞台藝術」之內涵，詳見曾永義，《中國古典戲劇的認識與欣賞》，頁209～256。

〔註63〕《中國古典戲曲論著集成》第7冊，頁63。

〔註64〕同上注，頁26。

是因應劇場表演所出現的體製〔註65〕；又柯秀沈論「元雜劇的劇場原則」時，包含「一本四套」、「一人獨唱」、「分場型式」、「楔子」、「插曲」、「散場」、「打散」等，這些劇場原則亦是反映於文字之中。〔註66〕且由於劇體有搬演形式，因此便會引發觀者群眾的問題，依據觀眾群的設定，也會影響材料、修辭的取向。這些關係我們從理論上即可加以把握，而不需通過在場觀演、紀錄方可知之。

參、動力因

以上我們分析了劇體中的材料因與形式因，然這些要素並非自然而然的相遇，而是需要通過某些動力加以結合。顏崑陽先生在詮釋《文心雕龍》文體觀念中的「體要」時云：

> 「體要」不指實用性的事義，而指文體中表現目的與動力因素，就其客觀性而言，乃存在於形式因、材料因的對應「關係」中，是一無實質性之虛概念。但就其主觀性而言，乃存在於主觀文心之中。主觀是「體」，客觀是「用」。體用相即、主客不二，故一切文學之規範實自內出，非純粹客觀之決定，此謂之「活法」。〔註67〕

顏先生認為「體要」包含動力與目的因素，存在於主觀文心之中，用之外顯於材料因、形式因的對應關係中。在本文的系統中，則將動力因與目的因分開，分別視為劇體的動力因與目的因。當然動力和目的往往是結合的，但是從理論上仍然可以將之區分。

在曲論中對於動力因有從兩個層次來說，其一為鬼神附之，非人力能為的層次；其二則是人力所成，為作者才情之至的層次。以下分言之。

一、從通神處論動力

在《閒情偶寄》中有云：

> 心之所至，筆亦至焉，是人之所能為也；若夫筆之所至，心亦至焉，則人不能盡主之矣。且有心不欲然，而筆使之然，若有鬼物主持其間者，此等文字，尚可謂之有意乎哉？文章一道，實實通神，非欺

〔註65〕 詳見王安祈，《明代傳奇之劇場及其藝術》（臺北：臺灣學生書局，1986年），頁203～213。
〔註66〕 關於元雜劇的劇場原則，可詳見柯秀沈，《元雜劇的劇場藝術》（臺北：學海出版社，1993年），頁11～41。
〔註67〕 顏崑陽，《六朝文學觀念叢論》，頁179～180。

人語。千古奇文，非人爲之，神爲之、鬼爲之也，人則鬼神所附者
耳。〔註68〕

李漁說道「心之所至，筆亦至焉」，此處提及「心」與「筆」，「心」即是作者
主觀文心，「筆」則是作品實際的展現，爲是形式因與材料因融通後的表現。
「心之所至，筆亦至焉」中「心」、「筆」之有所「至」即爲動力之展現，「心」
依其有所「至」之目的產生動力，通過「筆」之「至」呈現其目的於外。由
是，材料、形式、動力、目的四要素便產生聯繫。目的因下文會進一步分析，
此暫不贅述，此處主要論動力因。李漁認爲作品能夠呈現主觀文心所欲表達
者，是人能爲，也就是主觀文心有著驅策形式、材料之動力。但是有一種情
況是作品表現超乎作者主觀文心之所寄，即「鬼神附之」。也就是說，李漁認
爲動力因中包含著超越作者本身能力之動力來源，他將之歸於鬼神。這種說
法在藝術論中時可見，因爲靈光乍現有時是難以解釋的，如布顏圖在《學畫
心法問答》中說：

> 懸縑楮於壁上，神會之，默思之，思之思之，鬼神通之，峰巒旋轉，
> 雲影飛動，斯天機到也。天機若到，筆墨空靈，筆外有筆，墨外有
> 墨，隨意採取，無不入妙，此所謂天成也。天成之畫與人力所成之
> 畫，並壁諦觀，其仙凡不啻宵壤矣。子後驗之，方知吾言不謬。〔註
> 69〕

布顏圖此處雖在論學畫，但就創作動力而言則是共通的，他認爲畫有「天成」
與「人力所成」，「人力所成」即是李漁所謂「心之所至，筆亦至焉」，是作者
主觀文心動力能夠主宰的；「天成」則是需要「鬼神通之」、「天機到也」，也
就是李漁所謂「若有鬼物主持其間者」，除作者主觀文心動力外，尚有天機、
鬼神助之。這種文學、藝術的動力觀，已經超出實在世界可經驗的範圍，需
要靠偶遇、天機，方有可能。《遠山堂曲品》評《西樓》便云：

> 寫情之至，亦極情之變；若出之無意，實亦有意所不能到。〔註70〕

祁彪佳認爲此劇「若出之無意」，有「意所不能到」之處。這個評語即是認爲
袁晉創作此劇時，有超出可經驗世界之外的創作動力，有意不能到，故應是
無意得之。

〔註68〕　《中國古典戲曲論著集成》第 7 冊，頁 70。
〔註69〕　詳見俞崑編，《中國畫論類編》上冊（臺北：華正書局，1984 年），頁 208。
〔註70〕　《中國古典戲曲論著集成》第 6 冊，頁 10。

二、從才情處論動力

相對於「鬼神通之」、「天機到也」的偶然機運，曲家另在「人力所成」、「心之所至，筆亦至焉」處進行詮發。龔鵬程在解釋鍾惺：「作詩者一情獨往，萬象俱開」一句時云：

> 此與古代單純說詩本抒情者不同，是因爲古代說情往往只從「情動於中」說，……。如今說「一情獨往，萬象俱開」，則是放在「才觸情自生」之下說的。也就是由才生情，情本於才。〔註71〕

從「一情獨往」可以分析出「情」有「往」，即是有動力；從「萬象俱開」可以看出「情」與外在世界之聯繫。結合李漁所言，可以說「情」即「心」，「萬象」即「筆之至」，「情」之「往」、「萬象」之「開」即是「有所至」爲動力。

此處龔鵬程又拈出「才」與「情」之關係，在曲論中多有以「才情」來評論劇體作品，結合龔氏之說，我們便可以將「才情」從「由才生情，情本於才」處說，如此一來「才情」便具有內在動力的性質。因爲當言「才情」時，就「情」而言，則已隱含驅策「往」、「有所至」的動力；就「才」而言，則有才性取向或高低之異。「才情」顯示這內在動力有著才性之別，不同才性與「情」相合，形成不同「才情」，不同「才情」開出不同「萬象」。而此「萬象」就客觀存在而言爲萬物、爲材料，當主客相融時，則與形式結合，通過「才情」所至進行組構，成爲另一新的事物。

以此爲理論基礎再來審視曲論中與「才情」相關論述時，便較易理解。如《曲藻》中云：

> 而諸君如貫酸齋、馬東籬、王實甫、關漢卿、張可久、喬夢符、鄭德輝、宮大用、白仁甫輩，咸富有才情，兼喜聲律，以故遂擅一代之長。〔註72〕

王世貞以「富有才情，兼喜聲律」來評價元朝代表作家，「聲律」是宮調、曲牌等外在形式，而「才情」已隱含與外物相遇而發之意，故已收攝材料因於其中，當「才情」富有時，又能兼顧外在形式，便開出一代劇體。另王世貞評周憲王時云：

> 所作雜劇凡三十餘鍾，散曲百餘，雖才情未至，而音調頗諧，至今

〔註71〕 參見龔鵬程，《才》（臺北：臺灣學生書局，2006年），頁134。
〔註72〕 《中國古典戲曲論著集成》第4冊，頁25。

中原絃索多用之。〔註73〕

又《顧曲雜言》中云：

> 湯義仍牡丹亭夢一出，家傳戶誦，幾令西廂減價。奈不諳曲譜，用
> 韻多任意處，乃才情自足不朽也。〔註74〕

王世貞認爲周憲王有「音調頗協」之佳處，「音調頗協」指作品合律、合樂，因此仍可通過搬演形式或歌樂形式演出。然而又言其「才情未至」，由此可以看出「才情」並不一定包含格律，而是發出統合材料與修辭動力之主觀文心，「富有才情」指主觀文心發出之動力能妥善驅策材料、修辭，「才情未至」則是指主觀文心發出之動力未能「妥善」驅策材料、修辭。沈德符認爲湯顯祖「不諳曲譜，用韻多任意處」〔註75〕，即認爲湯顯祖不合律，不合律也就是不合樂，但湯氏「仍才情自足不朽」。由此可以看出在曲家眼中，修辭與格律雖同屬形式因，但由主體文心發動劇體組構之動力時則有不同取向：其一，修辭與材料通過主觀文心融會後，可見劇作家之「才情」；其二，格律亦需與材料經由主觀文心之融會，但在曲家眼中則認爲這無關「才情」，主觀文心是通過「守」來達到合律，如呂天成評《雙卿》時云：

> 且守韻調甚嚴，當是詞隱高足。〔註76〕

又《遠山堂曲品》評《斷髮》時云：

> 詞甚工整，且能守律，當非近日詞人手筆。〔註77〕

這兩段引文中「守韻」、「守律」都是「守」，「守」是遵守、遵從，通過「守」達到「工整」、「嚴」的要求，「守」即是主觀文心與格律、材料之間的動力關係。然「守」與「至」有著不同的概念層級，「才情」所「至」不但有高低還有偏向之不同；「守」則是有、無之判斷，有則叶、嚴，無則不諧、有礙。這兩者若能兼顧則爲全美，如前引《曲藻》論元代作家之流，然若不能兼顧時，就引發何者爲先的討論，依曲家文學觀念不同，即有不同判斷，即是辭、律之辨，本章第二節與第五章中已對此進行深入分析，此暫不贅述。

　　總言之，劇體之動力因爲「心」因欲有所「至」、「情」因欲有所「往」

〔註73〕同上注，頁34。

〔註74〕同上注，頁206。

〔註75〕此說確當與否已多有前行研究論及，本章第二節及第五章中亦有進一步探討，此暫不贅述。

〔註76〕《中國古典戲曲論著集成》第6冊，頁234。

〔註77〕同上注，頁25。

而生動力。從形式因說，目的有修辭美善、格律嚴整之不同藝術表現要求，因此主觀文心會有不同之取向。曲家認爲主觀文心通過「情」之所「至」，統合修辭、材料，且「情」有「才性」之異，故以「才情」稱之，「才情」因「才性」不同有而高低、偏向。另主觀文心通過「守」，來統合格律、材料，「守」則「嚴」，不「守」則不諧。然而以上是從「才情」縱橫修辭與「守法」格律的極端處論，若回到理論的普遍性處時，這兩者並非斷裂，以「才情」統合修辭、材料時，必然兼及「守法」，只是嚴、寬之不同；以「守法」之嚴者統合格律與材料時，必然兼及修辭，只是「才情所至」之高低、取向差異。

肆、目的因

前言動力因時，多次提及「心」之「至」、「情」之「往」是朝向其目的而有動力，從形式取向上，已可看出其「藝術性目的」之不同，至少有守律、美文的差異，從守律處說，主觀文心動力發動之目的爲格律形式上之完整；從美文處說，主觀文心動力發動之目的爲修辭形式上的美善。

然除了「藝術性目的」外，在融合材料與形式時，還有「功能性目的」。「功能性目的」指融合材料與形式所欲達到之功能，具體而言就是「動人」與「教化」。〔註78〕以下分言之。

一、「動人」的「功能性目的」

「動人」主要通過材料因中之「情」，融合形式因來達到此一目的，也是主觀文心具涵此一目的驅策其材料因與形式因。如何良俊所言：

> 大抵情辭易工，蓋人生於情，所謂愚夫愚婦可以與知者。觀十五國《風》，大半皆發於情可以知矣。是以作者既易工，聞者亦易動聽。

〔註78〕 羅麗容先生通過清人戲曲序跋，歸納出隱含其中的創作動機說有六，包括:「風化陶淑」、「攄衷述志」、「感懷共鳴」、「評論史事」、「洗清前陋」、「煉石補恨」等。不過我們歸納曲論中之所言，總歸不脫「藝術性目的」與「功能性目的」兩大類。關於羅先生之說，詳見羅麗容，《清人戲曲序跋研究》（臺北：里仁書局，2002 年），頁 167～184。另外譚帆、陸煒的《中國古典戲曲理論史》中，將「言情」、「教化」視爲「古典劇論的審美理想表現」，但一方面「言情」與「動人」有層次上的差異，從「言情」可進一步分疏出「動人」的目的，另一方面此這兩者在文體結構中屬於「功能性目的」，應置於「目的因」中，賦予其結構意義。譚、陸之說，詳見《中國古典戲曲理論史》（上海：華東師範大學出版社，2005 年，修訂版），頁 280～296。

即《西廂記》與今所唱時曲，大率皆情詞也。〔註79〕

何良俊認為「情」是人類的共同經驗，無論其職業、社會階層都有此共同經驗，所以作者容易書寫，觀者也「易動聽」，「易動聽」即是容易「動人」。因情志眞摯而感動人心這是一種「自體功能」，這時「情」既是文章本身之質性同時也是目的；不過若是刻意營造其「情」來達到「動人」的目的，便由「自體功能」進一步轉向為「衍外功能」，並具有衍外的「指向性目的」。〔註80〕這和詩、詞之「抒情」有所不同，詩、詞所「抒」之「情」為己身之「情」，「抒情」即是詩詞之質性也是目的。但劇體有著強烈的代言體特性，並且強調演出與觀演，因此已經預設了吸引觀者、感動觀者的目的。且劇作家的「抒情」之意，雖能夠藉由劇中人物傳達，但這兩者畢竟仍有差異，不如詩、詞抒己身之「情」那麼直截，如趙五娘糟糠自厭，是趙五娘之唱出趙五娘之「情」，而非純然為高則誠之「情」，雖然這個「情」是由高則誠主觀文心所創作的，但在觀者眼中，此一「抒情」，是由趙五娘發動，這就和高則誠有了一層隔閡。又如竇娥罵天罵地之「情」，雖是關漢卿所創作，但此情仍是由竇娥這個人物來進行「抒情」。又如何良俊《曲論》中言及《虎頭牌》時云：

> 十七換頭【落梅風】云：「抹得瓶口兒淨，斟得盞面兒圓。望著碧天邊太陽澆奠，只俺這女眞人無甚麼別呪願，則願我弟兄們早能勾相見。」此等詞情眞語切，正當行家也。〔註81〕

這首曲子是金住馬餞別銀住馬所唱之曲，其中抒發的是兄弟之情，何良俊認為此首曲子「情眞語切」，「語切」是修辭形式之切當，「情眞」則是金住馬所「抒」之「情」眞切動人。此所「抒」之「情」，與詩、詞「抒」作者己身之「情」不同，劇體中之「抒情」往往是「抒」劇中人物之「情」，且一齣劇中有許多人物，每一個人物都有自己之「情」，這些「情」不一定都是作者所想要傳達最重要的「情」。因此曲論中重視的是所「抒」之「情」是否能夠體貼

〔註79〕　《中國古典戲曲論著集成》第 4 冊，頁 7。

〔註80〕　「自體功能」、「衍外功能」、「指向性目的」為挪引顏崑陽先生之説。「自體功能」指事物因其「體」本具而未衍外之功用能力；「衍外功能」指「功能」作用於外在事物而完成的「效應」；「指向性目的」則包括了對象性的「接受者」與價值性的「預期效果」。其説詳見顏崑陽，〈從〈詩大序〉論儒系詩學的「體用」觀——建構「中國詩用學」三論〉，收於政治大學中文系主編：《第四屆漢代文學與思想會議論文集》，頁 1、22～23。

〔註81〕　《中國古典戲曲論著集成》第 4 冊，頁 9。

劇中人物，是要「體貼人情，委曲必盡，描寫物態，仿佛如生」。〔註82〕由此，「抒情」與「動人」便有層次之分，其目的雖因文章作品本身之「自體功能」而「動人」，但也有因應其劇體搬演形式所具涵之「指向性目的」，便是希望通過劇中人物之「抒情」來達到「動人」之目的。

二、「教化」的「功能性目的」

「教化」是劇體的另外一個「功能性目的」，也是曲家最重視的劇體功能，「教化」是指教育化成，而教育化成之對象便是觀劇的一般民眾，因此這也是一種「指向性目的」。〔註83〕通過材料因中之「義」與形式因之融會，達到此一目的，依不同之「義」也會有不同之「教化」效果，然就其功能性目的而言則是相同，都是「教化」。在《琵琶記》題目的副末開場時便有云：「不關風化體，縱好也徒然。論傳奇，樂人易，動人難。」〔註84〕高明很明確的指出「風化」，認為劇體必須要含括「教化」功能；不過高明仍沒有忽略「動人」的目的，因此提出劇體不僅要「樂人」，而是要更進一步的「動人」。高氏通過曲詞便同時指出「動人」與「教化」兩個目的。關於「教化」之目的，王驥德亦云：

> 故不關風化，縱好徒然，此《琵琶》持大頭腦處。《拜月》只是宣淫，端士所不與也。〔註85〕

高明、王驥德都認為風化是劇體的目的，若缺少此一目的，即便「好」也是徒然。〔註86〕梁廷枏《曲話》中有云：

> 悝齋作曲，皆意主懲勸，常舉忠、孝、節、義，各撰一種。以《無瑕璧》言君臣，教忠也；以《杏花村》言父子，教孝也；……。〔註87〕

〔註82〕此為王世貞評高則誠語，同上注，頁33。

〔註83〕徐大椿認為北劇之體與詩、詞不同，其云：「若其體則全與詩詞各別，取直而不取曲，取俚而不取文，取顯而不取隱，蓋此乃述古人之言語，使愚夫愚婦共見共聞，非文人學士自吟自詠之作也。」此即是認為劇體對象為一般民眾，非個人吟詠之作。《中國古典戲曲論著集成》第7冊，頁158。

〔註84〕參見（元）高明著，錢南揚校注，李殿魁補校注，《琵琶記》（臺北：里仁書局，1998年），頁1。

〔註85〕《中國古典戲曲論著集成》第4冊，頁160。

〔註86〕曲是否定需風教則仍有異說，徐復祚曲論：「又以『無風情、無俾風教』為二短，不知《拜月》風情本自不乏，而風教當就道學先生講求，不當責之騷人墨士也。」同上注，頁236。

〔註87〕《中國古典戲曲論著集成》第8冊，頁267。

梁廷枏認爲夏綸之作「意主勸懲」，「意主」即是作者有意識的「指向性目的」，「意主勸懲」即說明此目的爲勸懲教化之「功能性目的」。《劇說》引《雕邱雜錄》亦云：

> 傳奇十二科，激勸人心，感移風化，非徒作，非苟作，非無益而作也。〔註88〕

「傳奇十二科」是總稱劇體，他認爲劇體不能徒作、苟作、無益而作，應有「激勸人心，感移風化」的功能，這就是功能性目的。這類的相關論述在曲論中相當常見，我們便不一一列舉。〔註89〕

第二節　結構要素之應然關係

　　第一節中我們以材料因、形式因、動力因、目的因四者爲綱目，分析劇體之結構要素之內涵。就其結構之綱目而言，是所有事物、文體都具備的，然就其內涵而言，則仍須曲家給予，這其中便隱含著曲家對於劇體結構要素內涵之應然判斷。當這個應然判斷未實踐時，則仍只是應然判斷，然當落實至實際劇作並構成劇體時，就有著應然開實然的劇體發展歷程，而此一實然之劇體當然會再影響理論，導致理論進行修正，後再影響實踐。在這樣一個理論與實踐相互影響的歷程中，最重要的就是應然判斷的提出，上一節中，在分析材料因、形式因、動力因、目的因四者內涵的同時，也已涉及內涵的應然判斷，因爲我們是將曲家對於結構要素內涵應然判斷概念化後，納入四項結構要素之中。然而，我們仍須進一步問：結構要素之間的關係是什麼？分析要素內涵只是靜態的呈現劇體結構，而這些要素彼此間是相互作用，通過關係的研究我們才能動態的、完整的理解劇體的結構。

　　劇體結構要素之關係，從理論上可以分爲「實然結構關係」與「應然結構關係」，「實然結構關係」指當構成一個文體時，其結構要素之間必然會產生之關係，如材料因通過形式因表現，形式因以材料因爲內容；主觀文心因目的因產生動力，融會材料與形式。這是當以四因分解事物時，事

〔註88〕同上注，頁 206。

〔註89〕如俞爲民分析祁彪佳的曲論作品時，便特別強調其「社會作用」。而此「社會作用」便是「教化」功能。關於俞說詳見俞爲民，〈祁彪佳兩「品」中的戲曲理論〉，收於《中華戲曲》第 20 輯（太原：山西古籍出版社，1997 年），頁 267～269。

物必然會因之具涵這些結構關係。而「應然結構關係」，則是依據曲論的相關論述，分析曲家如何對諸結構要素進行關係建構，他們所建立的結構要素關係，並非如「實然結構關係」有著普遍性，而是針對劇體所提出應然如是的結構關係說。因為「實然結構關係」具普遍性，從亞里斯多德四因說中即可得知其內涵，落實至文體中，顏崑陽先生亦有對文體中諸結構要素之「實然結構關係」進行分說。所以本節主要探討之對象為「應然結構關係」，「應然結構關係」依照詩論家、詞論家的文學觀不同而各有對詩體、詞體結構的主張，〔註90〕從劇體的角度來看，依曲家的不同文學觀亦會有不同的結構關係的主張。通過分析劇體「應然的結構關係」，我們便可以進一步瞭解曲家如何建構劇體。

　　劇體的結構要素相當多，因此彼此間關係也是相當複雜，為了能夠系統性的探討劇體結構關係，我們選擇以目的因為綱目來進行分析。因為目的引發動力，動力驅策材料與形式，所以目的因在劇體結構中具有核心地位，且目的是應然性的指向，蘊涵著曲家對於劇體存在價值的解釋。如上節所云，劇體目的因中分為「功能性目的」與「藝術性目的」，以下便分別以「功能性目的」與「藝術性目的」進行分析。

壹、以功能性目的為中心建立之應然關係

　　經由上一節的分析，可知劇體中的「功能性目的」為「教化」與「動人」，為了讓劇體達到此「功能性目的」，曲家便提出相應的劇體結構關係。

一、以「動人」為目的的應然結構關係

　　以「動人」為目的，隱含著兩個層次的問題：其一，是以什麼事物來「動人」？其二，如何「動人」？第一個問題較容易回答，在劇體中即是以「情」來「動人」，此「情」即是材料因之一，曲家對「情」本身即有限定，如「情」需「真切」、「合理」等，這在上一節中已有論及，此處不再重複贅論。

　　第二個問題則較為複雜，首先觀者必需具備「被動」之能力，然這是劇體以外的問題，所以不在我們討論的範圍。再者，就是通過「情」與其他結構要素的配合，達到「動人」之目的，而此配合即是曲家所界定之應然關係。

〔註90〕顏崑陽先生的文體研究，在結構關係中已有「普遍的說」與「具體的說」兩個層次的區別，「普遍的說」是就文體共同特徵處說，從概念層論材料因、形式因與體要、體貌、體式之關係；「具體的說」，則是以《文心雕龍》為對象，分析劉勰對於這些要素間應然的關係，如從宗經、原道等處論。

在曲論中可以看到曲家提及「情」與形式因以及「情」與材料因中之「事」的連結，以下分述之。

（一）「情」與形式因之修辭的關係

以「情」來達到「動人」的目的，除了「情」本身真切之外，曲家認為通過修辭的輔助，更能達到此一目的。因此在曲論中有許多關於「情」與修辭關係之論述，如何良俊《曲論》中即云：

> 大抵情辭易工，蓋人生於情，所謂愚夫愚婦可以與知者。〔註91〕

我們可以將何良俊所言「情辭易工」一句進行深入分析，「情辭」是「情」與「辭」的複合，「情」是材料意義中之「情」，而「辭」指造語修辭，即是形式意義中之修辭。因此「情辭」一詞則是指「情」經由修辭後的表現型態，故已隱含「情」與修辭的關係。此一關係即是「易工」，「易工」指若材料為「情」則修辭表現容易工美。何良俊也為這個關係提供理論基礎，即其所云：「蓋人生於情，所謂愚夫愚婦可以與知者」，因為人皆有「情」，所以當以「情」為材料時，一般民眾已具備可知、可感之能力，所以「情辭易工」。所以其續云：「是以作者既易工，聞者亦易動聽。」〔註92〕作者「易工」，即是上述所言「情」與「修辭」之關係，「聞者易動聽」，從作者的角度言即是容易「動人」，從觀者的角度來看即是容易被打動。總言之，何良俊以「動人」為目的，通過「情」為人之共有的理論基礎，提出「情」與修辭之間的關係是「易工」。不過如呂天成《曲品》評《荊釵》時則云：「情、文相生，最不易及」〔註93〕，認為要能夠達到「情」與「修辭」的雙美之至，是創作時最困難的部分，其說便與何良俊不同，但對於「情」與「修辭」應密切結合的觀念則是一致的。

另外在《看山閣集閒筆》中有言：「落筆務在得情」，〔註94〕其中「落筆」即是修辭，修辭之要務在於「得情」，「得情」是指修辭要能傳「情」。此處說明了「情」與修辭的基本關係：就是「情」需要通過修辭通達於外。進一步說，黃圖珌認為「情」與修辭之關係就是「得」，「得」就是修辭要能夠完整傳達「情」。《衡曲麈譚》中也說道：

> 曲也者，達其心而為言者也，思致歸於綿渺，辭語貴於迫切。〔註95〕

〔註91〕　《中國古典戲曲論著集成》第 4 冊，頁 7。
〔註92〕　同上注。
〔註93〕　《中國古典戲曲論著集成》第 6 冊，頁 224。
〔註94〕　《中國古典戲曲論著集成》第 7 冊，頁 143。
〔註95〕　《中國古典戲曲論著集成》第 4 冊，頁 267。

此處「心」指內心之思慮，所以應包含主觀材料之「情」、「義」，而「言」即指顯於外之文字形式，他認為內心之「思致」應要「綿緲」，外顯之「辭語」則需「迫切」，「迫切」之義為貼近切中，此即是對於修辭之判斷。然而修辭要「迫切」，其「迫切」之對象即是「思致」，「思致」便包含「情」。張琦另有云：

> 今之所稱多情，皆其匿情而獵名者也：……其為辭也，浮游不衷，
>
> 必多雕琢虛偽之氣，欲自掩飾之而不能。心之與聲有異致乎？〔註96〕

張琦認為若修辭「浮游不衷」，就會有「雕琢虛偽之氣」，這是無法隱藏的，所以「心」與外顯之「聲」應一致，也就是修辭應「迫切」。總歸其意是與黃圖珌所言相當，就是修辭要能夠完整傳達「情」。完整傳達即是「情」與修辭的基本關係。

然而如何完整完整傳達，又有不同的方式。在《遠山堂劇品》評《穴地報仇》時云：「且歌且泣，情見乎詞。」〔註97〕此處提到「情見乎詞」，「詞」即是形式因之修辭，「見」則是兩者之間的關係，修辭必須要能更夠「見」到「情」，也就是能夠完整傳達出「情」。然而祁彪佳之說更指出「情」必須在文字層可見之。另外在《遠山堂劇品》評《桃花人面》時云：

> 作情語者，非寫得字字是血痕，終未極情之至。〔註98〕

祁彪佳此處以「情語」一詞連結「情」與修辭，當「情」通過語言修辭表達於外時，便稱之為「情語」。他認為「情語」要能夠完整極致的表現，修辭需要「字字是血痕」，也就是「情」不只要能夠呈現於文字表層，更需要深入刻畫，此即兩者之應然關係。然如梁廷枏則有不同見解，其云：「言情之作，貴在含蓄不露，意到即止。」〔註99〕他則認為「情」之修辭需「含蓄不露，意到即止」，也就是不能過度刻寫，需委婉不直露。這是對於修辭之要求，但也是對於「情」與修辭關係的應然判斷，即「情」不能直露於文字表層，而是需要含蓄內蘊。然而這並不表示觀者不能瞭解作者之意，對作者而言他仍是完整傳達其「情」，只是觀者需要體會其「含蓄不露」之處。

總言之，曲家已認知到情與修辭之關係，有以「情語」、「情辭」稱之，顯見兩者關係之密切。而兩者之基本關係即修辭需要能夠完整表達「情」，至

〔註96〕 同上注，頁273。
〔註97〕 《中國古典戲曲論著集成》第6冊，頁145。
〔註98〕 同上注，頁171。
〔註99〕 《中國古典戲曲論著集成》第8冊，頁258。

於如何完整表達則有不同之見解。一爲「情」需「字字是血痕」，認爲修辭必需深刻刻寫「情」；另外有認爲「情」不應見於文字表層，需「含蓄不露，意到即止」，此即是將「情」寄於言外，是「情」與修辭的另外一種應然關係。無論是何者，都是以「動人」爲目的，只是其「動人」之方式不同，因此對於「情」與修辭之關係也有不同的應然判斷。

（二）「情」與「事」之應然關係

在曲家的論述中，不但強調「情」與修辭之關係，另外還強調「情」與「事」之關係。他們不是從其共爲材料因處說，而是從「情」、「事」如何妥善搭配的關係處說。「事」在前文中，依顏崑陽先生的說法分爲作者經驗世界之「事」與作品中呈現之「事」。此處所言之「事」則主要偏於後者，並且從廣義處定義它。我們認爲作品中呈現之「事」，只是一個泛稱，其泛指劇中所發生之事件、情節，如《琵琶記》中，趙五娘、蔡伯喈的離合是主要事件，然而「食糠」、「嚐藥」等是劇中單齣，也是構成主要事件之情節，同樣的《竇娥冤》中竇娥遭冤死而罵天罵地是主要事件，此事件是亦由「被賣爲童養媳」、「張驢兒毒死父親」等許多情節構成，每一個情節也是「事」。然如前所言，曲家認爲「情」須眞切，而「情」雖由人心流出，也須相應於「事」，如在劇本中便可見到「情」、「事」相互因依的表現〔註100〕，但曲家對此二者著墨不多，而是著力於「情」與「景」的關係。

「景」與「事」的關係須從「寫景」處說，因爲在一個劇本中，某人物憑欄即景、攬鏡自照仍爲作者所安排之「事」，故人物即「景」生「情」亦是刻意安排之「事」。正如沈堯所言：「抒情詩的寫景之中，本來就包含著敘事的因素。」〔註101〕沈堯認爲抒情詩之「寫景」本就包含敘事，也就是寫某「景」的同時，亦隱含某「事」。戲曲更是如此，作者有意安排劇中人物即「景」而生「情」，此時「寫景」以寄「情」便屬於「事」之一部分。

以下便針對「情」與「景」之關係處說。李漁在《閒情偶寄》中即以「情」爲主，並進一步說「即景生情」，其云：

> 予謂總其大綱，則不出「情」、「景」二字。景書所睹，情發欲言，
> 情自中生，景由外得，二者難易之分，判如霄壤。以情乃一人之情，

〔註100〕筆者曾以元雜劇劇本爲例，探討「情」與「事」相互因依之關係。詳見《元雜劇敘事研究》，國立東華大學中國語文學系碩士論文（2004.06），頁67～76。
〔註101〕沈堯，〈戲曲的文學性〉，收於《戲曲研究》第2輯（北京：文化藝術出版社，1980年），頁44。

> 說張三要象張三，難通融於李四。景乃眾人之景，寫春夏儘是春夏，
> 止分別於秋冬。善填詞者，當爲所難，勿趨其易。批點傳奇者，每
> 遇遊山玩水、賞月觀花等曲，見其止書所見，不及中情者，有十分
> 佳處，只好算得五分，以風雲月露之詞，工者盡多，不從此劇始也。
> 善詠物者，妙在即景生情。〔註102〕

故郭英德詮釋此段文字時認爲：「『即景生情』，關鍵在於把握人物特定的心境
與性格，使情景相生，融爲一體。」〔註103〕不過仍可就郭氏之說進一步對李
漁所言進行分析，李漁於此區分「景語」和「情語」之不同，「景語」是「景
書所睹」，是由「外得」；「情語」是「情發欲言」，是由「中生」。且他認爲由
於「景」爲「眾人之景」，所以容易，「情」則需依不同人物而有不同，所以
「情語」較「景語」困難。最後李漁提出「善詠物者，妙在即景生情」，若我
們仔細思考這兩句，可以知道他認爲「情」與「景」的關係應爲「即景生情」，
若言「景」不能無「情」，但是「情自中生」，言「情」則不一定需要言「景」。
且他在於其後又云：

> 舍情言景，不過圖其省力，殊不知眼前景物繁多，當從何處說起。
> 詠花既愁遺鳥，賦月又想兼風。若使逐件鋪張，則應事多曲少；欲
> 以數言包括，又防事短情長。展轉推敲，已費心思幾許，何如只就
> 本人生發，自有欲爲之事，自有待說之情，念不旁分，妙理自
> 出。……。吾欲填詞家舍景言情，非責人以難，正欲其舍難就易耳。
> 〔註104〕

此處或言「事」、或言「景」，「事多」、「事少」之「事」即指詠花鳥、賦風月
之「景」，可看出曲家對於「事」與「景」的混用情況。他認爲言「景」須納
入「情」，如此一來方容易統攝外在紛亂雜多之「景」，以「情」爲主脈，便
可以「念不旁分，妙理自出」，即是言「景」應以「情」爲主。祁彪佳在評價
諸劇時亦持相近之說，如《遠山堂曲品》在評《醉寫赤壁賦》時云：

> 惜赤壁之游，詞中寫景而不寫情，遂覺神色少削。〔註105〕

《醉寫赤壁賦》一劇中主要事件即是遊赤壁，遊覽、觀景即是該劇之「事」，
然而在寫「景」時，未能同時寫「情」，站在「情」、「景」應交融的應然關係

〔註102〕《中國古典戲曲論著集成》第 7 冊，頁 26。
〔註103〕郭英德，《明清傳奇戲曲文體研究》，頁 192。
〔註104〕《中國古典戲曲論著集成》第 7 冊，頁 27。
〔註105〕《中國古典戲曲論著集成》第 6 冊，頁 151。

立場上，祁彪佳便給予了「神色少削」的評價。另《遠山堂曲品》在評《南樓夢》時云：「但詞多寫景，遂未入情。」〔註106〕此處亦是從「情」、「景」應交融的應然關係立場上，對《南樓夢》進行評價，認為雖多「寫景」但「未入情」。另《遠山堂劇品》評《團圓夢》時則云：

> 只是淡淡說去，自然情與景會，意與法合。〔註107〕

祁彪佳認為此劇「自然情與景會」，也就是並不刻意雕鏤，自然而然的達到「情」、「景」交融，因此將之置於「妙品」。

不過在《曲律》中則有不同之意見，其云：

> 作閨情曲，而多及景語，吾知其窘矣。此在高手，待一「情」字，摸索洗發，方把之不盡，寫之不窮，淋漓渺漫，自有餘力，何暇及眼前與我相二之花鳥煙雲，俾掩我真性，混我寸管哉。世之曲，詠情者強半，持此律之，品力可立見矣。〔註108〕

王驥德認為若妥善發揮「情」，即可「把之不盡，寫之不窮」，不需要涉及「景語」，外在景物只會掩住「真性」。這是在「情」、「景」關係中，持較為極端的說法，認為有「情」便不需要「景」。持此說者較為少見，然其亦自成一說，故仍備列後。

總言之，劇體與詩、詞在「情」、「景」論述的基礎上有很大的不同，在詩、詞中，「景」是做為觸發作者之「情」的外在客觀景物，若只從散曲論，「景」的地位則與詩、詞相同。然若從劇體論，「景」就不僅是觸發作者之「情」的外在客觀景物，更重要的是為觸發劇中人物之「情」的景物，劇中人物觸「景」生「情」。劇中之景物是由劇作家所構設，是在事件、情節的安排中刻意使人物觀「景」而生「情」，因此可以歸於「事」。然此「事」、「景」須含攝入「情」，「情」與「事」、「景」有著應交融的應然關係。

二、以「教化」為目的的應然結構關係

以「教化」為目的，亦隱含著兩個層次的問題：其一，是以什麼事物來「教化」？其二，如何「教化」？第一個問題是以「義」來「教化」，「義」是材料因之一，為劇作家或曲家之價值意向，這在上一節中已有論及，此處不再重複贅論。此處是欲通過如何「教化」這個問題的回答，來探討「義」

〔註106〕同上注，頁71。
〔註107〕同上注，頁140。
〔註108〕《中國古典戲曲論著集成》第4冊，頁159。

與其他結構要素之間的應然關係。

　　「教化」主要通過全劇情節之安排傳達其價值意向。通過情節之安排即是與「事」相關，如《遠山堂曲品・序》中就說道：「或事有關於風教，苟片善可稱，亦無微而不錄。」〔註109〕這是說只要是一劇之「事」有涉及風教，他便會加以採錄、評論，此即是認為「義」是通過「事」來呈現。故在《遠山堂劇品》評《花裏悟真如》會有云：

　　　　向詞曲中談禪，遂令子夜、紅兒為散花天女。此劇於證果、妙清則盡矣，於哈元善略欠發揮。〔註110〕

祁彪佳認為此劇通過證果、妙清兩人所引發之事件，已可「盡」其所談之禪，但就哈元善所引發之事件而言則「略欠發揮」。因此以「教化」為目的時，「義」與「事」應妥善配合，通過「事」來傳達「義」。

　　不過通過「事」來傳達「義」必然無法忽略修辭在其中所具之地位，因為訊息傳遞需要通過文字形式。正如《衡曲麈譚》論及《曇花》時云：

　　　　越之屠赤水，為辭古鬱，《曇花》一記，憤懣淒爽，寓言立教，具見婆心。〔註111〕

其中「寓言立教」之「立教」即是提出自身的價值意向進行「教化」，而「寓言」便是將所欲立之「教」寄寓於「言」，也就是通過文字形式來傳達。〔註112〕然而此「言」在曲論中雖然沒有一定之取向，但有需避免的地方，就是「腐」。因為當以「教化」為目的時，其「義」或為普世之價值意向或是儒、佛等既有之價值系統，所以不易有所新意，需要通過修辭將固有、舊有之「義」翻新。如《遠山堂曲品》評《東郭》時云：

　　　　掀翻一部《孟子》，轉轉入趣。能以快語叶險韻，於庸腐出神奇，詞盡而意尚悠然。〔註113〕

祁彪佳認為此劇主要在論《孟子》之「義」，本有可能導致「庸腐」，但孫鍾齡「能以快語叶險韻」在修辭上有所創新，所以「於庸腐出神奇，詞盡而意尚悠然」，於是將此劇歸於「逸品」。另祁彪佳在評《伍倫》亦云：

〔註109〕　《中國古典戲曲論著集成》第 6 冊，頁 5。
〔註110〕　同上注，頁 141。
〔註111〕　《中國古典戲曲論著集成》第 4 冊，頁 270。
〔註112〕　至於「為辭古鬱」是屠赤水之體貌，「憤懣淒爽」則是此劇之風格，這是另外一個層次的問題，本文於第五章「劇體體式論」會有進一步探討，此暫不贅論。
〔註113〕　《中國古典戲曲論著集成》第 6 冊，頁 11。

　　一記中盡述伍倫，非酸則腐矣；乃能華實並茂，自是大老之筆。
〔註114〕

祁彪佳認為若一劇皆在傳達「五倫」之「義」便容易「酸」、「腐」，然《伍倫》一劇卻能「華實並茂」，「華」是指修辭，「實」便是指「五倫」之「義」，修辭與「義」能夠並茂兼具。雖然呂天成《曲品》有不同意見，認為《伍倫》一劇「稍近腐」〔註115〕。但《伍倫》究竟如何是另外一回事，重要的是他們都重視「義」與修辭之關係。在李漁《閒情偶寄》中則論「科諢」與「義」之關係，「科諢」包含說話調笑與動作表演，調笑即是屬於修辭的部分，其云：

　　於嘻笑詼諧之處，包含絕大文章；使忠孝節義之心，得此愈顯。
〔註116〕

他認為「嘻笑詼諧」應「包含絕大文章」，「絕大文章」即是忠孝節義之「義」，「科諢」的目的是「愈顯」其「義」，此即是李漁所建立的應然關係。

　　總言之，當以「教化」為目的時，是以「義」為材料因。「義」應通過「事」來呈現，並通過文字形式傳達，修辭應避免「腐」，而又妥當傳達「義」。

貳、以藝術性目的為中心建立之應然關係

　　以上從「功能性目的」來探討劇體結構要素之間的應然關係，此處則從「藝術性目的」來探討劇體結構要素之間的應然關係。上一節已分析「藝術性目的」中修辭美善與格律嚴整兩種取向。當然我們會先產生一個疑問：為什麼這兩種藝術性目的取向不能夠兼具？前引王世貞以「富有才情，兼喜聲律」來評價元朝代表作家，即是兼具修辭美善與格律嚴整。因此如呂天成《曲品》中有云：

　　不有光祿，詞硎不新；不有奉常，詞髓孰抉？倘能守詞隱先生之矩

　　蠖，而運以清遠道人之才情，豈非合之雙美者乎？〔註117〕

呂天成即認為若能結合沈璟之格律法度與湯顯祖之修辭才情，便能夠合之雙美。但事實上，若非如元人「富有才情，兼喜聲律」，便難以兼善二者。若無法兼善二者，就會面臨取捨的問題。在明代時，即是少有作家能兼善兩者，因此只能在兩種目的取向中擇一，所以《曲律》中有云：

〔註114〕同上注，頁46。
〔註115〕同上注，頁228。
〔註116〕《中國古典戲曲論著集成》第7冊，頁63。
〔註117〕《中國古典戲曲論著集成》第6冊，頁213。

> 臨川之於吳江，故自冰炭。吳江守法，斤斤三尺，不欲令一字乖律，
> 而毫鋒殊拙；臨川尚趣，直是橫行，組織之工，幾與天孫爭巧，而
> 屈曲聱牙，多令歌者咋舌。〔註118〕

王驥德此處清楚的判別兩種「藝術性目的」取向的差異，並且認為以湯顯祖為代表的修辭美善與沈璟所代表的格律嚴整，是兩種扞格不入「藝術性目的」取向。修辭與格律都是文字形式，為什麼會「故自冰炭」？這是因為修辭可以展現作者文采，但格律因為隱含著音律與規範演唱的咬字，因此須限定所用之字之聲韻與數量，如此一來便會使得修辭的無限可能受到某些限制。〔註119〕然何者為重、何者優先？便成為曲家、劇作家爭論的焦點，這也就是戲曲史上相當重要的辭、律之爭。此處並不在平議何者正確，或進行內涵之分析。此處主要從結構要素關係的角度，從這兩種目的取向的相關論述中，分析他們對於結構要素之間應然關係的說法。在何者為重、何者優先這個問題中，即隱含著修辭與格律之應然關係，而格律又與音律密切相關，因此論修辭與格律之關係，必無法忽略音律。

首先，從何者為重、何者優先這個問題中就可析釐出其應然關係，就是輕重關係，若是從實然結構關係來看，這些結構要素則是齊等的存在，然當它們具有輕重關係時，就表示在劇體結構中，修辭與格律、音律等並不是齊等的存在。正如呂天成《曲品》中的記載：

> 光祿嘗曰：「寧律協而詞不工，讀之不成句，而謳之始叶，是為曲中
> 之工巧。」奉常聞而非之，曰：「彼惡知曲意哉！予意所至，不妨拗
> 折天下人嗓子。」此可以觀兩賢之志趣矣。〔註120〕

這段引文是記載沈璟與湯顯祖對於自身戲曲觀的重要史料之一，許多前行研究者已分析甚詳，不待贅論。此處是以此來探討劇體結構要素之間的應然關

〔註118〕《中國古典戲曲論著集成》第4冊，頁165。

〔註119〕曾永義先生認為兩人並非「故自冰炭」，而是能夠互相欣賞，不過從修辭與格律分野的角度來看，若非才能兼善兩者，勢必會面臨擇其一者的情況。王驥德將此一現象極端化後，便會得出「冰炭」之說。但是如果不是「才情」勃發之劇作家，無法到達「才情之至」者，便無冰炭問題。因為這一個問題的基礎在於：為了修辭美善之極致，因此放棄部分格律。然若未能到達修辭美善之極致，亦放棄格律，那麼便是既無才情又無合律。詳見曾永義，〈論說「拗折天下人嗓子」〉，收於《論說戲曲》（臺北：聯經出版社，1997年），頁196～197。

〔註120〕《中國古典戲曲論著集成》第6冊，頁213。

係，沈璟認爲格律先修辭後，湯顯祖則是認爲修辭先格律後。曾永義先生認爲湯顯祖並非不懂律，而是遵行人工音律外，更講究揮灑自然音律，而此自然音律是「歌永言，聲以永」。〔註121〕然實際上湯顯祖是否善解音律、遵行格律是一回事，但從其曲學論述中確實呈現出辭重於律的觀點，而且此一觀點與沈璟之說對舉，成爲兩種並立的曲學觀。這兩種曲學觀之差異與其文體觀念密切相關，在本文第五章即會從辨體論的角度探討由此二曲學觀引發的辭、律之爭，此處暫不贅述。

　　論修辭與格律、音律的輕重關係，從理論上有律重辭輕、辭重律輕或辭律兼重的不同。辭律兼重者即是如上呂天成《曲品》「合爲雙美」之說。以下僅就律重辭輕、辭重律輕進行分析。律重辭輕者，如何良俊《曲論》中直言：

> 夫既謂之辭，寧聲叶而辭不工，無寧辭工而聲不叶。〔註122〕

「聲叶」指的是合乎格律，使得聲音諧和。何良俊認爲可以爲求合乎格律使聲音諧和而輕辭，但不可爲求辭工而不顧格律。在此便對辭、律之優先性做出選擇，建構了辭、律之應然關係。同樣的楊恩壽《續詞餘叢話》亦云：

> 曲詞一道，句之長短，字之多寡，聲之平、上、去、入，韻之清濁、陰陽，皆有一定不移之格，長者短一句不能，少者增一字不可。又復忽長忽短，時少時多，當平者用仄則不諧，當陰者換陽則不協。盡有新奇之句，因一字不合，便當毅然去之；非無捏湊之詞，爲格律所拘，亦必隱忍留之。〔註123〕

楊氏更明確的點出格律指「句之長短，字之多寡，聲之平、上、去、入，韻之清濁、陰陽」等，這些格律是「一定不移」。所以若「一字不合，便當毅然去之」，即便有「捏湊之詞」，爲了符合格律也必須「隱忍留之」。楊恩壽與何良俊的觀念相同，認爲修辭與格律之間，應以格律爲重。辭重律輕者，如李漁平云：

> 予觀《荊》、《劉》、《拜》、《殺》暨玉茗諸大家，皆未嘗斤斤求合於律；俗工按之，始分出襯字，以爲不可歌；其實得國工發聲，愈增韻折也。故曲無定，以人聲之抑揚抗墜以爲定。是書亦間論律，而

〔註121〕曾永義，〈再說「拗折天下人嗓子」〉，收於《戲曲與歌劇》（臺北：國家出版社，2004年），頁372。
〔註122〕《中國古典戲曲論著集成》第4冊，頁12。
〔註123〕《中國古典戲曲論著集成》第9冊，頁304。

終以文爲主，其所見尤偉，誠足爲曲家之津梁也已。〔註124〕

這是李氏序梁廷枏《曲話》，他認爲格律應從自然音律處論，而非從人工音律處說，所以《荊》、《劉》、《拜》、《殺》與湯顯祖等皆是遵行自然音律，這與曾永義先生所言相同。李氏進一步說道，這些遵行自然音律之作，以「俗工」角度來說是不可歌，但若「國工」歌之則「愈增韻折」，因此可以說「曲無定」，依歌者能力方有可歌或不可歌之分。如果「曲無定」，那麼可以評價者便是修辭，所以李氏認爲梁廷枏《曲話》是「亦間論律，而終以文爲主，其所見尤偉。」綜上所言，並從梁廷枏書中多評修辭少涉格律的情況，便可以說梁氏、李氏是認爲辭先於律。另《閒情偶寄》中云：

詞家繩墨，只在譜、韻二書。合譜合韻，方可言才，不則八斗難克升合，五車不敵片紙，雖多雖富，亦奚以爲？〔註125〕

又：

詞采似屬可緩，而亦置音律之前者，以有才、技之分也。文詞稍勝者，即號才人，音律極精者，終爲藝士。師曠止能審樂，不能作樂；龜年但能度詞，不能製詞。使與作樂製詞者同堂，吾知必居末席矣。事有極細而亦不可不嚴者，此類是也。〔註126〕

李漁此處隱含著兩種辭、律的輕重關係。其一，「詞采似屬可緩」是指在實際填詞時，仍應以律爲重，如第一段引文所認爲的「合譜合韻，方可言才」。但是若再提高一層看，則修辭美善之藝術價值勝於格律嚴整，也就是第二則引文中所言的「才」、「技」之分，這種說法便隱含著辭重律輕的觀點。又《續詞餘叢話》中引朱熹語云：

朱子曰：「古人作詩，只是說他心下所存事。說出來，人便將他詩來歌。其聲之清濁、長短，各依他詩之語言，卻將律來調和其聲。今人卻先安排下腔調了，然後作語言去合腔子，豈不是倒了？卻是永依聲也！古人是以樂去就他詩，後世以詩去就他樂，如何解興起得人！」〔註127〕

「心下所存之事」與「解興起得人」無論是指抒情動人或言志教化，都是屬於「功能性取向」，因此此處朱熹即從「功能性取向」來界說辭律之先後，認

〔註124〕《中國古典戲曲論著集成》第 8 冊，頁 237。

〔註125〕同上注，頁 38。

〔註126〕《中國古典戲曲論著集成》第 7 冊，頁 11。

〔註127〕《中國古典戲曲論著集成》第 9 冊，頁 303。

為古之詩先詩後律、以樂就詩，而今之曲先有格律、腔調後有文字修辭，是以詩就樂。以律就詩時，作者可以自由馳騁，以律範詩，作者則受限於格律、音律，所以今之曲較無法妥善表達心中所存之事。朱熹此處雖然不特別強調修辭之重要性，但仍通過「功能性取向」優先的論點，連結到「藝術性取向」，提出應以律就辭的觀點，以律就詞也就是辭重律輕。

　　但無論是辭重律輕或律重辭輕，都是屬於辭、律之間的輕重關係。當結構中有所偏重時，表示劇體不是一個均衡的結構體，所以無論主觀文心偏於辭或偏於律，都已無法朝向均衡的美善處前進，因為唯有當辭、律到達協調均美時，這個結構方為均衡完善。但事實上，因為主觀文心能力的限制，所以勢必劇體之結構很難完善。所以曲家會立出典範，以為模習之指標，也是劇體均衡結構的「理想型」。在曲論中，模習之對象或「理想型」即為元代之作家、作品。正如前引王世貞所說，他們有著「富有才情，兼喜聲律」的特徵，能夠在劇體中取得圓滿。至於李贄、平之評《荊》、《劉》、《拜》、《殺》與湯顯祖亦是試圖立出典範，而此典範亦是需要擺脫不合律之批評，且兼有修辭者。關於劇體典範在第五章中會進一步討論，此暫不贅述。

第三節　結構要素的常與變

　　在分析劇體結構之後，我們就可以以之為基礎回答本章開頭所提出的問題，即：為什麼詩、詞、曲是三類，又可以是一類？又為什麼北劇、南戲、諸宮調是三類，但北劇、諸宮調可以是一類，南戲、諸宮調也可以是一類，甚至北劇、南戲、諸宮調三者也可以是一類？為了解析以上問題，我們先將劇體的結構要素析分為三個概念層次：「普遍性概念層次」、「個殊性概念層次」、「群類性概念層次」。「普遍性概念層次」指結構要素之性質為普遍性，此即是四因，因為當從最高概念層去把握四因時，四因之性質即是屬於普遍性概念型態，劇體有四因，詩體亦有四因，甚至花、草、蟲、魚等世間萬事萬物皆有四因，就四因的存在而言即是普遍。「個殊性概念層次」指結構要素之性質為個殊性，從個殊性來說就依具體事物存在而顯現，以劇體而言，如南韻即是形式因的「個殊性概念層次」，它專指某一個固定的文字形式，而非泛指的普遍概念，因此詩、詞、北劇雖都有形式因，但都沒有南韻這個個殊性形式。至於「群類性概念層次」則位於「普遍性概念層次」與「個殊性概念層次」之間的另一個層次，它不像四因具有普遍廣延性，也不像南韻之類

個殊而具體，例如在形式因與南韻之間，我們尚可區別出文字形式，在文字形式與南韻之間尚有格律、押韻，格律、押韻是依照一群個殊性概念加以類化後產生之概念，因此稱之為「群類性概念層次」，而格律、押韻加上修辭又可以類化出文字形式的概念，無論是文字形式或格律、押韻，皆屬於「群類性概念層次」。

壹、從三重概念層次論結構要素的常與變

經由上述三個劇體結構概念層次的分析，即可以之思考劇體分類概念層級架構中所產生之問題。詩體、詞體、曲體分為三類或北劇、南戲、諸宮調等別異分類，即是從個殊性概念層次處論，因為這些文體在結構要素的具體內涵上是不同的。以下分述之。

一、從詩、詞、曲分類論結構要素的常與變

詩體、詞體、曲體所押之韻與所遵之格律不同。因此若要將這些文體歸為一類，就不能從個殊性概念層次進行類比，曲家便會上升至群類性概念層次進行立說，例如徐大椿云：

何謂歌詩？上極雅頌，下至謠諺，與凡詞曲有韻之文皆是也。〔註128〕

徐大椿以「歌詩」命名有韻之文，從廟堂之雅、頌至民間之謠、諺皆屬一類，詞、曲也含括其中。徐氏是以叶韻這項外在形式來做為劇體結構之特徵，叶韻是一個「群類性概念層次」，因為無論是押上古韻、詩韻、詞韻、曲韻，都是屬於叶韻這一項形式因。所以曲家若著眼於「群類性概念層次」，便可以將相關文體加以歸類，若進一步賦予某體起源之地位、某體流變之地位，則又構成源流關係。這段引文中即隱含著劇體的源流觀念，然本論文第四章中會針對此一議題進行探討，此暫不贅述。此處主要探討結構要素的常與變，經由上述分析可知：從「群類性概念層次」來看劇體結構要素時為常，而從「個殊性概念層次」來看則為變。另《製曲枝語》中云：

詩降而詞，詞降而曲，名為愈趨愈下，實則愈趨愈難。何也？詩律

寬而詞律嚴，若曲，則倍嚴矣。〔註129〕

雖然黃周星並未明確將詩體、詞體、曲體歸於一類，但是在源流關係的建立中，亦是從劇體結構中尋繹出了與詩體、詞體相同的部分，以之加以繫連。

〔註128〕《中國古典戲曲論著集成》第 7 冊，頁 152。
〔註129〕同上註，頁 119。

從其所言：「詩律寬而詞律嚴，若曲，則倍嚴矣。」可以看出他認爲詩體、詞體、曲體的共同特徵是格律，在「群類性概念層次」處論格律，則詩體、詞體、曲體皆有之，因此可以歸於一類或置入源流關係中；但是從「個殊性概念層次」論格律，則詩有詩律、詞有詞律、曲有曲律，三者有寬、嚴之別，所以從「個殊性概念層次」來看，詩體、詞體、曲體又可以別爲三類。

　　以上是以文字形式中格律、押韻的「群類性概念層次」，去進行詩、詞、曲的分類與歸類。此外尚有從歌樂形式來立說。如《詞餘叢話》中云：

> 昔人謂：「詩變爲詞，詞變爲曲，體愈變則愈卑。」是説謬甚。不知詩、詞、曲，固三而一也，何高卑之有？風琴雅管，三百篇爲正樂之宗，固已芝房寶鼎，奏響明堂；唐賢律、絕，多入樂府，不獨宋、元諸詞，喝唱則用關西大漢，低唱則用二八女郎也。後人不溯源流，強分支派。〔註130〕

楊恩壽此處在反省從退化史觀的角度來評定詩體、詞體、曲體之地位，關於源流相關問題，下一章即會進一步討論，此暫不贅述。由此段引所言：「詩、詞、曲，固三而一也，何高卑之有？」可以看出楊氏認爲詩體、詞體、曲體三者爲一類，且無高卑之分。「固三而一」的判斷，從其後文可知是由於《詩經》與詩、詞、曲皆具有合樂、配唱之形式，合樂、配唱是由合某樂、配某唱的個殊性概念進行歸類後的群類性概念，因此並不特別專屬某一文體，就這個層次來看，合樂、配樂形式是恆常的；若就「個殊性概念層次」來看《詩經》有其演奏、演唱方式，詩體、詞體、曲體亦各有其不同之合樂、配唱內涵，由這個層次來看，合樂、配唱形式則是變異的。曲家從恆常的「群類性概念層次」進行歸類或建立源流關係。又如胡彥穎所云：

> 故以樂而論，則三百篇存，樂府存，詩存，詞存，其曲折節奏盡亡；以聲而論，則歌南北曲者此聲，即進而歌詞、歌詩、歌樂府、三百篇，要亦無非此聲，故曰亡者其曲折耳，其節奏耳，聲則自在天壤間也。〔註131〕

此段引文爲胡氏序《樂府傳聲》，雖然此處並沒有將《詩經》與詩體、詞體、曲體歸於一類，但是繫之於源流關係。在源流關係中，這些不同文體、作品有一個恆常的結構要素就是「樂」、「聲」，「樂」即是合樂、「聲」即是配唱。

〔註130〕《中國古典戲曲論著集成》第 9 冊，頁 236。
〔註131〕《中國古典戲曲論著集成》第 7 冊，頁 150。

就「群類性概念層次」而言，「樂」、「聲」是詩體、詞體、曲體的共同特徵，為恆常存在的要素；而變異者則是「節奏」，也就是從「個殊性概念層次」來進行區別。

由上可知，劇體之形式因，若從「群類性概念層次」處說，格律、叶韻、合樂、配唱等要素皆具有恆常性，所以曲家可因詩體、詞體、曲體具格律、叶韻或合樂、配唱的形式特徵而歸類、溯源；然若落實至「個殊性概念層次」時，格律、押韻、合樂、配唱又會有所差異，因此又可以據之分類、分流。

然而除形式因外，曲家亦會從目的因處說，如梁廷枏《曲話》中云：

〈扶犁〉、〈擊壤〉後有三百篇，自是而《騷》，而漢、魏、六朝樂府，而唐絕，而宋詞、元曲，為體屢遷，而其感人心、移風易俗一爾。
〔註132〕

從歷時性的角度來看，這是一段源流的論述，是將元代之曲體與上古樂歌、《詩》、《騷》、樂府、唐詩、宋詞等文體、作品進行由源至流的繫連。然此處亦隱含著一個分類觀點，就是這些作品、文體與劇體是屬於同一類。因為它們有著「感人心」與「移風易俗」的共同特徵，此即是目的因中的「功能性取向」，「感人心」是「動人」，「移風易俗」則是「教化」。無論這些作品、文體在外在形式上「為體屢遷」，但是就其目的因而言，則是恆常不變的。無論其「感人心」、「移風易俗」的具體內容為何，從「群類型概念層次」處說都是相同的。在《藝概》中云：

《樂記》言「聲歌各有宜」，歸於「直己而陳德」。可知歌無今古，皆取以正聲感人，故曲之無益風化，無關勸戒者，君子不為也。
〔註133〕9.122

此處從「歌無今古」說起，將劇體納入「歌」一體，並且將「歌」的恆常性結構要素定為「教化」，因此可以得到「曲之無益風化，無關勸戒者，君子不為也」的結論。劉熙載此處是通過應然理論的建構，將「個殊性概念層次」提升至「群類性概念層次」，應然的認為儒家風教是「歌」的共同特徵，因為目的因不像形式因般外顯可察。詩體叶韻是外顯可以察知的客觀存在，所以可具此共同特徵而歸類、溯源，但是目的因依照曲家主觀文心的趨向而有所不同，其目的就「功能性取向」來說至少有「動人」與「教化」，就「教化」

〔註132〕《中國古典戲曲論著集成》第8冊，頁237。
〔註133〕《中國古典戲曲論著集成》第9冊，頁122。

來說又有各種不同的內涵，然劉熙載只取儒家風教一義，認爲「歌」亟需具備此項結構要素。所以這是將個殊性概念通過應然理論的提出，將之置於「群類性概念層次」，認爲所有之樂歌都應具備此項結構要素，由此建立出劇體結構要素之恆常性。

　　由劇體、曲體與詩體、詞體關係之分析中，可以得到如下幾個觀察：其一，曲家抽離形式因中的「個殊性概念」爲「群類性概念」，以該「群類性概念」做爲歸類、溯源之依據，由此概念層次來看結構要素時，結構要素即具有恆常性，然若從「個殊性概念層次」來看時，結構要素又具有變異性，可以之別異、分流。其二，曲家亦從「動人」、「教化」兩個目的因的「群類性概念層次」，來進行歸類、溯源。其三，如劉熙載認爲包括劇體在內的「歌」應具備風教，這是應然性的理論提出，將目的因的「個殊性概念層次」提升至「群類性概念層次」，使其具有恆常性。

二、從曲體分類概念層級架構論結構要素的常與變

　　以上從詩體、詞體、曲體的分類、歸類現象論劇體結構之常與變，本小節則從劇體內部的分類架構論劇體結構要素之常與變。在第二章中，已建構出劇體的分類概念層級，這是將曲論中所指之殊體進行系統性的架構，然而這些不同殊體不只是各自爲體，而是同屬於一個系統，在系統之中它們彼此便會產生關係。如前所云，散曲體與劇體是以賓白之有無進行區別，在《衡曲塵譚》中有云：

　　　　傳奇之曲，與散套異。傳奇有答白，可以轉換，而清曲則一線到底。

　　　　傳奇有介頭，可以變調，而清曲則一韻到底。〔註134〕

張琦此處即是以賓白之有無來區別散曲體與劇體，另外亦從用韻處區別之。從結構要素的角度來分析，可以說張琦認爲散曲體與劇體都以「曲」做爲共同特徵，也就兩者都具涵格律形式之韻文，因此同屬一類，但是劇體可以夾雜賓白來轉換劇情，並且可以換韻，而散曲則是一事到底、一韻到底。所以當合散曲體與劇體爲曲體時，是以「曲」之具涵做爲歸類依據。而此「曲」是有格律之韻文，且此格律是有固定之形式來與詩、詞作區別，就從詩體、詞體、曲體分類的角度來說，這個格律形式是「個殊性概念層次」，但是若從散曲體與劇體歸爲一類的角度來說，這個格律形式又是「群類性概念層次」，因爲它並不區別套數之格律、傳奇之格律、北劇之格律，而是就其所呈現之

〔註134〕《中國古典戲曲論著集成》第 4 冊，頁 268。

共同處論其格律。總言之，就套數而言有套數之格律、北劇有北劇之格律、傳奇有傳奇之格律，然而這些不同之格律中又具涵某些共同性，因此可以據之以歸類，從其共同性的角度來說即是形式因的「群類性概念層次」。同理也可以推知傳奇與南戲分或不分的類型關係。

貳、結構要素的常與變中所隱含之意義

以上從將劇體結構要素區分為三個概念層次，並且通過其中「群類性概念層次」與「個殊性概念層次」來探討劇體結構要素之常與變。本小節則從上文所做的現象分析，進一步探究其中所隱含之意義。主要有二：其一，「群類性概念層次」與「個殊性概念層次」具有相對性原則；其二，目的因之恆常性為儒系詩學觀念的延續。以下分述之。

一、結構要素常與變的相對性原則

本文將結構要素分為「普遍性概念」、「群類性概念」、「個殊性概念」等三個層次。其中「普遍性概念」指就四因普遍而存在的性質來說，這個層次較為明確、固定，但是「群類性概念」、「個殊性概念」兩個層次就是相對而存在。如從詩、詞、曲同為韻文來說，形式因中之格律、叶韻是「群類性概念層次」，但格律、叶韻又因具有各自不同之形式，因此詩體、詞體、曲體三者方能分別，所以就此處來看又是「個殊性概念層次」，這是第一層的相對性。然而劇體之個殊性格律，在曲體中又是「群類性概念層次」，因為其下殊體又各自有其不同之形式，所以就曲體的格律來說是群類性的，就殊體而言是個殊性的，這是第二層的相對性。當劇體結構要素定位於「群類性概念層次」時，該結構要素便具有恆常性，當定位於「個殊性概念層次」時，該結構要素便是變異性。

從相對性來說，劇體結構要素便會產生枝狀系統。例如，歌樂形式中合樂、配唱形式是位於最高層，因為這個形式可以區別出文體是否具涵歌樂要素，而合樂、配唱下，又可以就其所合不同之樂、所配不同之唱進行區分，站在不同的立足點就可以歸不同的類。格律亦同，叶韻為格律之最大外延，也就是古典文論中的文、筆之分，從叶韻與否劃限出韻文的最大外延，而叶韻只是格律形式中的一部份，從叶韻又可進一步分平仄、韻部……等等格律相關形式。所以曲家在枝狀系統中，任取一端便可以串連出相關之群類，並別出其他群類。

二、目的因中對於儒系詩學觀念的延續

　　「儒系詩學觀念」是襲用顏崑陽先生的說法，「儒系」指：以先秦儒家爲根本所傳承發展出的一種統系，而「儒系詩學觀念」則是指：「必關乎政教的『情志』爲內涵的先秦兩漢儒系『詩言志』觀念」。〔註135〕這種詩學觀念從先秦至兩漢以至於後世，成爲一種論詩的傳統、觀念，劇體亦不外於此。如前所言，劇體目的因中的「教化」，雖依個人之價值取向而有所不同，但其中很重要的是以儒家思想爲基礎進行「教化」，曲論中或稱「風」、或「風教」、或「風化」、或「倫化」皆是指此。如前引之高則誠、王驥德、梁廷枏等人皆持此一觀念。

　　將「風教」做爲劇體的恆常性結構要素，即是在劇體中延續儒系詩學觀念，是一種對於劇體地位的判定。若以此結構要素做爲依據與詩體進行溯源的繫連，對劇體之地位有提升作用。且因爲收攝劇體進入詩歌發展譜系之中，所以在體式的應然判斷上，也就會出現詩歌之體式。關於劇體溯源與體式，本論文第四章會進行深入討論，此暫不贅述，此處主要僅是要點出這樣一種詩學觀念的延續，是存在於劇體結構之中。

第四節　小　結

　　本章爲戲曲文體結構論，主要目的是要將劇體構成要素，以及要素之間的關係、規律等論述進行系統性的梳理。由是，本章先以戲曲文體名實論中之劇體分類概念類型爲基礎，探討劇體中材料因、形式因、動力因、目的因等四個結構要素及其次要素之內涵。其二，分析各結構要素之間的關係，或同一要素中不同次要素間的關係。其三，探討劇體結構中心的常、變規律。以下分述之。

一、結構要素之內涵

　　本論文挪借亞里斯多德的四因說，並以材料因、形式因、動力因、目的因稱之，來歸納、分類曲論中探討劇體結構要素之論述。

（一）材料因

　　本文之材料因一詞，主要即指構成劇體之素材、資料。若從劇作來看，

〔註135〕詳見顏崑陽，〈從〈詩大序〉論儒系詩學的「體用」觀——建構「中國詩用學」三論〉，收於政治大學中文系主編：《第四屆漢代文學與思想會議論文集》，頁2、28〜29。

即是指作品中具涵之意義、內容，此意義、內容在未經組構前，只是材料性的存在，但就算只是材料的存在，如何選取材料、材料應有何內涵，依照曲家不同理論脈絡而有不同之論述。我們將文體論中之材料因約化爲「情」、「事」、「義」三個概念。

「情」做爲劇體結構之材料因，有兩個層次，其一是從作者處論；其二是從劇中人物論。然無論何者之「情」，皆是從人心流出，因此這兩者之「情」皆要眞切。

至於「事」，可以析分爲兩個層次：其一，做爲劇作家觸發、資藉的經驗事實，爲「現實之事」；其二，具體呈現於劇體作品中之具體事件，爲「劇中之事」。「現實之事」無論是劇體或散曲體都會具備：「劇中之事」則是劇體及演故事之散曲體所共同具備。然「現實之事」在理論上會經由作家主觀文心創作而體現在「劇中之事」中，但就概念上，兩個層次確有差異。不過雖有差異，然「劇中之事」與「現實之事」都是構成劇體的材料，故可視爲材料因。而如「虛」、「實」、「詳覈」等都是立基於「現實之事」與「劇中之事」的對應關係中。

至於「義」，本文先區分「義」與「志」之別。將「義」用以指涉劇體結構中做爲材料因之一者，「志」則是指某種「價值意向」，即作家有意識的價值取向，通過作品或其他表述方式傳達於外，明白呈現其意向。所以「義」是「志」的材料層，當「義」通過某一表述形式傳達時，便爲可稱之爲「志」。「義」是劇體作品要傳達給觀者的主要思想意念，在曲論中最常論及的就是宗教性義理與倫常性義理，此外尚有作家個人所聞見，認爲其「義」可取者。在劇作家擇取「義」的過程中，雖有其目的與動機，不過就該思想意念本身而言，則是材料的存在。

（二）形式因

形式因是讓劇體在外觀有著明顯個體特徵的要素，劇體的形式因主要有三：文字形式、歌樂形式與搬演形式。

文字形式是劇體明顯在外在形式特徵，我們可以區分爲修辭、體製兩個方面來討論。修辭做爲文字形式是概念的存在，不同作者有不同的具體呈現，但批評家的任務就是指出哪一種修辭較好、哪一種修辭較差、我們應該如何修辭等問題，這其中就隱含著批評家的主觀意見。體製指固定的文字排列規則，在劇體中，我們必需要先釐清賓白、曲文在文字形式上的差異，因爲一

為無韻、一為有韻，兩者在創作方法與審美判斷處就有很大不同。又賓白僅能從有無來區別詩體、詞體、曲體或者區別散曲體、劇體，但無法從賓白之形式進一步去分析何種劇體用何種賓白，因為賓白是沒有固定形式的。曲文與詩體、詞體相同都有著固定的語言文字規律，也就是格律。因為曲文需要叶韻、合轍，因此辨正字音就相當重要。由是，曲論中也相當強調因南、北語音差異呈文字形式上之差異。又劇體之格律譜與宮調有著密切關係，因為劇體不像詩體、詞體之平仄譜，著重於口頭發音之抑揚合宜，劇體需要合樂、配唱，因此若不是依樂制詞者，便需有合於宮調之曲牌譜，可以依之按譜填詞，方不致拗殺唱家之口。

至於歌樂形式指劇體配唱、合樂之形式。合樂的歌樂形式在劇體中主要展現為音律，包含宮調、曲牌兩個部分。宮調指音樂的基本調性，曲牌則屬該音樂基本調性下固定旋律的曲子。文中主要在釐清宮調與劇體之關係，確立做為劇體中體製要素的地位。首先，宮調不只是音樂，為了詞、樂能夠相合，因此也形成一套固定格律，使樂與詞之間能夠妥當配合。可以說製譜填詞原是為了合樂，尤其是合固定音樂旋律、節奏之樂的需求，但由於劇作家不諳樂理，使得宮調只偏重於依譜填詞，且由於南戲按拍的歌樂形式，使得某些劇作家拋棄了格律譜。所以宮調、曲牌具有兩種形式，一為合樂、一為文字，端看曲家、劇作家如何去運用、定位它。由於已有宮調、曲牌顯示音樂已經固定化，曲家、劇作家若要將格律符合音律，最直接簡單的方式就是依既有格律譜填之，如此一來便可以從合乎格律進而合乎音律。至於配唱，如前所言，配唱是依劇本譜式、配合音樂進行演唱，與文字形式、歌樂形式中之合樂密切相關。

搬演形式亦是外在形式特徵，可以使劇體外顯而讓觀者察知，與歌樂形式、文字形式同屬一個概念層級。搬演形式與歌樂形式是有部分重疊，但從概念上仍可依兩者之特徵區分之。搬演形式主要是從演出、場上的角度來看劇體的表述形式，歌樂形式則是從配唱、合樂的角度來看劇體的表述形式。當然場上演出必然會有配樂，但歌樂形式論著重的是文字與音樂之關係，從搬演形式論則是著重在場演出的特徵。具體的搬演形式雖不是本論文的研究範圍，但劇體不可能缺少此一形式，因為文字形式、歌樂形式必然會與之配合，如搬演形式有不同腳色，在文字形式塑造人物形相時，便需考量到腳色性質，而有所不同，其曲、白也需依此有著不同的表現特徵。

（三）動力因

劇體中存在著材料因與形式因，但這些要素並非自然而然的相遇，而是需要通過某些動力加以結合。劇體之動力因為「心」因欲有「至」、「情」因欲有「往」而生動力。從形式因說，目的有修辭美善、格律嚴整之不同藝術表現要求，因此主觀文心會有不同之取向。曲家認為主觀文心通過「情」之所「至」，統合修辭、材料，且「情」有「才性」之異，故以「才情」稱之，「才情」因「才性」不同有而高低、偏向。另主觀文心通過「守」，來統合格律、材料，守則「嚴」，不守則不諧。

（四）目的因

目的因可以區分為二：一為藝術性目的、一為功能性目的。以藝術性目的而言，至少有守律、美文的差異。從守律處說，主觀文心動力發動之目的為格律形式上之完整；從美文處說，主觀文心動力發動之目的為修辭形式上的美善。功能性目的則指融合材料與形式所欲達到之功能，具體而言就是「動人」與「教化」。

二、結構要素之應然關係

劇體結構要素之關係分成「實然結構關係」與「應然結構關係」，「實然結構關係」指當構成一個文體時，其結構要素之間必然會產生之關係，如材料因通過形式因表現，形式因以材料因為內容；主觀文心因目的因產生動力，融會材料與形式。這是當以四因分解事物時，事物必然會因之具涵這些結構關係。而「應然結構關係」，則是依據曲論的相關論述，分析曲家如何對諸結構要素進行關係建構，他們所建立的結構要素關係，並非如「實然結構關係」有著普遍性，而是針對劇體所提出應然如是的結構關係說。由是，「應然關係」便可從功能性目的與藝術性目的的兩者著眼。

（一）以功能性目的為中心建立之應然關係

劇體中的功能性目的為「教化」與「動人」，為了讓劇體達到此功能性目的，曲家便提出相應的劇體結構關係。

1. 以「動人」為目的的應然結構關係

以「動人」為目的，隱含著兩個層次的問題：其一，是以什麼事物來「動人」？其二，如何「動人」？第一個問題即是以「情」來「動人」，此「情」即是材料因之一，曲家對「情」本身即有限定，如「情」需「真切」、「合理」

等；第二個問題則較爲複雜，首先觀者必需具備「被動」之能力，然這是劇體以外的問題，所以不在我們討論的範圍。再者，就是通過「情」與其他結構要素的配合，達到「動人」之目的，而此配合即是曲家所界定之應然關係。

首先，曲家已認知到情與修辭之關係，有以「情語」、「情辭」稱之，顯見兩者關係之密切。而兩者之基本關係即修辭需要能夠完整表達「情」，完整表達或爲「字字是血痕」，認爲修辭必需深刻刻寫「情」，或爲「含蓄不露，意到即止」，此即是將「情」寄於言外，是「情」與修辭的另外一種應然關係。

其次，曲家關注於「情」、「事」如何妥善搭配，在曲論中，「情」與「事」的關係，主要從「景」處說。「景」不僅是觸發作者之「情」的外在客觀景物，更重要的是爲觸發劇中人物之「情」的景物，劇中人物觸「景」生「情」。劇中之景物是由劇作家所構設，是在事件、情節的安排中刻意使人物觀「景」而生「情」，因此可以歸於「事」。然此「事」、「景」需含攝入「情」，「情」與「事」、「景」有著應交融的應然關係。

2. 以「教化」爲目的的應然結構關係

以「教化」爲目的，亦隱含著兩個層次的問題：其一，是以什麼事物來「教化」？其二，如何「教化」？第一個問題是以「義」來「教化」，「義」是材料因之一，爲劇作家或曲家之價值意向；第二個問題便在探討「義」與其他結構要素之間的應然關係。「教化」主要通過全劇情節之安排傳達其價值意向，通過情節之安排即是與「事」相關。不過通過「事」來傳達「義」必然無法忽略修辭在其中所具之地位，因爲訊息傳遞需要通過文字形式。當以「教化」爲目的時，是以「義」爲材料因。「義」應通過「事」來呈現，並通過文字形式傳達，修辭應避免「腐」，而又妥當傳達「義」。

（二）以藝術性目的建立之應然關係

上一節已分析藝術性目的中有修辭美善與格律嚴整兩種取向。元朝代表作家兼具修辭美善與格律嚴整，但到明代時，卻少有作家能兼善兩者，因此只能在兩種目的取向中擇一。何者爲重、何者優先？便成爲曲家、劇作家爭論的焦點，這也就是戲曲史上相當重要的辭、律之爭。在何者爲重、何者優先這個問題中，即隱含著修辭與格律之應然關係。

從何者爲重、何者優先這個問題中就可釐析出其應然關係，即輕重關係。因爲若從實然結構關係來看，這些結構要素是齊等的存在，然當它們具有輕重關係時，就表示在劇體結構中，修辭與格律、音律等並不是齊等的存在。

從理論上有律重辭輕、辭重律輕或辭律兼重的不同。當結構中有所偏重時，表示劇體不是一個均衡的結構體，所以無論主觀文心偏於辭或偏於律，都已無法朝向均衡的美善處前進，因為唯有當辭、律到達協調均美時，這個結構方為均衡完善。

三、結構要素的常與變

（一）劇體結構要素的三個概念層次

我們先將劇體的結構要素析分為三個概念層次：「普遍性概念層次」、「個殊性概念層次」、「群類性概念層次」。「普遍性概念層次」指結構要素之性質為普遍性，此即是四因。「個殊性概念層次」指結構要素之性質為個殊性，從個殊性來說就依具體事物存在而顯現，如南韻即是形式因的「個殊性概念層次」，它專指某一個固定的文字形式，而非泛指的普遍概念。至於「群類性概念層次」則位於「普遍性概念層次」與「個殊性概念層次」之間的另一個層次，它不像四因具有普遍廣延性，也不像南韻之類個殊而具體，例如在形式因與南韻之間，我們尚可區別出文字形式，在文字形式與南韻之間尚有格律、叶韻，格律、叶韻是依照一群個殊性概念加以類化後產生之概念，因此稱之為「群類性概念層次」。經由上述三個劇體結構概念層次的分析，即可以之思考劇體分類概念類型中所產生之問題。

（二）從詩、詞、曲分類論結構要素的常與變

詩體、詞體、曲體所押之韻與所遵之格律不同。因此若要將這些文體歸為一類，就不能從個殊性概念層次進行類比，曲家便會上升至群類性概念層次進行立說。

劇體之形式因，若從群類性概念層次處說，格律、叶韻、合樂、配唱等要素皆具有恆常性，所以曲家可因詩、詞、曲具格律、叶韻或合樂、配唱的形式特徵而歸類、溯源；然若落實至個殊性概念層次時，格律、叶韻、合樂、配唱又會有所差異，因此又可以據之分類、分流。

若從目的因來說，曲家認為無論劇體、文體在外在形式上「為體屢遷」，但是就其目的因而言，則是恆常不變的。無論其「感人心」、「移風易俗」的具體內容為何，從「群類型概念層次」處說都是相同的。

曲家抽離形式因中的「個殊性概念」為「群類性概念」，以該「群類性概念」做為歸類、溯源之依據，由此概念層次來看結構要素時，結構要素即具

有恆常性，然若從「個殊性概念層次」來看時，結構要素又具有變異性，可以之別異、分流。又曲家從「動人」、「教化」兩個目的因的「群類性概念層次」，來進行歸類、溯源。如劉熙載認為包括劇體在內的「歌」應具備風教，這是應然性的理論提出，將目的因的「個殊性概念層次」提升至「群類性概念層次」，使其具有恆常性。

（三）從劇體分類概念層級架構論結構要素的常與變

以上是從詩體、詞體、曲體的分類、歸類現象論劇體結構之常與變。此外，尚可從劇體內部的分類架構論劇體結構要素之常與變。如就套數而言有套數之格律、北劇有北劇之格律、傳奇有傳奇之格律，然而這些不同之格律中又具涵某些共同性，因此可以據之以歸類，從其共同性的角度來說即是形式因的「群類性概念層次」。

（四）結構要素的常與變中所隱含之意義

以上已說明劇體結構要素的常、變關係，此外，尚可以進一步探究其中所隱含之意義。

首先，「群類性概念層次」與「個殊性概念層次」具有相對性原則。也就是需要看曲家所著眼的位置，如劇體之個殊性格律，在曲體中又是「群類性概念層次」，因為其下殊體又各自有其不同之形式，所以就曲體的格律來說是群類性的，就殊體而言是個殊性的。由此，劇體結構要素便會產生枝狀系統。如從叶韻與否劃限出韻文的最大外延，而叶韻只是格律形式中的一部份，從叶韻又可進一步分平仄、韻部……等等格律相關形式。所以曲家在枝狀系統中，任取一端便可以串連出相關之群類，並別出其他群類。

其次，目的因之恆常性為儒系詩學觀念的延續。曲論中將「風教」做為劇體的恆常性結構要素，即是在劇體中延續儒系詩學觀念，是一種對於劇體地位的判定。若以此結構要素做為依據與詩體進行溯源的繫連，對劇體之地位有提升作用。且因為收攝劇體進入詩歌發展譜系之中，所以在體式的應然判斷上，也就會出現詩歌之體式。

第四章　戲曲文體源流論

　　「源流」二字單從字面意義上看，是指水之源與水之流。〔註1〕若此二字
出現於古典文論的論述脈絡中，多引伸有文學起源與文學流變這一層意思，
是古代文學批評者用以建構文學史的一組概念。但是因爲文學史之源流不像
水之源流有著昭然可見之水路可供溯游，而是需要去串接起個別的作者、或
作品、或派別、或風格等，因此在建構誰應根源於誰、誰應發展爲誰的關係
脈絡時，就擺脫不了批評者的特定立場觀點。

　　在曲學的當代研究中，源流論也一直是很重要的論述領域，不僅只是戲
曲史、文學史乃至於音樂史的書寫，都有以源流爲專題進行之研究，例如曾
永義先生在〈也談戲曲的淵源、形成與發展〉一文中，以朱之祥歸納前行研
究者的起源說法爲基礎，進一步加入自身知見的說法，進行系統性的整理，
其以古今諸家對於戲曲起源論述的立論基準進行分類〔註2〕，最後以「長江大
河說」做出對於戲曲源流的基本論調。〔註3〕曾先生的研究主要有兩項成果：
其一，將探討源流的學術史脈絡鉅細靡遺的蒐集與分析，其對於學術史的蒐

〔註1〕　《說文解字》解「原」時云：「原，水本也。」段玉裁在《注》中認爲：後人
　　　　以「原」代高平之義，所以而別製「源」字表本義，故可知「源」本指水之
　　　　源頭。《說文解字》解「流」時云：「流，篆文從水」，而其在解「㳅)」時云：
　　　　「㳅，水行也。」（漢）許慎，（清）段玉裁注，魯實先正補，《說文解字注》
　　　　（臺北：黎明文化事業股份有限公司，1974年），頁573、575。
〔註2〕　曾永義先生之分類爲：「就構成戲曲元素而立論者」、「就孕育場所而立論者」、
　　　　「就戲曲功能而立論者」、「就形式的傳承而立論者」、「就藝術之模仿而立論
　　　　者」，詳見曾永義，《戲曲源流新論》（臺北：立緒文化事業有限公司，2000
　　　　年），頁44～57。
〔註3〕　詳同上注，頁58～61。

集已相當完備，足可含括現代學術界對於戲曲源流的論點，因此本文不再對此進行探討，而單視行文需要，援引曾先生之說及相關之研究爲論證即可；其二，提出自身的理論系統，曾先生的「長江大河說」無論在論述廣延度或系統嚴密度都已相當完整，再配合其「戲曲劇種說」，已可妥當解釋中國古典戲曲之源流。

因此，本論文並不是要反對或批判既有的前行研究，而是試圖從文體論的角度來探討曲論中的源流論述。這樣一種論述進路，和前行研究最大不同在於：曾永義先生等研究者的論法，主要是預設了在歷史中有一個待考掘的戲曲發展事實，因此通過史料加以分析、考證，所以就其目的動機而言，欲建構的是一個合乎歷史發展軌跡的戲曲源流論，也就是緒論中所言「歷史解釋」的詮釋視域；但是本章的論法則不再一一分析劇體及其各次體之起源，而是著眼於曲家如何建構其源流論，尋繹其內在邏輯、文學史觀、價值觀，建構出以古代曲家觀點爲中心的戲曲文體源流論。不過值得注意的是，本論文第三章「戲曲文體名實論」已述明劇體爲曲體之次文體，且由於劇體是曲體中最重要的次文類，再加上古代曲家存在著「劇散不分」的觀念，因此當古代曲論中論「曲」，往往指涉的便是劇體，曲論中亦有以「曲」稱劇體者。也就是說當曲論中述及「曲」之源流時，若非指涉劇體，其概念類型亦包含劇體，所以論曲體之源流論述，亦可以視爲戲曲文體論的內涵。簡言之，本章的論法不在考掘出合乎歷史事實的源流發展歷程，而是通過曲論中之記載，分析其源流論述內涵及所隱含之文體論意義。

本章主要通過三個步驟進行分析：其一，通過曲論的廣泛閱讀，對其源流論述進行宏觀的把握，將眾多源流論述依建構模式分類，先建構起源，再順之推導流變。因爲無論是由源至流的順推或由流至源的逆推都需要先建構起源，當起源確立後文學發展流變方可順該理路建構之，所以起源之建構是文學史源流論述中極爲重要的部分；其二，分析其中所隱含之文學史觀，以深察曲論中隱而未發的劇體發展觀念；其三，分析其中所隱含之價值觀，此也是追究支撐曲家源流觀的基本立場，由此一方面可以對構成源流觀的預理解有深入理解，另一方面可以從中觀察出曲家對劇體的態度。

第一節　源流論的建構模式

在葉長海《戲劇──發生與生態·上編·中國戲劇之謎》中，舉出九種曲論中對於戲曲起源的看法，並繫之於「歷代文人的猜想」。〔註4〕葉氏此處之研究對象與本文相同，但思考進路則大相逕庭。首先，本文是將起源做爲源流論的一部份，源流論除起源外，尙會有流變論述，且將源流論的討論限定在劇體範圍。其次，我們認爲曲論中對於劇體起源的論述不是一種猜想，因爲那其中隱含著曲家的文學史觀與價值觀，所以本文會從曲論的相關論述中，進一步去推論其原因動機與目的動機，本節中所論之建構模式是對原因動機的分析，下兩節文學史觀與價值觀則可視爲對目的動機的分析。第三，我們認爲在進行研究前，應先對起源概念進行分析，就顏崑陽先生的說法，起源至少有「歷史時程的起點」、「發生原因」、「價值之所本」等三種不同指涉義〔註5〕，因此在探討起源論述時，若能更細緻的區別，就能詮解出更深刻的義涵；第四，顏先生在起源三種指涉義後，進一步區別「體源批評」的四種取向，其云：

> 第一種「取向」，是以歷史考察方式，追察某一文體的「始出」之作，即可斷定此一文體「歷史時程起點」，並從這個時點上的「始出」之作，描述其外在形式特徵，以說明此一文類的「體製」的來源；第二種「取向」，是以歷史考察的方式，追察某一文體所以發生是因爲某種社會文化活動的關係，以詮釋該文體外在的「發生原因」……。第三種「取向」，是以理論方式推想某一文體之所以發生，是因爲人類的性情或某種心理的關係，以詮釋此一文體內在的「發生原因」……。第四種「取向」，是以理論的方式，先對文學本質或藝術性形相建立理想的「典範」，而直接判定它是所有文體「應然」依歸的本原。〔註6〕

顏先生的論點雖以六朝爲對象，但已提示出一種方法原則，因此我們可以挪借於劇體的討論，通過對於曲論的分析，來詮解劇體的源流論義涵。不過從這四種「體源批評」取向來論劇體，仍有兩點需要先行說明。其一，第一種

〔註4〕　詳見葉長海，《戲劇──發生與生態》（北縣：駱駝出版社，1990 年），頁 47～56。

〔註5〕　詳見顏崑陽，〈六朝文學「體源批評」的取向與效用〉，《東華人文學報》第 3 期（2001 年 7 月），頁 7。

〔註6〕　詳同上注，頁 7～8。

取向主要是以體製,也就是文字形式做爲依據,然如前所言,文字形式只是劇體形式因中的要素之一,因此除了文字形式外,歌樂形式與搬演形式也是曲家用以追索起源的依據。其二,在這四種取向中,有兩種是以歷史考察的方式,兩種以理論的方式,前兩種取向,就其論述態度而言並非猜想,而是一種歷史考索的方式。而後兩種雖似猜想,但就其態度而言,乃隱含著曲家對文學本質或藝術形相的規範性思考,也就是上一點所說的目的動機與原因動機;若就劇體結構來說,此即是從目的因來進行立論。依循以上的思考進路,本節可以從理論上將劇體的起源建構模式分爲「擇實描構式」與「應然創構式」等兩種模式。「擇實描構式」指曲論以歷史考察的方式探討劇體起源,表現出追索實然發展、描述歷史發展的取向;「應然創構式」指曲論以理論方式探討劇體起源,表現出通過自身文學觀念創構歷史發展的應然取向。然後以此起源論爲基礎進一步思考源與流的鍊接關係及其原則。

但在進行討論前,尚須對曲體、劇體及其次文類之關係進行界說,正如前所言,在曲體、劇體及其次文體的分類關係中有總體與殊體之別,此一差異也會出現在源流論述中。從曲體論源流時,是將劇體置入文學史的發展脈絡中,因此劇體是流,此時源流論的目的是在建立曲體之源,並且探討曲體在中國文學發展過程中之地位。而從殊體論時,著重的並不是曲體的起源,而是探討劇體之殊體中彼此間的發展脈絡。這時某一殊體並不一定爲源或流,因爲源與流是相對來看,依曲家定位不同而有異。如從北劇與南戲的關係來看,北劇爲源、南戲爲流;但若從北劇與諸宮調的角度來看,北劇則爲流、諸宮調爲源。

明析「擇實描構式」與「應然創構式」兩種起源模式,與總體、殊體在源流論述中的關係後,便可以開始進行曲論中關於源流建構模式的探討。以下先分析曲論中關於起源的論述,再進行流變論述的分析。

壹、「擇實描構式」的起源建構模式

從「擇實描構式」與「應然創構式」兩種起源建構模式論劇體起源,是理論性的從曲家批評取向來看。以下分別就曲論中之例證述之。

「擇實描構式」指曲家依外在形式進行體製歷史時程起點的追察,或依文體特徵推論其與社會文化活動之關係,以之推斷起源。不過在曲論中還有另外兩項相當常見的起源論述,就是風格與文字形式內涵要素起源之追察。前兩者是以曲體或劇體及其次文類爲對象,探討該體之始出、起源;而風格

起源之追察則是在探討劇體中某一風格類型之起源，文字形式內涵要素起源則是在探討劇體文字形式中部分要素之起源，這兩者與前兩者的概念層次不同。前兩者是整體概念，目的在追察曲體或劇體整個文體的起源；後兩者則是部分概念，目的僅在追察該體中部分要素的起源。就如同追察人的起源或黃種人的起源，與追察人類穿衣或黃種人拿筷子習慣的起源在概念層次上是有所不同的。以下分別從此四類進行說明。

一、形式的歷史時程起點

由於劇體形式除文字外，尚有歌樂形式與搬演形式，故此處探討的是形式的歷史時程起點，並不限於文字形式。此外，在開始分析前還有另外一個地方需要先進行說明，即顏崑陽先生在論體製的歷史時程起點時，有比較任昉《文章緣起》與《文心雕龍・明詩》之間對於文體起源的差異，其中很重要的一個不同就是在於：

> 任昉所認定的「起源」，其「歷史時程起點」不斷在「胚胎期」而斷在「成形期」，也就是必需某一單篇作品被以文字書寫完成而賦予整全的外在形式——體製，才能判定此一文體已經「起源」（緣起）了。……劉勰所認定的「起源」，其「歷史時程起點」的判斷，既不以單篇形式完整的文字品為準，甚至口頭言說的零句片語，只要略具其形而得其意，即可視為這一文體的「始出」之作。〔註7〕

顏先生從任昉、劉勰的不同論述中，分析出有追察至「整全的外在形式」與「口頭言說的零句片語」等兩種起源論述方式。雖然在曲論中少見將「口頭言說的零句片語」認定為起源，不過從顏先生的分類可以給我們一些啟發。即任昉、劉勰兩種起源論述方式在源與流的相似度認定有所不同，任昉式的起源論述方式是源與流間就外在形式上相似度高，乃一文體成熟後可考察的最早作品或作家；而劉勰式除具任昉式的論述外，更有從部分外在形式特徵的相似進行比附，如此一來，源與流的外在形式特徵相似度可能較低。

以上的分析提供我們研究形式起源的基礎，若以之觀察曲論中所具涵之現象，則有如下發現：曲論中追察形式起源有「遠本說」、「近本說」之差異。《藝概》在論套數起源時，便明言「遠本」與「近本」，其云：

〔註7〕顏崑陽，〈六朝文學「體源批評」的取向與效用〉，收於《東華人文學報》第3期，頁14。

　　　南北成套之曲，遠本古樂府，近本詞之過變。〔註8〕

劉熙載所謂「遠本」是追察至漢、魏之樂府，而詞體與曲體在歷史時程中相距較近，故《藝概》稱之為「近本」。若將「遠本」、「近本」進一步理論化，便可以提出曲論中體製起源的兩種論述方式：「遠本說」與「近本說」。

　　「遠本說」與「近本說」是相對概念，其區分原則為：從文體發生過程來看，詞體出現以後為「近本」，詞體出現以前為「遠本」。然這只是概略的分別，其為「遠本」或「近本」，還是要進入曲論的文本語脈中進行分析。以下分述之。

　　「遠本說」指追察至較久遠以前的文體或作品，僅有部分外在形式特徵與劇體相似，故相似度相對較低。此處所言部分外在形式特徵依第一章中對於劇體形式的區別可有三類：文字形式、歌樂形式、搬演形式。當曲家從文字形式進行溯源時，所依據者主要即為曲體、劇體所具備韻文的形式特徵，也就是從韻文學史的角度進行連結；當曲家從歌樂形式進行溯源時，所依據者即為配唱、合樂的形式特徵，也就是從音樂文學史的角度進行連結，前引《藝概》便是從歌樂形式的相近溯源至「古樂府」；當曲家從搬演形式進行溯源時，所依據者即為戲劇演出的形式特徵。

　　至於「近本說」則有兩種情況：其一，以該文體中可考察的最早作品或作家為起源，因為是同一個文體之先後，所以外在形式相同，並沒有相似度的問題，若與「遠本說」相比，則可說此種情況下相似度相對而言較高；其二，以該文體部分外在形式相近於另一文體或該文體中最早出現的作品或作家為起源，這種情況相似度介於「遠本說」與「近本說」的第一種情況之中，故相對而言其相似度中等。第二種情況雖與「遠本說」相似，然其差別在於：「遠本說」的部分形式特徵只是具涵其意，例如同樣是合樂，源之樂與流之樂不會相同，相同的只是合樂的形式特徵；同樣是有格律，源與流也不是使用相同的格律譜。而「近本說」則會更具體更進一步對其形式內容進行比附，如前引《藝概》論套數與過變之源流關係中，「遠本」從歌樂形式論，但古樂府之樂與套數之樂並不相同；「近本」則從文字形式論，「過變」與「成套之曲」的套數就其外在形式而言不只同為韻文有固定格律，更重要的是兩者皆集多隻曲子為一套，外在形式特徵相似度高。

　　「遠本說」與「近本說」展現曲家追索起源的不同論述方式，也呈現出

_____

〔註8〕《中國古典戲曲論著集成》第9冊，頁115。

對於源與流關係建構的不同觀念。以下便以「遠本說」與「近本說」爲綱目，進一步分析曲論中的形式起源論述。

（一）「遠本說」

「遠本說」是將起源上溯至較久遠以前的文體或作品，而某體與某體之間往往在整體的外在形式上有很大差異，因此兩者之間的關係便建立在部分外在形式特徵。以下便分別從文字形式、歌樂形式、搬演形式等三種形式進行討論。

1. 文字形式的起源追察

由文字形式所開展的起源論述，主要即是從固定的格律、用韻等語言文字規律所構成的外在形式特徵進行追察。這樣論述方式是將曲體、劇體視爲韻文學，然後從韻文學的發展脈絡中上溯其起源。在《曲目新編》中引用袁枚之說云：

> 余嘗聞之隨園先生云：「自虞、夏、商、周以來。即有詩、文。詩當始於三百，一變而爲騷、賦，再變而爲五、七言古，三變而爲五、七言律。詩之餘變爲詞，詞之餘又變爲曲。詩而至於詞曲，不復能再變矣。」〔註9〕

在這段引文中，可以看出袁枚先區分詩、文，究其義即是韻文、散文之別，散文非本文所探討對象，故可略而不論。至於韻文，袁枚是以「詩」一詞來指涉所有的韻文，所以此時的「詩」並非近體詩的概念，而是韻文學之總稱。有韻、無韻是文體分類概念中，以文字形式進行分類的最大類標準，所以在此類標準下，便可含括曲體，而曲體自然含括劇體，或即是在指涉劇體。袁枚以具備格律的外在形式爲依據，將曲體置入韻文學史中，並以《詩經》做爲始出的作品，建立出具體可見之起源。

除袁枚外，此類論點在曲論中經常可見，如何良俊《曲論》中云：

> 夫詩變而爲詞，詞變而爲歌曲，則歌曲乃詩之流別。〔註10〕

又《製曲枝語》中云：

> 詩降而詞，詞降而曲，名爲愈趨愈下，實則愈趨愈難。何也？詩律寬而詞律嚴，若曲，則倍嚴矣。按格塡詞，通身束縛，蓋無一字不由湊泊，無一語不由扭捏而能成者。〔註11〕

〔註 9〕 《中國古典戲曲論著集成》第 9 冊，頁 176。
〔註 10〕 《中國古典戲曲論著集成》第 4 冊，頁 6。
〔註 11〕 《中國古典戲曲論著集成》第 7 冊，頁 8。

這兩則引文在文學史觀上有所不同，下一節即會對此進行深入探討，此處暫不贅述。若只單從起源建構處說，它們都以「詩」爲源，此「詩」是指詩體。且從《製曲枝語》以格律寬嚴比較三者，可以看出黃周星認爲三者的關連性是在於按譜塡詞的形式意義上。

何良俊、黃周星只將起源上溯於詩體，爲文體概念。然除了將曲體繫於詩體外，曲家更進一步提舉出詩體中最早出現的作品做爲起源建構，該作品就是《詩經》，此種說法便與袁枚相同。又如《雨村曲話》引《絃索辨訛》中云：

> 《三百篇》後變而爲詩，詩變而爲詞，詞變而爲曲。〔註12〕

又《度曲須知》中云：

> 顧曲肇自《三百篇》耳。《風雅》變爲五言七言，詩體化爲南詞北劇。
> 〔註13〕

又《顧誤錄》中云：

> 曲源肇自《三百篇》，《國風雅頌》，變爲五言七言，詩詞樂章，化爲
> 南歌北劇。〔註14〕

《絃索辨訛》之說也與前面袁枚之說相近，唯未將詩區分爲五言、七言，並在詩體、曲體中增加詞體這一個流變過程。但到了《度曲須知》、《顧誤錄》中則將「曲」代之爲「南詞北劇」、「南歌北劇」，可見論曲體源流時，事實上便是以主要之次文體——劇體爲對象。《度曲須知》中明言《詩經》開出五言、七言的「詩體」，然後進一步流變爲劇體；《顧誤錄》中則綜合《度曲須知》與《絃索辨訛》之說。此三者的源流論述中，都是將劇體從叶韻、格律的角度上溯起源到《詩經》。另《樂府傳聲》中云：

> 何謂歌詩？上極雅頌，下至謠諺，與凡詞曲有韻之文皆是也。
> 〔註15〕

此處「歌詩」乃指稱韻文學，徐氏是直接將曲體納入韻文學甚至是詩體中，這種源流觀背後隱含著一套認知、定位曲體與劇體的價值觀念，下文會進一步對此說明。

〔註12〕此段文字不見《絃索辨訛》中，且依《雨村曲話》引之。《中國古典戲曲論著集成》第8冊，頁7。
〔註13〕《中國古典戲曲論著集成》第5冊，頁197。
〔註14〕《中國古典戲曲論著集成》第9冊，頁65。
〔註15〕《中國古典戲曲論著集成》第7冊，頁152。

2. 歌樂形式的起源追察

因爲合樂、配唱是曲體、劇體明顯的形式特徵，所以許多曲家便以此爲依據進行起源推定。但他們所推得之起源則不一定相同，有〈康衢〉、〈擊壤〉等上古樂歌，也有《詩經》或漢魏樂府。如《曲律》中云：

> 曲，樂之支也。自〈康衢〉、〈擊壤〉、〈黃澤〉、〈白雲〉以降，於是〈越人〉、〈易水〉、〈大風〉、〈瓠子〉之歌繼作，聲漸靡矣。〔註16〕

王驥德認爲曲體爲「樂之支」，也就是從歌樂的角度看待曲體，然後從具歌樂形式之文學作品中推源至最早可見的〈康衢〉、〈擊壤〉等。然同樣從歌樂的角度看，如《詞餘叢話》則是推到《詩經》，其云：

> 昔人謂：「詩變爲詞，詞變爲曲，體愈變則愈卑。」是說謬甚。不知詩、詞、曲，固三而一也，何高卑之有？風琴雅管，《三百篇》爲正樂之宗，固已芝房寶鼎，奏響明堂；唐賢律、絕，多入樂府，不獨宋、元諸詞，喝唱則用關西大漢，低唱則用二八女郎也。〔註17〕

此處預設詩體、詞體、曲體爲同一類文體，而其歸類的特徵便是歌樂形式，所以說「《三百篇》爲正樂之宗」，將《詩經》視爲「宗」，而此處「宗」不僅有正宗、典範之義，亦是歷史起源之始出。然如《詞餘叢話》中云

> 張度西先生嘗謂：「詞曲之源，出自樂府。雖世代升降，體格趨下，亦是天地間一種文字。」〔註18〕

此處是將曲體推源至樂府，雖然其未明言其依據，但從其文意中可推知其是以歌樂形式做爲主要判斷依據。此段引文後，是在論述某曲牌源於某詞牌，建立曲與詞之關連，而此關連便是歌樂形式，所以可知其推源於樂府即是從歌樂形式處說。

3. 搬演形式的起源追察

搬演形式爲劇體中獨有，散曲便無此種形式特徵。從戲曲文體論的角度來說，搬演形式的具體展現如身段、唱腔等的變化便不是論述焦點，但搬演形式做爲概念的存在，則是可以納入劇體的討論範圍，因爲無論是案頭或場上之劇，都不能忽略戲曲的搬演形式特徵。如《莊嶽委談》便將劇體之搬演形式上溯至優孟，其云：

〔註16〕　《中國古典戲曲論著集成》第 4 冊，頁 55。
〔註17〕　《中國古典戲曲論著集成》第 9 冊，頁 236。
〔註18〕　同上注，頁 237。

優伶戲文，自優孟抵掌孫叔敖，實及漢宦者傅脂粉侍中郎，後世裝
旦之漸。〔註19〕

此處引文為節錄胡應麟之說，「優伶戲文」指以優伶演出南戲者。雖然優孟並
非演出戲曲，但已具備搬演形式。因此單從搬演形式上溯起源，最早便可溯
至先秦優孟。又《小棲霞說稗》中云：

《淥水亭雜識》云：「梁時《大雲》之樂，作一老翁演述西域神仙變
化之事。」謂優戲之始。〔註20〕

《淥水亭雜識》記述「《大雲》之樂」以「演述西域神仙變化之事」，《小棲霞
說稗》認為此即是「優戲之始」。所謂「優戲之始」便是從以優演戲的搬演形
式論「戲」之源。雖然我們無法推知《茶香室叢鈔》中「優戲」之「戲」所
指為何，但是俞樾身處清代，他在推定「戲」之始時，其對象極可能為他所
面對的清代傳奇，或是並不特別區辨殊體的曲體。

這類論點即是現代研究者所謂以優戲、小戲為戲曲起源的依據，而相關
研究已論之甚詳〔註21〕，本文不欲贅言。此處主要是將以優戲、小戲為源的
說法，以通過搬演形式溯源的建構方法，置入戲曲文體起源論述架構之中。

通過以上的分析，可以歸納「遠本說」有如下幾個特徵：一、「遠本說」
以部分外在形式的起源論述方式為多；二、「遠本說」多以曲體做為建構基點；
三、「遠本說」的起源有以文體為源如詩、樂府等，或者以個別為源，如《詩
經》、〈康衢〉、〈擊壤〉等，而個別作品也是用以代表某一文體。

（二）近本說

「近本說」則溯源劇體及其次文體至相近的歷史時程中。其論述方式有
二：一、推定至該劇體中可考索的最早作品；二、推定至該次體之前的另一
次體或另一文體，如前所言，「近本說」中的源與流之間，較「遠本說」中具
有較高的相似度。以下分述之。

1. 推定至該體中可考索的最早作品

推定至該曲體中可考索的最早作品，可就推定北劇與諸宮調的起源者來

<hr>

〔註19〕《中國古典戲曲論著集成》第 8 冊，頁 37。
〔註20〕《中國古典戲曲論著集成》第 9 冊，頁 190。
〔註21〕可詳見曾永義，《戲曲源流新論》，頁 58～75；或詳見張庚、郭漢城，《中國戲
曲通史》上冊（臺北：大鴻圖書有限公司，1998 年），頁 3～31；或詳見葉長
海，《戲劇——發生與生態》，頁 47～49；或詳見鄭傳寅，《中國戲曲文化概論》
（北縣：志一出版社，1995 年），頁 7～12。

進行分析說明。在曲論中有以董解元《西廂記》（以下俱稱爲《董西廂》）爲「北曲」之起源；有以關漢卿或馬致遠做爲北劇起源；有以孔三傳做爲諸宮調起源。諸宮調雖然不是本論文的主要範圍，但因其與北劇相關，因此也加以分析之。以下便先例舉這些相關曲論文本再進一步分析。如《碧雞漫志》中云：

> 澤州孔三傳者，首創諸宮調古傳，士大夫皆能誦之。〔註22〕

又《太和正音譜》中兩則記載，一爲：

> 董解元，仕於金，始製北曲。〔註23〕

其次爲：

> 關漢卿之詞，如瓊筵醉客。觀其詞語，乃可上可下之才，蓋所以取
> 者，初爲雜劇之始．故卓以前列。〔註24〕

又《莊嶽委談》中云：

> 《西廂》，戲文之祖也。《西廂》雖出金董解元，然猶絃唱、小說之
> 類；至元王、關所撰，乃可登場搬演。〔註25〕

這三種曲論的四則引文中，做爲起源之作家或作品提到了孔三傳、《董西廂》、董解元〔註26〕、王實甫與關漢卿等，「諸宮調」即指諸宮調，「雜劇」指北劇，「戲文」指南戲，「北曲」則是從「南、北二體」處說。《碧雞漫志》是就諸宮調的起源進行考察，於其文中僅此三句言及，無法得知是親見或耳聞，但理論上王灼應是考察到該體文字形式之歷史起源，並繫於孔三傳身上。不過因爲孔三傳並無作品傳世，無法得見其作品，或許正因爲如此，所以後世曲家在考察時，多追索至《董西廂》。

《太和正音譜》從「南、北二體」的角度將《董西廂》定位爲「北」之起源，又意識到諸宮調與北劇仍有體製上之差異，故又將關漢卿定位爲北劇之起源。《董西廂》形式不同於北劇是顯而易見的，因此《莊嶽委談》要溯源傳奇時，意識到諸宮調與北劇之不同，因此他是從登場搬演與否，來分斷《董

〔註22〕 《中國古典戲曲論著集成》第 1 冊，頁 115。
〔註23〕 《中國古典戲曲論著集成》第 3 冊，頁 20。
〔註24〕 同上注，頁 17。
〔註25〕 《中國古典戲曲論著集成》第 8 冊，頁 38。
〔註26〕 朱權雖未明言董解元所作爲何，如《雨村曲話》所言：「而《嘯餘譜》載元劇
作一百五人，以董解元居首，但注「仕元，始作北曲」，並未載撰《西廂記》」。
（同上注，頁 11。）然董解元僅《西廂記》流傳，故雖只言董解元，指涉的
即應是《董西廂》。

西廂》與王實甫、關漢卿所代表的文體在搬演形式上的不同。此處雖然似劇體的之別，但登場搬演與否，是概念性的說，且於文字形式也會因之出現明顯差異，所以納入討論也無不可。

總言之，若北劇的起源是溯源至《董西廂》，則是強調其部分形式之特徵，若溯源至王、關則是以典範作家標示該文體之源。

又如葉子奇《草木子》：「俳優戲文始於《王魁》，永嘉人作之。」〔註27〕將南戲推源至《王魁》。又《遠山堂劇品》云：「南曲向無四出作劇體者，自方諸與一二同志創之，今則已數十百種矣。」〔註28〕將南雜劇推源至王驥德。在這兩則引文中都是將起源推斷至該曲體最早可察考之作品。

2. 推定至該次體之前的另一次體或推至另一文體

推定至該次文體之前的另一次文體或直接推至另一文體，在曲論中皆有之。推定至該次文體之前的另一次文體者，如《藝概》中云：

蓋南曲本脫胎於北，亦須無使北人辣口也。〔註29〕

又《西河詞話》云：

至元末明初，改北曲為南曲，則雜色人皆唱，不分賓主矣。〔註30〕

這兩則引文中文中共有「南曲」、「北」、「北曲」等三個曲體名號術語，《藝概》中之「北」應與《西河詞話》「北曲」同，兩書之「南曲」所指也應相同，「北曲」、「南曲」為「南、北二體」之別，從其語脈中或可以進一步釐為北劇與南戲，不過不管其指涉為何，他們皆認為「北」為「南」源，「南」為「北」流，且無論其說是否符合事實，都是將「南曲」之體推源至之前的文體。

推定至該曲體之前的另一文體者，如《南曲入聲客問》中云：

又南曲係本填詞而來，詞家原備有四聲，而平、上、去韻可以通用，

入聲韻則獨用，不溷三聲，今南曲亦通三聲，而單押入聲，政與填

詞家法脗合，益明源流之有自也已。〔註31〕

此處毛先舒以「南曲」具有填詞、聲調和韻部的形式特徵，故將體製的歷史時程起點推至詞體，屬「近本說」，且其通過分析對照詞韻做為佐證，確立詞體與「南曲」之間的源流關係。

〔註27〕（明）葉子奇，《草木子》（北京：中華書局，1959年），頁83。
〔註28〕《中國古典戲曲論著集成》第6冊，頁161。
〔註29〕《中國古典戲曲論著集成》第9冊，頁120。
〔註30〕《中國古典戲曲論著集成》第8冊，頁97。
〔註31〕《中國古典戲曲論著集成》第7冊，頁130。

二、外在的發生原因

外在的發生原因是指將起源歸因於某種外在的社會文化活動，如梁廷枏《曲話》中云：「詞曲本里巷之樂，初無正聲。」〔註32〕其中「本里巷之樂」是指詞體、曲體本為里巷歌謠，也就是一般庶民階層在日常生活中所發生的音聲樂唱。又如〈青樓集誌〉中云：

> 「院本」始作，凡五人：一曰副淨，古謂參軍；一曰副末，古謂之蒼
> 鶻，以末可扑淨，如鶻能擊禽鳥也；一曰引戲；一曰末泥；一曰孤。
> 又謂之「五花爨弄」。或曰，宋徽宗見爨國來朝，衣裝鞋履巾裹，傅
> 粉墨，舉動如此，使人優之效之，以為戲，因名曰「爨弄」。〔註33〕

此處「院本」即曾永義先生所謂之「宋金雜劇院本」。〈青樓集誌〉又將「院本」稱為「五花爨弄」，曾永義先生的研究與之相同。然而在此段引文的前半部，主要論及「宋金雜劇院本」起始時具體的搬演形式，但沒有說明此一搬演形式的起源或始出之作。關於起源論述則須視後半部引文，夏庭芝提到有人認為「宋金雜劇院本」的起源是因宋徽宗見爨國來朝，而由於爨國人無論服飾或妝扮都相當奇特，故使「人優效之，以為戲」。這便是因兩國邦誼之政治外交事務影響到文體發展，即是外在發生原因。〔註34〕此論述可以與《顧曲雜言》論「宋金雜劇院本」起源之說進行連結，其云：

> 若所謂院本者，本北宋徽宗時五花爨弄之遺，有散說，有道念，有
> 筋斗，有科汎。初與雜劇本一種，至元始分為兩。迨本朝則院本不
> 傳久矣；今尚稱院本，猶沿宋、金之舊也。〔註35〕

〔註32〕　《中國古典戲曲論著集成》第 8 冊，頁 291。
〔註33〕　《中國古典戲曲論著集成》第 2 冊，頁 7。
〔註34〕　單從可見的文獻資料中，已無法準確掌握其文義，若從此則引文來看，至少有
　　　　二種詮釋可能：其一，爨國來朝時，帶來一種表演，使得宋徽宗命人習之；其
　　　　二，爨國來朝時，其臣工服飾妝扮奇特，因此宋徽宗命人模仿。若循第二解，
　　　　則其後文「以為戲」、「爨弄」之「弄」便是戲謔、嘲弄之意。根據元代李京《雲
　　　　南志略》中云：「金齒百夷……男女文身，去髭須、鬢、眉睫，以赤白土付面，
　　　　彩繒，束髮，衣赤黑衣，躡秀履，帶鏡……絕類中國優人……天寶中，隨爨歸
　　　　王入朝于唐。今之爨弄，實原於此。」（元）李京，《雲南志略》（成都：四川
　　　　民族出版社，2002 年）。以此觀之，可知爨國人服飾、妝扮皆相當奇特，並非
　　　　特指爨國之優人。李京《雲南志略》約成書於大德五至八年（1301～1304），
　　　　而《青樓集》為元至正十五年（1355），《青樓集》略晚於《雲南志略》，雖然
　　　　不能斷定夏庭芝必然讀過《雲南志略》，但可推測李京之說或行於元代。循此，
　　　　本文對此段引文之詮釋，偏重於第二解。即宋徽宗命人模仿爨國人以為戲謔。
〔註35〕　《中國古典戲曲論著集成》第 4 冊，頁 215。

沈德符在此欲對進行「宋金雜劇院本」的起源追察，將之繫於「五花爨弄」。
然依夏庭芝第一個論點認為「宋金雜劇院本」即「五花爨弄」，又曾永義先生
考訂「五花爨弄」亦認為是宋金雜劇院本的俗稱。〔註36〕但從這段引文中，
可以看出沈德符認為「宋金雜劇院本」與「五花爨弄」不同，且「宋金雜劇
院本」是由宋徽宗「五花爨弄」而來，其連結依據即是「散說」、「道念」、「筋
斗」、「科汎」等搬演形式，然這些搬演形式並非深入具體的說它們之間如何
相似。若僅以沈德符說法觀之，則屬體製起源的推定；然若結合夏庭芝第推
於爨國來朝之說，則是外在發生原因的推定。雖然其「宋金雜劇院本」非本
論文的主要研究範圍，但以之為例，仍可觀察出曲家源流推斷之方法。

　　而如《梨園原》則是先定義「戲」為「虛中生戈」，再由此進行起源推定，
從「虛中生戈」處言，是一種應然的判斷，但由此一判斷進一步尋找歷史中
出現過之社會文化活動則是實然，其續云：

　　　　漢陳平刻木人禦城退白登事，後為之效，名曰「傀儡」。〔註37〕

黃旛綽將劇體追察至漢代，並以陳平刻木人退白登一事，做為始出之歷史時
程起點。這是以對劇體質性的應然判斷做為預理解，然後以此預理解來推定
實然歷史時程起點的論述方式，並不是像前揭諸說。李調元《劇話》中也有
相同論述方式，其云：

　　　　劇者何？戲也。古今一戲場也；開闢以來，其為戲也，多矣。巢、
　　　　由以天下戲，逢、比以軀命戲，蘇、張以口舌戲，孫、吳以戰陣戲，
　　　　蕭、曹以功名戲，班、馬以筆墨戲，至若偃師之戲也以魚龍，陳平
　　　　之戲也以傀儡，優孟之戲也以衣冠，戲之為用大矣哉。〔註38〕

此處李調元先以「戲」定義「劇」，此時「劇」是劇體概念，而「戲」是「人
生如戲」的質性判斷，也就是將劇體質性做出應然的判斷。以此一觀點為預
理解，然後從歷史發展過程中追察，一直推源至巢父、許由。此時已脫離劇
體較遠，是從劇體中的質性特徵進行追察，以社會外在活動為發生原因。

　　三、風格類型的起源追察

　　　　以上形式起源與外在發生原因主要探討對象都是曲體或劇體及其次文
體，都是劇體分類概念層級中的某概念類型。然以下的起源追察，便不是以

〔註36〕　詳見曾永義，《論說戲曲》（臺北：聯經出版社，1997 年），頁 235。
〔註37〕　《中國古典戲曲論著集成》第 9 冊，頁 10。
〔註38〕　《中國古典戲曲論著集成》第 8 冊，頁 35。

某一文體概念爲對象，而是就一體中之某要素進行追察。主要有二：一爲風格類型、二爲形式要素。

　　風格類型指涉的是某些劇作家的外在藝術形相具有某些類型特徵，因此可歸爲一類，此處不稱體貌、體式，而以風格類型稱之，是因爲體貌爲一家所有，體式則須具有範式意義，然就風格類型的起源或流變中的任一環節而言，都是某家之體貌，而當此一體貌在曲論的建構中，被賦予範型性時，該體貌便上昇爲體式，爲了能夠完全含攝這些概念差異，因此以風格稱之，又因風格展現類型性差異，故稱之爲風格類型。風格類型的起源追察指曲家會追尋某一風格的起源，具體的將某一家的體貌視爲該風格的起源，如是便產生「風格流派」之概念。也就是風格在文學發展過程中有源有流，構成一個具前後發展關係的風格史。雖然風格是一種直觀的綜合體悟，但是從劇體或之前文體中，尋找出某風格的始出，就其方法意識而言則屬於「擇實描構式」的。

　　在曲論中對於風格起源追索者，可以曲論中討論「本色」、「工麗」等風格起源爲例。論「本色」者，如《曲律》云：

　　　　曲之始，止本色一家，觀元劇及《琵琶》、《拜月》二記可見。〔註39〕

又呂天成《曲品》中論《拜月亭》時云：

　　　　云此記出施君美筆，亦無的據。元人詞手，製爲南詞，天然本色之
　　　　句，往往見寶，遂開臨川玉茗之派。〔註40〕

王驥德一方面認爲劇體最早只有「本色」一種風格，從元代之北劇與《琵琶》、《拜月》的藝術形相即可證之；另一方面即指出「本色」之起源於元代之北劇與《琵琶》、《拜月》諸劇。呂天成則是推崇《拜月亭》在文字修辭上的「天然本色」，並將之與臨川派建立出源流關係，且不論呂氏此說是否符合臨川之藝術形相特徵，但是他確實是以「本色」爲線索來進行源流建構。

　　至於「工麗」者，如呂天成《曲品》中云：

　　　　《玉玦》，典雅工麗，可咏可歌，開後人駢綺之派。〔註41〕

此處所謂「駢綺」便是指文詞典雅、工麗，呂氏將後出之「駢綺之派」，溯源於《玉玦》。這種起源建構方式會依照作者識見或者對於作品的主觀體悟不同而對起源有不同的見解，因此劇體「工麗」風格，除《玉玦》外，尚有推至

〔註39〕　《中國古典戲曲論著集成》第4冊，頁121。
〔註40〕　《中國古典戲曲論著集成》第6冊，頁224。
〔註41〕　《中國古典戲曲論著集成》第6冊，頁232。

他者，如《譚曲雜劄》云：

> 自梁伯龍出，而始爲工麗之濫觴，一時詞名赫然。〔註42〕

此處便將梁辰魚立爲劇體「工麗」風格的始出，此雖未明言作品，而以作家做爲風格之始出，但其中即隱指梁辰魚的代表作品《浣紗》。又《遠山堂曲品》中評《玉玦》時云：

> 《玉玦》，鄭若庸。以工麗見長，雖屬詞家第二義，然元如《金安壽》
> 等劇，已儘塡學問，開工麗之端矣。〔註43〕

此處祁彪佳雖然如其他曲家一樣，以「工麗」批評《玉玦》，但他卻進一步從北劇中尋找「工麗」風格起源，而推至元代《金安壽》劇。〔註44〕且此處將「工麗」與「塡學問」進行連結，也就是《雨村曲話》中引臧懋循語云之「用類書」，其云：

> 至鄭若庸《玉玦》，始用類書爲之。〔註45〕

臧懋循所謂「用類書」是指堆砌故實，而堆砌故實所形成之整體藝術形相即是「工麗」。臧懋循認爲《玉玦》最早開始使用類書入劇，此與祁彪佳之說並觀，則可知「工麗」之特徵爲「用類書」、「塡學問」，然由於曲家對具體劇作的感受、認知不同，因此會推至不同的作家、作品。

　　總言之，通過這些引文一方面可以看出「工麗」風格起源的相關論述，另一方面也可以看出曲論中是將「塡學問」、「用類書」來指涉「工麗」。

　　除「工麗」的例子外，還可以從「時文入曲」來看，「時文入曲」即是以儒家經典之文句或觀點入曲，這種寫作方式會反映在整體藝術形相上。如《曲律》中云：

> 自《香囊記》以儒門手腳爲之，遂濫觴而有文詞家一體。〔註46〕

「文詞家」指以「文詞」作戲曲的類型，是「風格流派」之概念，此流派之

〔註42〕　《中國古典戲曲論著集成》第4冊，頁253。
〔註43〕　《中國古典戲曲論著集成》第6冊，頁20。
〔註44〕　李惠綿認爲：「邵璨《香囊記》被公認爲是開啓駢麗之弊的南戲。」本論文則將以「時文爲南曲」、「儒門手腳」與「工麗」風格做更進一步的區別。李惠綿，《戲曲批評概念史考論》（臺北：里仁書局，2002年），頁87。另侯淑娟在歸納明代曲家論述「工麗」之源爲二，包括：《金安壽》劇與《琵琶記》，本論文則從曲論中之記述，另別出起於鄭若庸《玉玦》、梁辰魚《浣紗》兩說。詳見侯淑娟，《明代戲曲本色論》，東吳大學中國文學系碩士論文（1992.06），頁26～31。
〔註45〕　《中國古典戲曲論著集成》第8冊，頁18。
〔註46〕　《中國古典戲曲論著集成》第4冊，頁121。

始出即是《香囊記》。然王驥德所謂「文詞」指涉的是「以儒門手腳爲之」，而「儒門手腳」一語可能兼有二義：其一，將儒家相關義理、經書文句引入劇作中；其二，以當時八股時文之撰文習氣帶入劇中，即對仗、駢偶等句法。我們可以通過《南詞敘錄》進一步理解之，其云：

> 以時文爲南曲，元末、國初未有也，其弊起於《香囊記》。《香囊》
> 乃宜興老生員邵文明作，習《詩經》，專學杜詩，遂以二書語句匀入
> 曲中，賓白亦是文語，又好用故事作對子，最爲害事。〔註47〕

徐渭更明確的將「文詞家」的風格特徵指出，包括：「以二書語句匀入曲中」、「賓白亦是文語」、「好用故事作對子」等，這些綜合起來成爲「文詞家」的藝術形相特徵。徐渭於此處也將此風格類型之始出繫於《香囊記》，都是追察劇體中可見之最早作品，其方法也是「擇實描構式」的。

以上是從劇體中進行首見之追察，另追察至前代文體者，如《莊嶽委譚》中云：

> 宋詞、元曲，咸以昉于唐末，然實陳、隋始之。蓋齊、梁月露之體，
> 矜華角麗，固已兆端。至陳、隋二主，並富才情，俱涵聲色，叔寶
> 之《後庭花》，煬之《春江玉樹》，宋、元人沿襲濫觴也。〔註48〕

此處也在探討華麗的風格起源，「矜華角麗」與「工麗」雖不完全相等，但從華麗精緻的角度來看概念是相近的，胡應麟不只將此風格推於詞，而是認爲詞、曲中的該風格皆爲流，而將起源追察到齊、梁的「月露之體」，並以陳、隋帝王之作品做爲始出起源。

在風格起源的追察論述中，曲家在歷史發展脈絡裡尋找風格特徵相近之作家、作品立爲起源，無論從劇體或從前代文體中尋找，其風格特徵都是相當相近。雖然依曲家識見或對於作家、作品風格的主觀體悟有異，而導致對「始出」的判斷不同，但就其方法意識則是相同的。

四、形式要素的起源追察

形式要素的起源與形式的歷史時程起點兩者之差異已於前文說明。在曲論中，時可見對於形式的起源追察，關於形式要素爲何，上一章已進行析論，此處僅就其起源論述進行說明。以下舉曲韻與宮調兩者做爲形式要素起源追察的例示。

〔註47〕　《中國古典戲曲論著集成》第 3 冊，頁 243。
〔註48〕　《中國古典戲曲論著集成》第 8 冊，頁 7。

（一）論曲韻之起源

　　探討曲韻之起源追察，可以先區分出兩個層次：其一爲自然音韻；其二爲人爲音韻。自然音韻指的是未經人爲規範、訂譜之韻，而人爲音韻自是指人爲規範，具體來說即是曲譜。論自然之音者，如《中原音韻》所言：

　　　　自關、鄭、白、馬一新製作，韻共守自然之音，字能通天下之語。
　　〔註49〕

此處周德清強調元代作家在叶韻時「共守自然之音」，雖然如此但亦「能通天下之語」。提出了「自然之音」的觀念，也就是他們所叶之韻並沒有人爲造作的規範於前，而是自然天成。自然天成處難以論起源，因爲此爲人與自然的和諧表現。所以以下曲韻之起源乃專論人爲音韻。如梁廷枏《曲話》中云：

　　　　詞曲本里巷之樂，初無正聲。其體雖創自唐代，然唐無詞韻。初唐
　　　　回波諸篇、唐末花間集所用韻，皆與詩同。至宋，始有以入代平、
　　　　以上代平之例，然三百年來，絕無《詞韻》一書，不過稍叶以方音
　　　　而已。蓋唐時去古尚未遠，方言猶與韻合；宋雖去古已遠，而諸方
　　　　各隨其土語，不能定爲一格：故兩代均無專書。元則北曲立爲專門，
　　　　勢不得不定爲韻譜。義各有當，時使之然也。〔註50〕

梁廷枏此處在論詞韻與曲韻之起源，他區別出詞體與詞韻在起源上之差異，即詞體雖始出於唐代，但詞韻是始出於宋代，唐代之詞體尊詩韻。而至元代北劇成形後，需要有一定之格，始有韻譜，而此一韻譜即是指周德清的《中原音韻》。故如《藝概》便是將曲韻的始出立爲《中原音韻》，其云：

　　　　周挺齋不階古昔，撰《中原音韻》，永爲曲韻之祖。〔註51〕

此處「曲韻之祖」是將《中原音韻》視爲重要的叶韻規範之作，除此外，「祖」更隱含著以人爲規範曲韻的歷史始出，也就是立出梁廷枏《曲話》中所謂「正聲」的歷史始出爲何。周德清的《中原音韻》在曲論中褒貶參半，其所隱含之文體論意義甚豐，本章第三節會進一步探討，於此暫不贅述。此處僅就曲論敘述韻源者進行分析。

　　除《中原音韻》外，南戲與傳奇之韻也是曲家討論的重點，如前引《南曲入聲客問》通過詞韻的比對，將「南曲」推源於詞體。而在《度曲須知》中更直接論南戲之韻源，其云：

〔註49〕　《中國古典戲曲論著集成》第 1 冊，頁 175。
〔註50〕　《中國古典戲曲論著集成》第 8 冊，頁 291。
〔註51〕　《中國古典戲曲論著集成》第 9 冊，頁 122。

> 北曲肇自金人，盛於勝國。當時所遵字音之典型，惟《中原韻》一
> 書已爾，入明猶踵其舊。迨後填詞家，競工南曲，而登歌者亦尚南
> 音，入聲仍歸入唱，即平聲中如龍、如皮等字，且盡反中原之音，
> 而一祖《洪武正韻》焉。〔註52〕

沈寵綏在此進一步提及南戲因語音變遷所以無法循用《中原音韻》，因此時至
明代，曲家改遵《洪武正韻》，也就是在明代時有南韻之創，以別北韻。

（二）論宮調之起源

　　至於宮調，與腳色起源、聲腔起源等體製要素相同，理應排除在本文的
討論之外。但一方面宮調與曲譜關係密切，如前文論及音律、格律之關係；
另一方面，宮調也是曲論中的重要論述之一，因此備列於後。

　　首先，王驥德認為北劇與南戲在歌樂形式上是相同的，所以都應該有宮
調、有譜，但當其時，卻有一些劇作家不按譜作劇，王驥德便從歷史發展脈
絡中推定這種現象的起源，其云：

> 夫作法之始，定自毖官，離之蓋自《琵琶》、《拜月》始。以兩君之
> 才，何所不可，而猥自賈於不尋宮數調之一語，以開千古屬端，不
> 無遺恨。〔註53〕

王驥德認為南戲中將宮調譜與詞分開的現象是源於《琵琶》、《拜月》，因為《琵
琶》中有「不尋宮數調」的話頭，流衍所及，許多劇作家便不再探究宮調與
曲譜。一直到蔣孝《九宮十三調》、沈璟《九宮曲譜》這種現象方有逆轉。

　　可是如徐渭又對蔣孝、沈璟為首的南九宮系統有所質疑，因為他從「永
嘉雜劇」處推定南戲起源，其云：

> 「永嘉雜劇」興，則又即村坊小曲而為之，本無宮調，亦罕節奏，
> 徒取其畸農、市女順口可歌而已，諺所謂「隨心令」者，即其技歟？
> 間有一二叶音律，終不可以例其餘，烏有所謂九宮？

徐渭認為在南戲中並不需要宮調，因為始出時就沒有宮調，然王驥德卻認為
沒有宮調是「千古屬端」。徐渭認為南戲始出沒有宮調，若要追察宮調則須從
詩、詞處入，其云：

> 今南九宮不知出於何人，意亦國初教坊人所為，最為無稽可笑。夫
> 古之樂府，皆叶宮調；唐之律詩、絕句，悉可絃詠，如「渭城朝雨」

〔註52〕《中國古典戲曲論著集成》第 5 冊，頁 237。
〔註53〕《中國古典戲曲論著集成》第 4 冊，頁 104。

> 演爲三疊是也。……。必欲窮其宮調，則當自唐、宋詞中別出十二
> 律、二十一調，方合古意。是九宮者，亦烏足以盡之？多見其無知
> 妄作也。〔註54〕

他先反駁「國初教坊人」製南九宮的說法，然後從歷史發展脈絡中尋找有宮調的文體，包括古樂府、唐詩、宋詞等。所以進一步說道：

> 今之北曲……。然其間九宮、二十一調，猶唐、宋之遺也，特其止
> 於三聲，而四聲亡滅耳。至南曲，又出北曲下一等，彼以宮調限之，
> 吾不知其何取也。……。夫南曲本市里之談，即如今吳下《山歌》、
> 北方《山坡羊》，何處求取宮調？必欲宮調，則當取宋之《絕妙詞選》，
> 逐一按出宮商，乃是高見。彼既不能，盍亦姑安於淺近。大家胡說
> 可也，奚必南九宮爲？〔註55〕

徐渭於此又一次的提出南戲始出時沒有宮調的說法，爲「市里之談」如「永嘉雜劇」爲「順口可歌」，雖有叶音律，並沒有成爲一種音樂規律，所以將宮調起源推至漢、魏樂府以及唐詩、宋詞。

　　總言之，南九宮起源問題中，徐渭認爲「永嘉雜劇」時，並沒有所遵循之宮調，而是「順口可歌」。因此若要尋南九宮之始，便須從唐詩、宋詞處入手，因爲唐詩、宋詞承古樂府入樂叶宮調的形式特徵，故有宮調之制度。但是他又進一步從古樂府至唐詩、宋詞的發展歷程處進行細部說明，認爲雖然古之樂府即叶宮調，唐詩亦可入樂，但由唐詩依虛聲塡實字而有之宋詞，流衍趨繁，漸失樂府、唐詩入樂之意；後至宋徽宗時宋詞出現「側犯」、「二犯」、「三犯」、「四犯」等調徐氏認爲已失樂府、唐詩本有宮調之意；至於宋末，將「時文」、「叫吼」等皆叶入宮調，更是錯誤可厭。因此，徐渭認爲「今」之南九宮須溯至唐、宋詞，並從其中區別出十二律、二十一調，如此「方合古意」。「合古意」便是認爲今之宮調須遵循古之制度，也就是以古之宮調爲準則。也就是說，北曲之九宮二十一調也是唐、宋所流傳下來的，不過事實上北劇只餘六宮十一調。但不論幾宮幾調，他認爲南戲不一定要求取宮調，若一定要有宮調配合，則應該回到宋詞之宮調。不過事實上元代用韻已與宋代不同，明代用韻又有別於元代，因此若是從音樂性來看，將宮調上推唐宋則可，但若要從格律的角度將詞譜挪用於南戲，則會有實際操作的困難。不

〔註54〕　《中國古典戲曲論著集成》第 3 冊，頁 240。
〔註55〕　同上註。

過就徐渭的起源追察方式而言，確實是「擇實描構式」的。

貳、「應然創構式」的起源建構模式

　　以上探討曲論中從「擇實描構式」進行起源建構的相關論述，包括從形式的起源追察、外在發生原因的追察建構劇體起源，以及追察風格類型的起源、追察形式要素的起源。這些相關論述都是立基於曲家可察考的歷史實存的經驗事實，然如前所言，有一些起源論述並不是從歷史實存的經驗事實來著手，而是應然的認為起源為何。從顏崑陽先生所歸納六朝體源批評取向中，主要包含從內在發生原因建構起源與建構劇體典範為起源等兩種方式。但或許是因為劇體出現的歷史時程較晚，因此在體源推定上並不會如劉勰、摯虞直接推至人之性情或五經。不過雖然以「應然創構式」來論起源者不如「實然描構式者」為多，但因其隱含著曲家的文學史觀、價值觀，故亦相當重要。

　　在曲論中有以劇體的部分要素進行「應然創構式」的起源推定，如從歌樂形式處上推至天地、自然，《度曲須知》中云：

> 六律、五聲、八音何昉乎？昉天地之自然也。自然者，為於莫為，
> 行所不得行，古聖因而律呂之，聲歌之，格帝感神，宣風導化，象
> 德昭功，非此無藉，故季子觀魯，十五國之風歷然，尼父聞齊，千
> 餘年之盛如睹，非夫神妙無方，其能爾乎？〔註56〕

文中六律、五聲、八音，六律指十二律呂，五聲指宮、商、角、徵、羽五音，八音則指管、絃等八種樂器。綜合六律、五聲、八音而言，就是指音樂。而劇體中的音樂是要用以配合詞唱，因此可以說沈寵綏是以曲體中歌樂形式所反映的音樂性進行起源建構。而他對於而這些人為所訂立之律呂與聲歌，則是推至天地之自然，古聖賢參贊天地，因應天地之既有存在而製作之，以顯於外。這種說法，在古代樂論中相當常見。但值得注意的是，沈寵綏將劇體的多元特性簡化為「樂」，並由之上推起源，此即為應然的判斷，而非在歷史中可進行考察的實然判斷。何良俊《曲論》中之說法與沈寵綏相近，其云：

> 古樂之亡久矣，雖音律亦不傳。今所存者惟詞曲，亦只是淫哇之聲，
> 但不可廢耳。蓋當天地剖判之初，氣機一動，即有元聲。凡宣八風，
> 鼓萬籟，皆是物也。故樂九變而天神降地祇出，則亦豈細故哉。〔註57〕

〔註56〕　《中國古典戲曲論著集成》第5冊，頁189。
〔註57〕　《中國古典戲曲論著集成》第4冊，頁5。

何良俊將詞曲上推至古樂，且認爲古樂之起源是天地剖分之初的「氣機一動，即有元聲」，這是從形上第一義處說，非實然可證、可知。是將對劇體內在質性的應然判斷，進一步推演成起源判斷，即本質與起源混同觀之。

　　如《詞餘叢話》中有「原律」一則，其中也是將宮調律呂的起源推至天地自然，其云：

> 王（即允祿）撰〈分配十二月令宮調論〉，最爲精核。因備錄之：「……
> 廖道南曰：『五音者，天地自然之聲也。在天爲五星之精，在地爲五
> 行之氣，在人爲五藏之聲。』由是言之，南北之音節雖有不同，而
> 其本之天地之自然者，不可易也。」〔註58〕

此處廖道南也是將五音推至天地自然，清代莊親王允祿以此說爲基礎，進一步認爲南、北戲曲同本天地自然，在起源處是相同的。這些說法在歷代樂論中經常可見，只是他們將音樂起源之說，挪以建構劇體起源。例如在《教坊記》、《碧雞漫志》中皆可得見這種說法，只是這兩書所論述之對象，並不在本文的研究範圍內，因此並不加以討論。

　　此外，上引《度曲須知》中將教化與歌樂形式進行連結，賦予歌樂形式政教義涵，這是曲論、詩文論中常見的論法，如第三章中曾引《藝概》云：

> 《樂記》言「聲歌各有宜」，歸於「直己而陳德」。可知歌無今古，
> 皆取以正聲感人，故曲之無益風化，無關勸戒者，君子不爲也。〔註
> 59〕

《樂記》言「直己而陳德」，劉熙載云：「曲之無益風化，無關勸戒者，君子不爲也。」這些歌樂形式與教化之必然性連結，便是來自於《度曲須知》中所言「格帝感神，宣風導化，象德昭功」，人通過歌樂形式來讚天宣化。這樣一種觀點可以如《度曲須知》上溯至天地、自然，也可如《今樂考證》溯於《詩經》，其云：

> 傳奇雖小道，凡詩賦、詞曲、四六、小說家、無體不備。至於摹寫
> 鬚眉，點染景物，乃兼畫苑矣。其旨趣實本於《三百篇》，而義則春
> 秋，用筆行文，又左、國、太史公也。於以警世易俗，贊聖道而輔
> 王化，最近且切。今之樂，猶古之樂，豈不信哉？〔註60〕

〔註58〕《中國古典戲曲論著集成》第9冊，頁233。
〔註59〕同上注，頁122。
〔註60〕《中國古典戲曲論著集成》第10冊，頁257。

在姚燮這段論述中，即指出傳奇「旨趣實本於《三百篇》」，「旨趣」指的是文章中蘊含之思想，所以從材料因來看是「義」。而其目的因為「警世易俗，贊聖道而輔王化」的「教化」功能，與《樂記》、《度曲須知》、《藝概》中的論點相當。此即是傳統儒系詩學觀念，認為文學應具「教化」之功能性目的，姚燮便以此將起源推至《詩經》，因為《詩經》是這種詩學觀念具體化的始出之作。

參、劇體源流的三系

以上從「擇實描構式」與「應然創構式」來分析曲論中的起源建構模式，然源流論不只探討起源，還會涉及流變。正如前言，當起源確立後文學發展流變便可順該理路建構之，事實上曲家在進行起源建構時，已預設某一體為流，方對該體進行體源之建構。不過從上述之分析，可以觀察出源流演變論述有著兩種型態：其一為「源流並論」；其二為「單立起源」。「源流並論」是指源與流之間並非是中隔一線之兩端，而會有一個發展演變的過程；「單立起源」則是立出某流之體的起源為何，並沒有立源後接著清流，不過這仍為一種源流論述，只是其流變隱而未論。無論何者，具體而言，起源建構不外詩、樂、戲三者，可以稱之為「詩源」、「樂源」、「戲源」。「詩源」指以詩溯源，如「擇實描構式」中從文字形式所進行的考察，將起源指向具體作品之《詩經》或詩體，詩體是一個泛指性概念，可指為詩之總體、或指唐詩、宋詞等殊體；在「應然創構式」中亦有通過目的因的相類將起源指向《詩經》。「樂源」指以樂溯源，樂包含合樂、配唱，在「擇實描構式」中從歌樂形式將起源指向具體作品如〈康衢〉、〈擊壤〉等上古樂歌、《詩經》或詩體，在「應然創構式」中則從歌樂形式將起源指向自然、天地。「戲源」指以戲為源，曲家是通過搬演形式、外在發生原因進行起源之建構、考察。詩源、樂源中，都有將詩體或其具體化之作品如《詩經》等設定為始出、起源，因為詩體本就具備文字形式與歌樂形式，而文字形式之詩與歌樂形式之樂在曲家的觀念中，往往是合一不二的，也就是詩樂不分、詩樂合一的觀念。故曲家在建構時，雖有文字形式或歌樂形式的取向不同，但仍都指向詩體或其具體化之作品，然當深究其隱含之意義時，便可顯明其差異，因此本文便由之區分。

而從以詩為源至曲體、劇體，會形成一個文學發展演變的過程，我們便稱之為「詩系」；同理，將以樂為源者，稱之為「曲系」；將以戲為源者，稱之為「戲系」。這三系是戲曲文體源流建構中的三個主要譜系。這三系最明顯

的區別就是從形式因中的三個要素進行判斷，以文字形式特徵建立源流關係，即是將劇體納入韻文學史，劇體是詩體或其具體化作品的流衍；以歌樂形式建立源流關係，即是將劇體納入音樂文學史中，劇體是上古歌詩、樂歌的流衍；以搬演形式建立源流關係，即是將劇體納入戲史中，劇體是前代戲之活動的流衍。

通過以上的分析，即可歸納複雜的戲曲文體源流論述。無論曲家之說如何多樣，但大致不出三源、三系的範圍，或一、或兼二之別而已。

第二節　源流論所隱含的文學史觀

第一節以曲論中之論述為對象，分析其中起源建構的不同說法，並以之導推源流論述的三源三系。已大致廓清其源流建構模式。本節與下一節則進一步分析其源流論中所隱含之意義，包括文學史觀與價值觀，本節先論源流論中所隱含之文學史觀，下一節則論其隱含之價值觀。

在進行分析之前，先對文學史、文學史觀兩個關鍵術語進行釐清。關於文學史一詞，顏崑陽先生有兩層定義：

「文學史」一詞有二義：一指「文學發展歷程」的本身；一指以「文學發展歷程」為對象而書寫完成的著作。〔註61〕

在本文的論述脈絡中，關注的是曲家如何建構源流，因此文學史指涉的是第二義，指以文學發展歷程為對象而書寫完成的著作，但這個著作並不一定是大部頭的長篇巨著，即便是片言隻語、單篇小論，只要論及文學的發展歷程者即屬之。至於文學史觀則是隱含在文學史論述中，所謂文學史觀指的是批評者面對、詮釋文學發展歷史所持用的特定觀點。因為文學作品、作家在歷史時程中是散落的，其彼此之間的關連並非必然，也非自然而然，所以何者為源、何者為流，某一作品在文學歷史中應位於何種地位，都是由批評者的主觀文心進行串接、判斷。其所持之立場、觀點即是文學史觀。故曲家的文學史觀會影響到其對於文學史發展歷程的事實判斷、價值判斷。

在戲曲文體源流論述中，若以「擇實描構式」來建構源流，並不進一步提出自身對於源流發展規律的看法，便只是一般性的演化觀；但若在這發展規律中以自身立場影響對價值、事實的判斷，便可從中分析其持用之文學史

〔註61〕顏崑陽，〈論宋代「以詩為詞」現象及其在中國文學史論上的意義〉，收於《東華人文學報》第 2 期（2000 年 7 月），頁 36。

觀。在曲論中，可以觀察出曲家所持用者有代變觀、正變觀、進化史觀與退化史觀、通變觀等五種文學史觀。以下分述之。

壹、代變觀與正變觀

代變觀與正變觀是中國古代文論中常見的文學史觀，這兩種觀念基本上是相對的。代變觀是認為「一代有一代之文學」〔註62〕。在這樣一種觀念中，可以分析出兩個論述基礎：其一，文學發展以時代、文體做為基本單位；其二，各文體之間並無比較優劣之必要，而是一代有一代之長。至於正變觀根據龔鵬程的考察，正變這個觀念首見於〈詩大序〉，原本指涉的是文學與時代治亂之關係，至宋代後，正變說便有從風格體製來立論。〔註63〕從風格體製來立論即是將正變觀念從文學與時代治亂之關係，轉而專論文學發展本身，曲論中所呈現的正變觀，即多指此。在正變觀中，文學發展雖未必然有優劣之比，但至少已有正、變的價值判斷。以下便分別從曲論之記述加以分析。

一、代變觀

代變觀是一個較容易理解的文學史觀念，在戲曲史論述中卻相當重要，因為通過代變觀來詮釋文學史，便可將劇體的地位提昇至與詩、詞並列。如茅一相云：

> 夫一代之興，必生妙才；一代之才，必有絕藝：春秋之辭命，戰國之縱橫，以至漢之文，晉之字，唐之詩，宋之詞，元之曲，是皆獨擅其美而不得相兼，垂之千古而不可泯滅者。〔註64〕

這一則引文便是典型的以代變觀來論劇體在文學史上的地位。「元之曲」的「曲」無論特指北劇或泛指曲體，都隱含著將元代代表文體和唐之詩、宋之詞等文體並觀。黃圖珌《看山閣集閒筆》中亦云：

> 宋尚以詞，元尚以曲，春蘭、秋菊，各茂一時。〔註65〕

此處亦是將宋之詞、元之曲並列，認為兩者「各茂一時」。又沈寵綏《度曲須

〔註62〕王國維《宋元戲曲考》即是以代變觀論元曲之地位。其云：「凡一代有一代之文學：楚之騷，漢之賦，六代之駢語，唐之詩、宋之詞，元之曲，皆所謂一代之文學，而後世莫能繼焉者。」王國維，《王國維戲曲論文集：〈宋元戲曲考〉及其他》（臺北：里仁書局，1993年），頁3。

〔註63〕詳見龔鵬程，《文學批評的視野》（臺北：大安出版社，1990年），頁454～455、456。

〔註64〕《中國古典戲曲論著集成》第4冊，頁38。

〔註65〕《中國古典戲曲論著集成》第7冊，頁139。

《知》云：

> 粵徵往代，各有專至之事以傳世，文章矜秦漢，詩詞美宋唐，曲劇
> 侈胡元。至我明則八股文字姑無置喙，而名公所制南曲傳奇，方今
> 無慮充棟，將來未可窮量，是真雄絕一代，堪傳不朽者也。〔註66〕

此處沈寵綏亦是持代變觀來論劇體之地位，「曲劇侈胡元」之「曲劇」無論指
散曲體與劇體或專指北劇一體，都是一樣以元這個時代來限定之，以之與唐
詩、宋詞並觀。但與茅一相、黃圖珌之說相比，則進一步以代變觀論明代南
戲與傳奇〔註67〕，將之提升至與唐詩、宋詞、元曲並列。

不過代變觀雖然是解釋文學史的一種觀點，但是這種文學史觀的主要目
的並不在詮釋源流發展。在秦漢文章、唐宋詩詞、元明戲曲之間，並不存在
著源與流的關係。代變觀是就文學已發生之事實，離開源流、正變的發展歷
程判斷，而逕給予文學史之價值判斷。因此若要論劇體與其他文體在文學史
上之地位，則代變觀是相當重要的一種觀點；但是若是要從源流發展論劇體
與其他文體之關係，則以正變觀來論之則較為重要。

二、正變觀

由正變來論定各文體之間的關係，或某一文體中各殊體之關係，是古代
文學理論中相當重要的部分。在現代學術研究中亦是聚焦之所在，如論葉燮
《原詩》、陳廷焯《白雨齋詞話》、張惠言《詞選》時，多有前行研究者以正
變觀來切入、立論。在曲論中，正變觀亦是相當重要。正變觀是持一種某體
為正、某體為變的價值設準來看待文學史發展，而其中除正變的判斷外，也
隱含著文學是進化或退化的判斷。以下分述之。

（一）以正變觀論劇體之發展

如李調元《劇話》中云：

> 《詩》有正風、變風，史有正史、霸史，吾以為曲之有「弋陽」、「梆
> 子」，即曲中之「變曲」、「霸曲」也。〔註68〕

李調元此處明確提出正變之說來定位弋陽腔、梆子腔等地方聲腔。其所謂「曲」
應指崑腔，故是以崑腔為正，弋陽腔、梆子腔為變。且因為崑腔、弋陽、梆
子的區別是在於歌樂形式、搬演形式的具體差異上，故可知此正變觀與時代

〔註66〕 《中國古典戲曲論著集成》第 5 冊，頁 197。
〔註67〕 此處「南曲傳奇」即是第二章所言「新、舊傳奇不分」的分類思考。
〔註68〕 《中國古典戲曲論著集成》第 8 冊，頁 47。

治亂無關，而是從形式要素的流變來立說。地方聲腔雖不屬於本文的研究範圍，但是通過此段引文仍可以觀察出曲家以正變觀念來解釋戲曲發展。在《樂府傳聲》第一則「源流」中，亦是以正變觀來解釋劇體之發展，其云：

> 曲之變，上古不可考。自唐虞之賡歌〈擊壤〉以降，凡朝廷草野之間，其歌詩謠諺不可勝窮，茲不盡述。若今日之聲存而可考者，南曲、北曲二端而已。……。北曲如董之《西廂記》，僅可以入弦索，而不可以協簫管。其曲以頓挫節奏勝，詞疾而板促。至王實甫之《西廂記》，及元人諸雜劇，方可協之簫管，近世之所宗者是也。若北曲之西腔、高腔、梆子、亂彈等腔，乃其別派，不在北曲之列。南曲之異，則有海鹽、義烏、弋陽、四平、樂平、太平等腔。至明之中葉，崑腔盛行，至今守之不失。其偶唱北曲一二調，亦改爲崑腔之北曲，非當時之北曲矣。此乃風氣自然之變，不可勉強者也。如必字字句句，皆求同於古人，一則莫可考究，二則難於傳授，況古人之聲，已不可追，自吾作之，安知不有杜撰不合調之處？即使自成一家，亦仍非眞古調也。故風氣之遞變，相仍無害，但不可依樣葫蘆，盡失聲音之本，並失後來改調者之意，則流蕩不知所窮矣。故可變者，腔板也，不可變者，口法與宮調也。苟口法、宮調得其眞，雖今樂猶古樂也。〔註69〕

這段引文中，徐大椿開宗明義便說此處是在探討「曲之變」，而此「曲」爲具備歌樂形式者之總稱，其概念內涵不同於本論文之曲體。即徐氏以歌樂形式爲依據溯北劇與南戲之源流，並從正變觀來評述其發展歷程。徐大椿雖溯源至「自唐虞之賡歌〈擊壤〉以降」，但其主要論述重心仍從歌樂形式可考者之北劇論起。他區分諸宮調、北劇之差異，認爲至元人之北劇方協簫管，爲明清所宗，且將北劇之地方聲腔如西腔、高腔、梆子、亂彈等、南戲之海鹽、義烏、弋陽、四平、樂平、太平等腔列爲「別派」，別派便與正宗有所區別。其提出正變之別者有二：口法、宮調。口法即是唱法。〔註70〕。在劇體的次體發展歷程中，口法、宮調不可變，北劇有北劇之口法、宮調，此即爲正，若不循此口法、宮調之地方聲腔即爲變，南戲亦同。雖崑腔中有改北劇之調爲「風氣自然之變，不可勉強者」，但「不可依樣葫蘆，盡失聲音之本」。總

〔註69〕　《中國古典戲曲論著集成》第 7 冊，頁 157～158。
〔註70〕　徐大椿云：「何謂口法，每唱一字，則必有出聲、轉聲、收聲，及承上接下諸法是也。」即指演唱之法。同上註，頁 152。

之，徐大椿認爲劇體中各次文類之發展，仍有其正、變，即該次體之始出爲正，正之中不可變者爲口法、腔調，可變者爲腔板，若僅腔板之變可說是仍沿其正，故「今樂猶古樂」，但若口法、腔調變者，則爲正變之變。

　　徐大椿、李調元是從歌樂形式論其正變，也就是從形式因論之，但是如前引龔鵬程之語，正變觀不只從形式處說，尚會從語言風格處論，不只語言風格，曲論中之正變還會涉及目的因。如在《詞餘叢話》中記載張九鉞（1721～1803）語云：

> 張度西先生嘗謂：「詞曲之源，出自樂府。雖世代升降，體格趨下，亦是天地間一種文字。曲譜中大石調之【念奴嬌】『長空萬里』，般涉調之【哨徧】『睡起草堂』，皆宋詞，可見是時已開元曲先聲，如青蓮〈憶秦娥〉爲詞祖，妍麗流美，而聲之變隨之，有莫知其然而然者。然如實甫、東籬、漢卿，猶存宋人體格；自院本、雜劇出，多至百餘種，歌紅拍綠，變爲牛鬼蛇神、淫哇俚俗，遂爲大雅所憎。前明邱文莊《十孝記》何嘗不以宮商糵演，寓垂世立教之意？在文人學士，勿爲男女媟褻之辭，埽其蕪雜，歸於正音，庶見綺語眞面目耳。」〔註71〕

這段敘述文字雖未明言正變，但是從其語脈中卻可分析出隱含的正變觀。張氏先將詞體、曲體之起源直推樂府一體，即樂府與詞體、曲體是源流先後之關係，其次再論詞體、曲體之關係，認爲從【念奴嬌】、【哨徧】這兩個曲牌即是詞牌來看，詞體又爲曲體之源，而詞體之源則以具體作品李白〈憶秦娥〉爲歷史時程之始出，此皆爲「擇實描構式」的起源建構方法。但其續云：「實甫、東籬、漢卿，猶存宋人體格」，此處「體格」指語言風格之體式，故其義指王實甫、馬致遠、關漢卿三人尚能夠表現宋詞之體式，但是其後許多「院本」、「雜劇」卻「歌紅拍綠，變爲牛鬼蛇神、淫哇俚俗，遂爲大雅所憎」，此處便隱含著正變觀。體式以宋詞爲正，歌紅拍綠爲變；目的因是以「教化」爲正，故其云「歸於正音」者需「寓垂世立教之意」，而變者爲「淫哇俚俗」。此處正變觀不只是論文體發展，更包含了價值之所正、語言風格之所正，且以正爲尚，以變爲黜，因此須導變返正。另如吳亮中序《南曲九宮正始》時云：

> 夫詞爲詩之變，曲又爲詞之變，屢變而終非始義矣。所以令變而還

　　正，終而復始者，則有律在。〔註72〕

吳氏從正變的角度來看待詩、詞、曲之間的源流關係，且認爲變非「始義」
所以需要「變而還正」、「終而復始」，這其中便隱含著退化史觀。然而後出之
變體已無法回歸「始義」，因此唯有通過「律」來返正、復始。

（二）正變觀中隱含的退化史觀與進化史觀

　　正變觀是以古爲正，以今爲變，若正與變之間只是對形式、風格上的改
變進行定位，則僅是一種演化論述，然而若在正與變之間加入優劣的價值判
斷，便構成進化或退化的文學史觀，在正變觀的相關論述中多屬後者。以下
分述之。

1. 退化史觀

　　如上引張九鉞所言之「正」者仍具典範義，而變者則具負面義，這種論
點即是古勝於今，故今須習古、返古。前引吳亮中之語亦同，也是認爲變不
如正，因此須返正、復始。這其中便隱含了文學發展由盛轉衰、由得體而至
不得體的退化史觀。在《詞餘叢話》另一則中亦提到當時人對於劇體的看法，
其云：

　　　　昔人謂：「詩變爲詞，詞變爲曲，體愈變則愈卑。」〔註73〕

這種說法與張九鉞「體格趨下」之說相仿，皆是認爲文體發展過程中，後出
之韻文體較卑、較下。反言之，就是先出、起源之文體較尊、較高。這即是
從退化史觀來看待文體、文學發展過程，如此一來便樹立返古、遵古的合理
性。

2. 進化史觀

　　由於在曲論中，一直存在著「曲爲小道」的觀念，所以曲體或劇體的地
位相較於其他詩體、文體一直是較爲卑下的。所以若持退化史觀來論劇體是
較常見的，而持進化史觀者便相對較少。少數如黃周星云：

　　　　詩降而詞，詞降而曲，名爲愈趨愈下，實則愈趨愈難。何也？詩律
　　　　寬而詞律嚴，若曲，則倍嚴矣。按格填詞，通身束縛，蓋無一字不
　　　　由湊泊，無一語不由扭捏而能成者。故愚謂曲之難有三：叶律一也，
　　　　合調二也，字句天然三也。嘗爲之語曰：「三仄更須分上去，兩平還

〔註72〕　（清）徐慶卿輯，（清）鈕少雅訂，《南曲九宮正始》，收於《歷代曲話彙編：
　　　　　新編中國古典戲曲論著集成》清代編（合肥：黃山書社，2008年），頁4。
〔註73〕　《中國古典戲曲論著集成》第9冊，頁236。

要辨陰陽。」詩與詞曾有是乎？〔註74〕

此處所謂「愈趨愈下」是一般從退化史觀來看待詩體、詞體、曲體發展歷程。但黃周星卻從中更進一步區別出「名」、「實」，認爲在詩體、詞體、曲體發展歷程中只有「名」爲「愈趨愈下」，而「實」卻是「愈趨愈難」。而「實」會愈趨愈難的原因是從文字形式處論，認爲「詩律寬而詞律嚴，若曲，則倍嚴矣」。曲體格律的嚴密度、限制性較詩、詞兩體爲高，所以難度就較高，難度越高所須之才情也要越高，所以他說曲之難有三，不但合律、合調難，要在合律、合調的條件下進一步字句天然更難。由這個角度來看，黃周星認爲詩體、詞體、曲體的發展歷程，是往越嚴密、越困難，才情需要越高的方向發展，所以可以說這段發展歷程是進化的。另如焦循《劇說》中引卓珂月作孟子塞《殘唐再創》雜劇小引云：

> 作近體難於古詩，作詩餘難於近體，作南曲難於詩餘，作北曲難於南曲。總之，音調、法律之間，愈嚴則愈苦耳。〔註75〕

卓珂月亦是將格律音韻的寬、嚴與易、難進行連結，雖卓氏更細分區別古詩、近體以及劇體下次體之別，然其論見大致與黃周星相當。除了從格律音韻的寬嚴處說外，王驥德還從字數、篇幅處說，其云：

> 吾謂：詩不如詞，詞不如曲，故是漸近人情。夫詩之限於律與絕也，即不盡於意，欲爲一字之益，不可得也。詞之限於調也，即不盡於吻，欲爲一語之益，不可得也。若曲，則調可累用，字可襯增。詩與詞，不得以諧語方言入，而曲則惟吾意之欲至，口之欲宣，縱橫出入，無之而無不可也。故吾謂：快人情者，要毋過於曲也。〔註76〕

王驥德認爲曲體較詩體、詞體更「漸進人情」，而「漸進人情」的原因就在於篇幅，雖然曲體之格律音韻較爲嚴格，但是詩體限於字數固定，詞體則是單隻片曲，都不如曲體、劇體能聯套、增襯字，所以能比詩體、詞體更清楚的傳達作者的情志思理。

雖然黃周星、卓珂月、王驥德都是從格律音韻的外在形式處論，但其著眼點不同，黃、卓二人見其嚴、王氏則見其寬，但他們都是要說明曲體、劇體勝過詩體、詞體之處。由此更可以看出在這些論述中所隱含的進化觀。不過如黃周星、卓珂月、王驥德般持進化觀論源流者並不多。

〔註74〕《中國古典戲曲論著集成》第 7 冊，頁 119。
〔註75〕《中國古典戲曲論著集成》第 8 冊，頁 170。
〔註76〕《中國古典戲曲論著集成》第 4 冊，頁 160。

貳、通變觀

上文探討戲曲文體源流論述中的正變觀與代變觀，除此之外還有一個文學史觀可以進一步探討就是：通變觀。通變觀是劉勰所提出對於文學發展歷程的一個觀念。如顏崑陽先生釋「通變」一詞云：

> 「通變」是由梁代劉勰所提出的批評觀念。此一批評觀念所關注的是文學演化的歷史進程，以及文學創作者對傳統與現代所應採取的史觀。〔註77〕

在通變觀中最重要的是調和文學演化的歷史進程中的古與今。也就是當作家或批評家在調和今之文體與古之文體時，所持用之文學觀念即是通變觀。

在本文第三章「戲曲文體結構論」中，即已從結構要素的角度探討劇體之常與變。通過第三章的分析，可知劇體從形式因、目的因的「群類性概念層次」來進行歸源，而從形式因的「個殊性概念層次」來分流。其中群類性概念為常，個殊性概念層次為變。在此則從常、變的差異分析中，進一步探討曲家如何去調和新變。在曲論中，若將曲體、劇體置入中國文學發展脈絡中，多數持用的文學史觀都是正變觀，因為曲為小道，所以必然需要習古、尊古，甚至在劇體內部殊體的發展歷程中，亦是出現以金、元為典範，以後出之作品為鄙俗的文學史正變觀。持用通變觀來立論者並不多見，以下試述之。

在正變觀中，源流往往即是正、是常，而流者即是變，且以正為尚，以變為黜，因此需導變返正。但是在通變觀中雖源流亦為正、亦為常，且流者為變，但卻不一定需導變返正。就文字形式而言，如李漁云：

> 千古文章，總無定格，有創始之人，即有守成不變之人，有守成不變之人，即有大仍其意，小變其形，自成一家而不顧天下非笑之人。古來文字之正變為奇，奇翻為正者，不知凡幾，吾不具論，止以多寡增益之數論之。〔註78〕

〔註77〕 顏崑陽，〈中國古典文學批評術語疏解一〇則〉，收於《六朝文學觀念叢論》（臺北：正中書局，1993 年），頁 387。在顏先生這則疏解中，對《文心雕龍》通變觀之內涵有深入分析，又徐復觀在〈文心雕龍的文體論〉一文中亦有說明，因劉勰之說非本文論述重點，且前人論之甚詳，故僅引用而不再贅述。徐說詳見，徐復觀，《中國文學論集》（臺北：臺灣學生書局，1985 年，6 版），頁 68～71。

〔註78〕 《中國古典戲曲論著集成》第 7 冊，頁 56。

李漁此處是爲了己身賓白字數較繁的問題進行辯駁。他是從文體發展歷程來進行立論，認爲文體無「定格」，「定格」即是指在文字形式上並沒有完全固定不變的格式，因此在文體發展過程中「正變爲奇，奇翻爲正者，不知凡幾」。而常、變之際的分寸在於：「其文字短長，視其人之筆性」、「其所當鳴，默乎其所不得不默者矣」〔註79〕，也就是將源流之變繫於創作者之才性的通變觀。

此外，在《衡曲塵譚》亦可見到以通變觀來論古今之體，其云：

> 曲者，末世之音也，必執古以泥今，迂矣！曲者，俳優之事也，因
>
> 戲以爲戲，得矣。〔註80〕

此處所謂「曲者，末世之音也，必執古以泥今」，即是持正變觀者的基本立場，因爲劇體是末世之音、其體卑下，所以須以古範今，但是張琦卻不同意此說。他從基本立場便認爲：「尼山說詩，不廢鄭、衛；聖世采風，必及下里」、「曲也者，達其心而爲言者也」，〔註81〕前者將劇體與政教相連，後者將劇體與抒情、言志之功能相連。所以曲之體雖卑下，但自有其體，不一定要以古範今。

第三節　源流論所隱含的價值觀念

以上分析了戲曲文體源流論的建構模式，以及在源流論中所隱含的文學史觀，本節則進一步探討這些建構模式、文學史觀背後所隱含的價值觀念。總其要有「宗詩」、「重樂」、「正韻」、「崇古」、「振體」等五項。以下分述之。

壹、宗詩

所謂「宗詩」是指曲論中隱含著以「詩」爲宗的觀念，而以「詩」爲宗是古典韻文學論述中既有的價值觀念，曲論家也不自外於此。此處論「宗詩」以及其他四項，是綜合上一節的分析成果，爲系統推論中的一個環節。因此相關評論皆節多引分析過程中之引文爲論據。

「宗詩」的觀念具體呈現在以詩體爲源或以《詩經》爲源的起源建構論述上，在上述所論源流之三源三系說中，「詩源」與「樂源」兩者有疊合之處，如皆以《詩經》或詩體爲源，但是通過前文的分析，可知論「詩源」時，強調的是文字形式上的相近，或者是從傳統詩學「教化」觀進行連結；而論「樂

〔註79〕同上注。

〔註80〕《中國古典戲曲論著集成》第 4 冊，頁 272。

〔註81〕同上注，頁 267。

源」時，則是從歌樂形式之相近來立說。然詩與樂之間密切關連，如《詩經》、詩體同時具有文字形式與歌樂形式，因此曲家在進行起源追索時，所建構之「詩源」、「樂源」便會指向相同之作品或文體。至於爲何以《詩經》、詩體爲源？在顏崑陽先生〈論宋代「以詩爲詞」現象及其在中國文學史論上的意義〉一文中，提出知識階層具涵「詩文化母體意識」的觀點，即「詩是一切韻文的『正典母體』的文化母體意識」。其認爲「母體意義」有三：

1. 是一切韻文形式體製的「正典基型」；

2. 是一切韻文語言的「正典體式」；

3. 是一切韻文內容情志的「正典價值」。〔註82〕

顏先生此處指出知識階層普遍存在著以詩爲母體的現象，因此詩在形式體製、語言風格、內容情志都具有正典性。關於語言風格在下一章會進一步分析，此暫不贅述。在曲論中，如前所言之目的因，即是「分流子體向正典母體歸源」〔註83〕之表現，認爲詩文化所具涵的詩教觀是正典，所以須向詩這個「正典母體」歸源，也就是從內容情志的目的取向建構出詩源。而在形式上，詩具涵「一切韻文形式體製的『正典基型』」的意義，因此劇體從文字形式上歸源於詩。〔註84〕

不過除文字形式之外，從歌樂形式中也可觀察出其以詩爲「正典基型」之現象，因爲在古代文論、曲論中，詩、樂是一體不分的，從詩、樂不分的角度來看，劇體起源建構中之「詩源」、「樂源」是近同的，但是「詩源」強調的是文字形式之正典、起源，「樂源」強調的雖是歌樂形式之正典、起源，不過仍然也是歸源於詩。

由此即可回應本文在第一章「研究方法」中的基本假定之二：「曲論須置

〔註82〕 顏崑陽，〈論宋代「以詩爲詞」現象及其在中國文學史論上的意義〉，收於《東華人文學報》第2期（2000年7月），頁61、67。

〔註83〕 同上注，頁63。

〔註84〕 郭英德認爲：「詩、詞、曲是同源同質的，都是以『情』爲本體」、「隨著時代的發展，人情愈亦趨向細密、複雜和多變，於是就催生出更近人情、更快人情、更暢人情的詩體──曲」。詳見郭英德，《明清傳奇戲曲文體研究》，頁180～184。這是郭氏對於詩、詞變而爲「曲」的解釋，其「曲」又特別指涉爲劇體，不過人情是否愈趨向細密、複雜和多變，這是難以論斷的，且詩、詞雖然不如劇體體製之自由，但是否因此情感表達能力也因此受限，則仍有疑義。不過郭氏指出了劇體「重情」的特質，而此特質便是源於詩的。正如馮夢龍序於《太霞新奏》時云：「文之善達性情者無如詩」，因此「重情」也是涵攝於「宗詩」之中。

於古典詩學脈絡系統下進行理解」。因為從源流論中可以觀察出劇體向詩歸源的現象，如《曲藻》序中雖然論曲由詞變時，從音樂性的差異進行立論，但文中仍將南、北戲曲之起源建構至《詩經》，其作者王世貞本為身處於古典文學脈絡中之傳統文人，甚至為明代後七子的領袖，在明代復古詩論中有著重要的地位，故由此身份背景觀之，便不能忽視其中所可能隱含的文學觀念。又如前引吳亮中〈南曲九宮正始序〉所云：「夫詞為詩之變，曲又為詞之變」、《製曲枝語》：「詩降而詞，詞降而曲」、《度曲須知》：「顧曲肇自《三百篇》耳……詩體化為南詞北劇」、《顧誤錄》「曲源肇自《三百篇》……詩體化為南詞北劇」等說，也都是將以劇體為中心的曲體歸源至詩甚至是《詩經》。〔註 85〕所以我們認為曲家將劇體視為詩文化中的一環，因此須將曲論置於古典詩學脈絡系統下進行理解，方能夠發掘出其所隱含之價值觀與意義。

貳、重樂

「重樂」是指曲論中提升歌樂地位、強化歌樂價值的觀念。「重樂」也是古典詩文論、樂論中既有的價值觀念，由於戲曲從形式上就與歌樂相連，歌樂形式也就是劇體的一部份，因此若歌樂的地位提高，劇體的地位也會隨之提升。所以曲家一方面強調歌樂在劇體中之地位，另一方面也進行「重樂」之論述。如前文「應然創構式」的起源建構模式中論樂之起源時，曾引《詞餘叢話》、何良俊《曲論》、《度曲須知》等諸說，其在建構劇體中樂之起源時，便是將歌樂之地位、價值推至天地之元聲、彰明聖王之教化。另如《太和正音譜》中亦云：

> 夫禮樂雖出於人心，非人心之和，無以顯禮樂之和；禮樂之和，自非太平之盛，無以致人心之和也。故曰：治世之音，安以樂，其政和。是以諸賢行諸樂府，流行于世，膾炙人口，鏗金戛玉，鏘然播

〔註 85〕 曲論中對於散曲體的論述亦是有推至《詩經》，如鄧子晉序《太平樂府》時云：「樂府本乎詩也。《三百篇》之變，至於五言，有樂府，有五言，有歌、有曲，為詩之別名。……好事者改曲之名曰詞，以重之，而有詩詞之分矣。今中州小令套數之曲，人目之曰樂府，亦以重其名也。……樂府調聲按律，務合音節，蓋猶有歌詩之遺意焉。」鄧子晉所謂「樂府本乎詩」則亦是明顯的「宗詩」觀念，其「本」者，不只是起源，更承繼《詩經》「不淫不傷」之詩教，其於此段引文後，便以「不淫不傷」來評《太平樂府》選白仁甫之作的用心。故朱榮智論及此段文字時，便認為鄧子晉說到「蓋蓋猶有歌詩之遺意」是欲「提倡元曲在文學史上之地位」。關於朱說，詳見朱榮智，《元代文學批評之研究》（臺北：聯經出版事業公司，1982 年），頁 345～346。

乎四裔，使鴃舌雕題之氓，垂髮左衽之俗，聞者靡不忻悅。雖言有
所異，其心則同，聲音之感於人心大矣。〔註86〕

朱權認為禮、樂之和與人心之和、政治之和密切相關，也是將樂加上政治教
化的應然目的。「諸賢行諸樂府」指元、明時劇作家通過劇作傳達樂之和，所
以可以使「使鴃舌雕題之氓，垂髮左衽之俗，聞者靡不忻悅」，這一方面再次
肯認樂的地位，也循之提升劇體之地位，這就是「重樂」價值觀的展現。

參、正韻

　　在戲曲文體結構論中已分析曲家取《中原音韻》、《洪武正韻》或《南詞
正韻》做為韻書指南的現象，本章也分析曲家建構韻源之論述。這些論述中
都隱含著一個重要的價值觀，就是「正韻」。「正韻」指曲家釐定劇體所應遵
循之字韻，也就是判斷應遵循的語音系統。如前引梁廷枏《曲話》中云：「元
則北曲立為專門，勢不得不定為韻譜。」〔註87〕由於北劇成為一種獨立文體，
因此需要釐定字韻、格律譜式。也如《度曲須知》中所言：「沐同文之化者，
可不以正韻為恪遵哉？」〔註88〕即身處在同一個文化場域中，就必須共同遵
守同一個語音系統。在曲論中，「正韻」之論述主要有：辨正南、北音韻與辨
正吳音、中原音兩種層面。以下分述之。

一、辨正南、北音韻

　　辨正南、北音韻，已隱含將劇體進行「南、北二體」之分類，指曲家認
為南與北各有其正韻之規範，在曲論中存在著北以《中原音韻》為正，南以
《洪武正韻》為正的觀念。〔註89〕雖然《洪武正韻》中認為：「韻學起於江左」，
因此排斥沈約的《切韻》，而力主「一以中原雅音為定」，但事實上《洪武正
韻》在王力眼中卻是「不古不今，不南不北」的一套語音系統。〔註90〕不過

〔註86〕《中國古典戲曲論著集成》第 3 冊，頁 11。
〔註87〕《中國古典戲曲論著集成》第 8 冊，頁 291。
〔註88〕《中國古典戲曲論著集成》第 5 冊，頁 250。
〔註89〕而另王驥德有《南詞正韻》多取聲於《洪武正韻》，可說是一脈相承之字韻，
　　　　王氏云：「余之反周，蓋為南詞設也。而中多取聲《洪武正韻》，遂盡更其舊，
　　　　命曰《南詞正韻》，別有蠡見，載凡例中。」《中國古典戲曲論著集成》第 4
　　　　冊，頁 113。
〔註90〕根據王力的考證，此書編者多為南方人，難免受編者方言之影響，加上當時
　　　　未遷都北京，因此「中原雅音」的定義不明。所以此書之系統不南不北。不
　　　　過曲家卻取之為南曲正韻規範。詳見王力，《中國語言學史》（臺北：五南圖
　　　　書出版股份有限公司，1996 年），頁 93～94。

即便如此，曲家仍將之與《中原音韻》並舉，視爲南戲的語音規範。如《度曲須知》：

> 歷稽叶切，音響逕庭，確當北準《中原》，南遵《洪武》。〔註91〕

沈寵綏書中不只一次提出「北準《中原》，南遵《洪武》」的觀點〔註92〕，而此觀點也爲曲家通說，如《顧誤錄》云：

> 於今爲初學淺言之：南曲務遵《洪武正韻》，北曲須遵《中原音韻》，字面庶無遺憾。〔註93〕

《藝概》云：

> 北曲用《中原音韻》，南曲用《洪武正韻》，明人有其說矣。〔註94〕

這兩段引文皆呈現「南、北二體」的分類觀念，並提出兩體在字韻上所應遵奉之韻書。《中原音韻》在「南曲」語音變化之前，本爲劇作家獨尊之韻書，如《顧誤錄》所言：

> 愚竊謂中原實五方之所宗，使之悉歸《中原音韻》，當無僻陋之誚矣。
> 〔註95〕

亦如虞集〈中原音韻序〉所言：

> 高安周德清工樂府，善音律，自製《中原音韻》一帙。分若干部以爲正語之本、變雅之端。1.173

以上皆是將《中原音韻》視爲唯一遵行的字韻系統。但是當語音產生變化，入聲無法派入三聲時，新系統的需求於焉產生。

二、辨正吳音、中原音

辨正南、北音韻主要是從「南、北二體」的概念處說。然而「南」之體本爲南戲，至《浣紗記》轉而使用崑山腔。崑山腔採用吳音，便與《中原音韻》之中原音，及《洪武正韻》所號稱的「中原雅音」有極明顯的不同。所以曲家便在南、北正韻外，更進一步辨正吳音與中原音。如王驥德便認爲傳奇當以遵「吳音」，其云：

> 古四方之音不同，而爲聲亦異，於是有秦聲，有趙曲，有燕歌，有

〔註91〕《中國古典戲曲論著集成》第5冊，頁237。
〔註92〕上述引文出於「字聲南北」條，沈氏書中另於「入聲收訣」、「宗韻商疑」等條目皆有相同之論，詳見《中國古典戲曲論著集成》第5冊，頁208、235。
〔註93〕《中國古典戲曲論著集成》第9冊，頁65。
〔註94〕同上注，頁120。
〔註95〕同上注，頁56。

吳歈，有越唱，有楚調，有蜀音，有蔡謳。在南曲，則但當以吳音
爲正。〔註96〕

將語音系統由《中原音韻》代表的中原音系統，轉爲以吳音爲主。但是這樣
的作法沈寵綏卻不盡認同，其云：

> 以吳儂之方言，代中州之雅韻，字理乖張，音義徑庭，其爲周郎賞
> 者誰耶？不揣固陋，取中原韵爲楷，凡絃索諸曲，詳加鳌考，細辨
> 音切，字必求其正聲，聲必求其本義，庶不失勝國元音而止。〔註97〕

沈氏認爲不應該取「吳音」來取代中原音，因爲「吳音」只是一地之方言，
而中原音卻是「雅韻」。這和何良俊《曲論》中所記相當，其云：

> 楊升庵曰：「南史蔡仲熊云：『五音本在中土，故氣韻調平。東南土
> 氣偏詖，故不能感動木石。』斯誠公言也。近世北曲，雖鄭衛之音，
> 然猶古者總章，北里之韻，梨園、教坊之調，是可證也。」〔註98〕

此處認爲中土之字韻「氣韻調平」，而一方之音「偏詖」故其字韻無法動人。
所以即便認爲「北曲」是「鄭衛之音」，但仍爲「古者總章」，一地之音並不
能取代之。所以必須以中原音爲準，針對語音發展變化進行修正。如梁廷枏
《曲話》中所言亦是，其云：

> 南曲固無專韻，然如西河言，則南曲韻究無定主，故《九宮大成》
> 選古詞以補南曲所無。其南詞凡例謂：「詞韻與曲韻不同，度曲者仍
> 用《中原韻》填之。夫南曲既可用《中原韻》，是仍以四聲通用爲正
> 矣。……此皆南曲以入聲與三聲並押之證。」〔註99〕

又：

> 李笠翁謂：「南韻深渺，卒難成書。填詞家即將周韻就平、上、去三
> 音中，抽出入聲字另爲一聲，備南曲之用。」〔註100〕

此處「南曲」指傳奇，梁氏明言傳奇「無專韻」、「無定主」，所以《九宮大成》
的「南詞凡例」中認爲傳奇雖以四聲通用爲正，但仍可遵行《中原音韻》。其
所引李漁之語亦是認爲以《中原音韻》爲主，再從其中衍出入聲一部，以符
合當時的語音變化，但總體來說，仍是承元代所代表的中原音系統。

〔註96〕《中國古典戲曲論著集成》第 4 冊，頁 114。
〔註97〕《中國古典戲曲論著集成》第 5 冊，頁 19。
〔註98〕《中國古典戲曲論著集成》第 4 冊，頁 5。
〔註99〕《中國古典戲曲論著集成》第 8 冊，頁 293。
〔註100〕同上注。

肆、崇古

從上述的文學觀中，可以分析出曲家蘊含著「崇古」的價值觀，「崇古」是指以古為尊、以古為尚。然而「崇古」觀念有兩個層次，從正變觀、退化觀來看待劇體源流發展時，「崇古」往往伴隨著「抑今」，如前引吳亮中便認為變不如正，終不如始。然而「崇古」與「抑今」並非必然相隨之概念，也就是「崇古」不一定需要通過「抑今」來建立。此外，古、今是一個相對概念，今為曲家所處之時，而古則是相對於今之前的時間斷限，古者或指三代、先秦，或指唐、宋、元各朝，須分析曲家文脈，方能清楚所指之古為何。

「崇古」是古典詩文批評中既有的觀念，曲論也不外於此價值觀。焦循《劇說》引清代周亮工《書影》論依格律填詞的問題時，即是以「古」為準，其云：

> 元人作劇，專尚規格，長短既有定數，牌名亦有次第。今人任意增加，前後互換，多則連篇，少惟數闋，古法蕩然矣。惟余門人邗江王漢恭名光魯，所作《想當然》，猶有元人體裁。〔註101〕

周氏認為當時之劇作家任意更動元代北劇所訂立出的「規格」，因而導致「古法蕩然」，於此「蕩然」一詞帶有貶義，所以周氏隨之讚許王漢恭《想當然》一劇能夠存有「元人體裁」，此即以「古」為尚之觀念。

另如前所引《詞餘叢話》所記錄之：「詩變為詞，詞變為曲，體愈變則愈卑」，又徐大椿所言：「嗟夫！樂之道久已喪失」等語，皆是隱含著「崇古抑今」的觀念。

然除「崇古抑今」外，亦有較為持平之論，雖「崇古」但不「抑今」。如前引張九鉞所言：「詞曲之源，出自樂府。雖世代升降，體格趨下，亦是天地間一種文字。」即是認為詞體、曲體雖「體格趨下」，但自成一體，並不厚古而薄今。前引《衡曲塵譚》所言亦是認為「必執古以泥今，迂矣！」所以曲家、劇作家當面對古今文體變異發展時，雖然「崇古」而立出典範或起源，但是卻不一定要「抑今」來達到「崇古」的目的。

然而除了「崇古」外，還有一些曲家更是勇於提出自身判斷之立場，不以「古」為唯一之價值設準，如梁廷枏《曲話》云：

> 自元、明暨近人院本、雜劇、傳奇無慮數百家，悉為討論，不黨同而伐異，不榮古而陋今，平心和氣，與作者揚搉於紅牙、紫玉之間，

知其用力於此道者遠矣。〔註102〕

梁氏明白舉出自身之立場爲「不黨同而伐異」、「不榮古而陋今」，其中「不榮古而陋今」便是不從「崇古」或「抑今」的角度來看待劇體的發展歷程，而是從作品本身的藝術表現來評斷其價值。所以評《荊》、《劉》、《拜》、《殺》時云：

> 《荊》、《劉》、《拜》、《殺》，曲文俚俗不堪。《殺狗記》尤惡劣之甚者，以其法律尚近古，故曲譜多引之。〔註103〕

梁氏認爲此四劇從修辭來看是「俚俗不堪」，並不因其歷史時程之始出或較早而爲其詮辯。雖然《殺狗記》之格律「近古」，是可以爲填詞者依循，但就其修辭來說，仍是「惡劣之甚者」。又李漁對於「法元」的論述也有持平之見，其云：

> 予非敢於讎古，既爲詞曲立言，必使人知取法，若扭於世俗之見，謂事事當法元，吾恐未得其瑜，先有其瑕。人或非之，即舉元人借口，烏知聖人千慮，必有一失；聖人之事，猶有不可盡法者，況其他乎？《琵琶》之可法者原多，請舉所長以蓋短：……。〔註104〕

李漁此處主要批判以元爲法式的「法元」觀念，「法元」觀念主要來自於元代之體爲歷史時程之先，所以李漁先說明其非「讎古」，而是認爲立法式不可承襲一般世俗之通說，須對於事物本身之瑕、瑜進行評價。所以他認爲元之體、與古之聖人相同，並不能盡法，須法其長處，而避其短處。〔註105〕可見李漁雖認爲可以「崇古」，但仍應視其本身之優劣，而非一昧尊古、習古。

伍、振體

「振體」指提振劇體地位。然要提振劇體地位，是因爲古代文人普遍存在著「曲爲小道」的觀念，曲體、劇體與詩、詞相比，一直被視爲較低俗、非主流的文體，所以曲家試著提升其地位。以下述之。

一、曲為小道

在曲論中，普遍存在著「曲爲小道」的觀念，這也是古代文人對於曲體、劇體的一般性見解，如《錄鬼簿》中評宮天挺時便云：

〔註102〕《中國古典戲曲論著集成》第 8 冊，頁 237。
〔註103〕同上注，頁 257。
〔註104〕《中國古典戲曲論著集成》第 7 冊，頁 17。
〔註105〕其後文進一步認爲元人所長者爲曲文，而短者爲科白與關目。詳同上注。

見其吟詠文章筆力，人莫能敵；樂章歌曲，特餘事耳。〔註106〕

「樂章」二字於天一閣本作「樂府」〔註107〕，無論「樂章」或「樂府」都可以看出將劇體、散曲體視爲「餘事」的觀念，此即是「曲爲小道」的觀念。另如徐復祚《曲論》中云：

夫余所作者，詞曲，金、元小技耳，上之不能博高名，次復不能圖顯利，拾文人唾棄之餘，供酒間謔浪之具，不過無聊之計，假藉此磨歲耳，何關世事！〔註108〕

徐氏認爲曲體是「文人唾棄之餘」、「供酒間謔浪之具」，也是將之視爲「小技」。這種「曲爲小道」的價值觀念也會反映在源流論述中，如《雨村曲話》中記云：

客有謂予曰：「詞，詩之餘，曲，詞之餘，大抵皆深閨、永巷，春傷、秋怨之語，豈鬚眉學士所宜有！況夫雕腎琢肝，纖新淫蕩，亦非鼓吹之盛事也，子何爲而刺刺不休也？」〔註109〕

李調元此處記錄著「詞爲詩餘」、「曲爲詞餘」的觀點，詞體、曲體爲「餘」，且其風格「纖新淫蕩」，修辭、內容皆爲「深閨、永巷，春傷、秋怨之語」，此段記載如此貶抑劇體，便是隱含「曲爲小道」的價值觀，當作用於源流歷程論述時，便會出現「餘」的論點。

二、通過源流論提振劇體地位

曲家身處於「曲爲小道」價值觀念中，仍試圖提振劇體之地位，形成一種「振體」的價值觀，又前引徐大椿之論，是從歌樂形式論劇體正變，其云：

嗟夫！樂之道久已喪失，猶存一線於唱曲當中，而又日即消亡，余用憫焉，爰作傳聲法若干篇，借北曲以立論，從其近也；而南曲之口法，亦不外是焉。〔註110〕

徐氏所謂「樂之道久已喪失」一語，即點出他對於劇體源流發展的立場，就是認爲「樂」有「道」，而此「道」已「喪失」，所以需要「傳」。而這個立場背後即是隱含著「振體」的觀念。因爲徐氏將樂與政教相繫，其云：

〔註106〕《中國古典戲曲論著集成》第 2 冊，頁 118。
〔註107〕同上注，頁 206。
〔註108〕《中國古典戲曲論著集成》第 4 冊，頁 244。
〔註109〕《中國古典戲曲論著集成》第 8 冊，頁 5。
〔註110〕《中國古典戲曲論著集成》第 7 冊，頁 153。

後世之所以治不遵古者，樂先亡也。樂之亡，先王之教失也。〔註111〕

此處徐大椿將「古之樂」與聖王之教相連結，所以「樂之亡」代表的是「先王之教失也」，所以復「古之樂」也在復「先王之教」。這和一般儒學觀念中立上古聖王為典型，後世需遵古的觀念相同。然而能夠負擔起「傳」的責任便是劇體，因為在「北曲」、「南曲」中「猶存一線」的「樂之道」。如此一來，劇體便與政教相繫，也與古代樂之傳統相繫。

另如前引茅一相、黃圖珌、沈寵綏等人之說，以代變觀的詮釋角度，提振了劇體在文學史中之地位。此外，將劇體源流上溯至《詩經》或者樂府、唐詩，也是一種振體價值觀念的展現，如前引《樂府傳聲》便是直接以用韻為共同特徵，將詞、曲與詩並觀。會將劇體向詩體靠攏、並觀，是因為詩體在文人心中的地位是較崇高的，如柯慶明便指出詩為崇高的文體，詞體次之。〔註112〕所以當劇體與崇高的、中間的文體進行源流連結時，便是試圖將劇體之地位提昇至主流文學的地位。所以從「曲為小道」到主流文體的過程，便是一種振體價值觀的作用。

又如前論黃周星所持用之進化史觀，更是直接從創作之難易來提振劇體之地位。此外如《梨園原》便直言：「嗚呼！戲曲小道，精奧乃爾，可輕視乎？」〔註113〕認為曲雖小道，但就其精微之處仍是不容輕忽，這與黃周星從創作難易來論者相仿。

這樣一種振體觀念，在金聖歎標舉「六才子書」的論點中更展露無疑，金氏將《西廂》與《莊》、《騷》、《史記》、杜詩並列，明確的提振戲曲尤其是元雜劇的地位，李漁對此進一步說道：

> 予曰：能於淺處見才，方是文章高手。施耐庵之《水滸》，王實甫之《西廂》，世人盡作戲文小說看，金聖歎特標其名曰「五才子書」、「六才子書」者，其意何居？蓋憤天下之小視其道，不知為古今來絕大文章，故作此等驚人語以標其目。〔註114〕

李漁不但肯認金聖歎的說法，更為其詮說，指出「能於淺處見才，方是文章高手」，如此一來便為小道、餘事之說，提供了振體的理論依據。

〔註111〕《中國古典戲曲論著集成》第7冊，頁158。
〔註112〕詳見柯慶明，《中國文學的美感》（臺北：麥田出版社，2006年），頁58、65。
〔註113〕《中國古典戲曲論著集成》第9冊，頁7。
〔註114〕《中國古典戲曲論著集成》第7冊，頁28。

第四節　小　結

本章為戲曲文體源流論，目的不在考掘出合乎歷史事實的戲曲源流發展歷程，而是通過曲論中之記載，分析其源流論述內涵及所隱含之文體論意義。由是，主要研究成果有三：其一，將曲論中的源流論述依建構模式進行分類；其二，分析曲論中隱而未發的文學史觀；其三，分析、詮解隱含在建構模式、文學史觀中的價值觀。以下分述之。

一、源流論的建構模式

在探討源流論的建構模式中，本章先將劇體的起源建構模式分為「擇實描構式」與「應然創構式」等兩種模式，「擇實描構式」是指曲論以歷史考察的方式探討劇體起源；「應然創構式」是指曲論以理論方式探討劇體起源。最後歸納出劇體源流的三種譜系。

（一）擇實描構式

具涵「擇實描構式」的起源建構論述，可以再區分出四種類型，包括「形式的歷史時程起點」、「外在的發生原因」、「風格類型的起源追察」、「形式要素的起源追察」等。

「形式的歷史時程起點」又從其論述特徵區別出「遠本說」與「近本說」。「遠本說」將起源上溯至較久遠以前的文體或作品，而某體與某體之間往往在整體的外在形式上有很大差異，因此兩者之間的關係便建立在部分外在形式特徵，所以曲家多通過文字形式、歌樂形式與搬演形式進行起源追察。依據前文之分析，可以歸納出以下三種論述：其一，由文字形式的起源追查，將劇體製入韻文學史，並就「按譜填詞」的形式意義或叶韻、格律的角度析論，以詩體甚或上溯至以《詩經》為劇體起源；其二，由歌樂形式的起源追查，推考結果不一，有上古樂歌、《詩經》或漢魏樂府等；其三，由搬演形式探索起源，多上溯至先秦優孟等人的優戲、小戲。「近本說」的論述方式主要有二：其一，推定至該體中可考索的最早作品，如將北劇的起源溯源至王實甫、關漢卿；其二，推定至該次體之前的另一次體或直接推向另一文體，如將南戲體製的歷史時程起點推至詞體。

「外在的發生原因」外在的發生原因是指將劇體的起源歸因於某種外在的社會文化活動，如曲論中有推源至一般庶民階層在日常生活中所發生的音聲樂唱，或兩國邦誼之政治外交事務，或陳平刻木人退白登等，皆是將起源推為外在之社會文化活動。

「風格類型的起源追察」與「形式要素的起源追察」便不是以某一文體分類概念類型為對象，而是就劇體的風格類型與形式要素進行追察。「風格類型的起源追察」是指曲家會追尋某一風格的起源，具體的將某一家的體貌視為該風格的起源，如是便產生「風格流派」之概念。也就是風格在文學發展過程中有源有流，構成一個具前後發展關係的風格史。雖然風格是一種直觀的綜合體悟，但是從劇體或之前文體中，尋找出某風格的始出，就其方法意識而言是擇實描構式的。在曲論中對此之討論有「本色」、「工麗」等。至於「形式要素的起源追察」是就劇體構成的部分形式要素進行追察，如追索曲韻之源、宮調之源等。

（二）應然創構式

在曲論中，關於體源的推定，並不會如劉勰、摯虞直接推至人之性情或五經，而多以「實然描構式」推至前代文體或僅推至該體之始出。不過雖然以「應然創構式」來論起源者不如「實然描構式者」為多，但因其隱含著曲家的文學史觀、價值觀，故亦相當重要。在曲論中有以文體中的部分要素進行「應然創構式」的起源推定，如從歌樂形式處上推至天地、自然，甚至將教化與歌樂形式進行連結，賦予歌樂形式政教義涵。此即是傳統儒系詩學觀念，認為文學應具「教化」之功能性目的，姚燮便以此將曲之源推至《詩經》，因為《詩經》是這種詩學觀念具體化的始出之作。

（三）源流三系說

以上從「擇實描構式」與「應然創構式」來分析曲論中的起源建構模式，但源流論不只探討起源，還會涉及流變。源流演變論述有「源流並論」與「單立起源」兩種型態。「源流並論」是指源與流之間並非是中隔一線之兩端，而是會有一個發展演變的過程；「單立起源」則是立出某流之體的起源為何，並沒有立源後接著清流，不過這仍然是一種源流論述，只是其流變隱而未論。

無論何者，起源建構不外「詩」、「樂」、「戲」三者，可以稱之為「詩源」、「樂源」、「戲源」。以詩為源之源流脈絡為「詩系」；以樂為源之源流脈絡為「曲系」；以戲為源之源流脈絡為「戲系」。這三系是劇體源流建構中的三個主要譜系。這三系主要從三個形式要素進行區別，以文字形式特徵建立源流關係，即是將劇體納入韻文學史，劇體是詩體或其具體化作品的流衍；以歌樂形式建立源流關係，即是將劇體納入音樂文學史中，劇體是上古歌詩、樂歌的流衍；以搬演形式建立源流關係，即是將劇體納入戲史中，劇體是前代

戲之活動的流衍。

二、源流論所隱含的文學史觀

在戲曲文體源流論述中，若以「擇實描構式」來建構劇體源流，並不進一步提出自身對於源流發展規律的看法，則這只是一般性的演化觀，但若是在這發展規律中以自身立場影響對價值、事實的判斷，便可從中分析其持用之文學史觀。在曲論中，可以觀察出曲家所持用者有代變觀、正變觀、進化史觀與退化史觀、通變觀等五種文學史觀。

代變觀在戲曲文學史論述中相當重要，因為通過代變觀來詮釋文學史，便可將戲曲、劇體的地位提昇至與詩、詞並列。

正變觀是持一種某體為正、某體為變的價值設準來看待文學史發展，主要是以古為正，以今為變。若正與變之間只是對形式、風格上的改變進行定位，則僅是一種演化論述，然而若在正與變之間加入優劣的價值判斷，便構成進化或退化的文學史觀，在正變觀的相關論述中多屬後者。

至於通變觀，最重要的是調和文學演化的歷史進程中的古與今。也就是當作家或批評家在調和今之文體與古之文體時，所持用之文學觀念即是通變觀。在正變觀中，源流往往即是正、是常，而流者即是變，且以正為尚，以變為黜，因此需導變返正。但是在通變觀中雖源流亦為正、亦為常，且流者為變，但卻不一定需導變返正。如李漁便認為在文字形式上並沒有完全固定不變的格式，將源流之變繫於創作者之才性。

三、源流論所隱含的價值觀念

從前言之建構模式、內涵與文學史觀中，可以進一步分析其所隱含的價值觀念，總其要有「宗詩」、「重樂」、「正韻」、「崇古」、「振體」等五項。

所謂「宗詩」是指曲論中隱含著以「詩」為宗的觀念。因為曲家將劇體視為詩文化中的一環，因此須將曲論置於古典詩學脈絡系統下進行理解，方能夠發掘出其所隱含之價值觀與意義。

「重樂」指曲論中提升歌樂地位、強化歌樂價值的觀念。「重樂」也是古典詩文論、樂論中既有的價值觀念，由於戲曲從形式上就與歌樂相連，歌樂形式也就是劇體的一部份，因此若歌樂的地位提高，劇體的地位也會隨之提升。所以曲家一方面強調歌樂在劇體中之地位，另一方面也進行「重樂」之論述。

　　「正韻」指曲家釐定劇體所應遵循之字韻，也就是判斷應遵循的語音系統。在曲論中主要有：辨正南、北音韻與辨正吳音、中原音等兩個論述層面。

　　「崇古」指以古爲尊、以古爲尙。「崇古」觀念有兩個層次，當從正變觀、退化觀來看待劇體源流發展時，「崇古」往往伴隨著「抑今」；然而「崇古」與「抑今」並非必然相隨之概念，也就是「崇古」不一定需要通過「抑今」來建立。此外，古、今是一個相對概念，今爲曲家所處之時，而古則是相對於今之前的時間斷限，古者或指三代、先秦，或指唐、宋、元各朝，需分析曲家文脈，方能清楚所指之古爲何。

　　「振體」指提振曲體、劇體地位。然要提振其地位，是因爲古代文人普遍存在著「曲爲小道」的觀念，曲體、劇體與詩、詞相比，一直是較爲低俗、非主流的文體，所以曲家試著提升其地位。如將劇體與政教相繫，也與古代樂之傳統相繫，將劇體地位通過其具涵的政教功能來提升；又如以代變觀的詮釋度，提振劇體在文學史中之地位。

第五章　戲曲文體體式論

　　體貌指一篇、或一家、或一派之整體藝術形相，體式則是體貌加上「範型性」後之概念。值得進一步探討的問題即隱含在由體貌上昇到體式的過程中，因為體貌是通過作品直觀之體悟，或歸納作品群之風格而得，所以姿態萬千。然而若要從千差萬別的體貌中，提舉一個或數個體貌賦予「範型性」，這時便會關涉到批評者自身之戲曲觀、文體觀。正如顏崑陽先生所言：

　　　　文體的知識乃是後驗反省的知識，故所謂「文體」必須通過對文學

　　　　歷史的觀察、歸納，而不是批評家憑空的假定。〔註1〕

由於文體知識是後驗反省的知識，因此賦予某一體貌「範型性」義涵，並非批評者憑空捏造，而是根源自批評者自身之文學觀、戲曲觀。由是，劇體之體式也因批評者觀念之差異而有不同之概念內涵，本章亟欲梳理此概念內涵。不過這樣的研究還是會面對一個質疑：即曲論中真的有體式論述嗎？雖然在曲論中並沒有如《文心雕龍》一般具系統性的陳述其關於體式的論見，但是從片言隻語中仍可摘取、分析、歸納出體式的相關論述。

　　在進行探討前，須先說明批評者建構體式時的論述方式，主要有二：其一，概念化為風格術語，即如《文心雕龍》所言：「若夫四言正體，則雅潤為本；五言流調，則清麗居宗。」〔註2〕其中「雅潤」與「清麗」便是概念化後的風格術語。其二，具體化的提出典範作品、作家，如《仕學規範》中云：「學詩須熟看老杜、蘇、黃，先見體式，……。」〔註3〕其中「老杜、蘇、黃」即

〔註1〕　顏崑陽，《六朝文學觀念叢論》（臺北：正中書局，1993年），頁178。

〔註2〕　（梁）劉勰著，周振甫譯注，《文心雕龍譯注》（臺北：五南圖書出版股份有限公司，1993年），頁82。

〔註3〕　（宋）張鎡，《仕學規範》（臺北：臺灣商務印書館，1970年，四庫全書珍本），3集，冊2，頁7b。

是具體化之作家，不過張鋕雖舉諸作家，然實指其作品。

這兩種方式相關而有異，以作家或作品為體式，是因其作品呈現之風格足為範型，雖然沒有明確指出其風格為何，但是其仍隱含著曲家對於作家、作品藝術形相的歸納。當以風格術語做為體式之內涵時，雖是概念化的呈現，但可能是提舉作品藝術形相所得之概念，也就是曲家從戲曲實存經驗現象中歸納而得。但此外也有可能是從文學歷史中進行比附，如上一章所言，曲家存在著「宗詩」的觀念，所以其肯認劇體之體式也有承繼詩學傳統而來，如「雅」便是將詩之體式轉用以規範劇體。

釐清這兩種體式的論述方式後，便可以開始進行論題分析。如前所言，本章亟欲梳理劇體之體式的概念內涵，因此不同的論述方式，而分為兩個部分，第一節主要以風格術語所指稱之體式為對象，分析曲論中究竟提出了哪些體式概念，其概念又有何內涵意義。第二節則以曲家所建立出之典範為對象，也就是具體化之體式，主要在分析這些作家、作品做為典範的內涵。最後則循上述兩節之分析結果，進一步探討體式論述中所隱含的文體論意義。

第一節　體式的概念類型

在分析劇體體式概念類型前，有三個部分需要先進行說明。其一，劇體有總體與殊體之別，因此體式也會有總體與殊體之別。其二，在本章的討論中仍以曲論中論及戲曲者為主，若專論散曲者則略之〔註4〕，但若劇散難以區辨者，則仍納入之。其三，體式有偏重之特徵。體式就其概念層級而言，雖指整體藝術形相；但一般而言，無論文體論或戲曲文體論中，體式都有偏重的特性。例如在文體論中，體式概念主要是指涉語言文字修辭的部分。雖然從理論上可以說語言文字修辭的藝術形相，是主觀文心將形式、內容有機統合後的結果。但進一步分析時，則仍可從體式論的語脈中，釐析出批評者的側重、偏向之所在。在文體論中這個部分主要即為文字修辭。因為文字修辭

〔註4〕　貫雲石在〈陽春白雪序〉中提及「豪辣灝爛」，而現代曲學研究者，如任訥、羅麗容等先生將「灝爛」視為散曲之體式。這部分的論述，已在本文範圍外，故暫捨之。詳見羅麗容，《曲學概要》（臺北：建宏出版社，2001 年）頁 9～12。另外汪涌豪亦認為「豪辣灝爛」為散曲之「體式」，雖然其「體式」一詞之義涵不完全同於本論文之定義，但他也認為此一風格概念具有「典型」意義。詳見汪涌豪，《中國文學批評範疇及體系》（上海：復旦大學出版社，2007 年），頁 370～375。

是文體外顯可察知的重要特徵，也是文學作品藝術表現的主要部分。至於在戲曲文體論中，雖也主要集中於文字修辭，故亦為本節次關注的焦點，除文字修辭外，曲家也相當重視格律音韻，因為劇體格律譜式繁雜、百里異音，加上與音樂、歌唱密切相關，所以在格律音韻的體製論述中，仍會進一步提出其體式特徵，不但有以概念化的術語來指稱之，也提出具體作家、作品為典範。除文字修辭、格律音韻外，曲論中會從歌樂形式處論體式，而此一體式論述主要從戲曲分為「南、北二體」的角度來立說。

雖然文字修辭、格律音韻與歌樂形式都是結構中的一部份，不過從體式來論時，這些結構要素之藝術形相都已是主觀文心融合諸要素後的總體表現，本文只是就其體式論之偏向來進行分類、分析。以下便就此三者為綱目，進行曲論中體式相關論述內涵之分析。

壹、文字修辭

「文字修辭」指曲家之體式論述著重於修辭應有之藝術形相，在曲論中至少可以觀察到四種主要的類型，包括：「本色」、「清麗」、「典雅」、「委婉」等，此四目是根據大量閱讀文本史料後的總體把握，這是在進行論述前的分析、歸納工作，經由對曲論的理解後所產生的分類。因為此四目在曲論中出現甚多、地位甚高，故足以被視之為劇體之「體式」。「本色」是現代曲學研究重要議題，其相關研究較多，而「清麗」、「典雅」、「委婉」等三種體式類型，則較少被關注。以下分述其做為體式在文字修辭部分之意義。

一、「本色」

「本色」在曲論中是相當重要的風格，也經常被曲家或研究者視為劇體之體式概念，正如葉長海所言：

> 大約從嘉靖年間開始，劇作家和戲曲活動家展開了對戲曲「本色」的探索和討論。儘管由于各家持論的角度不相同，對作品理解的程度相差很大，因而意見很不一致，有時甚至互相齟齬；但是，他們卻有一個共同的針對性，這就是：反對雕琢堆垛的「時文風」。〔註5〕

通過葉氏的論述，我們可已知道「本色」的提出主要在嘉靖年之後，而其會成為一個具有「範型性」的體式概念，乃因曲家欲以此概念修正當時雕琢的曲風。由此便賦予「本色」一詞「範型性」意義，也上昇成體式概念。

〔註5〕 葉長海，《曲律與曲學》（臺北：學海出版社，1993年），頁63。

　　然「本色」一詞非曲論獨有，在《後山詩話》即用之批評韓愈詩、蘇軾詞，已有當代研究進行深入探討。〔註6〕在曲論中襲用以批評劇體，亦有許多現代曲學研究者對此進行過深入的探討，因此關於「本色」概念已析之甚詳。本節即以前行研究為基礎，將「本色」置入本節的理論脈絡中，探討其在戲曲文體論中之意義、內涵。

（一）「本色」的概念層次及其在曲論中所含括的風格概念

　　「本色」在古典文學批評中可以區分出兩層義涵：其一是進行文章辨體，批評者預設了某一文體應有之藝術形相，然後以此為標準進行批評，符合者為「本色」，不合者便非「本色」。如《後山詩話》批評韓愈文、蘇軾詞「要非本色」〔註7〕，又如胡應麟《詩藪》所言：「文章自有體裁，凡為某體，務須尋其本色，庶幾當行。」〔註8〕這都是從辨體的角度來立說。至於論劇體者，如《南詞敘錄》中云：「《香囊》如教坊雷大使舞，終非本色。」〔註9〕此即是挪借《後山詩話》之語來批評《香囊》，認為《香囊》雖然也是集天下之工，但是從劇體的角度來看仍不是「本色」，在此徐渭已預設了劇體應有之體式，然後以之批評《香囊》。另外如梁廷枏《曲話》中云：「蔣心餘太史士銓九種曲，吐屬清婉，自是詩人本色。」〔註10〕這時的「本色」與「詩人」相連，即詩人有詩人之「本色」為「吐屬清婉」，這是站在詩體的角度來看劇體。以上所言之「本色」並非指涉某一種特定的風格範型，而是將「本色」視為一種辨體論的概念，於此已有現代研究者進行探討，本章第三節會再進一步說明，此處暫不贅述。以下主要先分析「本色」的第二層義涵。

　　「本色」的第二層義涵即從文字修辭處說，是對文章藝術形相的描述，如呂天成《曲品》批評《琵琶記》時云：

> 元人詞手，製為南詞，天然本色之句，往往見寶，遂開臨川玉茗之
> 派。〔註11〕

〔註6〕　如顏崑陽，〈論宋代「以詩為詞」現象及其在中國文學史論上的意義〉，收於《東華人文學報》第2期（2000年7月），頁33～67。又如楊曉靄反對「以詩為詞」是突破音樂對詞體的制約和束縛，而從「表現手法」來論「本色」。詳見楊曉靄，《宋代聲詩研究》（北京：中華書局，2008年），頁174～177。

〔註7〕　（宋）陳師道，《後山詩話》（臺北：漢京文化公司，1983年），頁309。

〔註8〕　（明）胡應麟，《詩藪》（臺北：廣文書局，1973年），頁26。

〔註9〕　《中國古典戲曲論著集成》第3冊，頁243。

〔註10〕　《中國古典戲曲論著集成》第8冊，頁272。

〔註11〕　《中國古典戲曲論著集成》第6冊，頁224。

呂氏將《琵琶記》評爲「神品」，可見得《琵琶記》足可以爲創作典範，此下文會進一步說明，此處主要分析「天然本色」之說。在此「天然本色」是用以形容其文句，所以是對文章藝術形相概念化後的術語。在《譚曲雜劄》中云：

> 曲始於胡元，大略貴當行不貴藻麗。其當行者曰「本色」。〔註12〕

凌濛初將「當行」視爲「本色」〔註13〕，而「當行」是與「藻麗」相對而言。由此可知在凌氏的觀念中，「當行」、「本色」亦爲藝術形相概念化後的風格術語。其所指涉者之義涵與「藻麗」相對，故應爲質樸、不雕琢的藝術形相。李惠綿在分析王驥德《曲律》中「本色」一詞時，對「本色」在修辭上的藝術形相亦給予「樸質、淺、淡、俗」的評語。〔註14〕雖然這些風格術語一樣是概念化後的結果，但是與「本色」一詞相比，則較容易從字面直觀掌握其義。故從文字修辭的角度來看「本色」，它是一個概念化的風格類型，若從「貴」的追求來說，便賦予其體式地位，爲「風格範型」，其包含之次概念有「質」、「淺」、「淡」、「俗」等。

「質」、「淺」、「淡」、「俗」是幾個有異而相近的風格概念。「質」與「樸」經常並用，指涉的是未經雕琢的藝術風格〔註15〕。在呂天成在《曲品·序》中提到明初戲曲大家時云：「質樸而不以爲俚，膚淺而不以爲疎。」〔註16〕呂氏對他們的文字修辭評價是「質樸」、「膚淺」，可見這是一種可供模習的風格範型。但呂氏也點出「俚」、「疎」等負面的藝術形相，這在下文會進一步探討。至於「淺」在曲論中經常爲負面義，但在呂氏之說中則做爲正向批評用語，又如《閒情偶寄》更明白在〈詞采第二〉中專論「貴顯淺」，認爲曲應「以其深而出之以淺」〔註17〕，將「淺」視爲一種風格範型。至於「淡」者，在何良俊《曲論》中云：

〔註12〕　《中國古典戲曲論著集成》第 4 冊，頁 253。

〔註13〕　李惠綿並不同意「當行」即「本色」之說，認爲此說「造成混淆，不足取也」。但本章此處行文之重點在分析「本色」做爲描述文章藝術形相的概念性，因此即便「當行」即「本色」說或眞混淆，但並不妨在此處做爲例證。李氏之說詳見李惠綿，《戲曲批評概念史考論》（臺北：里仁書局，2002 年），頁 92。

〔註14〕　詳見李惠綿，《王驥德曲論研究》（臺北：國立臺灣大學出版委員會，1992 年），頁 212。

〔註15〕　現代學術研究者也多以「質樸」來形容如《詩經》、陶淵明詩等自然不藻飾的風格。

〔註16〕　《中國古典戲曲論著集成》第 6 冊，頁 209。

〔註17〕　《中國古典戲曲論著集成》第 7 冊，頁 22～24。

王實甫《絲竹芙蓉亭》雜劇【仙呂】一套，通篇皆本色，詞殊簡淡可喜。〔註18〕

何良俊所言通篇皆「本色」，其詞「簡淡」，可知「本色」是以修辭「簡淡」為特徵，在此是對文章藝術形相的描述。而從何良俊書中對王實甫的高度評價中，便可知「本色」、「簡淡」足為體式。至於「俗」者，雖在曲論中經常被賦予負面義涵〔註19〕，但如《閒情偶寄》中云：

科諢之妙，在於近俗，而所忌者，又在於太俗。不俗則類腐儒之談，太俗即非文人之筆。〔註20〕

李漁認為科諢之妙在於「近俗」，此處「俗」便是一個正面的風格術語，而且「近俗」為「妙」，表示「近俗」足為體式。王世貞於《曲藻・序》中亦云：

大抵北主勁切雄麗，南主清峭柔遠，雖本才情，務諧俚俗。〔註21〕

王氏指出南、北曲各有其體式，但是兩者皆「務諧俚俗」，將「俚俗」標舉甚高。不過此「俚俗」當然須恰好，如李漁所言不可「太俗」，若「太俗」、「太俚」便又成為一種負面的藝術形相。〔註22〕

（二）曲論中「本色」概念所隱含的詩歌體式觀

上述分析了「本色」的概念類型，可以發現「本色」雖被視為文字修辭之體式，但是「本色」在藝術表現上存在著一些問題，如前所言「近俗」與「太俗」之別、「質樸」而不「俚」、「膚淺」而不「疏」，在這分寸之間的掌握，便是曲家創作論的著力之處。又如王驥德有云：「大抵純用本色，易覺寂寥。」〔註23〕即認為若劇作全以「本色」來進行文字修辭之依準，則會使人「寂寥」。「本色」雖具質樸之藝術形相特徵，但一個作品若全為「質樸」、「俗」，自然容易過於粗陋而不夠豐富、精彩。王世貞在評馮惟敏時亦云：「止用本色

〔註18〕 《中國古典戲曲論著集成》第4冊，頁8。

〔註19〕 如徐渭《南詞敘錄》有「俗而可厭」之語；《中國古典戲曲論著集成》第3冊，頁224。祁彪佳《遠山堂曲品》有「鄙俗可笑」之語，《遠山堂劇品》有「俗腐口吻」之語；李漁《閒情偶寄》有「極鄙極俗」之語。以上諸例無論單用「俗」字，或和其他術語複合，都是做為負面批評之術語。詳可參見《中國古典戲曲論著集成》第3冊，頁224；《中國古典戲曲論著集成》第6冊，頁92；同上注，頁198；《中國古典戲曲論著集成》第7冊，頁108。

〔註20〕 《中國古典戲曲論著集成》第7冊，頁62。

〔註21〕 《中國古典戲曲論著集成》第4冊，頁25。

〔註22〕 葉長海分析沈璟之「本色」觀念，亦是強調戲曲之「場上」特性，故須「拙」、「俗」，開李漁「本色論」之先河。詳見葉長海，《曲律與曲學》，頁213～218。

〔註23〕 同上注，頁122。

過多，北音太繁，爲白璧微纇耳。」〔註 24〕王氏亦指出「本色」在文章作品中運用的問題，若純用「本色」、或「本色」過多都是一種缺點。〔註 25〕

　　由是，可以重新審視何良俊的「本色」論述，何氏在面對「本色」問題時，便擴大了「本色」概念的藝術形相所指。據李惠綿的分析，何良俊之「本色」有「文詞簡淡、天然妙麗、語意蘊藉、情眞語切」等義涵。〔註 26〕趙山林提到何良俊「本色」之標準則結合四者爲：「『簡淡』而又『清麗』、『有趣』而又『蘊藉』」。〔註 27〕但是這樣的風格連結關係仍可有進一步探討的空間。其中「簡淡」爲「本色」概念類型中的次概念，「天然」、「情眞」、「語切」也都還可以與自然不雕琢的風格相類比。如本文於第三章中論及「情」這個材料要素之內涵即是須「眞切」，而情之「眞切」需要通過文字表現於外，如呂天成《曲品》評《荊釵》時云：

　　　　以眞切之調，寫眞切之情，情、文相生，最不易及。〔註 28〕

呂氏之說與《遠山堂曲品》所言「詞之能動人者，惟在眞切」相同，通「眞切」的文字須內含「眞切」之情，「眞切」之情亦須通過「眞切」的文字來表達於外，如《荊釵》的「情、文相生」便是足入「妙品」之作。這便是何良俊所言之「情眞」、「語切」。故「語切」從「文字修辭」來說即是「本色」，因爲「本色」是一種不雕琢、質樸自然的藝術風格，這種藝術形相與「眞切」之情結合，便是呂天成、祁彪佳等人極爲推崇的藝術表現。但是何良俊所謂「妙麗」、「蘊藉」則完全是另外一個類型的風格概念，如「妙麗」一詞在錢謙益〈族孫遵王詩序〉有用以批評當時「名能詩」的作家，其云：

　　　　今之名能詩者，庀材惟恐其不博，取境惟恐其不變，引聲度律惟恐其不諧美，駢枝闒葉惟恐其不妙麗。〔註 29〕

〔註 24〕同上注，頁 37。
〔註 25〕這種觀念一直存在於曲家之中，正如陸林認爲《中原音韻》所提及的藝術表現：「講通俗而避庸俗」、「文而不文，俗而不俗」。所謂「文而不文，俗而不俗」正是與王驥德、何良俊等人相近之藝術傾向。關於陸說，詳見陸林，〈試論周德清爲代表的元人戲曲語言聲律論〉，收於《戲曲研究》第 45 輯（北京：文化藝術出版社，1993 年），頁 115。
〔註 26〕李惠綿，《戲曲批評概念史考論》，頁 93。
〔註 27〕詳見趙山林，〈古代曲論中的「本色」論〉，收於《詩詞曲論稿》（北京：中華書局，2006 年），頁 62～63。（原載於《文藝理論研究》第 2 期（1998 年））。
〔註 28〕《中國古典戲曲論著集成》第 6 冊，頁 224。
〔註 29〕（清）錢謙益撰，（清）錢曾箋注，錢仲聯標校，《牧齋有學集》中冊（上海：上海古籍出版社，1996 年），頁 827。

此處「妙麗」是詩人「駢枝鬭葉」的目的，希望在文字修辭上能夠更精緻、華麗，而錢謙益批判這種文學美感的追求；何良俊則以畫家、女子為例，反對「濃鹽赤醬」、「施朱傅粉，刻畫太過」，進而追求「靚妝素服，天然妙麗者」〔註30〕，「妙麗」須展現「天然」而非人為造作。或許何良俊之「妙麗」概念與錢謙益不盡相同，但從「麗」處說已與「簡淡」相去甚遠，為兩種不同的風格概念。因此從「妙麗」來充實「本色」概念之內涵，確實已較其他曲家所指為寬。至於「蘊藉」一詞，其字面義即是蘊含不露，要蘊含不露勢必需要在文字修辭進行更多的修飾，來達到委曲其意，這也與質樸、自然的風格概念相左。且一般而言，「蘊藉」是被視為詩、詞的體式觀念，如李漁便直言詩者「宜蘊藉而忌分明」〔註31〕，明確點出「蘊藉」為詩之體式。

在劇體中既有「本色」之要求，為何又會出現如何良俊般開展「本色」之內涵，或如王驥德、王世貞修正、批評「本色」？如張新建便認為如王驥德將「本色」界說為俚俗、又為婉麗，是一種「內在矛盾」。〔註32〕對此，我們則認為這是因為在曲家雖然面對有別於詩、詞的新文體的出現，但在其價值觀中，一直延續著詩、詞的文學風格範型。〔註33〕正如上一章中所言，曲家在源流觀中亦反映出「宗詩」的價值觀，於此又可以再一次得到證實緒論中「曲論中隱含著古典詩學意識」的基本假定。

二、「清麗」

在《文心雕龍》中說道：「五言流調，清麗居宗」〔註34〕，即將「清麗」視為五言詩之體式。在《太和正音譜》中亦以「清麗」來進行批評，如評馬致遠之文字修辭為「典雅清麗」〔註35〕。《南詞敘錄》評《琵琶記》時云：「用

〔註30〕 《中國古典戲曲論著集成》第 4 冊，頁 8。
〔註31〕 《中國古典戲曲論著集成》第 7 冊，頁 22。
〔註32〕 詳見張新建，〈王驥德與徐渭〉，收於《戲曲研究》第 20 輯（北京：文化藝術出版社，1986 年），頁 217。
〔註33〕 李延賀對此另有一種詮釋，他認為會產生對於「本色」定義之不同，是源於地域之差異，處吳中者如王世貞等接受駢麗之曲風，吳中以外者則多反對之。然本論文則認為「清麗」與「本色」為不同的體式概念，且其與文人接受古典詩學觀念有關。詳見李延賀，〈王世貞及其反對者：關於晚明戲曲批評範式的建立〉，收於《中華戲曲》第 24 輯（北京：文化藝術出版社，2000 年），頁 110～113。
〔註34〕 （梁）劉勰著，周振甫譯注，《文心雕龍譯注》，頁 82。
〔註35〕 《中國古典戲曲論著集成》第 3 冊，頁 16。

清麗之詞，一洗作者之陋。」〔註36〕何良俊《曲論》評鄭光祖《倩女離魂》
時云：「清麗流便，語入本色。」〔註37〕《今樂考證》中引劉凡評《桃花扇》，
其中一項評語即是：「麗而清」。〔註38〕以上所舉諸例，無論是馬致遠、鄭光
祖、《琵琶記》、《桃花扇》皆是戲曲史中的名家、名作，他們在文字修辭上都
被給與「清麗」的批評。可見「清麗」足可被視爲體式概念之一。

　　「清麗」在周振甫的譯注中指的是「清新艷麗」〔註39〕，我們可以進一
步解釋：「清」、「清新」指文字修辭乾淨、簡鍊給予人耳目一新之感；「麗」、
「艷麗」則是雕琢文句、刻意詞藻。如曹植、王粲等作家即是兼具「清」、「麗」，
然如張華、張協則各擅一端，故周振甫云：「張華完成清新，張協發揚艷麗。」
〔註40〕將「清」與「麗」分言之。從《文心雕龍》與周氏之語中，可知「清」
與「麗」都是重要的風格術語，分言爲一家之體貌，兼兩者之長者，方足堪
稱體式。至於究竟如何方是既「清新」又「艷麗」或「艷麗」中帶「清新」？
這可從王驥德之語來分析，其云：

> 詞曲雖小道哉，然非多讀書，以博其見聞，發其旨趣，終非大雅。
> 須自《國風》、《離騷》、古樂府及漢、魏、六朝三唐諸詩，下迨《花
> 間》、《草堂》諸詞，金、元雜劇諸曲，又至古今諸部類書，俱博搜
> 精采，蓄之胸中，於抽毫時，掇取其神情標韻，寫之律呂，令聲樂
> 自肥腸滿腦中流出，自然縱橫該洽，與剿襲口耳者不同。〔註41〕

王驥德認爲劇體仍須「多讀書，以博其見聞，發其旨趣」，所讀之書即是從《詩
經》以降之韻文學作品與類書，需要將這些作品、類書做爲基礎知識然後進
行創作。我們認爲王驥德所言者即是「麗」，因爲要達到文章之「麗」，以用
典的方式進行文章雕琢是很重要的一個方式。然創作時並非單純的「塡學
問」、「用類書」，而是要融會之，取其「神情標韻」。當「塡學問」、「用類書」
且「自然縱橫該洽」，得學問、類書之「神情標韻」，便可以說是「麗」且「清」
者，因爲其雖然文辭用典而「藻麗」，但又不滯於堆砌，通過自然融洽的語言
出之，所以可是視之爲「清」。

〔註36〕　同上注，頁239。
〔註37〕　《中國古典戲曲論著集成》第4冊，頁7。
〔註38〕　《中國古典戲曲論著集成》第10冊，頁259。
〔註39〕　（梁）劉勰著，周振甫譯注，《文心雕龍譯注》，頁83。
〔註40〕　同上注。
〔註41〕　《中國古典戲曲論著集成》第4冊，頁121。

　　此處主要指出「清麗」在曲論中為重要之風格概念，足可視之為體式。因為不但被賦予「清麗」一詞者多為重要作家，以「清」或「麗」組構的風格術語亦多，「清」者如「清峭」、「清艷」、「清空」、「清幽」、「清俊」、「清揚」、「清深」、「清倩」、「清和」、「清新」、「清超」、「清勁」、「清婉」等。〔註42〕「麗」除單獨做為批評術語外，做為複合詞元素之一者，如「艷麗」、「藻麗」、「俊麗」、「琢麗」、「莊麗」、「纖麗」、「明麗」、「駢麗」、「工麗」、「整麗」、「富麗」、「雄麗」、「雅麗」、「流麗」、「宏麗」、「完麗」、「秀麗」、「奇麗」、「綺麗」、「綿麗」、「穠麗」、「婉麗」。〔註43〕以上「清」與「麗」相關的批評術語不但

〔註42〕 以上諸詞，限於篇幅，均引一至二例為證。使用「清峭」者，如王世貞《曲藻》中「清峭柔遠」、徐復祚《曲論》中「清峭拔處」，詳見《中國古典戲曲論著集成》第 4 冊，頁 25、37；使用「清艷」者，如梁廷枏《曲話》中「淒切清豔」，詳見《中國古典戲曲論著集成》第 8 冊，頁 237；使用「清空」者，如王驥德《曲律》中「一味清空」，詳見《中國古典戲曲論著集成》第 4 冊，頁 127 使用「清幽」者，如《看山閣集閒筆》中「最喜其清幽」，詳見《中國古典戲曲論著集成》第 7 冊，頁 140；使用「清俊」者，如呂天成《曲品》中「詞多清俊」，詳見《中國古典戲曲論著集成》第 6 冊，頁 240；使用「清揚」者，如徐復祚《曲論》中「委宛清揚」，詳見《中國古典戲曲論著集成》第 4 冊，頁 246；使用「清深」者，如《藝概》中「約之只清深、豪曠、婉麗三品」，詳見《中國古典戲曲論著集成》第 9 冊，頁 117；使用「清倩」者，如呂天成《曲品》中「清倩之筆」，詳見《中國古典戲曲論著集成》第 6 冊，頁 226；使用「清和」者，如梁廷枏《曲話》中「清和婉約」，詳見《中國古典戲曲論著集成》第 8 冊，頁 257；使用「清新」者，如《遠山堂曲品》中「至若詞之清新」，詳見《中國古典戲曲論著集成》第 6 冊，頁 40；使用「清超」者，如《遠山堂曲品》中「尚少清超一境耳」，詳同上注，頁 67；使用「清勁」者，如《詞謔》中「小山清勁」，詳見《中國古典戲曲論著集成》第 3 冊，頁 292；使用「清婉」者，如梁廷枏《曲話》中「吐屬清婉」，詳見《中國古典戲曲論著集成》第 8 冊，頁 272。

〔註43〕 以上諸詞，限於篇幅，均引一例為證。使用「艷麗」者，如徐復祚《曲論》中「雄奇艷麗」，詳見《中國古典戲曲論著集成》第 4 冊，頁 235；使用「藻麗」者，如《遠山堂曲品》中「語多藻麗」，詳見《中國古典戲曲論著集成》第 6 冊，頁 53；使用「俊麗」者，如《錄鬼簿續編》中「語極俊麗」，詳見《中國古典戲曲論著集成》第 2 冊，頁 286；使用「琢麗」者，如呂天成《曲品》中「詞白極琢麗」，詳見《中國古典戲曲論著集成》第 6 冊，頁 236；使用「莊麗」者，如《遠山堂曲品》中「曲白莊麗」，詳同上注，頁 71；使用「纖麗」者，如《遠山堂劇品》中「詞不乏纖麗」，詳同上注，頁 179；使用「明麗」者，如《遠山堂曲品》中「詞亦明麗」，詳同上注，頁 49；使用「駢麗」者，如《曲藻》中「是駢儷中景語」，詳見《中國古典戲曲論著集成》第 4 冊，頁 29；使用「工麗」者，如《遠山堂曲品》中「以工麗見長」，詳見《中國古典戲曲論著集成》第 6 冊，頁 20；使用「整麗」者，如《遠山堂曲品》中「詞

多雜，即便是同一批評者在不同地方出現之同一術語，其意指也未必相同，因此若要逐一進行分析，是相當繁冗的工作，也非本節次之主旨。在此羅列諸風格術語，旨在呈現曲論中有大量以「清」或「麗」做為組構元素的風格術語，顯見它們的重要性。而正如前言，須兼具「清」、「麗」者方能稱之為體式，「清麗」在曲家眼中，可與「本色」相提並論，都是相當重要的體式概念。

三、「典雅」

在前引《太和正音譜》中，即以「典雅」一詞來批評馬致遠，另批評李壽卿時亦云其詞「雍容典雅」〔註44〕；《遠山堂劇品》在論及周誠齋時亦稱「渾樸典雅，自非今人可及」〔註45〕，將其地位通過「渾樸典雅」四詞之評語標舉至時人之上；呂天成《曲品》評《玉玦》時則認為其「典雅工麗」，雖只入「上中品」，但綜合前述，仍可觀察出「典雅」概念在曲論中的一定地位。

「典雅」在《文心雕龍》中被視為八種體式之一，其云「典雅」為「熔式經誥，方軌儒門者也。」〔註46〕周振甫進一步解釋為：「指取法經書，採用儒家，文詞莊重的是典雅。」〔註47〕從意義內容來看須取法經書、採用儒家義理，然從文字修辭來看則是文詞莊重。文詞莊重便與本色之俚、俗、淺等概念相左。這種差異是雅與俗兩種審美意識的作用，也就是曲論的雅、俗之

甚整麗」，詳同上注，頁62；使用「富麗」者，如何良俊《曲論》中「才藻富麗」，詳見《中國古典戲曲論著集成》第4冊，頁11；使用「雄麗」者，如《曲藻》中「勁切雄麗」，詳見《中國古典戲曲論著集成》第4冊，頁25；使用「雅麗」者，如王驥德《曲律》中「其詞亦雅麗可喜」，詳見《中國古典戲曲論著集成》第4冊，頁180；使用「流麗」者，如呂天成《曲品》中「亦是流麗之才」，詳見《中國古典戲曲論著集成》第6冊，頁216；使用「宏麗」者，如《曲藻》中「放逸宏麗」，詳見《中國古典戲曲論著集成》第4冊，頁28；使用「完麗」者，如《曲藻》中「可謂完麗」，詳同上注，頁34；使用「秀麗」者，如《曲藻》中「秀麗雄爽」，詳同上注，頁35；使用「奇麗」者，如王驥德《曲律》中「奇麗動人」，詳同上注，頁165；使用「綺麗」者，如王驥德《曲律》中「始工綺麗」，詳同上注，頁172；使用「綿麗」者，如王驥德《曲律》中「宛轉綿麗」，詳同上注，頁133；使用「穠麗」者，如王驥德《曲律》中「穠麗奇偉」，詳同上注，頁167；使用「婉麗」者，如王驥德《曲律》中「婉麗妖冶」，詳同上注，頁170。
〔註44〕　《中國古典戲曲論著集成》第3冊，頁16。
〔註45〕　《中國古典戲曲論著集成》第6冊，頁149。
〔註46〕　（梁）劉勰著，周振甫譯注，《文心雕龍譯注》，頁351。
〔註47〕　同上注，頁352。

辨。此於本章第三節會進一步說明，此暫不贅述。「典雅」的概念是以「雅」
為中心，而「典雅」、「雅」本為古典詩詞批評中固有之術語，其代表的也是
古典詩學的審美標準。在劇體體式批評中，也延續這種體式觀。

　　除如前所言，以「典雅」做為批評標準外，曲論中亦會以「雅」之單詞
做為批評術語或以「雅」做為構詞元素之風格術語。以「雅」為風格術語者，
如呂天成《曲品》、《遠山堂曲品》、《遠山堂劇品》都有設立「雅品」，在梁廷
枏《曲話》中即明言「貴雅」：

　　　　言情之作，貴在含蓄不露，意到即止。其立言，尤貴雅而忌俗。然
　　　　所謂雅者，固非浮詞取厭之謂。〔註48〕

梁氏認為言情之作須「含蓄不露，意到即止」，此即下文所要討論之「委婉」，
與「本色」之淺近不同。此外他更進一步認為文字修辭尚須「貴雅」，而此「雅」
並非「浮詞」，也就是並非要浮誇堆垛之詞，而是要莊重。通過文字之「雅」
來達到含情「婉約」之效，其在曲論中也多提及此點。至於「委婉」乃詞之
體式，下文會進一步說明。呂天成、祁彪佳、梁廷枏都是將「雅」視為可模
習之風格範型，將「雅」、「典雅」從修辭取向、風格類型提升至體式的高度。

　　至於以「雅」做為構詞元素之風格術語亦多，另由曲論耙梳可見「雅致」、
「雅謔」、「溫雅」、「大雅」、「雅馴」、「騷雅」、「雅妙」、「雅潔」、「工雅」、「雅
調」、「充雅」、「平雅」、「雅質」、「博雅」、「文雅」、「莊雅」、「纖雅」、「風雅」、
「都雅」、「雅麗」、「古雅」、「俊雅」等，〔註49〕這些風格術語皆為正面之風

〔註48〕 《中國古典戲曲論著集成》第 8 冊，頁 258。
〔註49〕 以上諸詞，限於篇幅，均引一例為證。使用「雅致」者，如《遠山堂曲品》
　　　　中「自然雅致」，詳見《中國古典戲曲論著集成》第 6 冊，頁 85；使用「雅謔」
　　　　者，如《遠山堂劇品》中「終非雅謔」，詳同上注，頁 191；使用「溫雅」者，
　　　　如王驥德《曲律》中「宜溫雅不宜激烈」，詳見《中國古典戲曲論著集成》第
　　　　4 冊，頁 123；使用「大雅」者，如《遠山堂曲品》中「亦自有大雅體裁」，
　　　　詳見《中國古典戲曲論著集成》第 6 冊，頁 34；使用「雅馴」者，如梁廷枏
　　　　《曲話》中「雅馴中饒有韻致」，詳見《中國古典戲曲論著集成》第 8 冊，頁
　　　　257；使用「騷雅」者，如《藝概》中「兩家固同一騷雅」，詳見《中國古典
　　　　戲曲論著集成》第 9 冊，頁 116；使用「雅妙」者，如焦循《劇說》中「但詞
　　　　意未能雅妙耳」，詳見《中國古典戲曲論著集成》第 8 冊，頁 105；使用「雅
　　　　潔」者，如焦循《劇說》中「筆墨雅潔」，詳同上注，頁 173；使用「工雅」
　　　　者，如呂天成《曲品》中「工雅不減《玉玦》」，詳見《中國古典戲曲論著集成》
　　　　第 6 冊，頁 232；使用「雅調」者，如《遠山堂劇品》中「本俗境而以雅調寫
　　　　之」，詳同上注，頁 168；使用「充雅」者，如呂天成《曲品》中「詞調充雅」，
　　　　詳同上注，頁 240；使用「平雅」者，如呂天成《曲品》中「詞亦平雅」，詳

格描述語。從這麼多批評術語都以「雅」造詞，可知「雅」之審美觀深植於曲家之文學觀，也足證其在曲家觀念中爲體式之一。〔註 50〕在劇體「雅」、「俗」關係的論述中，更有以「雅」爲本的觀念，下文會對此進一步說明。

四、「委婉」

上引梁廷枏《曲話》中「含蓄不露」，即「委婉」之意，何良俊所言之「蘊藉」也類近於此概念。「委婉」與「婉約」近同，可視爲同一「風格類型」進行討論，在曲論中多見用於文字修辭之批評。「婉約」做爲風格概念是文學史上常見之用法，尤其用以論詞之體式，根據艾治平的分析，「婉約詞」的美學特徵有：「隱約含蓄」、「字句精巧」、「意蘊語柔」等。〔註 51〕究其意，「婉約」指涉的是通過修辭將內心情意含蓄不露的表達，而「委婉」也是相近之意。這種藝術形相與「本色」相去甚遠，但如前所言，何良俊則將之納入「本色」概念之中，顯見此概念在曲家文學觀念中的重要性。本文特將之區分出來，表明其爲不同面向之風格概念。

在梁廷枏《曲話》中評吳昌齡《風花雪月》一劇時云：「雅馴中饒有韻致，吐屬亦清和婉約。」〔註 52〕其即以「婉約」來形容修辭，而梁氏亦將吳昌齡此劇標舉甚高，稱之爲「在元人雜劇中，最爲全璧，洵不多觀也。」〔註 53〕可見「婉約」在其觀念中是相當重要的風格概念。至於使用「委婉」一詞進行批評者更多，如《太和正音譜》評王實甫之詞時云：「鋪敘委婉，深得騷人

同上注，頁 250；使用「雅質」者，如《遠山堂曲品》中「雅質之詞度之」，詳同上注，頁 10；使用「博雅」者，如《衡曲麈譚》中「不貴尖酸而貴博雅」，詳見《中國古典戲曲論著集成》第 4 冊，頁 263；使用「文雅」者，如王驥德《曲律》中「潔淨文雅」，詳同上注，頁 141；使用「莊雅」者，如《遠山堂劇品》中「自是莊雅不羣」，詳見《中國古典戲曲論著集成》第 6 冊，頁 153；使用「纖雅」者，如《衡曲麈譚》中「纖雅絕倫」，詳見《中國古典戲曲論著集成》第 4 冊，頁 269；使用「風雅」者，如《遠山堂曲品》中「故其爲詞多風雅」，詳見《中國古典戲曲論著集成》第 6 冊，頁 56；使用「都雅」者，如王驥德《曲律》中「都雅婉逸」，詳見《中國古典戲曲論著集成》第 4 冊，頁 1；使用「雅麗」者，已見前注，略之；使用「古雅」者，如《遠山堂曲品》中「古雅絕倫」，詳見《中國古典戲曲論著集成》第 6 冊，頁 25；使用「俊雅」者，如《遠山堂劇品》中「藻豔俊雅」，詳同上注，頁 177。

〔註 50〕　「雅」不只做爲風格術語，亦被選家列爲集名，如《吳歈萃雅》、《徽池雅調》、《昆弋雅調》、《古今奏雅》等皆是。
〔註 51〕　詳見艾治平，《婉約詞的流變》(瀋陽：遼寧大學出版社，1994 年)，頁 7～12。
〔註 52〕　《中國古典戲曲論著集成》第 8 冊，頁 255。
〔註 53〕　同上注。

之趣。」〔註54〕認爲王實甫在文字鋪敘上「委婉」，並以「騷人之趣」評之，所謂「騷人之趣」即是指善於使用比興來表情達意的修辭方式，這完全是以詩、詞的審美標準在批評劇體。

「委婉」二字從字面義來看，都有含蓄、隱微、曲折之意，在曲論中也有許多風格術語以此爲造詞元素，如「婉切」、「婉妙」、「婉刺」、「清婉」、「秀婉」、「婉曲」、「委曲」、「委折」、「婉轉」、「柔婉」、「婉俏」、「淒婉」、「婉麗」、「婉媚」等。〔註55〕可見「委婉」概念在風格批評上之重要性，故可說在曲家的眼中，確實是將「委婉」視之爲劇體體式。

貳、格律音韻

「格律音韻」指曲家之體式論述著重於外在形式規範應有之藝術形相。在文體論中，體式批評主要集中於文字修辭方面；但是在劇體論述中，格律與音韻也是曲家關注的焦點。因爲戲曲有搬演、合樂、配唱的要求，所以特別講究格律、音韻。如呂天成《曲品》與祁彪佳的《遠山堂曲品》、《遠山堂劇品》在評論劇作時，也多強調其在遵守格律、妥置音韻上之表現。

在本文第三章「戲曲文體結構論」中已引用呂天成評《雙卿》、《遠山堂曲品》評《斷髮》之評語，在該兩段引文中提到「守韻」、「守律」的特徵。劇作

〔註54〕 《中國古典戲曲論著集成》第 3 冊，頁 17。

〔註55〕 以上諸詞，限於篇幅，均引一例爲證。使用「婉切」者，如呂天成《曲品》中「乃此情語何婉切也」，詳見《中國古典戲曲論著集成》第 6 冊，頁 230；使用「婉妙」者，如焦循《劇說》中「情詞婉妙爲勝」，詳見《中國古典戲曲論著集成》第 8 冊，頁 173；使用「婉刺」者，如《遠山堂劇品》中「其婉刺處有更甚於快罵者」，詳見《中國古典戲曲論著集成》第 6 冊，頁 157；使用「清婉」者，已見前注，略之；使用「秀婉」者，如《看山閣集閒筆》中「秀婉芳妍」，詳見《中國古典戲曲論著集成》第 7 冊，頁 143；使用「婉曲」者，如王驥德《曲律》中「宜婉曲不宜直致」，詳見《中國古典戲曲論著集成》第 4 冊，頁 123；使用「委曲」者，如王驥德《曲律》中「委曲宛轉」，詳同上注，頁 122；使用「委折」者，如《遠山堂曲品》中「此等意境，安能求其委折」，詳見《中國古典戲曲論著集成》第 6 冊，頁 76；使用「婉轉」者，如《遠山堂曲品》中「雖乏婉轉之致，猶不致於龐雜」，詳同上注，頁 29；使用「柔婉」者，如王驥德《曲律》中「南之柔婉」，詳見《中國古典戲曲論著集成》第 4 冊，頁 146；使用「婉俏」者，如王驥德《曲律》中「不特詞句婉俏」，詳同上注，頁 152；使用「淒婉」者，如梁廷枏《曲話》中「其曲情亦淒婉動人」，詳見《中國古典戲曲論著集成》第 8 冊，頁 265；使用「婉麗」者，已見前注，略之；使用「婉媚」者，如王驥德《曲律》中「亦恨無閨閣婉媚之致」，詳見《中國古典戲曲論著集成》第 4 冊，頁 179。

家即是通過「守」音韻格律來達到「嚴」。從曲論中，可以分析出「嚴」爲曲家在格律音韻上的體式。「嚴」指在音韻、格律的使用上合乎體製規範，沒有出入、錯誤之處。如《遠山堂曲品》評孫鍾齡《睡鄉》時云：「詞極爽，而守韻亦嚴。」〔註56〕祁彪佳於此強調孫劇嚴格遵守音韻的特徵，並將此劇歸入「逸品」。另《遠山堂劇品》評葉憲祖《三義成姻》時，認爲其「詞律嚴整」〔註57〕，在音韻格律上達到「嚴整」的體式標準，不過其文字修辭仍有不足，因此若能「再得詞情紆宛，則兼善矣。」〔註58〕這一方面可以呼應上文，表示在文字修辭中，「紆宛」這種不直書、含蓄的審美標準是曲家著重的；另一方面，從「詞律嚴整」可以看出，音韻格律的嚴格遵守是相當重要的審美標準，足與文字修辭並舉爲「兼善」，而葉憲祖《三義成姻》雖未能盡得「詞情紆宛」，但由於「詞律嚴整」，祁彪佳仍將之歸入「雅品」。又評王驥德《倩女離魂》亦云：「其於宮韻平仄，不錯一黍。」也是從格律音韻的角度來評價劇作，認爲王氏之作在平仄格律上能夠「不錯」，是一項值得提出稱許的藝術表現。

難道嚴守格律那麼困難嗎？這是因爲曲律較詩律、詞律更嚴格、細密，加上當時百里異音，某方音於某地合律，易之他地便爲出律〔註59〕，總總因素，都增加創作時的難度。當耙梳《遠山堂曲品》、《遠山堂劇品》時，的確會發現有許多劇作無法守律，此於下文將進一步分析、探討。通過此一現象，可知「嚴整」的困難，也更可以理解曲家將「嚴整」視爲範型之意義與原因。

不過除了「嚴」、「嚴整」之外，曲家尚進一步提出「工」、「妙」，如《遠山堂曲品》評沈璟《紅蕖》時云：

> 字字有敲金戛玉之韻，句句有移宮換羽之工；至於以藥名、曲名、
>
> 五行、八音，及聯韻、疊句入調，而雕鏤極矣。〔註60〕

祁彪佳認爲沈璟在文字修辭上「雕鏤極矣」，所以此篇劇作被置於「艷品」。可是若從格律音韻來看，則「字字有敲金戛玉之韻，句句有移宮換羽之工」，其不只是「嚴整」，更進一步到達「工」。又如呂天成《曲品》評邵璨時云：「選

〔註56〕《中國古典戲曲論著集成》第6冊，頁11。

〔註57〕同上注，頁159。

〔註58〕同上注。

〔註59〕如《顧誤錄》即云：「方音：天下之大，百里殊音，絕少無病之方，往往此笑彼爲方言，被彼嗤此爲土語，實因方音乃其天成，苦不自知耳。」此處即指出方音的地域性與個殊性，一地一音，因此正韻便相當重要。《中國古典戲曲論著集成》第9冊，頁56。

〔註60〕《中國古典戲曲論著集成》第6冊，頁18。

聲儘工，宜騷人之傾耳。」其言「選聲」即是指句中選字，「選聲儘工」指在音韻格律上經過精心挑選，故可達到「工」的藝術高度。又呂天成引沈璟評《琵琶記》時云：

> 詞隱先生嘗謂予曰：「東嘉妙處全在調中平、上、去聲字用得變化，
> 唱來和協。」〔註61〕

沈璟認為高明的長處是能夠將平、上、去三聲字變化運用，讓歌者能夠「和協」。這段引文即與邵璨之評相近，認為在選聲上能有獨到之處，不僅合轍，更能「和協」唱者之口。

由於守律與合樂、配唱的關係密切，所以曲家有時便合而論之，如呂天成《曲品》記其舅祖孫司馬公論「傳奇十要」時，其中第四要便是「按宮調，協音律」。〔註62〕另如《製曲枝語》中言曲之三難時云：「叶律一也，合調二也，字句天然三也。」〔註63〕「按宮調」與「協音律」、「叶律」與「合調」兩者意義相近，都是在要求宮調與格律都要合乎規範，也就是以「嚴整」為體式標準。

參、歌樂形式

前已有言，曲論中會從歌樂形式處論體式，而此一體式論述主要從戲曲分為「南、北二體」的角度來立說。如王世貞的《曲藻》中云：

> 凡曲：北字多而調促，促處見筋；南字少而調緩，緩處見眼。北則
> 辭情多而聲情少，南則辭情少而聲情多。北力在絃，南力在板。北
> 宜和歌，南宜獨奏。北氣易粗，南氣易弱。此吾論曲三昧語。〔註64〕

王世貞此段論述相當具有代表性，雖臧懋循反對此說，但已為沈寵綏所駁正〔註65〕。所以如王驥德《曲律》、張琦《衡曲塵譚》、魏良輔《曲律》、祁彪佳《遠山堂曲品》與笠閣漁翁《笠閣批評舊戲目》等書中皆承襲王世貞之觀點。〔註66〕王氏此說主要在探討「南、北二體」在歌樂形式上之特徵，這是就其音

〔註61〕 同上注，頁 18。
〔註62〕 同上注，頁 223。
〔註63〕 《中國古典戲曲論著集成》第 7 冊，頁 119。
〔註64〕 《中國古典戲曲論著集成》第 4 冊，頁 27。
〔註65〕 《中國古典戲曲論著集成》第 5 冊，頁 239。
〔註66〕 詳見《中國古典戲曲論著集成》第 4 冊，頁 57、269。《中國古典戲曲論著集成》第 5 冊，頁 7。《中國古典戲曲論著集成》第 6 冊，頁 62。《中國古典戲曲論著集成》第 7 冊，頁 309。

樂屬性所下的判斷，而非綜合結構元素後所形成的體式判斷。至如王驥德《曲律》引康海所言：

> 以聲而論，則關中康得涵所謂：南詞主激越，其變也爲流麗；北曲主忼慨，其變也爲朴實。惟朴實故聲有矩度而難借，惟流麗故唱得宛轉而易調。〔註67〕

此處直言其是「以聲而論」，也就是以歌樂形式爲對象。然與王世貞之說的差異在於此處更進一步提出歌樂形式的藝術形相，如「南」之「激越」、「流麗」；「北」的「忼慨」、「朴實」，都是在描述歌樂形式的藝術形相特徵。沈寵綏《度曲須知》所謂「北曲以遒勁爲主，南曲以宛轉爲主」一語中〔註68〕，「遒勁」、「宛轉」亦是在描述歌樂形式的藝術形相。而從王、沈兩人所謂「主」的限定中，即可看出他們所謂的「激越」、「流麗」、「宛轉」與「忼慨」、「朴實」、「遒勁」即是具有「範型性」。然要達到上述的風格，必須要材料、形式的有機統合，不可能忼慨之事敘之以宛轉之詞，又歌以「遒勁」之樂調。所以這些是有機統合後的藝術形相，只是其側重之處在於歌樂形式，可以說這是側重於歌樂形式的體式標準。

第二節　典範的形成與轉變

以上雖從三方面的概念化風格術語來進行體式的探討，不過曲家在體式建構時，主要還是集中於文字修辭與格律音韻兩方面，這從典範的建構即可見之。當曲家以某作家、作品爲典範，該作家、作品即是概念化風格術語的具象化；反言之，這些不同典範作家、作品即反映了概念化之體式。如前所言，「文字修辭」中存在著不同的體式概念，這些概念展現了藝術形相、審美趣味的不同面向，再加上格律音韻的「嚴整」、「工」之與否，使得曲家在選擇典範作家、作品時也會有不同。

曲論中所提出的典範作家、作品甚多。經由曲論的耙梳，因其所立之典範標準，可以歸納、約化爲四類。第一類爲「元人」，「元人」指涉的是元代作家，曲論中將「元人」視爲典範，而此一類型是不分言的，乃將元代作家視爲一個整體；第二類是從「元人」中所提出的「大家」之說，以「元人」爲典範是將有元一代視爲一個整體，但是元人之作亦有良莠，所以曲論中仍

〔註67〕《中國古典戲曲論著集成》第4冊，頁56。
〔註68〕《中國古典戲曲論著集成》第5冊，頁315。

有「大家」之說，特別從「元人」中提舉出數人，合稱爲「大家」以爲典範；第三類是《琵琶》、《拜月》、《西廂》等三劇，在曲論中將此三者標舉甚高，並以爲典範，而此三者在不同曲家的論述中各有高低，經常被比較，故可視爲一個類型；第四類是湯顯祖與沈璟，湯、沈二人在曲論中被標舉甚高，分別代表重律、重辭的不同藝術形相特徵，辭、律之輕重爲曲論中重要的一組論爭，故合爲一類論之。以下分述之。

壹、「元人」的典範化

在明、清曲論中，有一個值得注意的現象，就是將「元人」提舉至典範的地位，成爲評價劇作或模習的標準，在第四章中已將此現象稱之爲「法元」，其即是隱含著「崇古」、「尊元」的觀念。以下進一步探討之。

一、標舉「元人」爲典範

「元人」是元代作家的統稱，在曲家的觀念中，經常標舉「元人」，樹立起其典範、體式之地位。如前言，在明人的體式觀念中，已形成一個以「元人」爲典範的「法元」觀念，在《譚曲雜箚》、《遠山堂劇品》中即多次以「元人」爲批評標準，《譚曲雜箚》中評《明珠》之北尾時便云：「直逼元人矣！」〔註69〕又評《紅梨花》時云：

> 大是當家手，佳思佳句，直逼元人處，非近來數家所能。〔註70〕

至於《遠山堂劇品》中評《獨樂園》時云：「卽在元曲，亦稱上乘。」〔註71〕此處所謂「元曲」，其概念與「元人」相近，只是一指作品、一指作家。又評《鎖魔鏡》時云：「此等意想，大有元人之韻。」評《崔氏春秋補傳》時云：「故曲雖逼元人之神，而情致終遜於譜離別者。」評《氣伏張飛》時云：「有數語近元人之致，惜有遺訛。」〔註72〕通過以上諸例，已可知曲論中常以「元人」做爲批評標準。王驥德《曲律》又通過元、明之比，來強調元代的典範地位，其云：

> 然其時如貫酸齋、白無咎、楊西菴、胡紫山、盧疏齋、趙松雪、虞邵菴輩，皆昔之宰執貴人也，而未嘗不工於詞。以今之宰執貴人，與酸齋諸公角而不勝；以今之文人墨士，與漢卿諸君角而又不勝也。

〔註69〕《中國古典戲曲論著集成》第 4 冊，頁 257。
〔註70〕同上注，頁 255。
〔註71〕《中國古典戲曲論著集成》第 6 冊，頁 145。
〔註72〕同上注，頁 152、164、182。

蓋勝國時，上下成風，皆以詞爲尚，於是業有專門。〔註73〕

在第二章已從名實關係來分析此段引文，此處「詞」即指曲。王驥德認爲元代之作家無論爲宦或在野，「元人」都較勝於明人。因爲元代「上下成風，皆以詞爲尚」，這是王氏的論見，無論其說確然與否，都顯示在明人文學觀念中，存在著「以元爲尚」的價值觀。所以王驥德在評湯顯祖劇作時云：

近惟《還魂》二夢之引，時有最俏而最當行者，以從元人劇中打勘出來故也。〔註74〕

王氏認爲以「引子」而論，在當時只有湯顯祖之作「時有最俏而最當行者」，能夠「最俏」、「最當行」，便是湯顯祖考索、模習「元人」之劇。在清代姚燮《今樂考證》中亦是標舉「元人」，其云：

〈彈詞〉一折，在卷中爲極佳之曲，及與《貨郎旦》相較，乃判天淵，乃知元人力量之厚。〔註75〕

姚氏認爲《長生殿》中的〈彈詞〉已是「極佳之曲」，但是若和元雜劇中的《貨郎旦》比較，則爲「天淵」之別，由此知「元人力量之厚」。姚氏將「元人」標舉甚高，以之與《長生殿》相比仍爲天淵之別。姚氏之說或有誇大之處，但可以看出在曲家的文學觀念中，「元人」是具有典範、體式之地位。

不僅是劇體，就連散曲體亦有立「元人」爲典範的現象。如李開先評陳大聲時云：

至如陳大聲，亦非不高，但肥而少元人風味。放開「開」字，還須用韻。若「漏盡銅龍」豈是不肥？豈不粧點？豈不重韻？自是元人，自是高出一著，飽滿而非後人可逮耳。〔註76〕

所謂「漏盡銅龍」爲元代于伯淵憶美人詞，故此處認爲于伯淵之詞在文字修辭極爲注重，「肥」且「粧點」，但不失「元人風味」，如其詞有「漏盡銅龍，香銷金鳳」、「害相思似庾蘭成愁賦相酬詠」等修辭藻麗、用典之句，亦有「你這般玉精神花模樣賽過玉天仙。我待要錦纏頭珠絡索蓋下一座花衚衕」、「臉霞紅，眼波橫，見人羞推整雙頭鳳」〔註77〕等用語直率、感情直露之句。而

〔註73〕　《中國古典戲曲論著集成》第 4 冊，頁 147。

〔註74〕　同上注，頁 138。

〔註75〕　《中國古典戲曲論著集成》第 10 冊，頁 268。

〔註76〕　《中國古典戲曲論著集成》第 3 冊，頁 294。

〔註77〕　隋樹森輯，《全元散曲》第 1 冊（北縣：漢京文化事業有限公司，2004 年），頁 314。

陳大聲雖「肥」，但是在「元人風味」處便有不足，或言其未能有本色質樸之語。然李氏所謂「元人風味」是從整體的說，而非個殊作家的說。即認為元代作家已形成一種藝術形相特徵，且從前後文脈來看，此一「風味」，在藝術表現上是已取得相當高的水準，非後人也就是明人所能夠輕易達到的。又如李開先記錄自己與王九思之對話云：

> 曩遊鄠縣，王渼陂使人歌一套商調詞，試予評之。歌畢，又使反之。予曰：「此不難評，可比『涎涎鄧鄧冷眼兒睜，杓杓答答熱句兒浸。』」渼陂曰：「君所指乃王元鼎嘲娼婦莘文秀者，以此擬彼，將以之為元詞乎？」予曰：「在元人之下，有燎花氣味。」渼陂曰：「是已，是已，此元末國初臨清人也。」〔註78〕

此段引文記載王九思請李開先評論一套商調詞，李開先便引兩句曲詞代評，王九思認為此兩句曲詞為元代王元鼎之作，故問是否將該套商調詞視為「元詞」？李開先則進一步說「在元人之下，有燎花氣味」，將「元人」視為一個評價標準，認為此套詞在「元人之下」，且有「燎花氣味」。李開先所謂「在元人之下」的「下」，無論是指歷史時程或藝術形相或兩者兼具，都指出了「元人」自有一種藝術形相，而該商調詞與之不同。而其不同之處在於該套詞具「燎花氣味」，「燎花」是何種「氣味」今已不易解，可知是與「元人風味」有異，故特別提出。所以王九思隨即接著說該商調詞為元末明初之作〔註79〕，認同李氏之評斷。此處亦點出「元人」，將「元人」視為一種評價標準，而此標準之背後，事實上便隱含著一套以「元人」為體式、典範的觀念。雖然上述這兩則引文乃論散曲體，但仍可從中看出「元人」在曲家觀念中所居之典範地位。

二、關於立「元人」為典範的反思

不過在這種曲學觀的籠罩中，仍有曲家採持平之論，甚至對「元人」進行批判。如《閒情偶寄》中云：

> 然傳奇一事也，其中義理分為三項：曲也，白也，穿插聯絡之關目也。元人所長者止居其一，曲是也，白與關目皆其所短。吾於元人，但守其詞中繩墨而已矣。〔註80〕

〔註78〕 《中國古典戲曲論著集成》第 3 冊，頁 276。
〔註79〕 《全元散曲》有收此套商調詞，但列入無名氏之作，故作者已不可考，而王九思言其為元末明初之作應有其據，但已無法論證。
〔註80〕 《中國古典戲曲論著集成》第 7 冊，頁 17。

李漁將劇體分爲曲文、賓白、關目三個元素，認爲「元人」所長者爲曲，所以在曲文之格律、修辭上，可已遵從「元人」，不過在賓白、關目上則就不須以「元人」爲準。李漁之說仍以較持平的方式來論述「元人」，然如梁廷枏則進行強烈的批判，其於《曲話》中云：

> 元人曲詞，每多腐語，如此等類，直是一幅策論，豈復成聲律耶！
> 又況其出自閨閣兒女之口也？〔註81〕

又：

> 《四書》語入曲，最難巧切，最難自然，惟元人每喜爲之。《西廂》
> 「仁者能仁」等語，固屬大謬不倫，馬致遠《薦福碑》云：「我猶自
> 不改其樂，後來便爲官也富而無驕。」……以上等語，幾成笨伯矣。
> 〔註82〕

從這兩則引文中，可以看出梁廷枏對元代作品的批判，或稱「每多腐語」、或「大謬不倫」、或「幾成笨伯」，都是指出元代作品在藝術形相上的缺失，無論梁氏之說是否得當，他都在「法元」的文學觀中，別立一說。另如《遠山堂劇品》評《翠鄉夢》時云：

> 邇來詞人依傍元曲，便誇勝場。文長一筆掃盡，直自我作祖，便覺
> 元曲反落蹊徑。〔註83〕

祁氏亦指出明代有模習元人劇作的現象，且以「元人」之藝術形相爲尙，所以稱「依傍元曲，便誇勝場」。但是祁氏話鋒一轉，便由此標舉徐渭，認爲徐渭的藝術表現方式自成一格，甚至有超越元曲之姿，所以覺得「元曲反落蹊徑」，這都是在以元人爲尙的風氣中，提出相左之見。不過即便如此，從其說法之中，仍可以觀察出當時曲家所存在著以「元人」爲典範的意識。

貳、「元代大家」的典範化

在「法元」的觀念中，曲家會以「元人」爲典範，這是從整體的角度立說，將有元一代視爲一個整體。但是元人之作亦有良莠，並非所有劇作家皆可被視爲典範，所以在「元人」中尙可以進一步區別出特別優秀的作家。在曲論中，這便是「大家」之說，即曲家會從「元人」中提舉數人，並稱爲「大家」。如何良俊《曲論》中云：

〔註81〕《中國古典戲曲論著集成》第 8 冊，頁 262。
〔註82〕同上注，頁 260。
〔註83〕《中國古典戲曲論著集成》第 6 冊，頁 141。

> 元人樂府，稱馬東籬、鄭德輝、關漢卿、白仁甫爲四大家。馬之詞
> 老健而乏姿媚，關之詞激厲而少蘊藉，白頗簡淡，所欠者俊語。當
> 以鄭爲第一。〔註84〕

何氏舉出關、馬、鄭、白爲四大家，也是現今學術界通稱的元曲四大家，何良俊在其中更選出鄭光祖爲四大家之首。《顧曲雜言》承此見云：

> 若《西廂》，才華富贍，北詞大本未有能繼之者，終是肉勝於骨，所
> 以讓《拜月》一頭地。元人以鄭、馬、關、白爲四大家，而不及王
> 實甫，有以也。〔註85〕

沈德符在此將《西廂》與《拜月》之爭，參和四大家之說，關於《西廂》與《拜月》的優劣論下文會進一步探討，此暫不贅述。然因沈氏在《西廂》與《拜月》之爭的基本立場中，始終認爲《拜月》優於《西廂》，這是承何良俊之說，將王實甫排除於四大家之外。但是王驥德則有不同意見，其於《曲律》中云：

> 世稱曲手，必曰關、鄭、白、馬，顧不及王，要非定論。〔註86〕

王氏認爲「大家」中應有王實甫，所以認爲關、馬、鄭、白並稱之說，未能含括王實甫，所以「要非定論」。

「大家」之說是提舉出典範作家，除此外亦有「名家」之說，列舉出更多的代表作家，如王世貞《曲藻》云：

> 而諸君如貫酸齋、馬東籬、王實甫、關漢卿、張可久、喬夢符、鄭
> 德輝、宮大用、白仁甫輩，咸富有才情，兼喜聲律，以故遂擅一代
> 之長。〔註87〕

又劉熙載《藝概》中云：

> 北曲名家，不可勝舉，如白仁甫、貫酸齋、馬東籬、王和卿、關漢
> 卿、張小山、喬夢符、鄭德輝、宮大用，其尤著也。〔註88〕

王、劉兩人皆舉出元代重要作家多人，然因其人數較多，故範型性意義不如「大家」之論，所以如李調元便說道：

> 貫酸夫、張可久、宮大用祇工小令，不及馬、王、關、喬、鄭、白

〔註84〕 《中國古典戲曲論著集成》第4冊，頁6。
〔註85〕 同上注，頁210。
〔註86〕 同上注，頁149。
〔註87〕 同上注，頁25。
〔註88〕 《中國古典戲曲論著集成》第9冊，頁116。

遠甚，未可同年語也。〔註89〕

這是李調元針對王世貞之說提出的批評，他認爲貫酸夫、張可久、宮大用三人所擅長者爲小令，其代表性遠遠不如馬、王、關、喬、鄭、白諸人，因此不宜同列。從李調元之說中，更可以看出「大家」之說中所隱含的典範性。

除元代外，亦有曲家爲明代、清代之「大家」、「名家」進行立說，但其論述論者少，代表性較弱，故僅備一格。如《曲藻》云

> 吾吳中以南曲名者：祝京兆希哲、唐解元伯虎、鄭山人若庸。希哲能爲大套，富才情，而多駁雜。伯虎小詞翩翩有致。鄭所作《玉玦記》最佳，它未稱是。《明珠記》即《無雙傳》，陸天池采所成者，乃兄浚明給事助之，亦未盡善。張伯起《紅拂記》潔而俊，失在輕弱。梁伯龍《吳越春秋》，滿而妥，間流宂長。陸教諭之裒散詞，有一二可觀。〔註90〕

王世貞此說亦爲《雨村曲話》所引用，可見其略具代表性。他舉出吳中知名的南曲作家有：祝希哲、唐伯虎、鄭若庸等三人。然細觀王說，其中雖有唐伯虎可小詞而翩翩有致，但如祝希哲則「多駁雜」，鄭若庸則僅有《玉玦記》佳，其他作品不佳，其他如《明珠記》、《紅拂記》、《吳越春秋》等作亦各有缺失之處。故王世貞此說雖立名者，但未能見其立典範之意。《曲律》的情況亦相近，故不贅言。〔註91〕至於清代如《曲目新編》中錄周綺之「題詞」云：

> 尤西堂、吳梅村、李笠翁、蔣苹畬四家所製詞曲，爲本朝第一。〔註92〕

此處雖標舉尤、吳、李、蔣四家爲清曲第一，但是此說論者少，且清代已爲傳奇之末，故其代表性、典範性遠不如論元代的「大家」之說。

〔註89〕　《中國古典戲曲論著集成》第 8 冊，頁 7。
〔註90〕　《中國古典戲曲論著集成》第 4 冊，頁 37。
〔註91〕　《曲律》云：「近之爲詞者，北詞則關中康狀元對山、王太史渼陂，蜀則楊狀元升庵，金陵則陳太史石亭、胡太史秋宇、徐山人聲仙，山東則李當寶伯華、馮別駕海浮，山西則常延評樓居，維陽則王山人西樓，濟南則王邑佐舜耕，吳中則楊儀部南峰。康富而蕪；王艷而整；楊俊而詭；陳、胡爽而族；徐暢而未汰，李豪而率，馮才氣勃勃，時見紕纇；常多俠而寡馴，西樓工短調，翩翩都雅；舜耕多近人情，兼善諧謔；楊較粗莽。諸君間作南調，則皆非當家也。南則金陵陳大聲、金在衡，武林沈青門，吳唐伯虎、祝希哲、梁伯龍，而陳、梁最著。唐、金、沈小令，並斐聲有致；祝小令亦佳，長則草草，陳、梁多大套，頗著才情，然多俗意陳語，伯仲間耳。餘未悉見，不敢定其甲乙也。」《中國古典戲曲論著集成》第 4 冊，頁 162。
〔註92〕　《中國古典戲曲論著集成》第 9 冊，頁 133。

參、《琵琶》、《拜月》、《西廂》的典範化

以上分析「元人」、「元代大家」做為典範的論述，但除了並舉諸人為「大家」之說之外，曲論中尚建構出一組很重要的典範作品，就是《琵琶》、《拜月》、《西廂》等三劇。《琵琶》、《拜月》、《西廂》較「大家」更進一步的指向單一作品，其典範性也更明確。會將此三劇合為一類進行討論，主要是因為曲論中不但皆將之視為典範作品，更會將此三劇並舉或比較高下優劣。

一、《琵琶》、《拜月》、《西廂》三劇之典範地位

《琵琶》、《拜月》、《西廂》三者在不同曲論中，都分別有被標舉至最高處。以下分述之。

（一）以《琵琶》為典範

稱揚《琵琶》者，如前引《南詞敘錄》即認為「從人心流出」、「最不可到」，將《琵琶》標舉甚高。又魏良輔於《曲律》中云：

> 《琵琶記》，乃高則誠所作，雖出於《拜月亭》之後，然自為曲祖，
> 詞意高古，音韻精絕。〔註93〕

又焦循《劇說》引《道聽錄》云：

> 《琵琶》乃詞曲之祖。〔註94〕

又呂天成於《曲品》中亦云：

> 東嘉高則誠，能作為聖，莫知乃神。特創調名，功同倉頡之造字；
> 細編曲拍，技如后夔之典音。〔註95〕

又《詞餘叢話》云：

> 高東嘉初演《琵琶記》，座上蠟炬光忽交互，頓成異彩如五色雲霞，
> 終夕不散。……。文章有神，聲音動物，豈偶然哉！〔註96〕

從以上諸例即可觀察出《琵琶》在曲論中的地位，魏良輔認為《琵琶》在歷史時程中雖晚於《拜月》，但是因其文字修辭「高古」、音韻「精絕」，所以可以稱之為「曲祖」。李春熙之《道聽錄》亦將《琵琶》稱之為「詞曲之祖」，此「祖」非但是歷史時程之先，更是對其典範地位之稱許。至於《曲品》、《詞餘叢話》更神化了《琵琶》，呂天成將《琵琶》置於「神品」，且給予「聖」、

〔註93〕《中國古典戲曲論著集成》第 5 冊，頁 6。
〔註94〕《中國古典戲曲論著集成》第 8 冊，頁 108。
〔註95〕《中國古典戲曲論著集成》第 6 冊，頁 210。
〔註96〕《中國古典戲曲論著集成》第 9 冊，頁 273。

「神」之評價，又以倉頡、后夔比之。《詞餘叢話》更通過首演《琵琶》的傳說軼事，來強調《琵琶》之「有神」、「感物」。

（二）以《拜月》為典範

將《拜月》視為劇體典範者，主要為呂天成、何良俊、徐復祚三人。在第三章論劇體之風格類型之源流時，已提到呂天成將《拜月》視為臨川派之風格起源，不僅如此呂氏更同時將《拜月》列入「神品」，將《拜月》的地位提昇至諸劇之首。至於何良俊《曲論》中則云：

> 《拜月亭》是元人施君美所撰。太和正音譜「樂府群英姓氏」亦載此人。余謂其高出於《琵琶記》遠甚，蓋其才藻雖不及高，然終是當行。〔註97〕

何氏在此是比較《拜月》與《琵琶》，從兩者的高下關係來提升《拜月》之地位，認為《拜月》作者之才藻雖不及高則誠，但其文字修辭為「當行」，因此勝過《琵琶》。當然此說引發許多討論，許多曲家也對此說進行批判，於下文論《琵琶》、《拜月》、《西廂》的優劣論中會進一步分析，此暫不贅述。不過何良俊此說亦有知音，徐復祚於《曲論》中云：

> 拜月亭宮調極明，平仄極叶。自始至終，無一板一折非當行本色語，此非深於斯道者不能解也。〔註98〕

徐氏認為《拜月》在宮調、格律上「極叶」，如前所言，這是達到格律音韻的體式標準；又云其「無一板一折非當行本色語」，則是從文字修辭上認為《拜月》達到「當行本色」的體式標準。兩者相合，即是指《拜月》兼善詞、律，將《拜月》之藝術高度推至戲曲藝術之頂端，堪為典範之作。

（三）以《西廂》為典範

《西廂》被金聖歎列為才子書，已奠定其在古典文學史中的地位。在曲論中，《西廂》亦是被標舉甚高，可謂元代雜劇中最被重視的劇作之一。如王世貞《曲藻》即直言：「北曲故當以《西廂》壓卷」〔註99〕，將《西廂》視為北劇的代表作。另王驥德《曲律》亦云：

> 夫曰神品，必法與詞兩擅其極，惟實甫《西廂》可當之耳。〔註100〕

〔註97〕《中國古典戲曲論著集成》第4冊，頁12。
〔註98〕同上注，頁235。
〔註99〕同上注，頁29。
〔註100〕同上注，頁172。

又李漁《閒情偶寄》云：

> 填詞除雜劇不論，止論全本，其文字之佳，音律之妙，未有過於《北
> 西廂》者。〔註101〕

王驥德將《西廂》標舉至「神品」，推崇備至，因爲《西廂》無論在格律音韻之「法」或文字修辭兩方面都「擅其極」。同樣的，李漁也是分別從文字修辭、格律音韻兩方面來論說，認爲《西廂》在這兩方面的藝術表現都冠絕一時。由此，一方面可以看出《西廂》在明代曲家眼中的地位是足稱典範；另一方面則可以印證上文從文字修辭、格律音韻進行劇體體式概念的分類，因爲在曲家眼中，典範劇作必須在此兩者上取得極高的藝術成就。

另外如李調元《雨村曲話》云：

> 《西廂》工於駢儷，美不勝收。……他傳奇不能道其隻字，宜乎爲
> 北曲壓卷也。〔註102〕

又引臧懋循語云：

> 如《西廂》，亦五雜劇，皆出詞人手裁，不可增減一字，故爲諸曲之
> 冠。〔註103〕

李調元、臧懋循、李漁等人都將《西廂》視爲北劇中藝術水平最高的劇作，故具有典範性。其中李調元認爲《西廂》「工於駢儷」，由此一方面可以看出李氏從文字修辭處論《西廂》的藝術形象；另一方面，李氏標舉《西廂》爲「北曲壓卷」，將《西廂》視爲典範，同時也就是將「駢儷」視爲劇體體式之一。此處關於「駢儷」的批評，正可再次印證上文以「清麗」爲體式之說，因爲「駢儷」由「麗」構詞，其概念內涵都是指向文字修辭之華美，李調元之說正說明曲家文學觀念中存在著以「麗」爲美的意識。

此外如徐復祚《曲論》中云：

> 馬東籬、張小山自應首冠，而王實甫之《西廂》，直欲超而上之。蓋
> 諸公所作，止於四折。而《西廂》則十六折，多寡不同，骨力更陡，
> 此其所以勝也。〔註104〕

徐氏於此先將馬、張標舉甚高，但又更進一步標舉《西廂》。而他之所以稱許《西廂》的原因和他人不同，雖然藝術表現上馬致遠、張小山亦佳，但是《西

〔註101〕《中國古典戲曲論著集成》第 7 冊，頁 33。
〔註102〕《中國古典戲曲論著集成》第 8 冊，頁 11。
〔註103〕同上注，頁 10。
〔註104〕《中國古典戲曲論著集成》第 4 冊，頁 241。

廂》有十六折，而馬、張與其他諸家限於四折。徐氏便從長度越長難度越高的標準來推舉《西廂》，雖然他沒有明顯論及文字修辭、格律音韻，但這應是隱含於其評價標準之中，只是爲了在諸多同樣能兼善此二者的劇作中，特別提出《西廂》之地位，所以方進一步從折數長短立說。正如梁廷枏《曲話》所云：

> 元人百種，佳處恆在第一、二折，奇情壯采，如人意所欲出。至第四折，則了無意味矣。〔註105〕

《遠山堂劇品》中亦云：

> 然元人多於風簷中作劇，故至第四折往往力弱。〔註106〕

梁氏認爲元代雜劇作品之力見於前兩折，至第四折多「了無意味」。祁彪佳的看法亦同，認爲元劇在第四折「往往力弱」。將梁氏、祁氏之見與徐復祚之說並觀，則可以更清楚徐氏從折數長短來標舉《西廂》之原因，也更可強調《西廂》之典範地位。

二、《琵琶》、《拜月》、《西廂》三劇之優劣高下

以上分析了將《琵琶》、《拜月》、《西廂》推舉至典範地位的論述，不過如前所云，此三劇不但有被提舉爲典範，在曲論中還針對此三劇之優劣、高下有過論爭。〔註107〕引發論爭者即是何良俊，因爲何氏特別標舉《拜月》，並且貶抑《琵琶》與《西廂》，如其云：

> 近代人雜劇以王實甫之《西廂記》，戲文以高則誠之《琵琶記》爲絕唱，大不然。……而《西廂》、《琵琶記》傳刻偶多，世皆快睹。故其所知者獨此二家。余家所藏雜劇本幾三百種，舊戲文雖無刻本，然每見於詞家之書，乃知今元人之詞，往往有出於二家之上者。蓋《西廂》全帶脂粉，《琵琶》專弄學問，其本色語少。蓋填詞須用本色語，方是作家。〔註108〕

何氏於此，一開頭便先提出當世推崇《西廂》與《琵琶》的現象，也分別舉出《西廂》爲北劇典範、《琵琶》則爲南戲典範，然後對此現象進行批判。他

〔註105〕《中國古典戲曲論著集成》第 8 冊，頁 278。
〔註106〕《中國古典戲曲論著集成》第 6 冊，頁 139。
〔註107〕俞爲民、孫蓉蓉對此論爭過程有過概括性的描述，本論文則進一步析論之，探討其評斷標準及其在體式論之意義。俞、孫之說，詳見俞爲民、孫蓉蓉，《中國古代戲曲理論史通論》（臺北：華正書局，1998 年）頁 170～177。
〔註108〕《中國古典戲曲論著集成》第 4 冊，頁 6。

認爲以其家藏之元劇相比，甚過此二劇者甚多，並且針對《琵琶》與《西廂》文字修辭進行批判，認爲「《西廂》全帶脂粉，《琵琶》專弄學問，其本色語少」，這其中即隱含何氏的體式觀，他認爲劇體體式應以「本色」爲正。不過正如前所云，何良俊擴大了「本色」概念的內涵，包含了「文詞簡淡、天然妙麗、語意蘊藉、情眞語切」等，在這些評價標準中，《琵琶》與《西廂》即有相合者。但爲了特別標舉《拜月》，何氏對《琵琶》與《西廂》便刻意的貶抑。

　　故王驥德、王世貞便對何良俊之說多有批評，認爲特別標舉《拜月》與貶抑《西廂》、《琵琶》，並不符合作品實際的藝術表現。如王驥德云：

　　　《西廂》組艷，《琵琶》修質，其體固然。何良俊並訾之，以爲「西
　　　廂全帶脂粉，琵琶專弄學問，殊寡本色」。夫本色尚有勝二氏者哉？
　　　過矣！〔註109〕

王氏認爲《西廂》組構華艷之文字、《琵琶》修飾質樸之文字，是因爲劇體之體式本是如此。且王驥德認爲即便從「本色」的角度來批評之，《琵琶》與《西廂》也都是符合「本色」的傑出之作。如由何良俊自己所推展「本色」概念中之「妙麗」與「蘊藉」來評價「組艷」、「修質」，即皆無超出「本色」之範圍。因此王驥德更直言：「獨其躋《拜月》於《琵琶》，故是何良俊一偏之說。」〔註110〕認爲尊《拜月》於《琵琶》之上爲何良俊一家之偏見。另外又從目的因說，認爲：

　　　故不關風化，縱好徒然，此《琵琶》詩大頭腦處，《拜月》只是宣淫，
　　　端士所不與也。〔註111〕

王驥德秉持著以「教化」爲目的因的觀點來批評《拜月》，認爲《拜月》沒有風化之功能，只有「宣淫」之效，因此，對其評價甚低。所以王驥德還對呂天成的品次進行批判，其云：

　　　而神品以屬《琵琶》《拜月》。夫曰神品，必法與詞兩擅其極，惟實
　　　甫《西廂》可當之耳。《琵琶》尚多拗字類句，可列妙品；《拜月》
　　　稍見俊語，原非大家，可列能品，不得言神。〔註112〕

〔註109〕同上注，頁149。
〔註110〕同上注，頁170。
〔註111〕同上注，頁160。
〔註112〕同上注，頁172。

王氏認為「神品」之譽，須在文字修辭與格律音韻上都有極高的藝術成就，然《琵琶》在格律音韻上仍有拗字、文字修辭上有贅累之句，因此僅能入「妙品」。至於何良俊也大力推舉的《拜月》，在文字修辭上僅「稍見俊語」，並非「大家」之作，所以入「能品」，僅稍高於「具品」。王氏將《拜月》貶抑甚低，略降《琵琶》，而獨擢《西廂》。王世貞則認為：

> 《琵琶記》之下，《拜月亭》是元人施君美撰，亦佳。元朗謂勝《琵琶》，則大謬也。中間雖有一二佳曲，然無詞家大學問，一短也；既無風情，又無裨風教，二短也；歌演終場，不能使人墮淚，三短也。
>
> 〔註113〕

王世貞雖然不似王驥德般貶抑《拜月》，而給予「亦佳」的評語。但是亦認為《拜月》勝《琵琶》之說「大謬」。且舉出《拜月》三短：一是文字修辭的藝術成就不高；二是既無動人的男女之情，也沒有達到「教化」的目的；三是沒有達到「動人」的目的因。

　　不過雖然何良俊之說遭到二王的批判，但沈德符、徐復祚、凌濛初等人則是附和何良俊之說，如《顧曲雜言》中云：

> 何良俊謂：《拜月亭》勝《琵琶記》。而王弇州力爭，以為不然，此是王識見未到處。《琵琶》無論襲舊太多，與《西廂》同病，且其曲無一句可入絃索者。《拜月》則字字穩帖，舉彈搊膠粘，蓋南詞全本可上絃索者惟此耳。至於〈走雨〉、〈錯認〉、〈拜月〉諸折，俱問答往來，不用賓白，固為高手；即旦兒「髻雲堆」小曲，模擬閨秀嬌憨情態，活托逼真。《琵琶》〈咽糠〉、〈描真〉亦佳，終不及也。
>
> 〔註114〕

沈德符認為王世貞批評何良俊乃「識見未到」，由此即可看出沈氏大力擁護何說的態度。後文又不斷強調《琵琶》與《西廂》之病，而稱許《拜月》在文字修辭的「活托逼真」、格律音韻上的「字字穩帖」，將《拜月》標舉甚高。又如前引沈德符之語，沈氏認為《西廂》雖「才華富贍」，但卻是「肉勝於骨」，也就是文勝於質，因此不如《拜月》。至於徐復祚，如前所引，徐氏對《拜月》之文字修辭與格律音韻標舉甚高，故其於後文則又更進一步批評王世貞之說，其云：

〔註113〕同上註，頁34。
〔註114〕同上註，頁210。

弇州乃以「無大學問」爲一短，不知聲律家正不取於弘詞博學也。

又以「無風情、無俾風教」爲二短，不知《拜月》風情本自不乏，

而風教當就道學先生講求，不當責之騷人墨士也。〔註115〕

徐氏針對王世貞前兩短之說進行回應，首先徐氏已立定劇體關於文字修辭之正，認爲劇作家本就不以「弘詞博學」爲尙，因此王世貞之評有偏頗；其次，徐氏認爲《拜月》自有風情，並非如王世貞所說的「無風情」。且徐氏並不認爲劇體以「教化」爲目的，而是單從藝術性目的處說，且此藝術性目的是以「本色」爲體式，尤其是「本色」概念中「質」、「淺」、「俗」的部分，而非「典雅」、「清麗」。凌濛初於《譚曲雜箚》中亦持與徐復祚相同之論見，其云：

元美責《拜月》以無詞家大學問，正謂其無吳中一種惡套耳，豈不

冤甚！〔註116〕

凌氏也認爲王世貞批評《拜月》之文字修辭無大學問之說爲非，因爲凌氏將「弘詞博學」的文字修辭視爲「惡套」，其也隱含與徐氏相同之體式觀。

以上以《拜月》地位之論爭爲中心，分別展示了兩類論述，其一是以何良俊、沈德符、徐復祚、凌濛初等曲家爲主，其認爲《拜月》高於《琵琶》、《西廂》，而其最重要的觀點就是以「本色」爲體式，來批評《琵琶》、《西廂》。其二是以王世貞、王驥德爲主，他們認爲《琵琶》、《西廂》高於《拜月》，其以不同的劇體體式觀來評價劇作，因此便與何良俊等人之評價不同。

除了《琵琶》、《西廂》與《拜月》之爭外，曲論中亦對《琵琶》、《西廂》之高低進行批評，如王驥德雖然推崇了《琵琶》與《西廂》，但其仍進一步云：

古戲必以《西廂》、《琵琶》稱首，遞爲桓、文。然《琵琶》終以法

讓《西廂》，故當離爲雙美，不得合爲聯璧。〔註117〕

王氏以「古戲」一詞來泛稱明以前之戲曲，他認爲在「古戲」之中藝術表現最好的兩個作品是《琵琶》與《西廂》，也就是王驥德是站在劇體的分類概念層級上立典範，而未進一步將之區別爲南戲與北劇。但是《琵琶》在「法」也就是格律音韻處不如《西廂》。也因這兩部作品有高下之別，所以《琵琶》終不能與《西廂》並峙。另外黃圖珌《看山閣集閒筆》中亦認爲《西廂》勝過《琵琶》，但所持之理由與王驥德不同，其云：

〔註115〕同上注，頁235。

〔註116〕同上注，頁254。

〔註117〕同上注，頁149。

> 《琵琶》爲南曲之宗，《西廂》乃北調之祖，調高辭美，各極其妙。
> 雖《琵琶》之諧聲、協律，南曲未有過於此者，而行文布置之間，
> 未嘗盡善。學者維取其調暢音和，便於歌唱，較之《西廂》，則恐陳
> 腐之氣尚有未銷，情景之思猶然不及。噫，所謂畫工，非化工也。
> 〔註118〕

黃氏雖將《琵琶》視爲「南曲」之宗，而將《西廂》定爲「北調」之祖，分
別爲南戲與北劇在藝術表現上的登峰之作。這就是從南戲與北劇兩個殊體的
角度來建立典範。但是他卻認爲《琵琶》不如《西廂》，因爲《琵琶》在一方
面在文字修辭處有「陳腐之氣」，這即是何良俊所言「專弄學問」、沈德符所
言「襲舊太多」。不過黃圖珌雖認爲《琵琶》有「陳腐之氣」，但這是與《西
廂》相比，就「南曲」而言仍是典範之作。另一方面，黃氏認爲在處理「情」
與「景」的應然關係時，《琵琶》不如《西廂》。此應然關係已於前文論及，
此便不再贅言。

　　總言之，《拜月》、《琵琶》、《西廂》三劇雖都有曲家將之視爲劇體典範之
作，但當三劇並峙時，其優劣、高下則各有其見。評斷之標準即是文字修辭
與格律音韻。在文字修辭的評斷中，隱含著「本色」與「典雅」、「清麗」的
不同體式觀；至於格律音韻的評斷，則是以該劇能否守律爲標準。

三、《荊》、《劉》、《拜》、《殺》的並稱與批評

　　從何良俊標舉《拜月》並貶抑《琵琶》、《西廂》後，開啓一連串的論爭。
而除了《拜月》、《琵琶》、《西廂》三劇高下之爭外，爭議更延燒到《荊釵》、
《劉知遠》、《拜月》、《殺狗》四劇。此四劇在曲學的當代研究中被並稱爲「南
曲四大家」，此說在古代曲論中即可見之，如焦循《劇說》云：「《荊》、《劉》、
《拜》、《殺》，爲劇中四大家。」〔註119〕不過在曲論中對此四劇之地位評價不
一，如前所言《拜月》之爭已可見一斑。

　　如前所引，王驥德將《拜月》視爲「能品」，此外王氏更將《荊釵》定爲
「具品」〔註120〕，可見其在王氏曲學觀念中的地位甚低。故王驥德在論述古
今劇目流傳的問題時云：

> 古戲如《荊》、《劉》、《拜》、《殺》等，傳之幾二三百年，至今不廢。

〔註118〕《中國古典戲曲論著集成》第 7 冊，頁 144。
〔註119〕《中國古典戲曲論著集成》第 8 冊，頁 109。
〔註120〕《中國古典戲曲論著集成》第 4 冊，頁 172。

以其時作者少，又優人戲單，無此等名目便以爲缺典，故幸而久傳。
〔註121〕

從王氏對於《荆》、《劉》、《拜》、《殺》的流傳原因中，即可看出他對四劇的
態度。他認爲四劇之所以能夠流傳百年，乃因當時作者、作品少，所以此四
劇自然成爲戲行必備之劇目。王驥德並不從四劇之藝術表現處說，而是從外
在的時代社會環境處說，由此可見得他對此四劇藝術表現的評價不高。至於
梁廷枏更是直接批判四劇，其云：

《荆》、《劉》、《拜》、《殺》，曲文俚俗不堪。《殺狗記》尤惡劣之甚
者，以其法律尚近古，故曲譜多引之。〔註122〕

梁氏認爲四劇在文字修辭上皆「俚俗不堪」，《殺狗記》更是其中最差的一劇，
只是因爲在格律音韻上有可參詳之處，因此被曲譜記錄、保存下來。李漁於
《閒情偶寄》亦云：

《荆》、《劉》、《拜》、《殺》之傳，則全賴音律。文章一道，置之不
論可矣。〔註123〕

李漁也認爲四劇在文字修辭處沒有什麼特出之處，唯有在格律音韻處有可道
之長。

由於四劇在文字修辭上存在著一些問題，因此如呂天成雖將《拜月》視
爲「神品」，將《荆釵》次列爲「妙品」，但《劉知遠》、《殺狗》也僅列「能
品」。〔註124〕但是凌濛初卻秉持著「本色」的體式觀，強調文字修辭不應求工、
修飾，所以將四劇皆列於《琵琶》之上，其云：

故《荆》、《劉》、《拜》、《殺》爲四大家，而長材如《琵琶》猶不得
與，以《琵琶》間有刻意求工之境，亦開琢句脩詞之端，雖曲家本
色故饒，而詩餘弩末亦不少耳。〔註125〕

凌氏將四劇並稱爲「四大家」，且標舉甚高，認爲《琵琶》尚不可與之並列，
因爲《琵琶》求工，所以內見詩詞之體。凌濛初不但以「本色」爲劇體之體
式，其「本色」觀念更是全面的以俚、俗爲美，也可以說是全面的反對文字
之修飾。不過從「本色」到「俚俗」甚至「鄙俗」仍有層次之異，但是凌氏

〔註121〕同上注，頁154。
〔註122〕《中國古典戲曲論著集成》第8冊，頁257。
〔註123〕《中國古典戲曲論著集成》第7冊，頁22。
〔註124〕《中國古典戲曲論著集成》第6冊，頁224、225。
〔註125〕《中國古典戲曲論著集成》第4冊，頁253。

卻混而一觀。關於此層次之異，於下一節會進一步分析，此暫不贅述。

　　總言之，曲論中雖有標舉《拜月》為典範的現象，亦有《荊》、《劉》、《拜》、《殺》並為四大家的稱譽。但經由曲論的分析可見，僅如凌濛初等曲家進行全面的稱揚，其他曲家對於《劉知遠》、《殺狗》等劇的評價甚低，故未能成為劇體之典範。所以本文僅附於《琵琶》、《拜月》、《西廂》三劇典範化的討論之末，以備一說。

肆、湯顯祖、沈璟的典範化

　　以上諸類皆是金元之作家、作品，轉進明代，則堪稱「大家」者少。諸如《香囊》、《伍倫》、《玉玦》、《浣紗》，雖都名噪一時，但經由曲論的分析，僅堪為一家之體貌。至於湯顯祖、沈璟則分別被視為重文字修辭、重格律的代表，足可代表劇體體式之一面。

一、明清諸家之體貌

（一）《香囊》、《五倫》的「雅」、「腐」

　　在本論文第四章源流論中，已探討過曲家將《香囊》視為「以時文入曲」、「文詞家」濫觴的現象。然所謂「文詞家」是一家之體貌，並不具「範型性」意義，因為曲家認為《香囊》一家，在文字修辭上常見「腐」的弊病。

　　《香囊》與《五倫》以「教化」為主要之目的，因此「事」、「義」皆重忠孝節義，其文字修辭則多引儒家之經典文句，如徐渭在《南詞敘錄》中之批評，其云：

> 　　以時文為南曲，元末、國初未有也，其弊起於《香囊記》。《香囊》
> 　　乃宜興老生員邵文明作，習《詩經》，專學杜詩，遂以二書語句勻入
> 　　曲中，賓白亦是文語，又好用故事作對子，最為害事。〔註126〕

徐渭認為《香囊》之弊在於以《詩經》、杜詩入曲，賓白亦太過文雅，且用典、駢對等。雖然在劇體體式中有以「典雅」為尚，但其「典雅」是「義」取儒教，文詞莊重，通過文字之「雅」來達到含情「婉約」之效。而非引經據典、字字有來歷。可是《香囊》為求「義」之「雅」，而在文字修辭中過於「弄學問語」，「學問語」即是指引經據典來創作曲文、賓白。《香囊》雖「儘填學問」，然尚能「詞工白整」。至於流衍太過，則成「陳腐」，王驥德《曲律》對此即大加批判，其云：

〔註126〕《中國古典戲曲論著集成》第 3 冊，頁 243。

　　　　　至賣弄學問，堆垛陳腐，以嚇三家村人，又是種種惡道！〔註127〕
在文字修辭處太過賣弄學問即是「腐」、「陳腐」，這在曲論中被認為是一大缺
失。呂天成《曲品》對《五倫》的評價也正在於此，其云：「大老鉅筆，稍近
腐。」〔註128〕呂氏將《五倫》置於「具品」，其最重要的原因就是「腐」。另
《遠山堂曲品》評《五桂》時亦云：「搬出滿腔書袋，即一腐字不足盡之。」
〔註129〕亦是將之置於「具品」。

　　（二）《玉玦》、《浣紗》的「工麗」

　　　　上言之「雅」、「腐」雖也會「填學問」，但是其目的是將儒家文句勻入曲
中，以傳達「教化」之「功能性目的」。但「工麗」之「填學問」、「用類書」，
則是為了達成其「藝術性目的」，將文字修辭之藝術形象通過雕琢、修飾達到
工巧艷麗的地步。如前所言，「麗」與「清麗」仍有層次之異，「工麗」僅為
「清麗」之一端，僅得「麗」而未入「清」。所以仍為一家之體貌、一派之體
貌。

　　　　若作品「工麗」，僅強調用典與雕琢字句，便落入「詞家第二義」。〔註130〕
曲論中對此每多批評，如王驥德《曲律》中便云：

　　　《玉玦》句句用事，如盛書櫃子，翻使人厭惡，故不如《拜月》一
　　　味清空，自成一家之為愈也。〔註131〕

王氏認為過度的用典反而使人「厭惡」，甚至認為這樣的藝術表現不如《拜
月》。由上已可知王驥德的體式觀較之何良俊、凌濛初等人，較偏向詩、詞的
藝術觀，不會以「本色」做為唯一的評價標準。但是連王驥德都認為《玉玦》
太過於強調雕琢，可見此一風格雖為一家，但並不具備「範型性」。或正是因
為如此，所以呂天成以「典雅工麗」評之時，雖認為《玉玦》展現「典雅」
之體式，但夾雜「工麗」之琢飾，故仍入於「上中品」。

　　　　同樣的，即便如《浣紗》這部標誌著傳奇成立的重要作品，其評價也不
高。以「本色」為重者如徐復祚、凌濛初自然對《浣紗》評價不高，如徐復
祚《曲論》中云：

〔註127〕《中國古典戲曲論著集成》第4冊，頁121。
〔註128〕《中國古典戲曲論著集成》第6冊，頁228。
〔註129〕同上注，頁82。
〔註130〕此為《遠山堂曲品》評《玉玦》之語，其云：「以工麗見長，雖屬詞家第二義。」
　　　　《中國古典戲曲論著集成》第6冊，頁20。
〔註131〕《中國古典戲曲論著集成》第4冊，頁127。

梁伯龍辰魚作《浣紗記》，無論關目散緩，無骨無筋，全無收攝，即
其詞亦出口便俗，一過後便不耐再咀。〔註132〕

又凌濛初《譚曲雜劄》中云：

自梁伯龍出，而始爲工麗之濫觴，一時詞名赫然。蓋其生嘉、隆間，
正七子雄長之會，崇尚華靡；弇州公以維桑之誼，盛爲吹噓，且其
實於此道不深，以爲詞如是觀止矣，而不知其非當行也。〔註133〕

徐復祚認爲《浣紗》不但關目、情節的安排失當，文字修辭亦「俗」，不過《浣
紗》是以「工麗」見長，徐氏此評確有偏頗之處。至於凌濛初則是肯認《浣
紗》在文字修辭處展現「工麗」風格，但他認爲這不是劇體之「當行」，也就
是非劇體體式之正。而《浣紗》之所以能夠名動一時，是因爲時代風氣所致，
以及王世貞個人偏頗之溢美。以上或可視爲持「本色」論者之隅見，然如王
驥德論《浣紗》之賓白時亦云：「《浣紗》純是四六，寧不厭人！」〔註134〕認
爲《浣紗》的賓白太過雕琢，焦循《劇說》引《靜志居詩話》云：

鄭若庸《玉玦》、張伯起《紅拂》等記，以類書爲傳奇；屠長卿《曇
花》，道白終折無一曲；梁伯龍《浣紗》、梅禹金《玉合》，道白終本
無一散語：均非是。〔註135〕

張伯起之《紅拂》是與《浣紗》、《玉玦》同爲一派體貌，《雋區》一書中更認
爲張伯起之作勝過《浣紗》〔註136〕，但一般而言多將《紅拂》與《浣紗》、《玉
玦》並列，如前言明代「大家」中即是，又呂天成《曲品》將《紅拂》與《浣
紗》同列「上之中品」。不過因爲《紅拂》之作是《浣紗》、《玉玦》的「工麗」
之流〔註137〕，故此處之論仍以《浣紗》、《玉玦》爲主。《靜志居詩話》認爲《紅
拂》、《玉玦》堆砌太過，《浣紗》則如王驥德所言，賓白無一散語，即全爲四
六駢句，因此給予「均非是」的評語。所以在曲論中，以《浣紗》、《玉玦》
爲首的「工麗」體貌，至終仍是一派之體，而未能上昇至體式。

〔註132〕同上注，頁 239。
〔註133〕同上注，頁 253。
〔註134〕同上注，頁 141。
〔註135〕《中國古典戲曲論著集成》第 8 冊，頁 133。
〔註136〕焦循《劇說》引《雋區》云：「傳奇當以張伯起爲第一，若《紅拂》、《竊符》、
《灌園》、《祝髮》四本，巧妙悉敵。次則推梁伯龍《浣紗》、梅禹金《玉合》，
當與《琵琶》、《西廂》分路揚鑣。」同上注，頁 182。
〔註137〕《雨村曲話》引臧懋循語云「至鄭若庸《玉玦》，始用類書爲之。而張伯起之
徒，轉相祖述爲《紅拂記》，則濫觴極矣。」同上注，頁 18。

二、湯顯祖、沈璟的典範性

由湯顯祖、沈璟對於辭、律孰重問題所引發的辭律之辨，其內涵與意義於下文會進一步探討，此處主要就兩者在曲論中所奠定的典範地位進行說明。

湯顯祖與沈璟分別代表文字修辭與格律音韻兩者之極致。沈寵綏於《絃索辨訛》中即云：

> 昭代填詞者，無慮數十百家，秩格律則推詞隱，擅才情則推臨川。
> 〔註138〕

沈寵綏認為明代劇作家甚多，但從格律處首推沈璟，從文字修辭的才情處則首推湯顯祖。另呂天成便有云：「此二公者，懶作一代之詩豪，竟成千秋之詞匠」，將兩人並舉且皆推於「上之上」，〔註139〕可見兩人在曲論中的重要地位。以下分言之。

以湯顯祖而言，呂天成《曲品》將《紫釵》、《紫簫》、《還魂》、《南柯夢》、《邯鄲夢》等劇皆置於「上上品」。〔註140〕並稱：

> 湯奉常絕代奇才，冠世博學。……。情癡一種，固屬天生；才思萬
> 端，似挾靈氣。搜奇《八索》，字抽鬼泣之文；摘艷六朝，句疊花翻
> 之韻。……。熟拈元劇，故琢調之妍媚賞心；妙選生題，致賦景之
> 新奇悅目。〔註141〕

呂氏認為湯顯祖天賦才情冠絕一時，足可比美屈騷、六朝駢文。在題目用事上達到「新奇」的要求，而在文字修辭上因「熟拈元劇」，此處即以「元人」為典範，湯顯祖因模習「元人」故能「妍媚賞心」，對其文字修辭之藝術表現推舉甚高。如前所引，王驥德論引子時，亦認為湯顯祖深得元代劇作之要旨，所以引子能「最俏」、「最當行」。將此與呂氏評價並觀，可見湯顯祖不僅「工麗」、亦能「當行」，也就是達到「麗且清」的體式標準。李漁評湯顯祖劇作時亦云：

> 此等曲，則純乎元人，置之《百種》前後，幾不能辨，以其意深詞
> 淺，全無一毫書本氣也。〔註142〕

〔註138〕《中國古典戲曲論著集成》第 5 冊，頁 19。
〔註139〕《中國古典戲曲論著集成》第 6 冊，頁 213。
〔註140〕同上注，頁 230～231。
〔註141〕同上注，頁 213。
〔註142〕《中國古典戲曲論著集成》第 7 冊，頁 24。

李漁將湯顯祖推舉至與「元人」並列，如前所引，「元人」在明清時已被賦予「範型性」意義，成爲曲家觀念中的典範。湯顯祖能與「元人」並稱，可見李漁對其標舉極高，也將之視爲典範之作。且觀李漁「意深詞淺，全無一毫書本氣也」之評語，可見湯顯祖劇作之文字修辭雖然被稱爲「摘艷六朝」、「搜奇《八索》」，但事實上卻能夠化入字句於無形，艷麗而清淺，正是「麗且清」之代表。

　　至於沈璟，如前所云，呂天成將之置於「上之上」，其劇作十七種也皆被置於「上之上」。沈璟之作雖在文字修辭處亦有可觀之處，但是他爲世所重者仍是在格律音韻的部分，如沈寵綏於《弦索辨訛》中云：

　　　　詞隱獨追正始，字叶宮商，斤斤周失尺寸，《九宮譜》定章程，良一
　　　　代宗工哉。〔註143〕

又焦循《劇說》引《靜志居詩話》云：

　　　　吳江沈氏多才：詞隱生訂正九宮譜，爲審音者所宗。〔註144〕

這兩段引文都在指出沈璟所編正之韻書具有「範型性」，足爲作家審音填詞時遵奉之，這其實是對沈璟「守法」之「嚴」的肯定。張琦《衡曲麈譚》亦云：

　　　　至沈寧菴則究心精微，羽翼譜法，後學之南車也。〔註145〕

張琦此處也道出沈璟在格律音韻處的「範型性」，認爲沈氏在格律音韻上的表現足可爲後學法式。又如上文論及格律音韻之體式時，《遠山堂曲品》評沈璟《紅渠》即是「字字有敲金戛玉之韻，句句有移宮換羽之工」，其在格律音韻上之造詣不只「嚴整」，更達「工妙」。

　　由於人之才力有限，因此於文字修辭、格律音韻未能兼善，因此能擅一面之長者以足可爲典範，湯、沈兩人各得文字修辭、格律音韻之一端，故可視之爲典範作家。

第三節　體式論中所隱含的文體論意義

　　由於戲曲文體體式論述較之詩、詞有承有變，在承與變之中，便隱含了對於劇體定位的探討，也就是「辨體」。「辨體」指曲家以己身預設的應然體式，對劇體進行詮釋，也就是劇體之體式應然如何或不應爲如何的論述。在

〔註143〕《中國古典戲曲論著集成》第 5 冊，頁 19。
〔註144〕《中國古典戲曲論著集成》第 8 冊，頁 130。
〔註145〕《中國古典戲曲論著集成》第 4 冊，頁 270。

前文的討論中，無論是「本色」、「典雅」、「委婉」、「清麗」的體式觀，或何良俊開啓的《拜月》之爭，都隱含著「辨體」的觀念。以下即以此爲入路，分析戲曲文體體式論中所隱含的文體論意義。

壹、體式論述中所隱含的「辨體」觀

　　戲曲文體體式論述中所隱含的辨體觀，主要體現於詩、詞與曲的辨體論述中，即辨明詩、詞與曲在體式上的差異，而此曲的主要概念內涵所指便是劇體；換個角度說，也是通過體式的差異，來辨明詩、詞與劇體的不同。在辨體觀念背後，即隱含曲家對於詩、詞及劇體應有體式的預理解，正如陳師道辨東坡之「以詩爲詞」時，便隱含對詩、詞體式的預設。經由曲論的耙梳，可以發現「辨體」論的基礎在於「本色」概念的建立，然而「本色」概念如前言，隱含了詩、詞文體的審美判斷標準。如此一來，辨體論述中便產生一種矛盾的情況，即：一方面希望以與詩、詞不同的體式做爲辨體論依據；另一方面這個劇體體式卻又承繼詩、詞的體式概念。〔註146〕以下便進一步梳理此一情況。

一、以「本色」爲「辨體」依據

　　如前所云，曲家將劇體歸源於詩體、詞體。在歸源的同時，即會建立或考察形式因、目的因等結構要素的類同性，這是詩、詞、曲一體觀念的展現。故如李漁云：「夫作詩、填詞同一理也」〔註147〕，此一「理」即是從同屬韻文、同須叶韻合轍處說。由是，在體式的論述中，出現如上言之「典雅」、「委婉」、「清麗」等承繼詩、詞的體式，便不足爲怪。然而畢竟詩、詞、曲仍是不同文體，如黃周星《製曲枝語》便云：

> 夫文各有體；曲雖小技，亦復有曲之體。若典彙、四六，原自各成
> 　一家，何必活剝生吞，強施之於曲乎？若此者，余甚不取。〔註148〕

黃氏便有明確的辨體觀念，認爲「文各有體」，此「體」即是指體式，各種文體自有其體式，因此劇體並不需要以其他文體之體式爲依歸。由黃周星之語，

〔註146〕吳承學認爲宋代以後的文體論，已在詩、詞、曲辨體議題上取得共識，他認爲：「關於曲與詩詞之異，批評者的意見最爲統一。」因此吳承學對此並沒有太多的著墨，但我們認爲其中仍有需要進一步梳理的地方。關於吳說，參見吳承學，〈辨體與破體〉，收於羅宗強編，《古典文學理論研究》（武漢：湖北教育出版社，2002年），頁532。（原載於《文學評論》第4期（1991））

〔註147〕《中國古典戲曲論著集成》第7冊，頁37。

〔註148〕同上注，頁120。

可以觀察出他已預設了劇體的體式，並以之區辨劇體與其他文體之不同。又如王驥德云：

> 曲與詩原是兩腸，故近時才士輩出，而一搦管作曲，便非當家。
> 〔註149〕

在第四章中已論及王驥德通過歌樂形式進行劇體溯源，王氏溯至〈康衢〉、〈擊壤〉等上古樂歌，並開展出其流變發展史。即便如此，王驥德仍然強調劇體與詩體爲「兩腸」，即兩者是不同的文體，也有著不同的體式。因此文士才子以創作詩、詞的觀念、體式標準來進行戲曲創作，其所呈現之藝術形相就不是劇體應然之體式，故其言「便非當家」。王驥德又云：

> 詞之異於詩也，曲之異於詞也，道迥不侔也。詩人而以詩爲曲也，
> 文人而以詞爲曲也，誤矣，必不可言曲也。〔註150〕

此處王驥德更直接指出詩、詞、曲有異。所謂「道迥不侔」，即是指在體式標準上之差異，以詩爲曲、以詞爲曲皆不能盡劇體之善。王驥德之說與李開先於〈西野《春遊詞》序〉中所言相近，唯李氏更清楚的指出其差異之所在，其云：

> 詞與詩，意同而體異，詩宜悠遠而有餘味，詞宜明白而不難知。以
> 詞爲詩，詩斯劣矣；以詩爲詞，詞斯乖矣。〔註151〕

此處「詞」指曲。李惠綿詮釋此段文字時，將之置於「論體正」處說，認爲李開先此處是在「辨正文體」。〔註152〕李惠綿之說大抵無誤，然其系統與本論文不同，所以此處是將李開先此段文字置入本論文的論述脈絡中重新進行詮釋。李開先認爲劇體與詩體「意同而體異」，此處「意同」指的是結構中的目的因的相同，也就是皆以「教化」爲目的。至於「體異」便是指體式之異，詩要有餘韻，即含蓄、委婉；曲則「明白而不難知」，即「淺」。當創作詩時，須以詩之體式爲規範，當創作曲時，則以曲之體式爲準。由其文意來看，李開先已預設此劇體體式爲「本色」，這也是李開先、黃周星對於劇體體式的預理解。

〔註149〕《中國古典戲曲論著集成》第 4 冊，頁 162。
〔註150〕同上注，頁 159。
〔註151〕（明）李開先，《中麓閒居集》，收於《李開先全集》上冊（北京：文化藝術
　　　　出版社，2004 年），頁 494。
〔註152〕李惠綿，《戲曲批評概念史考論》，頁 87。

二、「本色」概念所隱含的詩文化意識

由上述之分析看來，通過「本色」的提出、建構，曲家似乎有著明確的「辨體」意識，以之區辨出詩、詞與曲的不同。然而，若我們再進一步分析曲論所言，會發現「本色」概念中，仍隱含著詩文化意識，這可以從兩個方面來看：其一，以詩、詞體式拓展「本色」之內涵；其二，在「雅」、「俗」關係中，以「雅」為本。

（一）以詩、詞體式拓展「本色」之內涵

以「質」、「淺」、「淡」、「俗」為內涵之「本色」做為劇體體式的預理解，與詩、詞傳統中養成的文學觀有很大的不同。而且若僅以「本色」來規範劇體，則會出現如前引王驥德所言「純用本色，易覺寂寥」的問題。同樣的，如呂天成《曲品》中也多以「俗」做為反面的批評用語，其評《指腹》時云：「此記詞白尚近俗」，僅入「下下品」；又評《靖虜》時云：「祖生擊楫事佳，而詞多俗」，評《金臺》云：「樂毅事佳，而筆嫌俗」，呂氏認為這兩劇雖「事佳」，但文字修辭「多俗」、「嫌俗」，因此都置於「下下品」。另《遠山堂曲品》評《紅鞋》時亦云：「然淺近易盡，聊以諧俚耳可也」，也是從文字修辭的「淺近」來批評，此劇亦是入最低的「具品」。也就是說「質」、「淺」、「淡」、「俗」的「本色」內涵，雖是曲家所推崇的，但若劇作家真的循之成劇，則其藝術形相又落於下乘，為了解決此一問題，勢必需要調整「本色」的概念內涵。如何良俊便擴大了「本色」的概念內涵，其「本色」概念中引入了「蘊藉」、「妙麗」等意指。我們認為何良俊的修正方式，事實上便是引入了詩、詞的體式概念。

徐渭於《南詞敘錄》中亦有相類之見，其云：

> 填詞如作唐詩，文既不可俗，又不可不自有一種妙處，要在人領解妙悟，未可言傳。〔註153〕

徐渭認為劇體不可「俗」，而須要有「妙處」，使觀者「領解妙悟」，而此一「妙處」是寓於言外，也就是「委婉」的體式。王驥德亦云：

> 夫曲以模寫物情，體貼人理，所取委曲宛轉，以代說詞，一涉藻繢，便蔽本來。〔註154〕

〔註153〕「又不可不自有一種妙處」一句，本作「又不可自有一種妙處」，然置於前後文脈中，意不甚通，今依校者增補改之。《中國古典戲曲論著集成》第 3 冊，頁 243。

〔註154〕《中國古典戲曲論著集成》第 4 冊，頁 122。

王驥德雖認為劇體的文字修辭不可「藻繢」，但在「模寫物情」、「體貼人理」之處仍須「委曲宛轉」，這亦與「本色」概念不同。徐大椿、李漁的「辨體」論述，亦是試圖解決此一問題。徐大椿於《樂府傳聲》云：

> 若其體則全與詩詞各別，取直而不取曲，取俚而不取文，取顯而不取隱，蓋此乃述古人之言語，使愚夫愚婦共見共聞，非文人學士自吟自詠之作也。若必鋪為故事，點染詞華，何不竟作詩文，而立此體耶？……但直必有至味，俚必有實情，顯必有深意，隨聽者之智愚高下，而各與其所能知，斯為至境。〔註155〕

徐氏認為詩、詞體式須「曲」、「文」、「隱」，也就是需要雕飾、含蓄不露。但劇體體式卻是「直」、「俚」、「顯」，也就是前言「本色」之「質樸」、「俗」、「淺」。故徐氏其後又進一步限定「直必有至味」、「俚必有實情」、「顯必有深意」，「至味」、「實情」、「深意」都是隱含在文字之外，須要「隨聽者之智愚高下，而各與其所能知」，也就是需是經驗觀者方能通過文字表層進入意義深層，如此一來便與「淺」的「本色」體式概念不同。李漁於《閒情偶寄》中亦云：

> 曲文之詞采，與詩文之詞采非但不同，且要判然相反。何也？詩文之詞采，貴典雅而賤纖俗，宜蘊藉而忌分明。詞曲不然，話則本之街談巷議，事則取其直說明言。凡讀傳奇而有令人費解，或初閱不見其佳，深思而後得其意之所在者，便非絕妙好詞，不問而知為今曲，非元曲也。元人非不讀書，而所製之曲，絕無一毫書本氣，以其有書而不用，非當用而無書也，後人之曲則滿紙皆書矣。元人非不深心，而所填之詞，皆覺過於淺近，以其深而出之以淺，非借淺以文其不深也，後人之詞則心口皆深矣。〔註156〕

李漁亦認為劇體應是「直說明言」、「街談巷議」，與詩、詞之「典雅」、「蘊藉」不同，然而所謂「直說明言」、「街談巷議」背後，仍是須要入其「深」，也就是上言「麗且清」，雖「塡學問」、「用類書」但出之以「淺」，取其「神情標韻」而已。然正如上所分析，這種「清麗」之體式觀念，仍是延續詩、詞之體式觀。

　　在緒論中提及本論文的基本假定之一便是：「曲論須置於古典詩學脈絡系統下進行理解」。在名實論、結構論、源流論中都已驗證此一基本假定，在體

〔註155〕《中國古典戲曲論著集成》第 7 冊，頁 158。
〔註156〕同上注，頁 22。

式論中亦然。通過上文的分析，可以觀察出曲家在進行戲曲文體體式論述時，雖有意識的建立屬於劇體的體式，但大體上仍是延續詩、詞的體式標準。這可以從是風格術語的沿用與體式概念內涵的承繼兩方面來說明。

在風格術語的沿用方面，第一節中所列出「本色」、「清麗」、「典雅」、「委婉」等體式術語，皆見於古典詩、詞批評論述。也就是戲曲文體體式論中的體式術語是承繼古典詩學脈絡。然而不只體式術語承繼古典詩學脈絡而來，由「清」、「麗」、「雅」、「委」、「婉」等為構詞元素的風格術語也多見於古典詩話、詞話之中。試舉數例證之，如「清空」、「藻麗」、「騷雅」、「婉轉」、「委曲」……等等皆是。而不只由體式術語所延伸之風格術語，其他批評各劇作家、作品體貌之風格術語，如「雄奇」、「慷慨」、「豪放」、「蘊藉」……等等，也都是從詩、詞批評而來。或許這些概念術語在不同的語脈中，其義涵會有所差異，但總體而言，仍是屬於詩、詞批評術語。以上所舉之例皆是做為正面批評的風格術語，雖然仍屬體貌而未上昇至體式之地位，但也可以此觀察出曲家的體貌判斷以及劇作家在創作時的美感取向，有著延續詩、詞風格的現象。

至於體式概念內涵的承繼，經由以上的討論，會發現曲論對於體式的定位有承自詩、詞體式論述脈絡之處，亦有轉變之處。「典雅」、「清麗」、「委婉」皆是古典詩、詞論述中的重要體式概念，曲家亦以之為體式標準，用以規範劇體。其概念內涵或因個別語脈而有出入，但就其所要指涉的風格類型則大致近似。也就是「典雅」、「清麗」、「委婉」在詩、詞中的審美標準，被曲家、劇作家所承繼，並以之批評、創作。至於「本色」一詞，雖然也被用以批評詩、詞，但在詩話中其著重於辨體論之意義。而到了曲論中，則進一步賦予「本色」一詞風格義涵，並具有「範型性」意義，成為劇體的體式之一。以「質」、「淺」、「淡」、「俗」為美，曲家將之提升於體式地位，更是有意識的要轉變既有的審美趣味，重新建構屬於劇體的藝術形相特徵。雖然較之詩、詞批評，這是一大轉變。但「本色」其實仍是以詩文化的審美趣味為其精神底蘊。

總言之，曲家賦予「本色」一詞的「質」、「淺」、「淡」、「俗」風格概念內涵，使「本色」從辨體的意義開展出藝術形相的風格意義，並將之提升至體式的「範型性」地位，此說也多為曲家與現代研究者所肯認。但是遵循「本色」概念所展現的藝術形相並不能符合文人、批評家的期待，因此須要提升

藝術表現。而要提升藝術表現，最直接的就是向詩、詞模習，融攝入詩、詞的體式。

（二）以「雅」為本

「本色」概念再上昇一層說就是「俗」，「本色」也往往被視為「俗」的重要風格概念之一。此一「俗」是指與「雅」相對的複合性概念〔註157〕，戲曲也往往被視為俗文學中的一部份。〔註158〕因此將「質」、「淺」、「淡」、「俗」的「本色」概念做為劇體體式，即是在以「雅」為主的韻文學中，另取一徑。然正如前所述，「本色」概念已融入詩、詞之體式，所以「俗」與「雅」之間就會產生關係。若「本色」為「辨體」依據，便應以「俗」為本、為重，方能與詩、詞之重「雅」有所區別，但曲家卻仍存在著以「雅」為本的觀念。如郭英德所言：

> 無論是化俗為雅的藝術修辭方式，還是雅俗並陳的藝術修辭方式，都僅僅是一種外在的、權宜的敘事策略，而不是一種內在的、根本的藝術思維方式。在中國古代文人的心目中，淺深、濃淡、雅俗之間的辯證關係，歸根結底還是以深、濃、雅為審美底蘊的。〔註159〕

郭氏在此指出了明、清曲家的根本審美意識為「深」、「濃」、「雅」，也就是不脫於詩、詞的審美觀念。在《看山閣集閒筆》中即說道：「曲貴乎口頭言語，化俗為雅。」〔註160〕又《藝概》亦有「借俗寫雅」之說。〔註161〕這些曲家都

〔註157〕「俗」可以做為風格概念的描述用語，指涉某一種特定的風格，此外「俗」也可以用以指涉某一群作者或觀者的特徵，因此「俗」是一個複合性概念。「俗」往往與「雅」對舉，用以表示中國古典文學的兩大發展脈絡或審美取向。曾永義先生在論述戲曲發展史時，亦有從「雅」、「俗」分立的角度來詮說之，只不過曾先生的研究目的是為了說明戲曲的發展事實，而本論文則是置入「體式論」中進行探討，分析其隱含的意義。關於曾永義先生之說，詳見〈論說「戲曲雅俗之推移」〉，收於《戲曲之雅俗、折子、流派》（臺北：國家出版社，2009年），頁17～169。（原載於《戲劇研究》第2、3期（2008.07、2009.01））

〔註158〕如曾永義先生的《俗文學概論》一書中，即含括戲曲。詳見曾永義，《俗文學概論》（臺北：三民書局，2003年）。

〔註159〕郭英德，《明清傳奇戲曲文體研究》（北京：商務印書館，2004年），頁154。又郭氏此書中有「典雅與通俗──明清傳奇戲曲的語言風格」一章，探討了明清劇本書寫與曲論所展現雅俗關係的八個階段發展。本論文則認為在曲論中展現雅俗的主要關係，還是建立在「以雅為本」的基礎上。詳見前揭書，頁115～166。

〔註160〕《中國古典戲曲論著集成》第7冊，頁139。

〔註161〕《中國古典戲曲論著集成》第9冊，頁116。

指出一個現象，即以「俗」為本的「本色」概念是不足的，所以需要融會「雅」於其中。黃圖珌、劉熙載之語則是以「雅」為重，黃氏認為「俗」終究需以「雅」出之，劉氏之說則是以「雅」為目的。黃、劉之說背後隱含的意義便是：以「雅」為本。

再者，何良俊所提出的既淺而又含蓄、既質而又妙麗這類的辯證、調和之說，雖於理論上可以如此詮說，但於實際操作上卻有困難。如王驥德便云：

> 故作曲者須先認清路頭，然後可徐議工拙。至本色之弊，易流俚腐；
> 文詞之病，每苦太文。雅俗淺深之辨，介在微茫，又在善用才者酌
> 之而已。〔註162〕

王驥德此處明言「雅俗淺深之辨，介在微茫」，需「善用才者酌之」，說明了「雅」、「俗」並重的困難，將「明白曉暢而又文采華茂」的藝術形相推於「微茫」，又將之繫於作者本身才能身上。因此「雅」與「俗」在具體表現上勢必有本末、先後之次序，我們認為即是「雅」為先、為本，「俗」為後、為末，因為曲家「本色」論的根本底蘊精神仍是詩、詞一脈。

總言之，雖然曲家試圖通過劇體體式的建立，一方面與詩、詞辨體，一方面辨明劇體之正。但是，曲論的「本色」概念中仍隱含詩、詞的體式觀，以之為「辨體」依據，僅突顯曲家「辨體」之意識；事實上，劇體體式仍延續詩、詞的體式觀。所以上文之「本色」、「典雅」、「清麗」、「委婉」四者，其展現之藝術形相性不同，但究其精神底蘊則是相同的，皆是承繼詩文化的審美標準。

貳、「辨體」意識的考掘

通過以上的分析，可知曲家雖有意識的以體式來與詩、詞辨體，但是事實上曲論的「本色」概念中仍隱含詩、詞的體式觀。如此一來，單從「本色」之體式是無法建立出劇體的獨特性。但是劇體仍是一個與詩、詞不同的文體，所以我們認為從體式來建立劇體之地位，須要從其他地方來進行探討。也就是通過分析其他「體式」論述，發掘出隱含於其中的辨體意識，從而說明曲家認為曲之為曲的獨立、個殊地位之論據所在。

以上述諸節論述為基礎，可以進一步從體式論述中考索出其辨正劇體之意識，主要可從體式的偏向特徵與典範的建立等兩個方面來觀察。

〔註162〕《中國古典戲曲論著集成》第 4 冊，頁 122。

一、體式偏向特徵中所隱含的「辨體」意識

劇體雖然延續詩、詞的體式觀，但是在體式的建構中，則仍是不能離開劇體立說。劇體因應其結構之特徵，必然展現出與詩詞不同的藝術形相。如前所舉凌濛初與徐復祚等人走向擺落詩、詞餘蔭的路子，特別強調俚俗的地位；然而更多的曲家是繼承了詩、詞中對於「雅」的喜好，試圖在詩、詞體式的基礎上尋找新的體式，這種兼容雅俗的意識，便顯現在何良俊等曲家的「本色論」中。

又如前所言，劇體體式有文字修辭、格律音韻與歌樂形式等三個偏向。其中亦隱含著辨正劇體的意識。因為在文體論中，體式多從文字修辭處立說，著重的是文字的藝術形相與傳情達意的功能。但是到了劇體時，由於歌樂形式的著重，使得格律音韻也隨之更為嚴謹。論歌樂形式之體式已是文體論中所無，由此可以看出劇體追求另一層面的藝術形相，這使得劇體脫離詩、詞等文體的籠罩，而發展出屬於自身文體的體式特徵。

此外，對於格律音韻的著重也隱含辨體意識。因為詩、詞等文體著重文字修辭。可是到了戲曲，如前引黃周星所言，格律限制愈趨愈繁，當創作限制越多時，難度便越高，劇作家也漸不能同時的、妥善的掌握諸結構要素。如此一來勢必須要有所取捨，依個人之審美選擇，分別著重於不同的部分。倘若仍依循著詩、詞的體式觀時，無庸置疑的在辭與律的選擇中，絕對會傾向前者。但是在曲論中卻出現以律為重的觀點，與重辭的觀點對舉，形成辭與律孰重孰輕、孰先孰後之爭。分別以湯顯祖與沈璟為代表，也就是著名的湯、沈之爭。

湯沈、之爭的原委，在相關曲學史或曲學研究中都是相當重要的議題。本論文並非要推翻前見，也不再重複堆言。而是試圖將此一議題通過文體論的角度來重新審視。葉長海於《曲學與戲劇學》中對此一議題的性質下了很精要的總結，其云：

> 這是戲曲家對於戲曲創作的特徵和規律的認識和探索，而並不是內容與形式之爭，更不是革新與保守之爭，至於說是什麼儒法之爭，那純屬無稽之談，不值一駁。沈、湯的分歧是由於志趣不同，即對戲曲藝術形式認識的側重點不同所導致的，他們的出發點都是為了推進戲曲創作。〔註163〕

〔註163〕葉長海，《曲學與戲劇學》（上海：學林出版社，1999年），頁393。

葉氏批駁了前人把湯、沈之爭繫於內容與形式、革新與保守、儒與法的詮釋，而單純回到文本所揭示的部分，認爲這是對戲曲藝術形式認識的側重點不同。本文即承此一觀點，認爲湯、沈之爭事實上就是辭、律之爭，也就是對文字修辭與格律音韻的優先性見解不同。〔註 164〕而此一見解是相對而非絕對，也就是湯顯祖並非否定遵守格律音韻，沈璟也不是排斥文字修辭之重要。只是當兩者不能雙美時，究竟應以何者爲先？這一個問題的答案，即隱含曲家對於劇體體式的預理解。以辭爲重者，認爲劇體應側重於文字修辭，也就是承繼古典詩、詞對體式內涵的基本立場；以律爲重者，認爲劇體應側重於格律音韻。〔註 165〕以律爲重的觀點，呈現出以劇體歌樂形式與搬演形式爲重的意識，而這兩者在詩、詞中是較不被注意的，所以著重格律音韻也就是在突顯劇體的個殊性與獨特性。

二、典範的建立所隱含之辨體意識

戲曲文體體式論的風格概念術語及其內涵，多延續自古典詩、詞批評，但是除《詩經》外，卻鮮少以詩、詞之作品或作家爲典範，而是從劇體之中建構出新典範。如前所論，詩、詞之作品、作家僅多建構爲體源，而如《遠山堂曲品》評《雙螺》云：

> 以《騷》、《雅》供其筆端，覺汨羅江畔，暗雨淒風，黃陵廟前，暮
> 色斜照，恍忽如見矣。〔註 166〕

又梁廷枏《曲話》評《懷沙》云：

> 金陵張漱石《懷沙記》，依《史記屈原列傳》而作，文詞光怪。全部
> 《楚詞》，隱括言下。〔註 167〕

祁、梁之評皆是以古典詩歌爲風格來源或「情」、「事」來源，而非以《詩》、《騷》做爲典範。

〔註 164〕又俞爲民、孫蓉蓉則是認爲：「湯顯祖重戲曲的內容而輕音律，而沈璟重戲曲的音律而輕內容」今學界較少採此說。詳見俞爲民、孫蓉蓉《中國古代戲曲理論史通論》，頁 285～288。

〔註 165〕謝柏梁認爲：「沈璟的曲論是建立在曲學品位上，湯顯祖的曲論更多地是建立在文學品位之上；曲學品位以音韻學和音樂性爲重，文學品位是以文學性和情感性爲主。」這是從另外一個角度來詮釋兩者之差異，本論文則將此論爭置入「辨體論」的思考脈絡之中進行分析。謝柏梁，《中國分類戲曲學史綱》（臺北：臺灣商務印書館，1994 年），頁 467。

〔註 166〕《中國古典戲曲論著集成》第 6 冊，頁 131。

〔註 167〕《中國古典戲曲論著集成》第 8 冊，頁 266。

　　然如前所云，戲曲文體體式論述中提出了「元人」、「元代大家」等泛指性的作家，與《琵琶》、《拜月》、《西廂》、湯顯祖、沈璟等特指性的作品或作家，同樣賦予「範型性」意義，將之建構為劇體典範。雖然在上言的典範建構中，可以看到由於不同曲學觀念的作用，因此對於典範的認定有著不同的意見。但總體而言，曲論中仍重新提出了屬於劇體的典範，以有別於詩、詞。

　　典範建構表示創作與批評都已成熟，從創作來說，表示已出現極高藝術表現的作品，從批評來說表示曲家已形成一套藝術評價標準，也就是體式。劇體體式雖然延續詩、詞脈絡，但那只是審美趣味、指標，在不同形式的文體中展現，仍有不同的藝術形相，因此曲家並不以詩、詞之作品、作家為典範，而是以劇體中之作品、作家為後出劇作家模習的對象，並由此提供一套模習的方法論述。這即是隱含劇體有別於詩、詞的重要意義。

第四節　小　結

　　本章為戲曲文體體式論，目的即在探討曲論中關於劇體體式之論述，主要通過三個層面來釐清之，包括分析劇體體式概念類型及其義涵，分析曲家所建立出之典範之內涵，分析前兩者所展現文體論意義等。以下分述之。

一、劇體體式概念類型及其義涵

　　在劇體體式概念類型及其義涵中，先依體式之偏向分為：文字修辭、格律音韻、歌樂形式等三個面向。

（一）文字修辭

　　體式的文字修辭偏向，為文體論探討體式之核心，本文亦多著墨。主要依據曲論所言，區分出「本色」、「清麗」、「典雅」、「委婉」等四種概念類型。

　　「本色」文字修辭的角度來看，是一個概念化的風格類型，若賦予體式地位則便是「風格範型」，其包含之次概念主要有「質」、「淺」、「淡」、「俗」等。但在曲家的價值觀中，一直延續著詩、詞的文學風格範型，所以擴大了「本色」之內涵，進一步賦予其「妙麗」、「蘊藉」等義涵。

　　至於「清麗」，在曲論中評價馬致遠、張小山、鄭光祖、《琵琶記》、《桃花扇》等作家、作品時，皆可見「清麗」之稱，這些作家、作品皆是戲曲史中的名家、名作，當他們在文字修辭上都被給與「清麗」的批評時，便可以推見「清麗」在曲家心眼中的體式地位。不僅如此，曲論中尚有大量以「清」

或「麗」做爲組構元素的風格術語。雖然兼具「清」、「麗」者方能視之爲體式，但是以「清」、「麗」構詞且進行批評者如此多、雜，可見「清」、「麗」在曲論中是相當重要的風格概念，而「清麗」在曲家眼中，更是與「本色」一樣相當重要的體式概念。

至於「典雅」，「典雅」的概念是以「雅」爲中心，而「典雅」、「雅」本爲古典詩詞批評中固有之術語，其代表的也是古典詩學的審美標準。在劇體體式批評中，也延續這種體式觀。以「雅」做爲構詞元素之風格術語亦多，且多爲正面之風格描述語，其以「雅」造詞，可知「雅」之審美觀深植於曲家之文學觀，也足證其在曲家心眼中爲體式。

至於「委婉」，其義與「婉約」近同，在曲論中多見用於文字修辭之批評。指涉的是通過修辭將內心情意含蓄不露的表達，這種藝術形相與「本色」相去甚遠，但如何良俊則將之納入「本色」概念之中，顯見此概念在曲家文學觀念中的重要性。「委婉」二字從字面義來看，都有含蓄、隱微、曲折之意，在曲論中也有許多風格術語以此爲造詞元素，可見「委婉」概念在風格批評上之重要性，故可說在曲家的眼中，確實是將「委婉」視之爲劇體體式。

以上四者，是從曲論中所分析出的體式概念，而其之偏向主要即在於文字修辭。

（二）格律音韻

「格律音韻」指曲家之體式論述著重於外在形式規範應有之藝術形相。在文體論中，體式批評主要集中於文字修辭方面；但是在劇體論述中，格律與音韻也是曲家關注的焦點。如呂天成《曲品》與祁彪佳的《遠山堂曲品》、《遠山堂劇品》在評論劇作時，也多強調其在遵守格律、妥置音韻上之表現。從曲論中，可以分析出「嚴」爲曲家認爲在格律音韻上應呈現的體式，劇作家即是通過「守」音韻格律來達到「嚴」。「嚴」指在音韻、格律的使用上合乎體製規範，沒有出入、錯誤之處。除了「嚴」、「嚴整」之外，曲家尚進一步提出「工」、「妙」，認爲在選聲時不僅合轍，更要經過精心挑選，故可達到「工」的藝術高度。

（三）歌樂形式

體式在歌樂形式的偏向中，主要概念爲「激越」、「流麗」、「宛轉」與「忼慨」、「朴實」、「遒勁」等，在曲家論述中這些概念即具有「範型性」。然要

達到上述的風格。必須要材料、形式的有機統合，不可能忼慨之事敘之以宛轉之詞，又歌以「遒勁」之樂調。所以這些是有機統合後的藝術形相，只是其側重之處在於歌樂形式，可以說這是側重於歌樂形式的體式標準。

二、分析曲家所建立出之典範之內涵

曲論中所提出的典範作家、作品甚多，不過可以將之約化為四類。第一類為「元人」，「元人」指涉的是元代作家，曲論中將「元人」視為典範，而此一類型是不分言的，是將元代作家視為一個整體，從曲論中可以觀察出當時曲家所存在著以「元人」為典範的意識。

第二類是從「元人」中所提出的「大家」之說，以「元人」為典範是將有元一代視為一個整體，但是元人之作亦有良莠，所以在曲論中會出現「大家」之說，特別從「元人」中提舉出數人，合稱為「大家」以為典範。其中主要即是關、馬、鄭、白四大家的說法，另外也針對鄭光祖之去取，王實甫之關如進行過論辯。

第三類是《琵琶》、《拜月》、《西廂》等三劇，在曲論中將此三者標舉甚高，並以為典範。《琵琶》、《拜月》、《西廂》較「大家」更進一步的指向單一作品，其典範性也更明確。會將此三劇合為一類進行討論，主要是因為曲論中不但皆將之為典範作品，更會將此三劇並舉或比較高下優劣。《拜月》、《琵琶》、《西廂》三劇雖都有曲家將之視為劇體典範之作，但當三劇並峙時，其優劣、高下則各有其見。評斷之標準即是文字修辭與格律音韻。在文字修辭的評斷中，隱含著「本色」與「典雅」、「清麗」的不同體式觀；從格律音韻的評斷中，則是以是劇是否守律為標準。

第四類是湯顯祖與沈璟，湯、沈二人在曲論中被標舉甚高，分別代表重律、重辭的不同藝術形相特徵，辭、律之輕重為曲論中重要的一組論爭，故合為一類論之。以上諸類皆是金元之作家、作品，轉進明代，則堪稱「大家」者少。諸如《香囊》、《伍倫》、《玉玦》、《浣紗》，雖都名噪一時，但經由曲論的分析，僅堪為一家之體貌。至於湯顯祖、沈璟則分別被視為重文字修辭、重格律的代表，足可代表劇體體式之一面。湯顯祖與沈璟分別代表文字修辭與格律音韻兩者之極致。因為人之才力有限，所以於文字修辭、格律音韻未能兼善。由是，能擅一面之長者以足可為典範，湯、沈兩人各得文字修辭、格律音韻之一端，故在曲論中被提舉為典範作家。

三、體式論中所隱含的文體論意義

由於戲曲文體體式論述較之詩、詞有承有變,在承與變之中,便隱含了對於劇體定位的探討,也就是「辨體」。因此,體式論中最重要的文體論意義就是「辨體」。首先,曲家以「本色」為「辨體」依據,通過「本色」的提出、建構,曲家似乎有著明確的辨體意識,以之區辨出詩、詞與曲的不同。但「本色」概念中,仍隱含著詩文化意識,這可以從兩個方面來看:其一,以詩、詞體式拓展「本色」之內涵;其二,在「雅」、「俗」關係中,以「雅」為本。所以雖然曲家試圖以「本色」來進行「辨體」,但是遵循「本色」概念所展現的藝術形相並不能符合文人、批評家的期待,因此須要提升藝術表現。而要提升藝術表現,最直接的就是向詩、詞模習,融攝入詩、詞的體式。

如此一來,單從「本色」之體式是無法建立出劇體的獨特性。但是劇體仍是一個與詩、詞不同的文體,所以我們認為從體式來建立劇體之地位,須要從體式的偏向特徵與典範的建立等兩方面來進行探討。

從體式偏向特徵中可以發掘所隱含的「辨體」意識,因為在文體論中,體式多從文字修辭處立說,著重的是文字的藝術形相與傳情達意的功能。但是到了劇體時,由於歌樂形式的著重,使得格律音韻也隨之嚴謹。論歌樂形式之體式已是文體論中所無,由此可以看出劇體追求另一層面的藝術形相,這使得劇體脫離詩、詞等文體的籠罩,而發展出屬於自身文體的體式特徵。倘若仍依循著詩、詞的體式觀時,無庸置疑的在辭與律的選擇中,絕對會傾向前者。但是在曲論中卻出現以律為重的觀點,與重辭的觀點對舉,形成辭與律孰重孰輕、孰先孰後之爭,分別以湯顯祖與沈璟為代表,也就是著名的湯、沈之爭。

其次,戲曲文體體式論的風格概念術語及其內涵,雖多延續自古典詩、詞批評,但是卻鮮少以詩、詞之作品或作家為典範,而是從劇體之中建構出新典範。典範建構表示創作與批評都已成熟,從創作來說,表示已出現極高藝術表現的作品,從批評來說表示曲家已形成一套藝術評價標準,也就是體式。劇體體式雖然延續詩、詞脈絡,然在不同形式的文體中展現時,仍有不同的藝術形相,因此曲家並不以詩、詞之作品、作家為典範。而是以劇體中之作品、作家為後出劇作家模習的對象,並由此提供一套模習的方法論述。這即是隱含劇體有別於詩、詞的重要意義。

第六章 結 論

第一節 中國古典戲曲文體論之架構

  本論文的目的在：將散落於各曲論中相關的文體論述加以提出，通過後設的研究，建構成一套系統性的「中國古典戲曲文體論」。由於曲論中之記述散亂、無系統，因此必須另行提出一套論述模式，來統攝相關之論點。由是，本文便以名實論、結構論、源流論與體式論等四者爲綱目，進行「中國古典戲曲文體論」之建構。此四論都是以曲論所言爲對象，名實論探討劇體名號能指與所指，結構論探討劇體構成要素之內涵，源流論探討戲曲文學史之建構方法、史觀及價值觀念，體式論則探討劇體之總體藝術形相及典範建構。

一、名實論

  以名實論爲先，主要是因爲曲論中關於劇體之名號尚未統一，或一詞多義、或一義多詞，造成名與實混亂的對應關係。爲了讓後文的討論能夠在名實對應關係上得到統一，所以先通過名實論來探討曲論中名與實的指涉關係及紊亂之原因。本文建構名實論的方式是：先論曲體、劇體及其次文類之分類概念，確立劇體之實，然後再以劇體中出現之相關名號進行比附。然此劇體之實並非憑空所得，而是以前行研究之成果爲基礎。

  當以此概念類型爲基礎來審視曲論時，便會發現古代曲家分類現象未必與現代學術共見相同，其依不同的類標準產生多雜的分類現象，可歸納爲「長篇一體」、「舊、新傳奇一體」、「南北二體」、「各代一體」、「次類型」等。這都展現出「類標準的任意性」，由於歸類屬概念層的活動，乃批評者將既有之

作品特徵提出、抽象化,再進行分類,此時類標準之取捨便存乎一心。所以本論文仍以現代曲學研究成果爲主,因爲其分類建立在嚴謹的劇本分析之上。在上言之文類概念中,其對應之名號術語未固定化,所以能指與所指的對應關係相當混雜。名實對應的混淆現象,主要即是一詞多義與多詞一義。當我們進一步探究此現象時,可以分析出兩個主要原因:其一,文體發展歷程的混同合觀;其二,文體質性的多元解讀。

除對現象原因的解釋外,尚以構詞元素之概念進行名號類型化的分類,將劇體名號分爲「主體性構詞元素」與「限定性構詞元素」,並歸納出「主體性構詞元素群組」與「限定性構詞元素群組」,以條理化多樣的名號術語。由是可以發現名號構詞元素複合時,主要有兩種情況:其一,「主體性構詞元素」相互複合,如「戲劇」、「劇戲」等;其二,「主體性構詞元素」與「限定性構詞元素」複合,如「北劇」、「南戲」等。而其原則有三:其一,名號組構時,「限定性構詞元素」多位於「主體性構詞元素」之前,二者之關係多爲組合關係,而少數爲聯合關係。其二,同一「主體性構詞元素」會複合不同「限定性構詞元素」,這些名號通過「限定性構詞元素」限定文體的概念範圍,進而別類爲另一文體概念,呈現出一種別異分類的文體類型化思維;另外,同一「限定性構詞元素」亦會複合不同「主體性構詞元素」,顯示曲家對於名號與指實之間尚無明確的連結意識,這種批評術語的混亂,一方面代表該作品群做爲一個文體類型的意識尚未成熟,另一方面也表示該文體觀念正在建構發展之中。其三,地域與時間是「限定性構詞元素群組」中最爲重要的兩類,以地域做爲區辨文體之概念,具有分類上之準確性,因此許多曲家採用之;至於將朝代與文體進行連結,不但是曲論中常見,亦常見於古典文學批評,因爲每一朝代大致有其文體的特殊性,因此可以之別類。

二、結構論

當名號能指與所指的對應關係得到梳理、廓清後,即可針對劇體之實,也就是劇體之結構進行探討。結構論的目的便是將劇體構成要素,以及要素之間的關係、規律等論述進行系統性的梳理。

本論文第三章先以材料因、形式因、動力因、目的因來分析劇體之結構要素,以四因爲綱目,納入曲家各種說法,呈現出曲家對於劇體結構之論見。材料因中又分爲「情」、「事」、「義」,形式因中分爲「文字形式」、「歌樂形式」、「搬演形式」,動力因則從「心」處說,目的因則分爲「功能性目的」與「藝

術性目的」。

至於劇體結構要素之關係，則可分成「實然結構關係」與「應然結構關係」，「實然結構關係」指當構成一個文體時，其結構要素之間必然會產生之關係，如材料因通過形式因表現，形式因以材料因為內容；主觀文心因為目的因產生動力，融會材料與形式。這是當以四因分解事物時，事物必然會因之具涵這些結構關係。而「應然結構關係」，則是依據曲論的相關論述，分析曲家如何對諸結構要素進行關係建構，他們所建立的結構要素關係，並非如「實然結構關係」有著普遍性，而是針對劇體所提出應然如是的結構關係說。由是，「應然關係」便可從目的因中之「功能性目的」與「藝術性目的」兩者著眼。

最後是探討劇體結構的常與變，因為結構並非恆常不變的，而是會隨著時間遷變。但在遷變的過程中必然有些是恆常不變的，可以使這些次文體被認知、被歸類於曲的共同要素；然亦有遷變之要素，使次文體得因而分類。為了釐清之，本論文將劇體的結構要素析分為三個概念層次：「普遍性概念層次」、「個殊性概念層次」、「群類性概念層次」。通過這些層次的相對關係，來論述劇體結構之常、變規律，並從中析論其意義。一方面可以分析出「群類性概念層次」與「個殊性概念層次」具有相對性原則；另一方面則可以說目的因之恆常性為儒系詩學觀念的延續。

三、源流論

源流是文體論中很重要的議題，因為通過源流方能夠理解文體在文學發展歷史中的地位。而本論文之目的不在考掘出合乎歷史事實的戲曲源流發展歷程，而是分析曲論中相關源流論述之內涵，及其所隱含之文體論意義。

主要研究成果有三：其一，分類、建構曲論中的源流論述模式；其二，揭明源流論述中的文學史觀；其三，分析、詮解隱含在建構模式、文學史觀中的價值觀。

首先，先從起源論述進行分析，將起源建構模式分為「擇實描構式」與「應然創構式」等兩種模式，「擇實描構式」是指曲論以歷史考察的方式探討劇體起源；「應然創構式」是指曲論以理論方式探討劇體起源。具涵「擇實描構式」的起源建構論述，可以再區分出四種類型，包括「形式的歷史時程起點」、「外在的發生原因」、「風格類型的起源追察」、「形式要素的起源追察」等。「應然創構式」的起源推定，則是上推至天地、自然，甚至將教化與歌樂

形式進行連結，賦予歌樂形式政教義涵。在起源論述之後，進一步推及流變，提出三系之說。以詩爲源之源流脈絡爲「詩系」；以樂爲源之源流脈絡爲「曲系」；以戲爲源之源流脈絡爲「戲系」。這三系是劇體源流建構中的三個主要譜系。

其次，從曲論中可以揭明出曲家所持用的文學史觀有代變觀、正變觀、進化史觀與退化史觀、通變觀等五種，而進化史觀、退化史觀又與正變觀相關，可歸於正變觀之中。

最後，建構模式、內涵與文學史觀中，進一步分析其所隱含的價值觀念有：「宗詩」、「重樂」、「正韻」、「崇古」、「振體」等五項。「宗詩」是指曲論中隱含著以「詩」爲宗的觀念。因爲曲家將劇體視爲詩文化中的一環，因此需將曲論置於古典詩學脈絡系統下進行理解，方能夠發掘出其所隱含之價值觀與意義。「重樂」指曲論中提升歌樂地位、強化歌樂價值的觀念。「正韻」指曲家釐定劇體所應遵循之字韻，也就是判斷應遵循的語音系統。「崇古」指以古爲尊、以古爲尚。「崇古」觀念有兩個層次，當從正變觀、退化觀來看待劇體源流發展時，「崇古」往往伴隨著「抑今」；然而「崇古」與「抑今」並非必然相隨之概念，也就是「崇古」不一定需要通過「抑今」來建立。「振體」指提振劇體地位。然要提振劇體地位，是因爲古代文人普遍存在著「曲爲小道」的觀念，劇體與詩、詞相比，一直是較爲低俗、非主流的文體，所以曲家試著通過源流論述提升其地位。

四、體式論

體式論的目的在探討曲論中關於劇體體式的相關論述，包括分析劇體體式概念類型及其義涵，分析曲家所建立出之典範之內涵，以及前兩者所展現文體論意義等。

首先，在劇體體式概念類型及其義涵中，依體式之偏向分爲：文字修辭、格律音韻、歌樂形式等三個面向。體式的文字修辭偏向，爲文體論探討體式之核心，本文亦多著墨。主要依據曲論所言，區分出「本色」、「清麗」、「典雅」、「委婉」等四種概念類型。「格律音韻」指曲家之體式論述著重於外在形式規範應有之藝術形相。從曲論中，可以分析出「嚴」爲曲家認爲在格律音韻上應有之體式。除了「嚴」之外，曲家尚進一步提出「工」、「妙」，認爲在選聲時不僅合轍，更要經過精心挑選，故可達到「工」的藝術高度。體式在歌樂形式的偏向中，主要概念爲「激越」、「流麗」、「宛轉」與「忼慨」、「朴

實」、「遒勁」等，在曲家論述中這些概念即具有「範型性」。

其次，曲家所建立出之典範主要可分爲四大類：第一類爲「元人」，曲論中將「元人」視爲典範，而此一類型是不分言的，是將元代作家視爲一個整體；第二類是「大家」，即從「元人」中提舉出數人，合稱爲「大家」以爲典範；第三類是《琵琶》、《拜月》、《西廂》等三劇；第四類是湯顯祖與沈璟。

最後，通過以上對於曲論的分析，進一步提出體式論中所隱含的文體論意義。由於劇體之體式論述較之詩、詞有承有變，在承與變之中，便隱含了對於劇體定位的探討，也就是「辨體」。因此，體式論中最重要的文體論意義就是「辨體」。首先，曲家以「本色」爲「辨體」依據，通過「本色」的提出、建構，曲家似乎有著明確的辨體意識，以之區辨出詩、詞與曲的不同。但「本色」概念中，仍隱含著詩文化意識，這可以從兩個方面來看：其一，以詩、詞體式拓展「本色」之內涵；其二，在「雅」、「俗」關係中，以「雅」爲本。然而，因爲「本色」中隱含著詩文化意識，因此以之爲辨體依據向有不足。

由是，我們通過曲論的分析，發掘體式的偏向特徵與典範的建立兩者來補足。從體式偏向特徵中可以發掘所隱含的「辨體」意識，因爲在既有文體論中，體式多從文字修辭處立說，著重的是文字的藝術形相與傳情達意的功能。但是到了劇體時，由於歌樂形式的著重，使得格律音韻也隨之嚴謹。論歌樂形式之體式已是既有文體論中所無，由此可以看出劇體追求另一層面的藝術形相，這使得劇體脫離詩、詞等文體的籠罩，而發展出屬於自身文體的體式特徵。劇體體式雖然延續詩、詞脈絡，然在不同形式的文體中展現時，仍有不同的藝術形相，因此曲家並不以詩、詞之作品、作家爲典範。而是以劇體中之作品、作家爲後出劇作家模習的對象，並由此提供一套模習的方法論述。這即是隱含劇體有別於詩、詞的重要意義。

第二節　中國古典戲曲文體論的開展與論題延伸

以上爲戲曲文體名實論、結構論、源流論、體式論之大要。本論文即通過此四者來建構「中國戲曲文體論」之基礎。然此一論題基於論述方向與整體架構之預設，仍有許多不足及可進一步開發之部分，主要有五：一是從戲曲文體論自身著眼，針對曲論中仍可開發之議題進行研究；二是將戲曲文體論置入史的脈絡中探尋其意義；三是從戲曲文體論進一步延伸到既有之文體論，深入探討兩者之關係。四是將研究層位設定於與王驥德、李漁等人相同，

直接面對劇本，建構出屬於劇本的「文體論」。五、「劇場藝術理論」在「文體論」中之理論地位。

一、從宏觀到微觀的戲曲文體論研究

然此一論述系統，爲宏觀之把握，許多細微之處便被略過。由是本論題之未來開展可由宏觀轉至微觀，主要有兩個面向：

其一，針對各專著曲論進行研究。因爲本論文是概念史的論述模式，通過自身論文架構來涵蓋諸家之說，但每一家自有其特殊之論述脈絡，如王驥德《曲律》、徐渭《南詞敘錄》、李漁《閒情偶寄》……等等較完整的曲論著作，皆可以從戲曲文體論的角度進一步探討。通過對曲家所有文論、詩論、曲論的相關著作，以及其社群性、時代文學觀念等多元角度，深入分析、建構其個人的理論主張。

其二，本論文的研究對象爲古代曲論，因此排除了民國後的許多重要曲論著作，如吳梅《霜厓曲跋》、王季烈《螾廬曲談》……等，都值得以戲曲文體論的角度重新加以審視，探討、開發其隱含之意義與價值。

二、歷程性的研究

無論本論文的宏觀式掌握，或進行微觀式的探討，都還可進一步將這些相關議題進行歷時性的貫通。分析、比較不同時代、學派的曲家在面對相同議題時的不同思考，從理論發展歷程的角度來進行深入詮釋。如此一來，相關議題的深層意義將更進一步的被彰明。

三、戲曲文體論與詩、文文體論之比較與關係建構

然而除了在曲學領域中進一步進行研究外，還有另外一個很重要的論題延伸方向：就是與論述詩、詞、文等體之文體論進行深入的比較、探討兩者之關係。在本論文中，雖然以文體論爲論述基礎之一，在文中也多有引用、對照。但本論文之目的主要在建構戲曲文體論，而非比較兩者之異同，因此相關的比較論述仍是零碎的、不足的。故未來仍可針對此議題進行深入的分析。

辨明戲曲文體論與其他文體之文體論的關係，一方面可以使得戲曲文體論的理論效用與限制有更清楚的認識，另一方面也可以補充既有文體論研究所未及之處。

四、從曲論到劇本的研究層位轉移

本論文是將研究層位設定於批評的再批評，也就是將王驥德、李漁等古

代曲家的曲論視爲第一手研究對象。但是除此外，仍可以本論文之研究成果
爲理論基礎，重新將研究層位設定於與王驥德、李漁等人相同，直接面對戲
曲劇本，建構出屬於劇本的「文體論」。

五、「戲曲文體論」結合「劇場藝術理論」

從「中國古典文體論」的詮釋視域對「曲論」進行探討，是針對「戲曲
文學理論」所進行的研究。由於「劇場藝術理論」並非本論文的詮釋視域所
能關照，因此並無相關討論，然正如前所言，「劇場藝術理論」是戲曲研究中
相當重要的部分。因此，在「戲曲文體論」融入「劇場藝術理論」的部分亦
是相當重要的課題。故本論文第五個研究延伸方向，便是探討當「文體」不
單以文字爲載體時，所應有的對應方法與理論架構，將中國古典既有的「文
體論」開展出新的內涵。

後　記

　　這篇論文嘗試發掘隱含於古典戲曲理論中的文體論意義，並將之結構化、系統化，詮釋進路有別於既有戲曲研究之思考，乃將古典戲曲納入中國文體學的論述脈絡。感謝許子漢教授的指導，讓我得以在古典戲曲領域有更深入的理解，並接納、修正論文的許多發想。而這篇論文的基本思考、方法運用、視域開啓都來自於顏崑陽教授的啓迪，感謝顏教授與陳惠操女士在知識層、生命層、生活層的教誨與協助，讓我有能力完成論文，並走進人生另外一個階段；感謝郝譽翔教授在課業上教導與生活上的提攜，郝教授的爽朗親切一直是我學習的對象。在東華大學的十年間，感謝有鄭清茂教授、羅宗濤教授、王文進教授、賴芳伶教授、林安梧教授、劉漢初教授、齊曉楓教授、吳冠宏教授、許又方教授、程克雅教授、謝明陽教授、游宗蓉教授的授業教導，奠定了我日後的學術性格與知識基礎。感謝十年來靜容的陪伴論學，更感謝父母兄妹的支持。

　　何其有幸，能在十年間遇結這許多善緣，可惜因個人資質愚庸，未能顯揚諸位師長之教誨於一二，但未來十年、二十年、三十年我仍將會孜孜勤學，並成長爲他人之善緣。

一百年冬至午後記於溪州

引用資料

編錄說明

① 「引用資料」爲總列本論文曾以隨頁注引用之文獻資料。

② 「引用資料」排序分爲「古籍」與「現代學術論著」兩大類，

③ 「古籍」下依朝代先後爲次，同一朝代下則依作者姓氏筆畫簡繁排序。

④ 「現代學術論著」下分「專書」、「單篇論文」、「學位論文」等三項，均依作者姓氏
　 筆畫簡繁排序。

⑤ 「專書」爲已出版之單行成冊之學術論著。此外，同一作者之單篇論文另行集結成
　 書者、已出版之學位論文皆歸於此。

⑥ 「單篇論文」包含「期刊論文」、「專書論文」、「會議論文」，唯若作者將個人單篇
　 論文集結成書者，則如⑤所言，歸入「專書」中，僅於隨頁注中說明其篇名及原
　 載出處之版本項。

一、古籍

1. （漢）許慎著，（清）段玉裁注，魯實先正補，《說文解字注》（臺北：黎明文化事業股份有限公司，1974 年）。

2. （梁）劉勰著，周振甫譯注，《文心雕龍譯注》（臺北：五南圖書出版股份有限公司，1993 年）。

3. （宋）王灼，《碧雞漫志》，收於《中國古典戲曲論著集成》第 1 冊（北京：中國戲劇出版社，1982 年）。

4. （宋）張鎡，《仕學規範》（臺北：臺灣商務印書館，1970 年，四庫全書珍本 3 集，冊 2）。

5. （宋）陳師道，《後山詩話》（臺北：漢京文化公司，1983 年）。

6. （元）周德清，《中原音韻》，收於《中國古典戲曲論著集成》第 1 冊（北京：中國戲劇出版社，1982 年）。

7. （元）姚同壽，《樂郊私語》（臺北：藝文印書館，1965 年，百部叢書集成——寶顏堂秘笈第 1 函）。

8. （元）夏庭芝，《青樓集》，收於《中國古典戲曲論著集成》第 2 冊（北京：中國戲劇出版社，1982 年）。

9. （元）高明著，錢南揚校注，李殿魁補校注，《琵琶記》（台北：里仁書局，1998 年）。

10. （元）陶宗儀，《南村輟耕錄》（北京：文化藝術出版社，1998 年）。

11. （元）燕南芝庵，《唱論》，收於《中國古典戲曲論著集成》第 1 冊（北京：中國戲劇出版社，1982 年）。

12. （元）鍾嗣成，《錄鬼簿》，收於《中國古典戲曲論著集成》第 2 冊（北京：中國戲劇出版社，1982 年）。

13. （明）王世貞，《曲藻》，收於《中國古典戲曲論著集成》第 4 冊（北京：中國戲劇出版社，1982 年）。

14. （明）王驥德，《曲律》，收於《中國古典戲曲論著集成》第 4 冊（北京：中國戲劇出版社，1982 年）。

15. （明）朱權，《太和正音譜》，收於《中國古典戲曲論著集成》第 3 冊（北京：中國戲劇出版社，1982 年）。

16. （明）何良俊，《曲論》，收於《中國古典戲曲論著集成》第 4 冊（北京：中國戲劇出版社，1982 年）。

17. （明）呂天成，《曲品》，收於《中國古典戲曲論著集成》第 6 冊（北京：中國戲劇出版社，1982 年）。

18. （明）李開先，《中麓閒居集》，收於《李開先全集》上冊（北京：文化藝術出版社，2004 年）。

19. （明）李開先，《詞謔》，收於《中國古典戲曲論著集成》第 3 冊（北京：中國戲劇出版社，1982 年）。

20. （明）沈寵綏，《度曲須知》，收於《中國古典戲曲論著集成》第 5 冊（北京：中國戲劇出版社，1982 年）。

21. （明）沈寵綏，《絃索辨訛》，收於《中國古典戲曲論著集成》第 5 冊（北京：中國戲劇出版社，1982 年）。

22. （明）祁彪佳，《遠山堂曲品》，收於《中國古典戲曲論著集成》第 6 冊（北京：中國戲劇出版社，1982 年）。

23. （明）祁彪佳，《遠山堂劇品》，收於《中國古典戲曲論著集成》第 6 冊（北京：中國戲劇出版社，1982 年）。

24. （明）胡文煥，《新刻群音類選》第 4 冊，收於《善本戲曲叢刊》（臺北：臺灣學生書局，1987 年，據明萬曆間文會堂輯刻「格致叢書」之一種影印）。

25. （明）胡應麟，《詩藪》（臺北：廣文書局，1973 年）。

26. （明）凌濛初，《譚曲雜箚》，收於《中國古典戲曲論著集成》第 4 冊（北京：中國戲劇出版社，1982 年）。

27. （明）徐復祚《曲論》，收於《中國古典戲曲論著集成》第 3 冊（北京：中國戲劇出版社，1982 年）。

28. （明）徐渭，《南詞敘錄》，收於《中國古典戲曲論著集成》第 4 冊（北京：中國戲劇出版社，1982 年）。

29. （明）張琦，《衡曲麈譚》，收於《中國古典戲曲論著集成》第 4 冊（北京：中國戲劇出版社，1982 年）。

30. （明）葉子奇，《草木子》（北京：中華書局，1959 年），頁 83。

31. （明）賈仲明，《錄鬼簿續編》，收於《中國古典戲曲論著集成》第 2 冊（北京：中國戲劇出版社，1982 年）。

32. （明）魏良輔，《曲律》，收於《中國古典戲曲論著集成》第 5 冊（北京：中國戲劇出版社，1982 年）。

33. （清）支豐宜，《曲目新編》，收於《中國古典戲曲論著集成》第 9 冊（北京：中國戲劇出版社，1982 年）。

34. （清）毛先舒，《南曲入聲客問》，收於《中國古典戲曲論著集成》第 7 冊（北京：中國戲劇出版社，1982 年）。

35. （清）王德暉、徐沅澂，《顧誤錄》，收於《中國古典戲曲論著集成》第 9 冊（北京：中國戲劇出版社，1982 年）。

36. （清）平步青，《小棲霞說稗》，收於《中國古典戲曲論著集成》第 9 冊（北京：中國戲劇出版社，1982 年）。

37. （清）李漁，《閒情偶寄》，收於《中國古典戲曲論著集成》第 7 冊（北京：中國戲劇出版社，1982 年）。

38. （清）李調元，《雨村曲話》，收於《中國古典戲曲論著集成》第 8 冊（北京：中國戲劇出版社，1982 年）。

39. （清）姚燮，《今樂考證》，收於《中國古典戲曲論著集成》第 10 冊（北京：中國戲劇出版社，1982 年）。

40. （清）徐大椿，《樂府傳聲》，收於《中國古典戲曲論著集成》第 7 冊（北京：中國戲劇出版社，1982 年）。

41. （清）徐慶卿輯，（清）鈕少雅訂，《南曲九宮正始》，收於《歷代曲話彙編：新編中國古典戲曲論著集成》清代編（合肥：黃山書社，2008 年）。

42. （清）高奕，《新傳奇品》，收於《中國古典戲曲論著集成》第 6 冊（北京：中國戲劇出版社，1982 年）。

43. （清）梁廷枏，《曲話》，收於《中國古典戲曲論著集成》第 8 冊（北京：中國戲劇出版社，1982 年）。

44. （清）笠閣漁翁，《笠閣批評舊戲目》，收於《中國古典戲曲論著集成》第 7 冊（北京：中國戲劇出版社，1982 年）。

45. （清）焦循，《劇說》，收於《中國古典戲曲論著集成》第 8 冊（北京：中國戲劇出版社，1982 年）。

46. （清）黃文暘，《重訂曲海總目》，收於《中國古典戲曲論著集成》第 7 冊（北京：中國戲劇出版社，1982 年）。

47. （清）黃周星，《製曲枝語》，收於《中國古典戲曲論著集成》第 7 冊（北京：中國戲劇出版社，1982 年）。

48. （清）黃圖珌，《看山閣閒筆》，收於《中國古典戲曲論著集成》第 7 冊（北京：中國戲劇出版社，1982 年）。

49. （清）黃旛綽，《梨園原》，收於《中國古典戲曲論著集成》第 9 冊（北京：中國戲劇出版社，1982 年）。

50. （清）楊恩壽，《詞餘叢話》，收於《中國古典戲曲論著集成》第 9 冊（北京：中國戲劇出版社，1982 年）。

51. （清）楊恩壽，《續詞餘叢話》，收於《中國古典戲曲論著集成》第 9 冊（北京：中國戲劇出版社，1982 年）。

52. （清）劉熙載，《藝概》，收於《中國古典戲曲論著集成》第 9 冊（北京：中國戲劇出版社，1982 年）。

53. （清）錢謙益撰，（清）錢曾箋注，錢仲聯標校，《牧齋有學集》中冊（上海：上海古籍出版社，1996 年）。

54. 俞為民、孫蓉蓉主編，《歷代曲話彙編：新編中國古典戲曲論著集成》唐宋元編（合肥：黃山書社，2006 年）。

55. 俞崑編,《中國畫論類編》上冊（臺北：華正書局,1984 年）。

56. 隋樹森輯,《全元散曲》第 1 冊（北縣：漢京文化事業有限公司,2004 年）。

二、現代學術論著

（一）專書

1. 中國大百科全書出版社編輯部編,《中國大百科全書》戲曲曲藝卷（北京：中國大百科全書出版社,1983 年）。

2. 王力,《中國語言學史》（臺北：五南圖書出版股份有限公司,1996 年）。

3. 王安祈,《明代傳奇之劇場及其藝術》（臺北：臺灣學生書局,1986 年）。

4. 王國維,《王國維戲曲論文集：〈宋元戲曲考〉及其他》（臺北：里仁書局,1993 年）。

5. 任訥等,《元曲研究》乙編（台北：里仁書局,1984 年）。

6. 朱棟霖、王文英,《戲劇美學》（南京：江蘇文藝出版社,1991 年）。

7. 朱榮智,《元代文學批評之研究》（臺北：聯經出版事業公司,1982 年）。

8. 艾治平,《婉約詞的流變》（瀋陽：遼寧大學出版社,1994 年）。

9. 吳承學,《中國古代文體形態研究》（廣州：中山大學出版社,2002 年）。

10. 吳梅,《中國戲曲概論》,收於《吳梅講詞曲》（南京：鳳凰出版社（原江蘇古籍出版社）,2009 年）。

11. 吳毓華,《戲曲美學論》（臺北：國家出版社,2005 年）。

12. 呂效平,《戲曲本質論》（南京：南京大學出版社,2003 年）。

13. 李惠綿,《元明清戲曲搬演論研究》（臺北：文史哲出版社,1998 年）。

14. 李惠綿,《王驥德曲論研究》（臺北：國立臺灣大學出版委員會,1991 年）。

15. 李惠綿,《戲曲批評概念史考論》（臺北：里仁書局,2002 年）。

16. 杜維運,《史學方法論》（臺北：三民書局 2003 年,第 15 版）。

17. 汪涌豪,《中國文學批評範疇及體系》（上海：復旦大學出版社,2007 年）。

18. 林鶴宜,《規律與變異：明清戲曲學辨疑》（臺北：里仁書局,2003 年）。

19. 俞為民,《曲體研究》（北京：中華書局,2005 年）。

20. 俞為民、孫蓉蓉,《中國古代戲曲理論史通論》（臺北：華正書局,1998 年）。

21. 柯秀沈,《元雜劇的劇場藝術》（臺北：學海出版社,1993 年）。

22. 柯慶明,《中國文學的美感》（臺北：麥田出版社,2006 年）。

23. 胡忌,《宋金雜劇考》（上海：古典文學社,1957 年）。

24. 徐子方,《明雜劇研究》（臺北：文津出版社,1998 年）。

25. 徐復觀,《中國文學論集》（臺北：學生書局,1985 年,6 版）。

26. 高辛勇，《形名學與敘事理論：結構主義的小說分析法》（臺北：聯經出版事業公司，1987 年）。

27. 張庚，《戲曲藝術論》（臺北：丹青出版社，1987 年）。

28. 張庚、郭漢城，《中國戲曲通史》上冊（臺北：大鴻圖書有限公司，1998 年）。

29. 張清徽，《明清傳奇導論》（臺北：華正書局，1986 年）。

30. 許子漢，《明傳奇排場三要素發展歷程之研究》（臺北：國立臺灣大學出版委員會，1999 年）。

31. 許世瑛，《中國文法講話》（臺北：臺灣開明書店，1998 年，24 版）。

32. 郭英德，《中國古代文體學論稿》（北京：北京大學出版社，2005 年）。

33. 郭英德，《明清文人傳奇研究》（臺北：文津出版社，1991 年）。

34. 陳建華，《元雜劇批評史論》（濟南，齊魯書社，2009 年）。

35. 陶東風，《文體演變及其文化意味》（昆明：雲南人民出版社，1994 年）。

36. 傅謹，《戲劇美學》（臺北：文津出版社，1995 年）。

37. 曾永義，〈元雜劇體製規律的淵源與形成〉，收於《參軍戲與元雜劇》（臺北：聯經出版事業公司，1992 年）。

38. 曾永義，《俗文學概論》（臺北：三民書局，2003 年）。

39. 曾永義，《論說戲曲》（臺北：聯經出版社，1997 年）。

40. 曾永義，《戲曲之雅俗、折子、流派》（臺北：國家出版社，2009 年）。

41. 曾永義，《戲曲本質與腔調新探》（臺北：國家出版社，2007 年）。

42. 曾永義，《戲曲源流新論》（臺北：立緒出版社，2000 年）。

43. 曾永義，《戲曲與歌劇》（臺北：國家出版社，2004 年）。

44. 童慶炳，《文體與文體的創造》（昆明：雲南人民出版社，1994 年）。

45. 楊曉靄，《宋代聲詩研究》（北京：中華書局，2008 年）。

46. 葉長海，《曲律與曲學》（臺北：學海出版社，1993 年）。

47. 葉長海，《曲學與戲劇學》（上海：學林出版社，1999 年）。

48. 葉長海，《戲劇——發生與生態》（北縣：駱駝出版社，1990 年）。

49. 鄔昆如編，尤煌傑等著，《哲學入門》（臺北：五南圖書出版股份有限公司，2003 年）。

50. 趙山林，《中國戲劇學通論》（合肥：安徽教育出版社，1995 年）。

51. 趙山林，《詩詞曲論稿》（北京：中華書局，2006 年）。

52. 趙建新等，《曲學初步》（北京：中國社會科學出版社，2007 年）。

53. 齊森華、陳多、葉長海主編，《中國曲學大辭典》（杭州：浙江教育出版社，1997 年）。

54. 劉文峰，《戲曲史志研究》（臺北：國家出版社，2006 年）。

55. 劉世生、朱瑞青編著：《文體學概論》（北京：北京大學出版社，2006 年）。

56. 劉禎，《民間戲劇與戲曲史學論》（臺北：國家出版社，2005 年）。

57. 蔡孟珍，《曲學探賾》（臺北：臺灣學生書局，2003 年）。

58. 蔡欣欣，《臺灣戲曲研究成果述論（1945～2001）》（臺北：國家出版社，2005 年）。

59. 鄭傳寅，《中國戲曲文化概論》（北縣：志一出版社，1995 年）。

60. 盧元駿，《曲學》（臺北：黎明文化事業，1980 年）。

61. 錢南揚，《戲文概論》（臺北：里仁書局，2000 年）。

62. 謝柏梁，《中國分類戲曲學史綱》（臺北：臺灣商務印書館，1994 年）。

63. 顏崑陽，《六朝文學觀念叢論》（臺北：正中書局，1993 年）。

64. 顏崑陽，《李商隱詩箋釋方法論——中國古典詮釋學例說》（臺北：里仁書局，2005 年，修訂 1 版）。

65. 羅錦堂，《錦堂論曲》（臺北：聯經出版事業公司，1977 年）。

66. 羅麗容，《曲學概要》（臺北：里仁書局，2003 年）。

67. 羅麗容，《清人戲曲序跋研究》（臺北：里仁書局，2002 年）。

68. 羅麗容，《戲曲面面觀》（臺北：國家出版社，2008 年）。

69. 譚帆、陸煒，《中國古典戲曲理論史》（上海：華東師範大學出版社，2005 年，修訂版）。

70. 蘇國榮，《中國劇詩美學風格》（臺北：丹青圖書有限公司，1987 年）。

71. 龔鵬程，《才》（臺北：臺灣學生書局，2006 年）。

72. 龔鵬程，《文學批評的視野》（臺北：大安出版社，1990 年）。

73. 亞里斯多德（Aristotle）原著，聖多瑪斯（St. Thomas Aquinas）註，孫振清譯，《亞里斯多德形上學註》上冊（臺北：明文書局，1991 年）。

（二）單篇論文

I. 期刊論文

1. 李延賀，〈王世貞及其反對者：關於晚明戲曲批評範式的建立〉，收於《中華戲曲》第 24 輯（北京：文化藝術出版社，2000 年）。

2. 沈堯，〈戲曲的文學性〉，收於《戲曲研究》第 2 輯（北京：文化藝術出版社，1980 年）。

3. 俞為民，〈祁彪佳兩「品」中的戲曲理論〉，收於《中華戲曲》第 20 輯（太原：山西古籍出版社，1997 年）。

4. 夏寫時，〈論湯顯祖的創作歷程和理論追求〉，收於《戲曲研究》第 23 輯（北京：文化藝術出版社，1987 年）。

5. 孫崇濤，〈關於南戲與傳奇的界說——致徐扶明先生〉，收於《戲曲研究》第 29 期（北京：文化藝術出版社，1989 年）。

6. 張新建，〈王驥德與徐渭〉，收於《戲曲研究》第 20 輯（北京：文化藝術出版社，1986 年）。

7. 陸林，〈試論周德清爲代表的元人戲曲語言聲律論〉，收於《戲曲研究》第 45 輯（北京：文化藝術出版社，1993 年）。

8. 鄭柏彥，〈論「韓孟詩派」在文學史論述中的建構方法及其意義〉，《東華人文學報》第 14 期（2009.01）。

9. 顏崑陽，〈六朝文學「體源批評」的取向與效用〉，《東華人文學報》第 3 期（2001 年 7 月）。

10. 顏崑陽，〈論「文體」與「文類」的涵義及其關係〉，收於《清華中文學報》第 1 期（2008.09）。

11. 顏崑陽，〈論宋代「以詩爲詞」現象及其在中國文學史論上的意義〉，收於《東華人文學報》第 2 期（2000 年 7 月）。

II. 專書論文

1. 吳承學，〈辨體與破體〉，收於羅宗強編，《古典文學理論研究》（武漢：湖北教育出版社，2002 年）。

III. 會議論文

1. 胡壯麟、劉世生，〈文體學研究在中國的進展〉，收於《文體學研究在中國的進展》（上海：上海外語教育出版社，2004 年，第一、二屆文體學研討會論文集）。

2. 顏崑陽，〈從〈詩大序〉論儒系詩學的「體用」觀——建構「中國詩用學」三論〉，收於政治大學中文系主編：《第四屆漢代文學與思想會議論文集》（2004）。

（三）學位論文

1. 侯淑娟，《明代戲曲本色論》，東吳大學中國文學系碩士論文（1992.06）。

2. 鄭柏彥，《元雜劇敘事研究》，東華大學中國語文學系碩士論文（2004.06）。